当代陕西文学评论文丛 | 编委会

主　编　贾平凹　齐雅丽

副主编　韩霁虹　李国平　李　震

编　委　（按姓氏笔画排序）

　　　　　仵　埂　齐雅丽　李　震

　　　　　李国平　杨　辉　段建军

　　　　　贾平凹　韩霁虹

当代陕西文学评论文丛

后起新锐

乡村、城市与文化

刘宁 著

陕西师范大学出版总社　西安

图书代号　WX24N2345

图书在版编目（CIP）数据

乡村、城市与文化 / 刘宁著. -- 西安 : 陕西师范大学出版总社有限公司, 2025.6. -- （当代陕西文学评论文丛 / 贾平凹，齐雅丽主编）. -- ISBN 978-7-5695-4813-6

Ⅰ．I206.7-53

中国国家版本馆CIP数据核字第2024LU1881号

乡村、城市与文化
XIANGCUN CHENGSHI YU WENHUA

刘　宁　著

出版统筹	刘东风　刘　定
策划编辑	马凤霞
责任编辑	彭　燕
责任校对	王淑燕
封面设计	周伟伟
出版发行	陕西师范大学出版总社
	（西安市长安南路199号　邮编 710062）
网　　址	http://www.snupg.com
印　　刷	中煤地西安地图制印有限公司
开　　本	720 mm×1020 mm　1/16
印　　张	18
插　　页	2
字　　数	260千
版　　次	2025年6月第1版
印　　次	2025年6月第1次印刷
书　　号	ISBN 978-7-5695-4813-6
定　　价	69.00元

读者购书、书店添货或发现印装质量问题，请与本公司营销部联系、调换。
电话：（029）85307864　85303629　　传真：（029）85303879

文脉陕西，评论华章（序）

贾平凹

从延安文艺的烽火岁月，到新时代的文学繁荣，陕西文学以其独特的风格和深邃的内涵，赢得了国内外的广泛赞誉。在中国当代文学史上，陕西不仅拥有一支强大的文学创作队伍，同时也拥有一批占领各个历史阶段文学批评潮头的评论骨干。他们以敏锐的洞察力剖析文学现象，参与文学现场，解读作品内涵，为陕西文学的发展注入了源源不断的活力。在新时代文化浪潮中，文学评论作为党领导文学事业的重要途径和方式，作为文学繁荣发展的重要推动力和引导力，正凸显着越来越重要的作用。

为了贯彻落实习近平总书记关于文艺工作和文艺批评的重要论述，以及中宣部等五部门联合印发的《关于加强新时代文艺评论工作的指导意见》，进一步加强和改进陕西文学批评工作，打磨好批评这把利剑，把好文艺的方向盘，同时也为深入总结和发扬陕派文学批评的历史经验，全面呈现陕西当代评论家队伍及其丰硕成果，推动陕西文学批评再创佳绩，助力陕西乃至全国文学发展，陕西省作家协会精心策划并编辑出版了"当代陕西文学评论文丛"。

在选编过程中，丛书编委会始终遵循着精编细选的原则，力求每篇文章都能代表作者个人的最高水平，同时也能反映出陕西文学评论的独特风格和时代特征。所选文章以研究和评论承续延安文艺传统的陕西作家、作品为主，也不乏对中国文坛或域外文学研究的独到见解。丛书汇聚了三代文学批评家中三十位代表批评家的学术成果。他们或生于陕西，或长期在陕工作。他们以笔为剑，以墨为锋，用睿智深刻的见解，共同书写了陕西文学批评的辉煌华章。他们的评论文章，或激情洋溢，或理性严谨，或高屋建瓴，或细腻入微，共同构筑了这部丛书的独特魅力与丰富内涵。

丛书将陕西老中青三代评论家分为"笔耕拓土""接续中坚""后起新锐"三个系列。三代评论家有学术师承，亦有历史代际。每个系列都蕴含着不同的时代气息和文学精神："笔耕拓土"系列收录了陕西文学评论界先驱和奠基者的成果，他们如同手握犁铧的开垦者，为陕西文学评论的沃土播下了希望的种子；"接续中坚"系列展现了新一代批评家中坚力量的风采，他们的评论既有深厚的理论功底，又有敏锐的时代洞察力，为陕西文学评论的繁荣发展注入了新的活力；"后起新锐"系列则汇集了新一代批评家的文章，他们敢于创新，勇于探索，为陕西文学评论的未来开辟了广阔的空间。

"当代陕西文学评论文丛"的出版，不仅是对陕西文学批评历史的一次全面总结和回顾，更是对未来陕西文学发展的有力推动和期待。相信这部丛书的问世，将激发更多文学评论家的创作热情，使陕西文学创作与批评携手并进，比翼齐飞，为推动陕西文学批评事业的繁荣发展，为陕西乃至全国文学的发展贡献新的智慧和力量。

2024年11月8日

目　　录

001　论贾平凹小说中的地域文化意蕴
007　人文地理视野中的陕西文学
014　汪曾祺与贾平凹小说中的文化差异比较
022　论贾平凹小说中城乡间的两难抉择
029　民间魅性世界的万种镜像
　　　——评贾平凹的新作《高兴》
040　文人与城市的文学叙事
049　文化名人与西安城市文化发展初探
　　　——以当代三位西安作家为中心
061　黍离麦秀之悲
　　　——论贾平凹对民族文化的设想
072　贾平凹与秦汉文化初探
084　《吕氏乡约》与《白鹿原》
100　两种现实主义的论争
　　　——柳青研究六十年的回顾与思考
112　民间鬼神信仰与贾平凹的魅性审美
124　末代士绅阶层的式微与儒教文化之危机
　　　——兼论《白鹿原》的当代文化意义
140　从忧柔月光到云气苍茫
　　　——贾平凹散文论

152　柳青的文学遗产

156　当代陕西作家与传统文化创造性转化

166　诗意的怪诞
　　　——当代中国散文创作之新变

173　诗性美文中的生命暖色与深情

183　他拥有了自己的文学王国

188　从阴郁到明朗
　　　——20世纪中国文学视野中的柳青早期小说分析

208　理性论断与诗意审美的完美结合
　　　——评袁盛勇的新著《当代鲁迅现象研究》

213　生命美学里的城市女性之歌
　　　——评吴克敬的长篇小说新作《分骨》

223　农耕风俗画上见中国
　　　——评吕向阳的散文

227　丝绸之路上的中国西部文学研究

237　"柳青道路"论

251　智者无疆
　　　——评肖云儒《不散居文存》

256　云履彩虹
　　　——评肖云儒新作《八万里丝路云和月》

259　农耕文明视野中的长安变容与诗意审美
　　　——评高亚平的《长安物语》

263　南国赤子与文化中国
　　　——肖云儒创作论

278　后记

论贾平凹小说中的地域文化意蕴

小说是最能融汇社会生活、折射民族文化意蕴的一种文体,然而真正能将其演绎得出神入化、意深蕴厚者屈指可数,贾平凹先生则是这种为数不多的对当代文学做出重大贡献的作家之一。粗犷浑放的陕西乡土气息、浓墨重彩的地方民俗画卷、深邃幽远的传统文化内涵构成其小说一道独特的文化景观。本文即从贾平凹浓郁的地域小说中探寻中国传统文化精神。

一、平凹地域小说概念

作家与特定地域的关系是文学研究的老话题。作家出生并常年生活在某一地域,对该地域山川景物、风土人情、信仰习惯、价值观念和心理结构特别熟悉,即使有的人后来离开故乡,故乡山川人文仍潜藏在他的意识之中,并且随着时间的推移和空间的转移,故乡的风土人情在作家的脑海中会越来越美好明晰。贾平凹便是这样一位突出的地域小说作家。陈思和曾这样指出:"贾平凹更为突出的创作特色还在于他通过描绘秦汉文化中特有的生存方式和风土人情,展现出来自民间的美好人情,以一种清新、纯朴的笔调,营造出一个特别具有诗意美感的艺术世界。"[1]这里的秦汉文化是什么?即陕西地域文化。陕西自古帝王都,这里是周、秦、汉、唐

---

[1] 陈思和主编:《中国当代文学史教程》,复旦大学出版社,1999年,第285页。

多个朝代建都所在地,中国历史上最重要的政治经济文化中心之一。这里是中华文明发祥地,自然也是中国民俗文化的摇篮。饱受传统文化的熏染,独享三秦大地的馈赠,平凹在一批描写陕西风情的作家中异军突起,在其小说创作中呈现出浓郁的陕西地域文化色彩。纵观他的地域小说,有两种明显趋势:一是倾心勾画陕南商州古老地域风情;一是深度挖掘古都西京文人失落的心态。然而不论他写哪一类小说,他都写脚下深深眷恋的土地,都写得意深蕴浓。陕西是他出生、成长的故土,是他艺术创作生命所在地,所以作家孙见喜声称:"走一趟古长安,眼到心到,才觉真正在读平凹了。从秦俑汉雕中,你会悟出他沉雄拙厚的境界,从灞桥折柳处,你能感到他散文的纯真,从丝绸之路之源,你能目极他小说的时空,从半坡遗址,你会感受他的文风古气,从雁塔碑林的形势,你能窥见他的魂魄……"[①]平凹脚踏三秦大地,陕西无疑是他文学创作的起点,也是终极。其小说作品必定折射陕西风土人情的光辉,蕴含秦汉文化环境中的古文化精髓。

二、平凹地域小说产生根源

(一)现当代文学优良传统的影响

描写地域风情、展现地域文化是五四以来中国新文学发展有目共睹的事情。从最初的五四文学开始,抒写乡土人情便是现代文学另辟新境的途径。鲁迅热衷于浙东民俗,沈从文留恋于湘西风情,老舍徘徊于老北平街头。新中国成立以后,延承中国现代文学乡土文学传统,当代诸多作家在描写地域风情、探求地域文化精髓方面血脉相通。孙犁迷恋于白洋淀的水色荷香;柳青忘情躬耕八百里秦川;汪曾祺沉醉于苏北小镇的秀丽风光;刘绍棠栖身于京杭大运河两岸的瓜棚柳巷。承接现当代文学这种描写地域

[①] 孙见喜:《鬼才贾平凹》,北岳文艺出版社,1994年。

风情的优良传统，平凹在小说创作中勾勒出一幅幅生动、淳朴、充满神秘色彩的陕西民俗画卷。

（二）文化寻根意识的冲击

20世纪80年代起，中国文学界掀起文学寻根热，当代知识分子在放眼世界的同时都不自觉地把眼光投向本国传统文化。他们要么在文学美学意义上对民族文化有全新认识，阐释发掘其积极向上的文化内核；要么以现代人感受世界的方式去领略古代文化遗风，寻找激发生命能量的源泉；要么对当代社会生活中所存在的丑陋文化因素进行批判。贾平凹走的是第一条路径。他在小说中对民族文化之根的探寻过程多半是把目光投向了民间文化，因为在这种非正统文化中很大限度地保留着民族自身的蓬勃生命力。

（三）外来文学的启迪

20世纪以来，文学中强烈的民族特征深深震撼着我们的作家。苏联一些民族作家如艾特玛托夫、阿斯塔菲耶夫等对异族民风的描写，魔幻现实主义作家马尔克斯对印第安古老文化的阐扬，日本的川端康成对东方民族文化的慨叹，无不对中国作家产生巨大影响。小说在新时期文学中是最活跃、最自由的形式，它发动的革命在整个文学界不是最早的但是最强烈的。20世纪80年代，中国作家在外来作品强烈渗透本民族文化特征和民族审美方式的影响下，纷纷在自己的作品中铸造民族自我形象，平凹正是在这种民族文化与外来文学的冲撞下给我们创造了一个审美与文化并存的小说境界，在民间凡夫俗子的故事里倾吐着对儒道释文化精神的理解。

三、儒释道文化交织的境界

文学作品的文化取向应该是对民族文化精神和民族文化人格的重现，

以及建立在此基础上的文化批判意识。20世纪80年代中期以来，秦地作家的文化意识有了较普遍的觉醒和深化，他们关注着国外文化和国内文化，尤其对自己生长其间的本土地域文化给予了全心的拥抱。陈忠实正统的儒家思想意识在其《白鹿原》中得到展现，路遥不甘黄土高原贫瘠的反叛精神在《平凡的世界》中得以渲染。商州居关中和陕南间的秦岭南麓，自古是交通要道，是陕北、关中、陕南三大板块的过渡交叉性地带。群山环抱，河流纵横交错，使得此处既有关中的古朴浑厚，又有江汉的清雅、灵秀，因此俱得秦楚文化的厚积。从历史角度上看，秦文化古朴粗犷，楚文化柔媚清丽，兼具巫文化的奇幻神秘。贾平凹生于商州这片兼备四方气脉、文化积淀深厚的土地，因此独采中国古代传统文化的神韵。

中国传统文化是一个多层次的立体结构，可区分为上层文化和底层文化。所谓上层文化就是以理性形式表现出来的观念形态文化（哲学伦理审美情趣）；所谓底层文化是指以非理性形式表现出来的民间风俗、大众心态、行为方式等中国民俗文化。[①]贾平凹从其生活实际上看，更多接受到的是来自民间淳朴民俗风情的洗礼。一个作家尽管进了城以后读万卷书、行万里路，但幼年的生活阅历、情感喜好是根深蒂固的，于是他以一种平民化的生活描述展示出中国传统文化的深沉、凝重。就文化形态而言，贾平凹这种民间形态的小说有意回避政治意识形态的思维定式，用民间的眼光来看待生活现实，多注意表现下层社会，尤其是农村社会形态的生活。平凹早年迷恋商州世界，然而，当他走出商州，奔赴西京，他在听秦腔时痴迷，看秦汉瓦罐时震惊，在霍去病墓前沉迷，他的文风由清新俊雅走向儒家的浑厚质朴。八百里秦川土壤肥沃、灌溉便利，优越的自然环境、良好的生活条件、发达的文化事业，极易使人产生安于现状的心态，土地对人的恩泽又使人产生依恋故土、不慕异地的文化心态。面朝黄土背朝天的生产方式造就了秦人勤劳朴实内向的个性，从而养成他们自然任性、知足

---

① 韩养民、韩小晶：《中国民俗文化导论》，陕西人民出版社，2002年。

安分的人生态度，表现在外的便是喜平淡、重实际、少玄想的生活模式。平凹深深体味着黄土地上民众心中的滋味，所以他的《鸡窝洼的人家》《小月前本》《浮躁》中竭力凸现农耕文明下儒家文化"持中贵和"的人生理想，展现秦汉文化环境下秦人乐守天年、豪爽大气但又封闭保守的生活，表现经历大苦大乐的民众时而高昂时而沉重的精神状态。80年代是改革浪潮冲击传统文化、传统观念受到挑战的年代，在新与旧的斗争中，贾平凹对传统文化既给以肯定，也给予批判，对国民的劣根性进行了一定程度的揭露和批判。

然而，平凹的小说质朴厚重，淡泊宁静，道家的道法自然、抱素怀朴的意念潜入他心田。道家言"天地有大美而不言"，贾平凹描写商州的系列作品在精神上追求的是自然朴素、简单平易的艺术风格，在思想内涵上充满了道家的哲理玄想。《商州初录》首先展示出商州的自然之美，作品中作者深情地把商州称作美丽富饶而充满野情野味的神秘地方，这里的树细而高大，向着天空拥挤，炊烟也被拉成一条直线，山的悬崖险峻处树木皆怪，枝叶错综，白云忽聚忽散，幽幽冥冥，有水则晶莹似玻璃，清澈见底。[1]这样有韵致的如诗如画的描写背后是作者对返璞归真境界的体味。在审美倾向上，他则钟情于道家的飘逸潇洒，小说中着力描绘的女性形象常以月命名，景物描写中多出现水、石、月的意象。《古堡》中作者有意安排老道士这个角色，通过其言论将积淀着中国古老哲学的道家文化和体现变革的历史过程与现实生活相重叠。尤为值得品味的是平凹在《废都》中将这种道家文化发挥得淋漓尽致，小说中一以贯之的是老庄的哲学思想，主人公庄之蝶的名字也是来自"庄周化蝶"的寓言，整篇小说弥漫着道家遁世的消极、颓废。

盛唐是一个儒道释兼容并收的时代，艺术生命根植黄土地的贾平凹深深体味其中滋味，他不仅把儒的平和厚重、道的婉丽清逸灌注民众，而

---

[1] 孙明、孙见喜：《贾平凹散文精选》，陕西人民出版社，1992年。

且把佛境中的禅思寄于百姓。就佛教而言，它本源自印度，后传入中国与中国儒学结合，产生禅宗。佛重妙悟，讲虚无，常常在神秘莫测、虚无缥缈之中体现人生无常、生死轮回。贾平凹在他的许多作品中写佛事、讲佛理，吸收佛家文化因素入作品，显然易见，他的写作潜隐着对佛家教义的宣扬，对生命存在的玄思。《美穴地》里柳子言、苟百都、姚掌柜对穴地的重视无不体现人们的思想：冥冥之中有一种神秘力量统摄人们的灵魂，而神秘力量往往给人一种禅意，显示出人生的痛苦和空寂。平凹的代表性小说《浮躁》可以说是非常写实的作品，但是，里面也设置了许多混茫之笔。文中的不静岗和尚实质上代表了一种佛家文化精神，作者借用和尚的禅宗之学阐释自己的观点：世上之事皆空，各自养性才能成佛，又何必卷入纷繁的斗争之中？最能体现贾平凹佛学思想的小说是《白夜》，小说开篇便出现的再生人死而复生的故事，典型地体现了佛家生死轮回的观念。目连戏是指以目连救母为题材的戏曲剧目。目连救母的故事本来自佛经，贾平凹在作品中反复铺衍目连戏的内容，本身就表现出他对佛家文化的浓厚兴趣。作品自始至终弥漫着一种"平常就是道，最平凡的时候是最高的，真正仙佛的境界是在最平常的事物上"的思想，可以说，《白夜》表面上显示着的悲观色彩透显的是佛家的虚无观。

总之，真正优秀的文学作品应该具有多方面满足其文化阐释和品评兴趣的价值或属性，贾平凹的地域小说蕴含着丰富的民俗学、宗教学、哲学知识，沉积着中国传统文化的精神。他的地域小说亦儒亦道亦佛，他既能得儒之质朴、浑厚，又采道之清秀、俊雅，亦获佛之神秘、虚无。

原载《小说评论》2004年第5期

人文地理视野中的陕西文学

20世纪八九十年代，陕西文学在严肃的现实主义精神观照下形象地描绘了我国北方农村的风俗画卷，深刻地揭示了我国农业文明的文化精神，充分地展现了中国当代文学的文化特色，以一种激越昂扬的态势展现在世人面前。纵观此时的陕西乡土小说，有这样一种明显的倾向：土、重、俗，土是指其根植黄土，地域文化浓郁；重是指其魂牵古秦，历史文化厚重；俗是指其情系芸芸众生，平民文化博大。

一、地域文化——陕西乡土小说不竭的源泉

早在20世纪二三十年代，中国本土就兴起了"乡土小说"，时至八九十年代，书写乡土仍然是中国当代文学的主流。今日的中国文学仍然关注乡土的领域，尤其是在中国的西部。那里地理环境比较险峻，交通相对不发达，文化和各种信息的传播受到极大的限制，因此，勾勒乡村风俗画卷便是西部文学的旋律，恋土怀旧也是陕西文学反复吟唱的主题。中国农村是一个超稳定的乡土社会，乡土社会最突出的特征就是地域性，而有地域的差别，就必然形成迥异的风俗民情、地域文化。所谓的"五里不同风，十里不同俗"，就是指不同地方具有不同的地域文化，即在特定地理位置和自然疆域内形成的具有强烈区域特征和明显地方特色的社会文化系统。这一文化系统在陕西的形成原因从地理环境方面看，它大致处于中国

的中心位置,深处内陆腹地,不易向外发展,因为它北有高原辽阔,南有秦岭巍峨,西有大漠浩瀚,中虽有八百里秦川平坦,但毕竟远离沿海、沿边,相对闭塞的地理位置必然造成原始、封闭、凝固的文化心理形态,自给自足的生产方式必然形成不慕异地的民性。相应地,在八九十年代陕西作家的作品中无例外地灌注着这种"土性"。这种"土性"折射着秦地作品厚实、质朴的本色,倾吐着陕西小说家故土难离的眷恋和苦痛。路遥《人生》里的高加林在人生最为失落、情感最为孤寂之际,回归乡里,扑倒在黄土地上,流下懊悔的泪水,这是作家潜意识里"恋土情结"的表现。这种潜意识似乎已穿越个体生命的体验,在陕西其他小说家的作品中同样可见。贾平凹曾在一篇文章中这样指出:"我爱陕西,我爱西安这座城。我生不在此,死却必定在此,当百年之后躯体焚烧于火葬场,我的灵魂随同黑烟爬出了高高的烟囱,我也会变成一朵云游荡在这座城的上空的。"[①]瑞士心理学家荣格曾说过:"集体无意识主宰和支配着艺术家的艺术创作,一切艺术作品都不过是集体无意识的体现,透过人类艺术丰富而繁杂的历史,冥冥之中集体无意识的神秘力量在操纵着艺术家的手去描画和显现那亘古不变的原始意向。"[②]实际上,在八九十年代陕西作家的意识深处都已潜存着这一"恋土"的集体无意识。土地是家园的象征,人文地理视野中的陕西文学世界中的"土性"也是秦人质朴、淳厚的象征,"土性"的特质使秦地作品蕴含着强烈的地域文化特征。从地理内部分化上讲:陕西的地形是东西窄短,南北狭长,这种地理、地貌将陕西地域分为三大板块,陕北——游牧文化区,关中——秦汉农耕文化区,陕南——巴蜀文化区。陕北高原、关中平原、陕南山地这三个板块地理风貌及人文历史的积淀使三秦文化和文学既有整体恋土文化特征,同时也呈现出复调结构。陕北高原属草原文化过渡地带,人种与文化均呈现出多民族融合的特征,其民如沙,浑朴、开朗、豁达。信天游高亢悠长,腰鼓热烈张扬,

---

① 贾平凹:《西安这座城》,见王永生编《贾平凹文集》第12卷,1998年,第380页。
② 蒋孔阳、朱立元:《西方美学通史》,上海文艺出版社,1999年。

这些作为这一地区民间艺术的代表，其中蕴含的生命文化精神直射陕北作家心灵。八百里秦川属麦粟文化地带，是黄河中游文化的重要组成部分，其文化积淀深厚，其民如石沉稳、淳朴、厚重，这些早已凝结在关中作家的作品中。陕南山地属稻作文化过渡地带，具有较为鲜明的长江文化特征，其民如水清丽、柔美，这里清流秀川、山歌缠绵，南国秀色是陕南作家创作的源泉。在高建群的《最后一个匈奴》中，我们感悟的是陕北民众昂扬、强悍的生命张力。于路遥的《人生》里，我们体味的是不屈的人们执着而顽强地与命运抗争的精神。陈忠实的《白鹿原》充满浓郁的关中民风，讲述重理好义的民俗。贾平凹的商州系列作品饱经巴蜀文化浸染，展示灵动、鲜活的陕南普通百姓的人生。

综上所述，陕西文学呈现复调的情形。但是无论八九十年代秦地文学内部有何差异，其文化趋向是一致的，即都表现出对脚下土地深深的眷恋，从审美倾向上讲，都流露出一种雄浑、开阔的美学追求。

二、古秦文化——陕西乡土小说深邃的精魂

陕西是融入多个王朝背影的地域，古秦文化的积淀造就八九十年代陕西乡土小说别具一格的文化意蕴。陕西古为秦的疆域，李白有诗云："秦皇扫六合，虎视何雄哉！"虎狼之秦当年以锐不可当之势横扫天下。秦文化中有重功利、崇武功的风尚，也有战国侠士舍生取义、洒脱俊逸的风气。重功利、崇武功成就秦始皇的千秋霸业，也将务实、不喜玄虚给予了这块土地的百姓。众所周知，商鞅变法把秦完全纳入了"耕战"的轨道，这场大变革极大地改变了秦人的思想观念，一方面形成"上首功"之风，另一方面造就"贪狠强力，寡义趋利"的世俗。贾谊言："商君遗礼仪，弃仁恩，并心于进取，行之二岁，秦俗日败。"（《汉书·贾谊传》）当年秦人尚实重行，以兼容并收的气度、海纳百川之势席卷中国，今日的陕西虽已非完全保留秦风俗的地域，但是，无论怎样嬗变，其长期以来形成

的古文化精髓是不会遗失的,并且,随着历史演进,秦文化在汉唐文化及之后的文化的浸润下分化、整合了。具体分化、整合状况如下:第一,古秦文化中的好功利性和周礼结合,到宋时,这种思想又和张载的关学融合在一起,呈现出关中百姓尚实重行、重礼好义的民风。第二,古秦文化中的崇武思想和陕北的游牧文化融汇,产生了敢于反抗、积极进取的精神。第三,古秦文化中的任侠之气和陕南的楚巫文化相遇,使得这个地域的民众既仗义豪气又潇洒俊逸。就八九十年代的陕西作家而言,他们的创作分别继承了不同的古秦文化精髓。陈忠实承袭的是第一种,关学影响深重。路遥、高建群接受的是第二种,儒家入世观念鲜明。贾平凹沉浸在第三种情形,楚巫文化浓厚。

对陈忠实来说,他更倾心于关学。众所周知,北宋的张载曾在陕西关中地区创建关学学派。以张载为代表人物的关学既继承了秦文化中追求功利的思想,又吸收了周礼以及儒学内容。陈忠实常年蛰居秦地,关学思想深邃、厚重,他的《白鹿原》中的白鹿原就地处古老的关中平原,作者有意表现关学思想对社会各个方面的渗透以及它在现代社会进程中举足轻重的作用。作品中,作者为我们塑造了两位个性鲜明的人物形象,一是白嘉轩,他以关学实践者的姿态出现;一是关中大儒朱先生,他是作为精神领袖、作者的理想人格化身出现的。就白嘉轩本身而言,他就是一部浓缩了的民族精神的发展史,从他身上我们看到了传统关学文化的厚重。作者有意让白嘉轩对政治有一种天然的疏离,力图使他的全部注意力集中到内省与仁爱之上。白嘉轩一生以自强不息和忍辱负重一步步完善其人格,倔强的固守与困难的深重是作者有意设置的,以在其身上展现儒家传统。朱先生则有着全面的知识结构,尤其是对传统的孔孟儒学,他无所不通。同时,他又是一个道德的完人,作为白鹿原上的精神之父,他为村民制定了包括"德业相劝""迷失相劝""理俗相交"在内的《乡约》。如果我们深入研究关学理论思想,不难发现,《乡约》所做的思想风范、礼俗准则、行为举止和仪态仪表的规定,完全与关学大儒吕大钧的"尊礼贵德""仁人"等思想吻合。由此可见，陈忠实将刚烈血性、顽强坚韧、淳朴豁达、薄己厚人、勤劳耐苦、重义轻利等秦人在千百年历史文化进程中不断积淀而成的人格特征与道德品性发掘出来，作为精神资源，不仅用以重铸陕西乡土现代性转化过程中历史主体所需要的基本品性，也用以缓解创作主体不可挥去的精神焦虑。当陈忠实的小说不遗余力地展现古秦文化尚实重行以及关学的"尊礼贵德"的品质时，路遥、高建群则在他们的作品中着力表现古秦文化中崇武功、好进取的精髓。不论是在路遥的《人生》还是《平凡的世界》里，尽管人的生存环境是极其艰辛的，但是主人公都表现出极为顽强的抗争精神，哪怕为此付出沉重而惨痛的代价也在所不惜。高加林为此失去纯洁的爱情，孙少平为此奉献了一生。《易经》曰："天行健，君子以自强不息。"在路遥刻意勾画的陕北农民艰难而困苦的生活画卷中，我们看到黄土高原上贫瘠的残酷现实，那一望无际的陕北高原锤炼这片土地的人们焦渴的灵魂。忍耐意味着继续贫穷，屈服意味着永久的落后，所以不甘厄运的人们在做不懈的抗争。同时，在高建群的《最后一个匈奴》里我们也可以清晰地看见秦人不甘欺凌、敢于抗争的精神。明朝时李自成的造反精神在这里重生，古匈奴民族的剽悍勇猛的个性在这里延伸。而作为当代陕西书写乡土风情最有特色、写作风格最变化多端的作家贾平凹，其作品中弥漫的却是另一种古秦文化精神。在秦文化中，崇武的替代词便是好任侠之气，《说文解字注》引徐笺说："任侠者，挟负气力以任自雄也。"《史记·游侠列传》曰："文者谓之儒，武者谓之侠，儒重名誉，侠重义气。"既然身为秦人，其思想深处必然有这种侠气，贾平凹许多作品皆厚重、大气。然而，贾平凹出生在陕南商州地区，虽然这里是关中与陕南的交叉地带，但是此处山清水秀、人杰地灵，一条丹江淙淙流过。丹江的清流秀溪给予平凹清秀幽静，商州曲折幽深的风景赋予平凹思想以神秘。并且，陕南丹江地区本属于长江流域，自古以来演绎着楚巫文化的幽深、神秘，屈原的《楚辞》就忧伤、凄婉、神秘莫测，贾平凹将古秦文化与楚巫文化杂糅在一起，作品里必然有这种复合文化的底蕴。

三、平民文化——陕西乡土小说厚积的沃土

自五四以来，承载中国旧文化的农村，便成为中国现代小说关注的焦点。陕西乡土小说中的平民文化的追求是严肃的、高雅的，也是形而上的。在文学创作中，就作品主人公而言，陕西乡土小说以社会中的普通百姓、小人物为主，关注他们的苦乐人生。就作品叙述内容来看，陕西乡土小说讲述的是生活中微不足道的事情。（当然，我们不排除也有一些作品在演绎历史，但是从作者叙述的角度看，仍然是将大题材、大事件融入普通人物身上。）然而，是什么原因促使八九十年代的陕西乡土作家们将写作的视角聚焦在平民这一阶层？文学的创作与作家的生活环境以及作家的成长经历有着密切的关系。陕西这些作家大多数是生活型作家，他们的生活与普通人生活同步，贴近大众心灵，对现实人生情感体验深刻，具有较浓郁的平民情怀，这种情感体验使其作品真实亲切，生活气息强烈。《白鹿原》突破了以前许多作品以反映现代中国革命历史题材为主的局限，描写人物时着眼于名不见经传的人物。尽管白嘉轩以及朱先生都是具有非凡能力和意志的人，但是作者仍将他们作为平民百姓来处理。高建群的《最后一个匈奴》，也是一部社会政治史、文化史和人性史交汇的小说，作家倾注更大的精力描写参加历史活动的老百姓，由关注社会精英转向关注社会民众，由关注民众的叙述方式再现波澜壮阔的社会历史画面。路遥的创作则更具有平民文化的特征，《人生》就在一个爱情的框架里凝聚了丰富的人生内容和社会信息。作品借助一个农村青年在强烈的社会变革之中选择人生道路时所面临的困境，展示普通百姓对人生的思考。如果说，以上这些作家在他们的写作之中表现的仍是三秦大地主流文化的精神面貌，那么，贾平凹的写作则走的是一种非主流文化的平民文化道路，即民间文化。就民间文化而言，贾平凹认为古往今来的正史或多或少经过史学家筛选、伪饰，真正鲜活的历史倒是存在于民间，存在于平凡百姓的生活中，

保存在相对自由活泼的民风、民情中。当然，民间的传统不仅意味着人类原始的生命力紧紧拥抱生活本身，也意味着封建性的糟粕同时交杂在本真的生命中。贾平凹作品很显然接受的是民间文化的精髓，在他的作品中，主人公多是游离于主流文化之外的山民，是失去土地离开了乡村的农民、山匪或山林游侠。当然，陕西作家固守家园，也不可避免地导致了八九十年代陕西作家缺少更高层次的对经验世界的掘进和想象性的改造与超越，这些不可避免地限制了陕西作家的艺术视野的广度和思想的深度！但这并不能动摇当代陕西乡土小说特有的地位。八九十年代是当代中国文学繁荣的二十年，更是陕西乡土小说创作辉煌的黄金时期。在这一时期，陕西乡土小说以其土、重、俗的特征展现了当代中国文学的勃勃生机和活力，丰富了中国乡土文学深邃、幽远的文化意蕴。

原载《小说评论》2005年第4期

汪曾祺与贾平凹小说中的文化差异比较

汪曾祺与贾平凹在当代文坛上都是屈指可数的大手笔,他们在不同年代、不同地域都不约而同把写作的触角伸向故土,在倾心勾画家乡风土人情画卷之中深刻体悟中国传统文化的精神,展现平民生活的精髓。然而,除此种种相似之处,他们的作品仍存在诸多文化差异。为此,笔者特借此文阐明自己的观点。

一、平和与凄苦

纵观汪曾祺小说与贾平凹小说,虽都蕴含着中国传统文化精神,但也体现迥异的文化思想。汪曾祺师承沈从文,血脉里流淌着儒家文化的精神;贾平凹则长年蛰居关中,独采楚地文化神韵。笔者认为,汪曾祺的小说关注现实人生的价值,这是其突出的精神,作品处处洋溢着健康的、美好的人性,以及古典式人道主义关怀。古老的儒家学派崇尚礼乐仁义,追求孝悌,以平和宽宏作为社会理想、人生境界。汪曾祺接受了儒家,也就接纳了儒学的现实关怀、与人为善的信念。他在一首题为《我为什么写作》的打油诗中,对自己的思想底色有过精炼的表达:"有何思想?实近儒家。人道其里,抒情其华。"饱经儒学思想的浸染,汪曾祺的小说展示出对和谐自然的人生境界的向往与推崇,在思索中追寻着朴素的人道精神和理想人格。平和旷达、温柔敦厚,即使是在逆境中也决不向命运低头。

汪曾祺的世界是热的，尽管他一生坎坷、曲折，饱经人生磨难，但是，他很少表现这些不幸，即使写了，也表现出难得的旷达，苦中有乐。他说："我想把生活中真实的东西、美好的东西、人的美、人的诗意告诉人们，使人们的心灵得到滋润，增强对生活的信心、信念。我的世界观的变化，其中也包含这个因素：欢乐。"[①]于是，他在作品中除净火气，特别是除净了感伤主义。《大淖记事》中，巧云被号长玷污，她没有像传统的女性那样结束生命，而是毅然以弱柳之质挑起生活和家庭的重担。汪曾祺的小说世界是温暖的，他以儒家的平和、温暖慰藉人们受伤的心灵。"大乱十年成一梦，与君安坐吃擂茶。"口腹之欲是他的避世良药，双黄鸭蛋、咸菜慈姑汤、擂茶令他回味。汪曾祺的作品平和的背后是儒家文化求和的内涵和求善的美学境界。《论语》记载："子谓《韶》乐尽美矣，有尽善也。谓《武》尽美矣，未尽善也。"儒家对美的事物的认识是以善做标准的，观汪曾祺的小说，人物可能经历了一些磨难，但他们定能不屈地抗争，坚韧地生存下去，从而拥有一个美好的结局。这样，生活的毛刺被调和或隐匿，读者受到鼓舞，文学的劝善功能化于无形。《鸡毛》中，学生金昌焕偷了文嫂的鸡，还借来文嫂的鼎罐炖了。文嫂把三堆鸡毛抱出来，大哭起来，仿佛哭出了一辈子的委屈、不幸。但此时，作者只是轻轻地骂了句："这金焕真是缺德。"末了，还劝解说："林子大了，什么鸟都有。"愤怒终被消解。引人为善，化解人生悲情，直面生命，这是汪曾祺小说中平和、温情的回声。

相比之下，贾平凹小说里则没有汪曾祺小说的温存、平和，贾平凹的作品里充满凄苦、孤独，他以楚文化中的神秘绮丽演绎变幻莫测的心灵，以楚文化中的虚无缥缈诉说伤痕累累的人生。就古楚文化而言，它兼容巫风。《汉书·地理志》称："楚人信巫鬼，重淫祀。"王逸《楚辞章句》记载："昔楚国南郢之邑，沅湘之间，其俗信巫而好祠，其祠必作歌乐鼓

[①] 汪曾祺：《汪曾祺短篇小说选》，北京出版社，1982年。

舞以乐诸神。"楚地民俗具有神秘、浪漫色调，楚地民风强悍而激越。因此，《楚辞》里有说不尽的惊彩绝艳、瑰丽神奇之美，又多壮阔激越的情感之波。同时，楚人多悲歌，好作悲声。屈原的《九歌》是祭祀诸神的巫剧，然而，在文中却始终飘荡着哀伤凄婉的悲歌。《湘君》《湘夫人》抒写爱而不能、两情阻隔的焦虑与哀怨；《山鬼》通过女神的失恋来状写自己的哀叹与绝望；《国殇》则写为国捐躯战士的悲壮。楚文化这种既蕴含着鲜艳绚烂的瑰丽，也折射着悲凉凄婉的慨叹的特色深深渗透在商州这块古老的地域。可以说，商州本就是一块兼具四方气脉、秉承秦楚文化的地域，又积淀着楚巫文化的奇幻神秘、柔媚清丽。贾平凹生长于这块土地，直至二十二岁才离开，二十多年耳闻目睹商州文化使他不论走到哪里，都无法对故土释怀，尽管他后来的作品也写关中八百里秦川的古朴、浑厚，但表现最多的还是古楚遗风。在他出生的商州有着那八景十观，神秘奇妙的景观演绎着出神入化的历史传说和民间故事，充斥着神秘莫测的虚幻和神奇瑰丽的绚烂，也笼罩着一种凄楚悲凉的凄丽。虽然其早期商州系列作品中也有来自民间的艳羡，但也在一个个爱情悲剧的描写中发出一声声长叹，他后来的"改革三部曲"和"西京系列小说"中更是蕴含着对现实无可言状的困惑。心肠极热的平凹直面冷酷的人生、社会，他不由得外表极冷，疲惫的身躯拖着冷漠、暗淡的身影，凄苦的心灵述说着无助的痛苦：《废都》里庄之蝶渴望飞翔的翅膀无力地低垂，《土门》中梅梅不知走向何方。凄苦、哀伤弥漫贾平凹的作品。

二、清澈与神秘

中国的传统文化儒道释兼容并蓄，汪曾祺吸收了道家崇尚自然、闲适淡泊的心境，而贾平凹则更多关注道家玄奥、思辨的文化特征。因此，从审美境界上讲，汪的小说清澈、透亮，而贾的小说神秘、幽深。在汪曾祺许多作品中，清新、优美、晶莹剔透的意境俯拾皆是，尤其是《受戒》结

尾处的描写令人击节赞赏,回味良久:

> 芦花才吐新穗。紫灰色的芦穗,发着银光,软软的,滑溜溜的,像一串丝线。有的地方结了蒲棒,通红的,像一枝枝小蜡烛。青浮萍,紫浮萍。长脚蚊子,水蜘蛛。野菱角开着四瓣的小白花。惊起一只青桩(一种水鸟),擦着芦穗,扑噜噜噜飞远了。[①]

小说充盈着空灵、清澈、透明的诗境,作者在如诗如画的描写中勾勒一幅幅苏北小镇的水墨画卷,点染江南水乡多姿多彩的旖旎风景。不论是在那些倾心营造抒情、浪漫情境的作品中,还是在那些如数家珍的乡俗民风、烟酒茶食的叙述里,汪曾祺的小说都呈现出明白如话、清澈见底的意境。文中没有深邃、玄奥、高深,而是在审美境界上追求道家返璞归真的境界。汪先生也深悟道家庄子文化精髓,他有意书写被抹去了时间意义的乡野市镇,倾心诉说着他对大自然的依恋,对"甘其食,美其服,乐其俗,安其居,邻国相望"(《庄子·胠箧》)的世俗生活的羡慕。贾平凹的小说,却不见清澈,反而如深潭,深不可测,文中充满参之不透的玄机。(当然,在贾平凹早期的作品中不乏俊雅之作,但笔者认为平凹真正有意味的作品是1985年之后那些堪称代表作的小说。)神秘本是一种美感,它能在审美中产生诱惑和魔力,给人深邃的悬念,难以穷尽的感受。就贾平凹的创作而言,从创作伊始,他便开始了对神秘性的探讨。早在1986年,他就在小说《古堡》里描绘了各种神秘文化,其中飘浮着荆楚神秘巫风的影子。之后,他在《太白山记》里运用巫化思维法,以魔幻之笔写出山民虔信神巫文化的魔幻心态,进入一个幻象世界。这点和老子的思想非常接近。老子说:"道之为物,惟恍惟惚。惚兮恍兮,其中有象;恍兮惚兮,其中有物。"(《道德经》)这里面不仅阐释"道"的概念,而且也透着道家文化神秘、混沌的一面。贾平凹小说便深深折射着老子思想深邃、玄奥的内涵,显现出神秘、魔幻的文化意蕴。

[①] 谢冕主编:《中国百年文学经典文库·短篇小说卷》,海天出版社,1996年,第446—447页。

三、褒扬与批判

汪曾祺与贾平凹同属于书写民俗文化的作家，都不约而同将目光聚焦在民间的风土人情上。然而，汪曾祺的小说展示民俗文化中积极向上、乐观的一面，对民俗文化进行褒扬。贾平凹则迥然不同，他在挖掘民俗文化神秘莫测之际，对国民的劣根性进行深刻剖析。民间文化作为一种相对官方文化的在野文化，它有意回避政治意识形态的思维定式，用民间的眼光来看待生活现实，且多注意表达下层社会，尤其是农村宗族社会的生活画面。民间文化博大精深，它不仅和封建文化有着千丝万缕的联系，而且和自由意识相因相生，带有强烈的自由的原始意味。

纵观中国文学民间文化，它以质朴而强大的原始生命力滋补着高雅文化，民间的传统意味着人类的原始的生命力紧紧拥护生命本身的过程，由此迸发出对生活的爱恋，对人生欲望的追求，这是任何道德教育都无法规范，任何政治法律都无法约束，甚至连文明、进步、美这样的概念也无法涵盖的自由自在。汪曾祺深谙其中滋味，《受戒》中的和尚像常人一样生活，他们吃肉、喝酒、娶老婆，无所不为。生命的状态在汪曾祺的笔下是自由的、无拘无束的，令人叹为观止的是作品中人物心底坦荡、无所顾忌，似乎一切都应如此。

贾平凹的小说表现的却是那些凡夫俗子在冲破世俗偏见、寻找张扬的生命之际的步履沉重、心情忧郁。《小月·前本》中小月经历了巨大的痛苦与彷徨，才最终毅然登上恋人驶来的竹筏。《天狗》中天狗又需要多么大的勇气去面对传统道德与情欲。更为重要的是，汪曾祺认同老百姓身上洋溢的具有中古色彩的人道主义精神，其作品中民族传统中的人格美、人性美得到概括和褒扬。《异秉》讲述的是社会平民怎样顽强生活、执着追求的人生奋斗经历；《故里三陈》里，陈泥鳅一个浪荡子居然为了毫不相干的陈五奶奶的孙子，冒着生命危险去掏女尸，体现出下层社会老百姓身上具有的美德。与此相反,贾平凹在展现陕西地域的民情、民俗、民风时,却将目光停留在中国农民的劣根性上。挖掘民族灵魂深处的劣根性,这早在20世纪20年代的鲁迅那里便得到充分的展现。贾平凹没有鲁迅先生站的历史角度高,也没有他揭露深刻,然而却承袭了这一传统。在民族文化的批判上,他和鲁迅血脉相通。《古堡》中全心全意为村里人谋福利的张老大锒铛入狱,当法院布告贴出来,一群乡民受地方风俗蛊惑,撕抢着据说能避邪的盖有红章的纸片,这一镜头和鲁迅笔下小栓吃人血馒头竟是如此相似。《美穴地》里,柳子言一生都在为别人踏穴地,可悲的是他煞费苦心地为自家选穴地,后来他的儿子却只能在戏台上做大官,大显大贵。显而易见,作者的用意在于批判、揭露民间文化中存在的无法挥去的陈规陋习。

四、欢乐与哀愁

是什么促使汪曾祺沉溺于现实,直面生命的惨淡,积极乐观地引人向善,酣畅淋漓地书写民间文化健康、光辉的一面?又是什么导致贾平凹苦心孤诣地探寻人生的神秘,展现大千世界的孤寂?对此,我们已经追溯了他们迥异的文化背景,这里笔者还需对两位作家各自的生活经历进行阐述、分析。汪曾祺生于鱼米富庶之乡高邮,幼年虽失去了生母,但是父亲的两位续弦对汪曾祺都视为己出。汪老曾在一篇散文中回忆道:"我拿着两根安息香,偎在娘怀里。黄包车慢慢地走着,两旁人家、店铺的影子向后移动着,我有点模糊。闻着安息香的香味,我觉得很幸福。"[①]给予他浓郁的爱的不仅是母亲,更在于父亲舐犊情深。父亲汪菊生平易近人,才华横溢,深深地影响着汪曾祺。多年的父子成兄弟,汪曾祺讲:"他的这种脾气影响了我和家人、子女、朋友、后辈的关系,而且影响了我对我所

---

① 汪曾祺:《汪曾祺作品自选集》,漓江出版社,1987年。

写的人物的态度以及对读者的态度。"一个其乐融融的家庭造就一颗平和、宽容的心灵，一个温馨、梦幻的童年支撑起一片无雨、明丽的天空。

贾平凹的境况则大不相同。1952年，贾平凹诞生在丹凤一个有着二十二口人的大家庭。他自幼没有得到什么宠爱，体质又差，长大后干活不行，常遭到大人的唾骂。"文革"中，父亲一度被打成"历史反革命"，平凹只得中断学业，回乡务农。他在《自传》中这样写道："老农们全不喜欢我作他们帮手。大声叱骂作践，队长分配我到妇女组里去作活，让那些三十五岁以上的所有人世的嫉妒、气量小、说是非、庸俗不堪诸多缺点集于一身的婆娘来管制我，用唾沫星子淹我，我很伤心，默默地干所分配的活，将心与身子都弄得疲惫不堪，一进门就倒柴捆似的倒在炕上，睡得如死了一样沉。"[1]这使平凹受过创伤的心灵上又蒙上一层荫翳，孤独感更加深一层。一个人口众多的家庭忽视了一颗善感的心灵，一段人生苦难浸泡着无言的痛苦。青少年时期的生活在一个人的一生中是短暂的，但是许多记忆却是刻骨铭心的，它将影响、伴随每个人的一生。贾平凹的旧日记忆造就他孤苦凄凉的心境，孤苦凄凉的心境给了平凹深不可测的眼睛，深不可测的眼睛久久凝望民俗文化中的劣根性。20世纪奥地利著名心理学家弗洛伊德曾在他的《作家与白日梦》里指出："作品同白日梦一样是童年时代曾做过的游戏的继续和替代品，作家现实的强烈经验唤起了作家对早年经验的记忆，现在，从这个记忆中产生了一个愿望，这个愿望又在作品中得到实现。"[2]尽管弗洛伊德的非理性主义带有一定的荒谬性，但是他注意到作家的创作是由不满足、痛苦和心理郁积而发，指出了文学创作的心理动机和宣泄情感的特征。尤为重要的是，他已经注意到研究和揭示作家个人生活经验，尤其是作家的童年生活经验与他的作品之间的关系，这在方法论上不乏合理之处。汪曾祺的成名作《受戒》末尾注明：写四十三年前的一个梦。《大淖记事》的结尾处又加了一行字：旧历

---

[1] 贾平凹：《贾平凹文集》，漓江出版社，1993年。
[2] 朱立元、张德兴：《西方美学通史》，上海文艺出版社，1999年。

大年三十。作者于此流露出来的是一种不可遏止的对童年生活的依恋和怀念。而贾平凹在青幼年时期所受到的煎熬、折磨使得他各种强烈情感体验如自卑、忧伤、失意、挫折并具，形成心理失调状态。因此，摆脱失调状态便成了他强烈的愿望和要求。然而，这种由主观情势造成的孤独，是难以通过现实的活动摆脱的。于是，阅读和欣赏文艺作品便成为一种补偿性活动。之后，他又在文学创作中给自己找到了一个逃避人生的庇护所。由此，我们深刻理解了汪曾祺与贾平凹的童年人生，这些构筑了他们地域乡土小说的文化差异。

总之，品味汪曾祺、贾平凹小说，中国传统文化精神尽现其中。汪曾祺文中一以贯之的是儒家的精神，作品中竭力展现民间文化的积极上进；而贾平凹作品展现的是楚巫文化的神秘，小说倾心描绘民间文化的落后污浊。同时，他们二者皆兼容道家文化意蕴，汪文继承庄子的潇洒、飘逸，贾文尽显老子思想的玄奥、神秘。这些迥异源自他们文化接受的差异，来自他们不同的童年生活经历。

原载《陕西师范大学继续教育学报》2005年第4期

论贾平凹小说中城乡间的两难抉择

20世纪初叶，五四新文学自觉担负起中国文学由古典向现代转型的时代使命，然而，近一个世纪过去了，由于战争与革命，中国社会向现代化迈进的事业未竟，中国文学的现代转型尚未完成，这一重任自然而然落到了当代中国作家手中。自20世纪80年代始，诸多当代作家以其孜孜不倦的创作精神进行着新探索，他们有的在"寻根"中寻觅；有的以"先锋"进取；还有的在乡土与都市间徘徊犹豫，陷入痛苦的两难抉择中。本文即以贾平凹小说中"城乡"间的两难抉择探究当代中国作家的困惑。

一、城乡之间的疲惫奔波

纵观贾平凹创作的三十多年，其写作是在乡村与城市两大地域间进行的。早期他的写作视野停留在乡野，家乡商州是他源源不断的创作的发源地；《废都》之后，贾平凹精神面临着由乡村而城市的裂变，西安便成为他倾吐不尽感伤的城市；《怀念狼》以降，贾平凹再次由城市回眸乡间。一个是养育他十九年的故土，这里有他的痛苦，更有他美好的追忆；一个是他接受现代文明，饱经文化洗礼，成就一代文化名人的历史古城，这里有他的成功，更有他的煎熬、失意。这两个地域构成一把锯子，时常拉锯于作家的心中。家乡是美好的，充满柔情暖意的，也是浸泡苦涩沧桑的，但是，经过时间的沉淀，这些都似彩虹般的梦不时撞击作家的心灵。

平凹深深眷恋家乡，但是，都市的现代文明同样不可抵挡。只是在早期作品中，作者"城乡"间的价值取舍是清晰、单纯的，作家对人生的理解是美好、清澈的，因此愈显其审美追求纯净、明朗。在《商州》《白莲花》《九叶树》《雍山》等作品中，作者一方面将城里人当作城市文明的象征，另一方面又把他们当作道德败坏的喻体。《九叶树》中何文清对兰兰的始乱终弃，《雍山》里都市人的污浊卑鄙，都代表着作者对田园生活、农耕文明的归依。然而，这并不代表作家对城市文化的彻底否定，作者热切渴望在保留传统文明的精髓时，贫穷落后地区的人们能被纳入现代文明里。进入90年代，社会现实发生巨大变化，在商业大潮的迅猛冲击下，原有的一切社会价值丧失殆尽，知识分子很快丧失了中心地位，日渐走向边缘化；就在此时，贾平凹个人生活出现种种艰难、困惑，于是，外在时局的忧患以及个人生命的痛苦体验共同的压迫使他对社会、对人生、对人，以至对乡村、城市有了进一步的深刻而复杂的认识，贾平凹对城乡的态度发生了巨变，作品中旖旎秀丽的田园风光一扫而去，城市背影悄然浮起。但，无论是《废都》还是《土门》《白夜》，贾平凹的乡村描写虽已淡出，灵魂仍安妥在乡村里。不过，当《高老庄》问世后，人们发现城市固然有种种顽疾，但乡村也并非桃源圣地，那作者将魂归何处？这是一种无法抉择的痛苦。大批农民涌入城市，城市也从相对的方向不断侵蚀着乡村，这是中国现代化的必然进程。《秦腔》这部作品将《土门》中乡村被城市吞噬的命运进一步延伸，几千年传统文明在现代社会隆隆前行的车轮下几成齑粉；几千年来中国农民休养生息赖以生存的土地消亡殆尽；数百年来激越秦人生命的秦腔艺术声嘶曲尽。作者无奈、哀叹，一种在传统农业文明与现代工业文明之间的自我挣扎暴露无遗。在现代化进程中，城市将不断向周边扩展，乡村文学将留下一曲苍凉、悲怆的挽歌。城市要发展，乡村必然被侵占，乡村被蚕食，传统文化必然面临危难，这是中国现代化不可回避的残酷现实，生于这个变革的时代，必须面对这种心灵上的折磨。

二、现代性的痛苦追逐

20世纪80年代，当中国进入改革开放年代，新的思想、新的潮流再次使中国现代化面临新的机遇：历史是多么惊人的相似，时隔八十余年中国再次向现代化社会推进，城市生活和城市中的人们再次成为现代生活的一种标记。"中国城市在八十年代后增长迅速，数以千计的农民离开乡村到大城市和新兴城市打工，这一独特群体成为没有城市户口的实际上的城市人口，并从这个角度提高了中国的城市化程度，与大批农民涌入城市相映成趣的，是城市也在从相反的方向不断侵食乡村。"贾平凹以其《秦腔》再现了中国现代化进程中这种携带鲜血与巨痛的乡村被城市侵食的过程。在这一现代化推进过程中不仅是乡村被吞并，更严重的是传统文化精神的陨落，如果现代性是以牺牲传统精神为代价，是以丧失本民族的文化魅力为代价的，那么我们追求的这种现代性值得反思。一个民族、一个国家之所以区别于世界其他民族、其他国家，就在于以其本民族的精神、文化为其特性。贾平凹深谙此理，他以《秦腔》为传统文化作最后的绝唱。但是，历史的车轮是任何个人无法阻挡的，历史的进步也是必然要付出代价的，哪怕这种代价是极其苦痛的，就如《秦腔》中引生自我阉割后的切肤之痛，贾平凹有割裂传统文化之后无法抚平的伤痛。他悲怆之极，矛盾之极：传统与现代真的无法两全其美？

多年来，他在这条路上艰难地行走。一方面，以极其传统的文笔展现自己的古典情怀；另一方面，又以现代化或者说极西方化的手法表现自己的现代意识。在《太白山记》中，他以魏晋志怪小说的笔法讲述现代社会的新志怪，从中可见情结母题的借鉴，宗教意识的一致，重复叙事方法的运用，语言简约、雅洁的共同追求，审美情趣的相投，等等。他的小说简直就是古典小说的重生，而在古典意趣的背后，作家又有意渗透进西方弗洛伊德的心理分析——潜意识的描画。贾平凹就是这样一位企图在传统与现代之间寻找契合点的作家。三十年来，他积极探寻新的艺术表现方法，力图将传统与现代融合，从而实现自我艺术的突破。然而，这些探索在笔者看来有许多是失去了自我，失败的。贾平凹为了求得创作的自我突破，增强作品的主题意蕴和厚重感，开始在形而上的表述与形而下的描写间寻找道路，但这种探寻是相当笨拙、不成功的。为了表述城市对乡村的侵占，理想主义并没有如人们所期盼的那样，给人类带来的是一味的解放，造成了人类生存困境的问题，作者有意创作了一个概念化的文本《土门》，编造了一个毫无趣味但故作神秘的故事——让成义移植一只女人手。《白夜》更是追求一种神乎其神的氛围，以便更好地表现人类寻找不到精神出路的尴尬处境。《废都》后贾平凹作品的反思性增强，形象性、艺术性减弱，似乎每一篇都意味着对过去的挑战和对传统的决裂，都暗含了否定、怀疑和批判的精神气质，以为这样最接近现代性精神，结果是思想大于形象、说理多于表述。

　　艺术手法上，贾平凹非常注重千变万化，这变化的背后是一位作家不甘现有成就、苦苦探寻的体现，可以准确地说，贾平凹的创作如同整个中国现代化事业一样，也是在变革传统中以求适应现代生活，它是在和西方文学的交流融合这个纬度展开的，三十多年的自我探索、左冲右撞，留下贾平凹苦苦挣扎的困惑。在《秦腔》后记里他曾经写道："我的写作充满了矛盾和痛苦，我不知道该赞颂现实还是诅咒现实，是为棣花街的父老乡亲庆幸还是为他们悲哀……古人讲：文章惊恐成，这部书稿真的一直在惊恐中写作。"为什么作者很痛苦、惊恐？超越自己是很难的，驾驭自己并不熟悉的现代都市题材是力不从心的，寻找新的艺术手法，突破以往的审美情趣、以往的思维模式无疑是一次次炼狱中的折磨。《废都》中，为了映射现代都市的顽疾，作者实在寻找不到艺术上的表达方式，就让牛开口讲人话，说出这个都市的罪恶；为了揭示城市文明的虚伪，他写颜铭做整容手术由丑女变美女。作品看来无法用更艺术的手法去表达自己的心意，处理方法都过于直露，难道变换一张动物之口就能避免直接表达的粗浅？变形手法一运用就有了艺术的魅力？这实在是最形而下的手法。在谈到《高老庄》创作时他说："没有扎眼的结构又没有华丽的技巧，丧失了往昔的秀丽和清晰，无序而来，苍茫而去，汤汤水水又黏黏糊糊，这缘于我对小说观念的改变。我的小说越来越无法用几句话回答到底写的什么，我的初衷里是要求我尽量原生态地写出生活的流动，行文越实越好，但整体上却极力去张扬我的意象。"在此前的《白夜》里，贾平凹说自己尝试用一种"蹲着，真诚而平常的说话"方式去写小说，在以后的《怀念狼》后记中又提出了"新汉语文学"的主张，所有这些表明，贾平凹在经历了《废都》的风风雨雨以后，凭借着一种作家依靠作品说话的信念对小说艺术进行着多方面的探索。尤其是在晚近的《秦腔》里，四十几万字的篇幅里放弃故事主线，转而用不乏琐碎的细节、对话和场面来结构整部小说，反宏观叙事，弘扬日常生活精神。对这些积极的探索，作者付出的艰辛是难以想象的，但是这些探索一方面并没有获得适合自己的话语权；另一方面，使作家丧失了原有的创作风格：贾平凹本是非常传统、古典的文人，非要违背自己的特性，寻找自己并不善于驾驭的形式，因此显得力不从心，又为显示作品有新意，于是在不断变异，以异求变，这是一种浮华的转型，是一种经不住时间检验的转型。传统的根深蒂固，现代追求的势在必得，使贾平凹在传统与现代之间挣扎、沉沦。他自己在答《文学家》编辑问时说："可以说，是商州使我成熟，而这种成熟，主要是做人的成熟，城市生活和近几年里读到的现代哲学、文学书籍，使我多少有点现代意识，而重新到商州，审视商州的历史、文化，传统的和现实的生活，商州给我的印象就特别强烈，它促使我有意识地来写商州了。"从这段表述中，可以看到贾平凹非常清醒地认识到了自己存在着"乡与城"之间的矛盾，存在着现代与传统之间的挣扎、困惑。他的根在乡村，根上的泥土都已被城市剥落，这种痛苦、煎熬使他在探索中显得异常矛盾："自《废都》以来，贾平凹一直致力于对人、人生、人性的探讨，且已经深入悖论的层面，用他自己的话说是越来越使生存处于一种尴尬的境地。"

三、创作困境的缘由

贾平凹在创作中面临的困境不仅使其思想、精神陷入尴尬境地，而且使一个不堪的残酷事实摆在面前——创作危机。究其缘由，笔者认为首先在于作家脱离生活。贾平凹早年谙熟乡村生活，青少年的经历在他的一生中打下深深的烙印，进城多年之后，这种乡村经历已成为记忆。而在思想、情感上，贾平凹有极其浓厚的恋乡情结，对城市的东西是排斥的，多年来他深居乡村、身处都市寻找现代气息，在他阔别家乡二十多年后，他又一次一次回望乡村，希望能将自己在都市获得的现代气息融入乡村。乡村是尘封已久的地域，旧日的一切在二十多年里已发生巨大的变化，而作家此时虽然也经常返乡，但那些微不足道的短暂停留是不能使他熟悉如今乡村的生活的。而早期贾平凹的小说创作则是建立在他用十九年生活阅历积累起来的点点滴滴的回忆之上的，作品中的那些生活都是他亲身经历过的，因此显得情真意切。对一个作家来说，脱离生活无疑是剥夺他创作的权利，仅仅靠道听途说，凭借一个作家的写作技巧是不能筑成一座辉煌的艺术大厦的。古今中外任何一位大作家无一不记录自己最为深切的生活和感受。贾平凹生活在城市已有二十年之久，虽恋乡却不能真正地投入现代乡村生活之中，故乡在作家的心中已成为一种概念。他在《秦腔》后记中写道："我把母亲接到了城里跟我过活，棣花街这几年我回去次数减少了。故乡是以父母的存在而存在的，现在的故乡对于我越来越成为一种概念。"改革开放二十余年，中国农村发生了多少日新月异的变化，而作家此时对故乡的印象仅仅是一种概念，这背后潜藏的东西是不言而喻的，因此也不难想象《秦腔》是怎样完成的作品。今天人们提及在当代散文领域的建树时，贾平凹绝对是不能被轻视的，而在小说领域，评论界说法不一。当年的《丑石》《小桃树》感动了多少编辑、读者，直到今天，《老西安》《西路上》仍然让人怦然心动。我们不可否认贾平凹创作中的执着探索，但如何在创作中反思自己的价值立场，将思想的力量化为艺术的力量，如何在寻求自我突破中保持自己的相对延续性是贾平凹创作走出危机须妥善解决的问题。

原载2007年《文艺争鸣》第8期

（收入本书时，作者做了修订）

民间魅性世界的万种镜像

——评贾平凹的新作《高兴》

一、民间

长期以来,民间是一个多维度、多层次的概念,既可指草莽社会,也可指市井坊上与乡土社会,而在绝大多数人的概念里,民间是在国家权力控制相对薄弱的领域里产生的,既有相对自由活泼的形式,也具有多姿多彩的生活样态。就此而论,贾平凹的新作《高兴》就描摹出了这样一个众生艰难生存的民间空间,展现出一幅真切而杂乱的民间生活图景。

主人公刘高兴及其同伴五福从陕南山村来到省城西安,在城市最边缘、最底层遭逢人生最凄凉的悲剧,然而却在社会最底层焕发出最顽强和最坚韧的旺盛生命力。正如陈思和所言,民间传统意味着人类原始的生命力紧紧拥抱生活本身的过程,由此迸发出对生活的爱和憎,对人生欲望的追求,这是任何道德说教都无法规范,任何政治条律都无法约束,甚至连文明、进步、美这样一些抽象概念也无法涵盖的自由自在。[①]

像这样描绘农民进城的故事在20世纪30年代的中国新文学中已产生,茅盾的《子夜》开篇就讲述自乡下而来的吴老太爷一踏进大都市,就被大

---

① 陈思和:《鸡鸣风雨》,学林出版社,1994年。

上海的灯红酒绿,以及摩登女郎丰腴的身体惊吓而死,中国封建地主、一个典型的农民被现代都市文明送到了历史坟墓。还有同时代老舍的《骆驼祥子》同样讲述农民被迫卷入城市谋生,但并不安于边缘状态而执着不息奋斗,最终无法逃离却又无所适从的故事。与贾平凹《高兴》所不同的是,祥子生于动荡的乱世,刘高兴诞生于中国社会现代化的巨大变迁中;祥子以拉洋车谋生,刘高兴以拾破烂生存;最终祥子被城市吞没,刘高兴则怀着不屈的精神在城市继续飘荡。《高兴》尾声时不无悲凉地写道:"我抬起头来,看着天高云淡,看着偌大的广场,看着广场外像海一样深的楼丛,突然觉得,五富也该属于这个城市。石热闹不是,黄八不是,就连杏胡夫妇也不是,只是五富命里宜于做鬼,是这个城市的一个飘荡的野鬼罢了。"①其间弥漫着一种飘浮无助的悲凉气,与《骆驼祥子》结局散发的悲剧意味是一致的。

就此我们发现,农民进城叙事在中国现当代文学中俯拾皆是,正如陈思和所讲:"我觉得民间在当代是一种创作的元素,一种当代知识分子的新的价值定位和价值取向。"确实如此,20世纪80年代,高晓声在其《陈奂生上城》里对农民进城主题的展示已经相当深刻,如果将其与《高兴》两个文本比较互读,就会发现许多异同。"一次寒潮刚过,天气已经好转,轻风微微吹,太阳暖烘烘,陈奂生肚里吃得饱,身上穿得新,手里提着一个装满东西的干干净净的旅行包,也许是气力大,也许是包儿轻,简直像拎了束稻草,晃荡晃荡,全不放在心上。"②陈奂生上城时充满喜悦之情,刘高兴进城时同样欢欣雀跃,他进城做的第一件事就是给自己改名,从此由刘哈娃改名为刘高兴,他兴奋地表示:"我要高兴,我就是刘高兴,越叫我高兴我就越能高兴,你懂不?"与高晓声在《陈奂生上城》里写尽农民在现代物质文明观照下精神的贫苦和心理的劣根性相比较,贾平凹笔下的刘高兴身上充盈着不屈的抗争精神,和对美好生活的深深期

---

① 贾平凹:《高兴》,作家出版社,2007年,第431页。
② 高晓声:《高晓声小说精选》,四川人民出版社,1999年,第49页。

待,就像他所讲的:哪怕心里乌鸦在叫也要想着小鸟在唱,这是一种竭力保持乐观向上,向厄运抗争的心态。就此,刘高兴不同于以往文学作品中进城农民的形象,成为中国现代化进程里新一代农民典型,这是一个经历了巨大心灵伤痛,但仍不向命运低头的不屈精灵;是追求精神与品位,渴望被人尊重的城市边缘人;是在苦难中希望绽开绚丽之花的农民工代言人。

　　20世纪90年代兴起的中国城市化进程使无以数计的中国农民进城打工,这是中国现代化进程的必然结果,是由传统乡土社会向现代城市文明转型的中国风景,作家于其中揭示出了其间农民现代化转型中心灵的嬗变和阵痛。贾平凹在作品中写出了城市与乡村千丝万缕的联系,讲述了农民进城对城市建设的推动作用,更表现出农民工在社会转型时多艰的人生命运。作者借人物之口表达出:"城里人其实都是来自乡下,如果你不是第一代进城人,那么就是你的上一代人进的城,如果你的上一代还不是,那就肯定是上上一代人进的城,凡是城里人绝不超过三至五代……中国的城市发生了两次主体人群的变化,一是四九年解放,土八路背着枪从乡下进了城,他们从科员、科长、处长、局长到市长,层层网络,纵横交错,从此改变了城市。二是改革开放后,城市里又进来了一批携带巨款的人,他们是石油老板,是煤矿主,是药材贩子,办工厂、搞房产、建超市,经营运输、基金、保险、饮食、娱乐、销售等各行各业,他们又改变了城市。城市就是铁打的营盘,城里人也就是流水的兵。"[①]城市由乡村演变而来,城就是乡,乡就是城,城市的建设离不开农村支持,数以万计的农民涌进城市,从事餐饮等各种服务行业,参与建楼、铺路等各种城市建设工程,然而他们得到的待遇却是最糟糕的,《高兴》里涉及拖欠农民工工资问题,农民工被逼迫得要跳楼自杀,围观者不去制止,反而去怂恿,正像作者所述:城里的所有出力的活儿哪项不是农民工干的,但是狗日的城

---

① 贾平凹:《高兴》,作家出版社,2007年,第117页。

里人还看不起咱！不错，《高兴》表现农民进城的艰难生存状态，在小说"高兴"的标题里蕴含着极为复杂、多变的情绪。它是刘高兴所表明的"我刘高兴要高兴着，并不是我就没烦恼，可你心有乌鸦在叫也要有小鸟在唱呀！"①高兴是中国农民进城的真切感受，其背后隐藏着深重的文化心理悲哀，因为现代化进程里农民在城市里的境遇太艰辛了，就像作家在《高兴》后记里所写的那样："新衣服都穿上走了，家里扔下的是破棉袄！商州的经济凋敝不堪，剩下的人也还得出走呀，西安在他们的心中是花花世界，是福地，是金山银山，可出走一没资金，二没技术，三没城里有权有势的人来承携，他们只有干最苦最累最脏也最容易干到的活，就是送煤拾破烂。但凡一个人干了什么，干得还可以，必是一个撺掇一个，先是本家亲戚一伙，再是同村同乡一帮，就都相继出来了，逐渐也形成以商州人为主的送煤群体和拾破烂群体。"②因此，《高兴》展览了一群农民工、社会底层民众粗鄙但顽强的生存场景，浓缩了当今中国农民工的宿命，那就是男人进城下苦力、拾破烂，女人进城做保姆、妓女。孟夷纯是农家女进城沦为卖春女的典型；翠花是保姆形象代言人；石热闹是流氓无产者；朱宗、杏胡则成为夫妻双双入城的缩影……这些人汇成了一条河流，在这条河流上流淌着农民工原始、粗鄙的生活样态，翻滚着他们在灰色命运挣扎中的一丝期待和温情。不乡也不城的边缘状态致使他们成为极度贫穷的人群，同时也是为了生存不惜铤而走险的社会群体，他们表现着民间的鱼龙混杂，但也彰显着旺盛的生命活力，为了生存，他们在城市里拉帮结派，结下同盟。

《高兴》里描摹了一个破烂帮，这一帮派在西安城里声势之浩大是那些生活在上层和阳光里的人们根本无法想象的。帮派在中国有极深的渊源——在传统社会的组织中，除了家庭和宗族外还有一些结社具有超越亲属关系的社会和经济功能，这就是帮派。由于中国社会以自给自足的农业

---

① 贾平凹：《高兴》，作家出版社，2007年，第79页。
② 同上，第438—439页。

经济为特征，且家族关系占据着主导地位，一般而言，这类结社并不多，但是由于结社能够为一部分人提供在家庭体系内难以得到的利益，故而结社在中国社会中还具有某种功能性。①《高兴》中的破烂帮是一个以非血缘关系，因职业形成的帮派，存在着严密的体制和管理，它是农民进城后谋求生存而结成的一种团体。这个阶层人员复杂，但都是各地来的农民，分散住在东西南北的城乡接合部，虽无严密组织却有成套行规，形成了各自的地盘和地盘上的五等人事。……

就此，贾平凹在《高兴》中展示了一个全景式、丰富、多层面的民间社会，其中不仅有农民工艰难的生存图景，也有他们不甘继续蛰居底层的抗争，更有意味的是，这里的民间社会不仅是简单的原生态、粗鄙的民间，更是一个充满魅性和艺术感染力的民间。

二、魅性

"魅"这一概念是由马克思·韦伯提出的，韦伯所提及的魅性是针对西方现代社会科学理性而言的。在韦氏看来，现代社会就是一个理性的世界，文化行为的理性化就是世界的祛魅过程，即世俗化过程。祛魅表明宗教世界观的瓦解，它所带来的结果是科学文化的发展与普及，以及相应的对蒙昧的扫除和对神秘主义的破除。人们不必再像相信某种神秘力量存在的野蛮人那样，为了控制或祈求神灵而求助于魔法。这一理性化亦即世界祛魅的结果，意味着这样的认识或信念："只要人们想知道，他任何时候都能够知道；从原则上说，再也没有什么神秘莫测、无法计算的力量在起作用，人们可以通过计算掌握一切。"②世界原本为宗教图景，祛魅的结果是使它失去神圣的光环。然而，世界祛魅之后，科学理性统摄人类会

---

① 杨庆堃：《中国社会中的宗教：宗教的现代社会功能与其历史因素之研究》，上海人民出版社，2007年。
② 陈嘉明：《现代性与后现代性十五讲》，北京大学出版社，2006年。

导致什么样的结果？祛魅对个人自觉、社会自觉、历史自觉是有好处的，功不可没的，但是对于文学来讲，祛魅本身就是一种伤害，所以它在启蒙落潮后出现了反弹——返魅，这表现在20世纪前期开始的乡土文学的悄然转化中。①在我看来，贾平凹《高兴》里描画的民间社会的众生态是个充盈魅性张力的世界。他不仅为我们勾画了一个民间组织——破烂帮，而且别出心裁地设想了一个"拾破烂"行当的祖师爷——刘备，这是在中国民间宗教中隐含的行业保护神。文中写道："因为各行各业都有各行各业的神，木匠敬鲁班，药铺里敬孙思邈，小偷敬时迁，妓院敬猪八戒，我突然想到刘备卖过草鞋收过破烂，刘备应该是我们这一行当的祖师爷吧。"在贾平凹的思想里，这种民间宗教意识非常强烈，行业神崇拜除了增强人们对具有危险性、不确定性工作和职业的信心与乐观之外，还起着整合有组织的职业团伙的作用。贾平凹的作品始终弥漫着这种魅的气息，返魅使其文本充溢着神秘莫测的力量，透显着惊神泣鬼的艺术魅力，浸润着鬼气。贾平凹在思想深处始终相信万物有灵，对未知世界充满敬畏，这就是科学无法解释的生命之间、人与自然之间那种魅性的关联，它甚至包括那种被人们看作迷信的荒诞的民间礼俗文化。多种丰富的民间礼俗文化、风俗文化、心理文化，比方说敬神仪式啊婚丧嫁娶的讲究啊等等，汪曾祺将其看作一种民族的常绿的童心，而美国的学者本尼迪克特将其看作一个民族的精魂，丢掉它们，就丢掉了这个民族的内聚力、生命力，内在的文化传统就会消失。因此，文学是魅性的产物，一种生命魅性的结晶。《高兴》中非常强调这一点，整部作品弥漫着万物有灵思想，充满魅性。刘高兴进城主要的原因之一是将自己的一颗肾卖给了城里人，他的肾在呼唤他。在刘高兴看来："两间房算啥呀，如果两间房把我拴在清风镇，那两间房是棺材，也就在那一刻，我意识到了去西安已经是板上钉钉了，或者说，肾在西安呼唤我，我必须去西安。"刘高兴去西安的另一个原因是一种生命感

---

① 孔范今：《关于人文魅性与现当代小说的对话》，载《小说评论》2007年第1期。

悟，进城后他为自己重新命名，也包含着中国民间宗教的一种符咒应验意识。贾平凹相信，名字如同写符，念名字犹如念咒。"世上总有一些神秘的东西，而瘦猴却总是嘲笑我们商州人迷信神神道道，他哪里晓得生火有蓝焰，珠玉有宝光，在高山上拉屎怎么就立即有苍蝇出现，清风镇要死人了，前半个月必然就有猫头鹰夜夜啼哭。"这里所讲的心灵感应与其说是神秘力量，不如说是物与物之间形成的磁场，譬如：拾破烂有一个奇怪的现象，就是拾到的破烂常常会成双成对，一个皮夹引来另一个皮夹，一双皮鞋可以引来刘高兴心仪已久的女人孟夷纯："如果我命里注定要碰上你，这鞋就一定合你的脚！我给她脚上穿，天神，竟然不大不小。"①中国宗教里许多观念都源于"天"这一基本印象和附属于天的众神体系。孟夷纯能穿上刘高兴房中摆放已久的女式高跟皮鞋，暗含着天命里二人有缘分，甚至在孟夷纯出事的时候，作者也在竭力彰显神秘力量的存在。

当然，这种魅性在许多人眼中或者从科学主义立场看，是迷信，但是从文学视域、人文角度看，这种鬼魅正是文学的东西。文学应该是生命魅性的产物，它关注的是对生命，对自然宇宙、历史、未可知对象的敬畏与看重。在贾氏作品中，我们体会到的正是这种人文文化，它具有感性特征，靠通悟而达致对话，是文学的，充满灵性、富有感性的，因此，抛弃它，也就抛弃了文学的本质。所以鲁迅在《破恶声论》里讲："夫人在两间，若知识混沌，思虑简陋，斯无论已，倘其不安物质之生活，则自必有形上之需求。"个体的生命是有限的、短暂的、相对的，而宇宙的时空间则是无限的、永恒的、绝对的，一个有探索、追寻意识的人，绝不可能不想超越有限的生存现状而趋于无限的神性界域。而当精神性的超越意识被唤醒之后，寻求灵魂的归依——信仰、宗教，也就成了必然的势态。②

中国人敬崇万物，敬奉天地，视一花一木、一砂一石皆有奥秘。这点贾氏与中国传统文化是相通的，《高兴》就向我们展示了一幅充满灵性

---

① 贾平凹：《高兴》，作家出版社，2007年，第263—264页。
② 俞兆平：《论鲁迅早期的浪漫主义美学观念》，载《厦门大学学报》2007年第3期。

与魅性的民间众生图。从表层看，作者的写作笔法越来越朴拙、自然了，没有精雕细琢的痕迹，对乡土、民俗的描写都无声息地融入故事中，但作品的精神却是灵动的。就此而论，贾平凹的写作不同于自然主义，也不等同于新写实主义，因为在自然主义立场上看，人的价值取向并没有发生变化，而站在现实政治立场看问题，又偏偏回避了现实政治。新写实小说曾经朝着日常琐碎生活叙事方向发展，但不久便告沉没，而向民间方向的发展正蓬勃。贾平凹的民间书写没有朝实录粗俗原始的生活方式演化，而是更多地彰显魅性、人性的关怀、个体的感受。他在写一个农民工的精神世界，即在苦难的人生中竭尽全力保持快乐、高兴的精神状态，这就使他的创作既有别于自然主义的创作，又不同于新写实的粗鄙。

三、镜像

《高兴》文本里还存在大量的镜像书写，这是贾平凹长期以来塑造人物时使用的一种写作手法。早在写《小月前本》时，门门和才才就是作者塑造的小月人生伴侣理想的结合体；后来《废都》中的庄之蝶和周敏也是一体两面的人物，两人名字合起来即取庄周梦蝶之意；此外还有《高老庄》中的西夏与菊娃，《秦腔》里的夏风与引生：镜像在贾平凹文本里是常见的现象。此次在《高兴》里，镜像式人物之多，隐含寓意之深都令人不得不讨论贾平凹创作的手法。

镜像是精神分析学派拉康的一个理论。拉康曾认为意识的确立发生在婴儿的前语言期的一个神秘的瞬间，他称这个瞬间为"镜像阶段"，儿童的自我和他完整的自我意识由此开始出现。根据拉康的理论，人是可以通过镜子认识并确定自己的主体身份的，镜像是婴儿在接触社会和进入语言期之前的一个"理想的我"，或者虚构的自我。"镜像阶段就像是一幕戏剧，其内部剧情资料自身的准备反映尚不完善的不适应性中去开掘。在由于空间的同体观而陷入错误的主体那里，这幕戏剧会引起一系列互相更替的幻象：从关于人体各个个别部分的观念，经过我们称之为'矫形的'完整的映像，直到最后获得自己的与成人映像相同的认识。尽管同时对这一映像还有疏远感，但这种认识将一直影响着主体以后的全部心理发展。"①

依此理论，笔者认为作品中的主人公刘高兴首先与韦达互为镜像，这一镜像为幻像、虚像。作家先讲刘高兴卖自己的肾到城里，又说："我当然就想起了我的肾。一只肾早已成了城里人身体的一部分，这足以证明我应该是城里人了，可有着我一只肾的那个人在哪儿？他是我的影子呢，还是我是他的影子……"②这样的叙述似乎在宣告刘高兴的镜像即将出现，因为"那个移植肾的人，肯定是和我有缘的"。坚持这样的信念，刘高兴在城里寻找另一个自己，直到有一天拾到一个皮包，发现了里面的许多卡、手机和护照，在归还失物时才终于发现了自己的镜像：先是觉得面熟，然后肯定这就是移植了他肾的人，这就是小说中的韦达。于是，高兴想："这心堵的一半是应该幸福，嗨，我终于寻到另一个我了，另一个我原来是那么体面，长得文静而又有钱。"③当然，来自乡下的拾破烂人与省城的大老板本是格格不入的，作家显然是将韦达作为刘高兴在城里的幻象描写的，一个农民在幻象中看到自己奢望的生活，确立了自我的主体地位，为自己镜像的体面感到快乐。在高兴的意识里，他们拥有同样的肾，而且还爱着同一个女人——孟夷纯，这无疑更证明二人互为镜像。然而，这一镜像却是虚无的、不堪一击的，当刘高兴为了筹集五千元找到韦达时才发现：韦达移植的是肝而不是肾，刘高兴彻底否定了自己曾经拥有的体面、自豪，他痛苦地思索："我之所以信心百倍我是城里人，就是韦达移植了我的肾，而压根儿不是？韦达，韦达，我遇见韦达并不是奇缘，

---

① 王岳川：《精神分析文论》，山东教育出版社，1998年。
② 贾平凹：《高兴》，作家出版社，2007年，第127页。
③ 同上，第175页。

我和韦达完全没有干系？"①更重要的是，韦达对孟夷纯被拘押的事毫不在意，拒绝出钱赎出孟夷纯，由此引发了刘高兴对自我镜像的彻底否定："那个换了肝的韦达将再不会成为我的对手。在这个城里，我是真正有一个女人了，这个女人也真正地有了一个人：刘高兴！"②用拉康的理论分析，不难发现：自我是在与另外一个完整的对象投射，发现世界中某一可以认同的客体，从而来支撑一个虚构的自我，然而，虚幻出来的自我，在城市的污浊、虚伪、人情淡泊之中，又被击得粉碎。

其次，刘高兴又与五福、黄八互为镜像，这种镜像既是同像，还是反像或映像。作为一同走出乡村在城市谋生的同路人，高兴与五福、黄八同沦为社会底层。五福与高兴几乎是形影不离，高兴就是五福的头脑、智慧，而且两人还有生死之约：五福死了由高兴背回家，高兴如果死了则由五福背回乡。因此，高兴与五福是一种患难与共、相濡以沫的兄弟情，五福是高兴的镜像，高兴是五福的精神支柱，这种镜像构成主体与对"自我"的自恋关系，或主体对与自己相似形象（或映像）的依恋是一样的。然而，作家显然不是简单地让他们互为同类镜像，而是更想让他们构成反像关系。同为一个地域走出的农民工，高兴喜欢看报纸，精于心计，擅长吹箫，讲究卫生，懂得自我反省，在恋爱问题上拥有现代城市审美标准，拥有极强的精神追求，而五福、黄八等人作为高兴的反向镜像，更多的是浅层次的生活样态和诉求。因此，高兴这一角色与以往文学作品中的进城农民形象截然不同。

最后，妓女孟夷纯与锁骨菩萨构成镜像。小说反复出现有关锁骨菩萨的古文记载，以及在咸阳工地刘高兴顺手牵羊拿走陆总办公室桌上的一个颇似锁骨菩萨塔的微型小塔，实际都在影射作品中的女主人公——一个作家梦想中的纯洁的卖春女孟夷纯。妓女的出身和梦想纯洁本身就是矛盾的，正如文本中关于锁骨菩萨的介绍：最圣洁的菩萨原来在人间做过普

---

① 贾平凹：《高兴》，作家出版社，2007年，第360页。
② 同上，第366页。

度众生的娼妓，这本身就是圣洁与污秽并存。作家将孟夷纯与锁骨菩萨互为镜像，构成文本极强的内在张力。"这菩萨在世的时候别人都以为她是妓女，但她是菩萨，她美丽，她放荡，她结交男人，她善良慈悲，她是以妓之身而行佛智，她是污秽里的圣洁，她使所有和她在一起的人明白了……"①关于锁骨菩萨的典故，《太平广记》中有记载，作者借用典籍里关于锁骨菩萨的记载，将发生在延州（今延安）的故事嫁接到西安这座城市，假借刘高兴之口强调："谁料到这塔让我从此知道了锁骨菩萨，而以后竟数次来到这里。"②后来在咸阳工地偷得小塔也是为了表达刘高兴思念孟夷纯的感情。孟夷纯与锁骨菩萨互为镜像，融为一体，更是小说的精气神所在。在作者看来，乡下人在城里拾破烂，从事着最脏、最累、最低贱的活，但是他们却是最圣洁的，在肮脏的地方干干净净的活，宛如泥塘里长出来的莲花。这是贾平凹对中国农民工的高度评价，也是对人性复杂性的理解，对生活辩证的思考。就像作者在后记中所讲："每次回老家，肯定要去父亲的坟上烧纸奠酒，父亲虽然去世已有十八年，痛楚并没有从我的心上逝去，一跪到坟前就止不住地泪流满面。……我跪在花丛中烧纸，第一次感受到死亡和鲜花的气息是那样的融合。"③生活的美好可能就孕育在阴霾、死气、痛苦中，这是作者在文本中反复告诉我们的一个哲理，这就是：孟夷纯为报兄仇出卖肉体，圣洁与污秽并存；不管拾破烂的农民工怎样肮脏、下贱，他们都在人性上保留了一份自尊。

原载《西安建筑科技大学学报》（社会科学版）2008年第4期

（收入本书时有增删）

---

① 贾平凹：《高兴》，作家出版社，2007年，第268页。
② 同上，第100页。
③ 同上，第450页。

文人与城市的文学叙事

在纷繁复杂的文学文本中,研究者总是希望能够寻找到具有一定概括性的"文学现象",从而获得深刻的文学阐释,在笔者看来,这种研究方法对研究《废都》仍然具有诱惑力。西安是一座以文化著称的国际大都市,也是我国重要的内陆城市之一。人们在赞赏它文人云集、文化荟萃之际,似乎也在哀叹这座城市创造的文化缺乏现代魅力。然而事实并非如此,以文人与城市的视角进入《废都》,我们会发现在这部长期以来被人们鉴定为颓废的文本中蕴藏着丰富的城市话语内涵。

一、游离与依附——文人与城市的关系

讲述任何一座城市都离不开城中人,城是人的居所,人是城的主体,人与城的关系始终是文学不可回避的话题。就像波德莱尔之于巴黎,老舍之于北京,张爱玲之于上海,贾平凹之于西安也就有了他别样的意义。城因人而获得生命,人因城而获得生存的环境。然而,文人与城市真的是这种密不可分的关系?赵园说:"知识分子从来是城市腹中难以消化的东西——自然愈到现代愈如此。"[①]《废都》中的知识分子居住于城市,但是总能保持一种疏离的关系,这种状态,与其说是流离,不如说是流浪,

---

① 赵园:《北京:城与人》,北京大学出版社,2002年,第10页。

它导致了庄之蝶们深居城市却厌恶城市的心理。这不仅仅是缘于城市文明病致使这些城市文人痛恨城市，也缘于这些来自乡村的文人在心灵深处拥有对故土的深深恋情。和那些出身于小康温饱之家的财主的儿女们相比，《废都》中的知识分子没有蒋蔚祖们血统高贵，早年饱尝乡村生活的艰辛，看惯田野清风明月的文化人在这个城市是那么难以融合。于是，他们彷徨、焦虑，表现出和城市流离的生存状态。他们在大城市喧嚣的街道行走，穷于应付扼杀了他们的沉思，商品以及性的诱惑更使他们魂不守舍，他们似乎要把自己交了出去。

然而，"人类所有伟大文化都是由城市产生的，第二代优秀人类是擅长建造城市的动物。这是世界史的实际标准，这个标准不同于人类史的标准，世界史就是人类的城市时代史。国家、政府、政治、宗教等等，无不是从人类生存的这一基本形式——城市——中发展起来并附着其上的"①。正因为如此，人们离不开城市，尤其是文人。可是城市的魅力究竟何在？使人们宁愿忍受远远劣于乡间的生存环境，在污染、拥挤、嘈杂和紧张的节奏中奔忙，肯定地说，是交往："交往是引起现代化的关键因素。正是交往的压力带来了传统社会的土崩瓦解。"②城市具有整合、加工和辐射文化的功能，城市的大众传媒、公共设施、出版发行业的完善和繁荣是测量城市活力和文化状态的重要指标，也是文化人进行文化活动的保证，正因为此，西京对庄之蝶们才具有不可摆脱的依附性。

二、拾破烂者与城市歌谣

在《废都》中，贾平凹以飘忽不定的线条勾勒了"文人"的轮廓。他首先在西京街头发现了漂流不定的拾破烂者，并对其身份进行揣测："此谣儿流传开来后，有人分析老头并不是个乞丐，或者说他起码是个教

---

① 杨东平：《城市季风：北京和上海的文化精神》，新星出版社，2006年，第42页。
② 同上，第43页。

师，因为只有教师才能编出这样的谣辞，且谣辞中对前几类人都横加指责，唯独为教师一类人喊冤叫屈。"①随后便验明其正身：此人十多年前任民办教师，转公办教师时受到上司陷害未能转成，在经年的上访中最后沦落街头。文人以流浪者的身份出现在文本里并不是贾氏的首创，本雅明笔下就"常看到一个拾垃圾者，摇晃着脑袋，碰撞着墙壁，像诗人似的踉跄走来……他发出一些誓言，宣读崇高的法律，要把坏人们打倒，要把受害者救出，在那像华盖一样高悬的苍穹之下，他陶醉于自己美德的辉煌伟大"②。对于城市而言，"当新的工业进程排斥了某种既定的价值，拾垃圾的便在城市里大量出现。他们为中间人和承包商工作，并在街头构成了一种家庭手工业。拾垃圾的让他的时代充满强烈的兴趣。最早关注贫穷阶层的一批社会调查家一直把目光集中在他们身上"③。这些拾破烂者每天在大都会聚敛被城市抛弃、鄙夷的废物，收集城市的碎片，并将它们分门别类地整理起来。他们了解城市的生产和消费，掌握城市的现实和过去，他们或多或少过着一种朝不保夕的流浪生活，在城市走街串巷（我们不妨将其称为"城市漫步"），因此，他们是最了解城市的一类人。非常有意味的是，贾平凹发现了这些城市拾破烂者与文人的联系，于是一种完全生活在民间的文人就和城市联系在一起。或许是贾平凹感悟到：文人的意识中天生就有对城市疏离的思想，在城市他们总是处于边缘状态，精神的流浪无疑类似于拾破烂者在城市里走街串巷。流浪是边缘的表现，就像当年的屈原流亡于沅湘一带，杜甫也曾在西南流域漂泊，文人的流浪为他们提供了观察社会的前提，也为他们独立思考创造了机遇，尽管这种独立出来的沉思默想带来的是不尽的迷茫和痛苦的彷徨，但是在漂流中，获取的却是不可抵挡的思想，这种思想将他覆盖，一直飘向远方。

---

① 贾平凹：《废都》，作家出版社，2009年，第3页。
② 本雅明：《发达资本主义时代的抒情诗人》，张旭东、魏文生译，生活·读书·新知三联书店，1989年，第38页。
③ 同上，第39页。

"破烂喽——！承包破烂喽！"拾破烂老头一边收集城市垃圾，一边高声吟唱，这一声声的叫喊是在为这座千年古城叫魂，同时也是在宣告这座城市的破亡。这就是《废都》的深刻所在，它所展示的知识分子的颓废绝非一个庄之蝶所能涵盖，表达的百态市井又岂是一个"废"字能写尽。城市的颓废到底何在？人类悲惨命运的界限究竟落在何处？拾破烂老头有一系列歌谣回答上述问题。这些歌谣或许有些是他的独创，或许有些是他道听途说的结果，但是，全部经过他的口在城市流传。于是，这个城市便到处弥漫着隐喻的萤语流言，它们和城墙上不绝如缕的埙声一起盘旋在城市夜空中。"歌谣这个名称，照字面上说只是口唱及合乐的歌，但平常用在学术上与'民歌'是同一的意义。生于民间，为民间所用表现情绪，或为抒情的叙述者，而且正如一切的传说一样，易于传讹或改编。"①然而，民歌最强烈、最有价值的特色是它的真挚与诚信，这是艺术品共通的精魂，于文艺趣味的养成极为有益。民歌中的情绪与事实，无非经少数人拈出，大家鉴定。若能真实表现民间的心情，便是纯粹的民歌。《废都》中一共有九首拾破烂者传言的歌谣，其中绝大多数暴露出了社会转型期间人心浮躁、分配不公、秩序混乱等不良现象。小说中第一首和最后一首歌谣皆是专门针对知识分子生存状况而编撰的，第一首表现教师地位的低下，最后一首讲述知识分子内部的分化。可以这样说，在当代文学中，知识分子第一次以拾破烂形象出现，这是一种对知识分子的嘲讽和哀叹。

三、主编与《西京杂志》

在中国古代社会，知识分子被称为"士"，"士"在封建社会一直以攀附政权，做一代朝臣为人生最大价值。然而，清末民初之际，中国社会由传统转向现代，旧日"学而优则仕"的道路已经堵塞。现代社会知识分

---

① 周作人：《周作人文类编·花煞》，湖南文艺出版社，1998年，第524页。

子已转变为以某种知识技能为专业特长并谋求生存的人,读书人不仅不必再把心灵寄托于读书做官这一人生焦点上,而且就连田园隐逸、佛家解脱也不再是人生理想的高峰和极致,在这一社会转型期,知识分子开始寻求人生的另一种意义。在这种状态下,对知识分子而言,获得高级职称不单单是为了获取名利,同时也意味着知识分子人生价值的实现。于是,每一位知识分子都像小说中《西京杂志》主编钟唯贤一样,把职称看得甚重,在获取高级职称的过程中都会上演一部心灵煎熬的屈辱史。钟唯贤生活的20世纪90年代是一个物欲横流、情爱淡薄的时代,这位在20世纪50年代被打成右派,长期生活在孤独寂寞之中的知识分子,多么渴望得到社会评价体制的肯定。从苦苦熬到《西京杂志》主编位置,到工作中到处遭受欺凌,钟唯贤终于因为编审职称无望,加之名作家风流案的折腾,而晕倒在法庭。最后,在听说庄之蝶为自己争取来职称,承受不住这期盼已久却突然而至的心灵震撼,他一口鲜血喷洒在墙上,离开了人世。这种情形不禁令我们想起《儒林外史》里范进中举的情景。不必细究《西京杂志》上刊登的庄之蝶故事是否真实,也不必研讨钟唯贤在这场文墨官司中到底扮演什么角色,《西京杂志》主编的命运是《废都》中老一代兢兢业业知识分子的悲剧。读来尤其令人潸然泪下的是,老头躲在厕所,在挡板门上写下"国家一级文物保护点——钟唯贤阅信流泪处"一行字。这里包含着对纯挚爱情的坚守,尤其是在物欲泛滥、人情淡薄的时代,它闪耀的是人性的光辉。

和钟唯贤相联系的是一个名叫《西京杂志》的刊物。杂志是现代城市才会拥有的出版物。现代文学产生的标志之一就是大量的报纸、刊物的出现和一大批文学社团的崛起。小说不仅围绕着这份杂志描绘了主人公庄之蝶的一段风流艳史,而且还展示了这个刊物主编的悲剧人生。从杂志发表周敏的《庄之蝶的故事》一文来分析,《西京杂志》确是一个带有浓郁市井通俗性的杂志。从最初周敏妄想利用名人效应通过《西京杂志》在城市获取立足之地,到庄之蝶败诉之后,李洪文暗中将杂志社封存的那期杂志高价卖给了一家个体书商,书商又提价批发给街头的书摊小贩,并撰写了许多谈及这场官司的文章，以增加其发行量的过程，就可以目睹城市文化的生产与销售的全过程。由《西京杂志》城市大刊物引发的街头巷尾小报捕风捉影的报道，浓艳的"旧情难却景雪荫，周敏文章写红艳"等章回体文章题目，都散发着城市通俗文学的神秘、艳情。我们可以用这样一首诗形容上述情形："地狱很像是伦敦的城市，人口众多、烟雾弥漫的城市，这里有各种各样的被毁掉的人，却极少或者没有快活的事情，公正不多，而怜悯更是少见。"①

四、作家与城市"恶之花"

对于人类社会发展而言，知识分子是人类知识文化价值的体现者，而文化价值代表着每一个民族在每一个历史阶段的共同而普遍的信仰，因此无论是文化还是创造文化的知识分子都是神圣的。知识分子信仰自由、平等，敢于运用自己的理性对现实生活进行批判。所以在中国，知识分子是民族的脊梁：有敢于触犯龙颜直言劝谏的韩愈，也有规模巨大的东汉末年与宦官做殊死斗争的学生运动。然而，20世纪90年代中国社会急剧转型，经济大潮席卷而来，知识分子和市场挂钩，文化产品可以如商品一样交换，陡然之间，知识分子何去何从？这谁也说不清。今天看来，这是那个时代每一个人都必须面临的心灵阵痛，更是每一个知识分子必须承受的心灵撕裂。《废都》里有首歌谣说得好："说你行，你就行，不行也行。说不行，就不行，行也不行。"②知识分子在干什么？知识分子能干什么？《废都》里已经做了应答："一等作家政界靠，跟上官员做幕僚。二等作家跳了槽，帮着企业编广告。三等作家入黑道，翻印淫书换钞票。四类作家写文稿，饿着肚子要清高。五等作家你潦倒了，×擦沟子自己去把自己

---

① 本雅明：《发达资本主义时代的抒情诗人》，张旭东、魏文生译，生活·读书·新知三联书店，1989年，第77页。
② 贾平凹：《废都》，作家出版社，2009年，第12页。

操。"①这是20世纪90年代知识分子分流的真实写照。可见，知识分子内部并不是铁板一块，这是从古至今存在的一种现象：我们有"先天下之忧而忧，后天下之乐而乐"的司马迁、杜甫、范仲淹，也有"忍把浮名，换了浅斟低唱"的杜牧、柳永、关汉卿。有"我以我血荐轩辕"的鲁迅，也有"喝茶当于瓦屋纸窗之下"的周作人。毋庸置疑，《废都》中的庄之蝶们应归于后者。诚然，要做一个典型的文学形象，庄之蝶并不够格，但是说到20世纪90年代中国知识分子的象征，却非庄莫属。与汪希眠、龚靖元、阮知非的一味沉沦相比，作者极力想写出庄之蝶在沉沦中的挣扎，然而，越是挣扎便如同陷在沼泽中的羸马越无法自拔。

孔子讲"士不可以不弘毅，任重而道远"，是讲知识分子有庄严虔敬的一面。可能是因为害怕过度地执着于自己所持的思想观念，思想陷入僵化，孔子提倡知识分子还要"游于艺"，以求文人在追求一己专长的同时能够永远保持一种积极的求新兴趣。严肃虔敬和轻松活泼致使知识分子保持了创造力。然而，庄之蝶并没有像孔子讲的那样"游于艺"，而是"游于性"。艺与性之间是否存在必然关系？对此，弗洛伊德早就做过论述，庄之蝶之流显然也以弗氏理论为自己开脱，但是在游戏之中，他最终丧失了自我。波德莱尔在《恶之花》中曾经这样描述城市女人："大街在我的周围震耳欲聋地喧嚣，走过一位身穿重孝的妇女，用一只美丽的手，摇摇地撩起她那饰着花边的裙裳，电光一闪随后是黑夜！……用你的一瞥，突然使我如获重生的，消逝的丽人，难道除了在来世，就不能再见到你？去了！远了！太迟了！也许永远不可能！因为，今后的我们，彼此都行踪不明，尽管你已经知道我曾经对你钟情！"②我想上述诗句最能说明庄之蝶与他的女人们之间的关系。这些女人绝大多数是西京城的闯入者，美艳绝伦，但瞬间就"行踪不明"。且不去讨论庄之蝶和每一个女性肌肤之亲之

---

① 贾平凹：《废都》，作家出版社，2009年，第387页。
② 本雅明：《发达资本主义时代的抒情诗人》，张旭东、魏文生译，生活·读书·新知三联书店，1989年，第144页。

后是否心灵有所折磨,但每个女性面对庄之蝶都是感恩戴德,这是典型的边缘化知识分子渴望心灵补偿的表现。从现代文学开始都市小说惯用的通过色情描摹展示都市生活的混乱、糜烂在《废都》中重演,女性的身体不幸再次沦落为城市颓败的象征,"文人与娼妓"的文学叙事始终是中国文学的模式。然而,庄之蝶又全然不是杜牧、柳永,在现代都市里他懂得如何利用自己的名声创造财富。因为城市"专栏的巨大市场给撰稿人提供了巨额的报酬,并帮助作家赢得了名声,很自然,文人会利用自己的名声开拓财源"[1]。随之而来的是政治的大门向文人打开,这导致了更加腐败的新形势,它比滥用作家姓名的后果还要严重。庄之蝶在会议讲话之前与唐婉儿偷情,这当是对政治的嘲弄和讽喻。

除却以上所言,笔者还想说明的是知识分子的边缘化问题。萨特曾说知识分子是"爱管闲事的人",他们利用具有的知识、经验和对历史的了解来探索问题,从而发挥作用,为人们指明出路。然而,20世纪90年代,知识分子边缘化了,这种精神流亡的状态,对知识分子又何尝不是一件好事。可是当时的知识分子并没有清醒地认识到这一点。当知识分子还沉浸在20世纪80年代那种高昂状态的社会语境中,突然遭遇20世纪90年代,他们怎么能接受这样残酷的现实?从浮躁到颓废,这是一代知识分子沉沦的心境。如何面对新形势?如何继续保持自己精神的独立性?这对每一位知识分子都是考验和煎熬。庄之蝶们的"游于性"既是一种沉沦,也是一种反抗,在反抗绝望之中希望看到光明。可惜,丧失了自信的知识分子,滋生出一种自疑和原罪意识,使他们失去了最起码的独立判断的能力。在这种状况下,还谈何知识分子批判精神?虽然自古以来,知识分子具有社会良知,但是他们自身也存在无法克服的弊病。对政权的依附、心灵深处的自卑感使其无法完成对社会的批判和自我灵魂的审视。所以以文人与城市的视角观照《废都》,我们得出一个结论:这是一部城市暴露小说,"游

---

[1] 本雅明:《发达资本主义时代的抒情诗人》,张旭东、魏文生译,生活·读书·新知三联书店,1989年,第49页。

于性"的态度解构了作品的庄严神圣性。

贾平凹曾说:"自一九七二年进入西安城市以来……我赞美和诅咒过它,期望和失望过它,但我可能今生将不得离开西安,成为西安的一部分,如城墙上的一块砖,街道上的一块路牌。"[①]可见,知识分子虽然在城市做精神的漂泊,但是大城市的凝聚力、整合性又在深深吸引着他。因此,我们可以这样质问塞南古尔:"人是不是并不绝对需要一座都城?"

原载《西安建筑科技大学学报》(社会科学版)2009年4期

---

① 贾平凹:《老西安》,中国社会出版社,2006年,第69页。

文化名人与西安城市文化发展初探

——以当代三位西安作家为中心

每一座城有每一座城的特色,每一座城有每一座城的记忆,从历史文化角度审视,在中国可以和北京相媲美甚或更值得追忆的名城古都也许只有西安。北京自有其雍容、典雅、恢宏的气度,而西安作为中华文明的重要发祥地之一则以其厚重、苍劲、周正而著名。如今,西安这一古今交融的国际大都市以其独特魅力吸引着远方宾朋,以周、秦、汉、唐雄风凝固成为一座名播全球的文化历史古城。然而,讲述任何一座城市都不可能离开城里的人。城是人的居所,人是城的主体,人与城特别是与"母城"的关系是历来研究者最为关注的问题。因此,以此视角观照,从古至今有许多文人都和西安这座城结下了不解之缘。西安使他们获得了创作的源泉和灵感,化为他们舞文弄墨的宏伟舞台,同时西安也因他们以及他们的作品而鲜活灵动、魅力四射、丰富多彩、名播遐迩。

当然,要研究文学与西安城市发展之间的联系会有不尽的话语,仅就汉唐诗文而言就会让人如数家珍。历史已经离我们远去,追忆古时辉煌虽然不可少,彰显现代文明也不可忽视。因此,在我们的研究中有意使用"西安"这个地理概念,而回避"长安"这一称谓显然着意倾向于当下西安的研究,这也是所谓"西安学"与"长安学"的不同。众所周知,陕西(以西安为中心)历来是文学重镇,时至当代,在中国文学艺术界陕西亦堪称翘楚，无论是小说、散文还是电影文学都有可圈可点的成绩，有堪称佳作、频获大奖的文学作品。特别是从柳青到陈忠实、贾平凹，他们作为西安文化名人对西安城市文化的发展和繁荣都做出了重要的贡献。尽管赵园认为，知识分子从来是城市腹中难以消化的东西——自然愈到现代愈如此。①但他们在引领、建构城市先进文化或消解城市负面文化的过程中，总能发挥其独特的作用，同时也能使他们化身为具有现代广告效应的城市文化名片。在这个意义上，对这些散落在人们记忆中的西安作家及其作品进行发掘、整合，甚至打造成品牌，不仅能够带动西安城市经济的发展，而且更有利于城市的文化繁荣。而从另一个层面上讲，西安城市的文化发展不仅仅弥漫着古老的典雅气息，而且也透显着崭新的现代活力。有鉴于此，本文拟以柳青、陈忠实和贾平凹这三位当代西安作家为中心，从若干方面对作为文化名人的他们与西安城市文化发展的关联做一初步的探讨。

一、柳青与西安城市主体精神

从表面看，世界名牌城市的崛起有一种偶然机遇，然而，从深层次研究，人们却发现了其中的内在必然性，那就是它们都找到了自己城市的主体精神，并用这种精神统摄城市的发展和建设。在当今社会，作为一种特质资源，主体精神可以随着社会经济和科技的进步发生转移，但是，前提是这种特质资源必须和文化相结合，抵制产业革命和社会变迁带来的发展风险。按照这样的思维，我们不妨设问：统摄西安城市发展和建设的城市主体精神是什么？这个问题可能会有如许答案：汉唐精神、长安文化等。（这些对西安城市发展，尤其是文化发展不可或缺。）但是，现代西安应该有自己的现代城市主体精神。

---

① 赵园：《北京：城与人》，北京大学出版社，2002年，第10页。

众所周知，柳青并非西安本地人，但是，在这里他创作了名著《创业史》和散文《皇甫村的三年》，西安城以及郊区的山川景物，譬如终南山、滈河、神禾原、樊川、灞桥等等现已被纳入西安城市视野的地域，皆已融进作家的笔触。西安是古老的，也是现代的："衰老的古都，一九五三年春天要恢复青春了。马路在加宽，同时兴建地下水道和铺混凝土路面。城里城外，拉钢筋、洋灰、木料、沙子和碎石的各种类型的车辆，堵塞了通灞桥的、通咸阳古渡的和通樊川的一切长安古道。"①作家敏锐地捕捉到古都的新气象，感悟到生活在这里的人们已和长眠在唐冢、汉陵里的古人不同。他们经历了先辈没有经历的时代，开创了先辈没有开创过的事业。更重要的是，在他们身上凝结着一股昂扬奋进的创业精神，一种咬定青山不放松的坚韧品质，这种品质和柳青执着于文学事业的"愚人精神"交融在一起，影响了当代陕西文坛的后来者，正因为此，我们不妨将上述精神称为"柳青精神"。毋庸置疑，社会、政治和文化思潮的变迁深刻影响着城市的兴衰，文人作为社会思想文化的最早觉醒者，不仅引领城市的文化导向，也深刻影响着城市人们的精神追求。毫不讳言，一个精神失落的城市注定是破败的城市，一个积极进取的城市必定是繁荣的城市，柳青以其执着的创业精神灌注西安城顽强拼搏的城市主体文化，这种城市主体文化在当今的西安城尤显重要。人所皆知，自贾平凹的《废都》一出，西安自然而然地获得废都称号，废都论调愈唱愈高，作家、学者包括老百姓都在喟叹：盛世已去，废都已成为事实。他们强烈呼吁重振汉唐雄风，然而，怎么振？这已成为一个不可回避的问题。在我们看来，当今的西安再也不能沉浸在对往事的缅怀、对废都的哀怨之中了，而是要发愤图强、艰辛创业、重铸辉煌，最终甩掉废都的称号。假如不努力、不拼搏，西安就会永远定格在过去，而不是现在，更不是未来。鲁迅先生曾经给西安易俗社题词："古调独弹"，今天的西安应如先生所言：立足传

---

① 柳青：《柳青文集》，人民文学出版社，2005年。

统，创建出独特的现代文明。在这个意义上，西安城市需要柳青的创业精神；西安人需要柳青创作时的坚忍不拔的韧劲。在我们的期待中，现代西安应该是：一方面弥漫着厚重的古典味道；另一方面又积蓄着渴望现代转型、奋飞的冲动。

然而，尽管柳青在其作品里对现代西安给予了一定的书写，但是时至今日，西安城市的现代气息尚且不足。尽管作家莫言在2008年陕西文化产业研讨会上曾讲，"当代文学里有柳青、王汶石这样的先辈，后来的陈忠实、贾平凹、路遥、杨争光、程海、高建群等一大批作家，每个人都写出了在中国产生广泛影响的作品"，但是西安城并没有展示这些炫目的当代文学成就。作为研究者（尤其是从事"西安学"研究的研究者），我们有责任将散落在西安各处的现当代文化名人的作品、遗迹、足迹整合起来，使他们（它们）由零散走向整体，由边缘走向中心，由点缀走向集萃，从而形成蔚为壮观的文化荟萃，引领西安城市现代文化潮流，带动西安城市经济繁荣。不言而喻，人人皆有艺术精神，只不过艺术精神的自觉各不相同罢了。对大多数普通市民而言，文学是享受；而对作家而言，文学是创造。把作家创造的文化产品让广大市民享用，这是一件既能创造财富又能提高城市品位的伟大举措，能使僵化的文化产品转化为城市的经济效益，转化为人内在的精神需求。

按照这样的思路，我们能否有这样的规划：在西安建立一个以柳青为中心的当代陕西作家文化产业园，以此昭示我们弘扬柳青创业精神的决心以及铸造现代西安城市文化辉煌的勇气。有幸的是，柳青文化广场现已经在西安市西部大学城南区建成，这对创建西安城市主体精神文化而言，确是一个良好的开端。目前，该文化广场上竖起了柳青雕像，雕像后是表现柳青生平经历的浮雕，广场中央还建有柳青文化展馆。但是，就经济效益、文化内涵来讲，一个柳青文化广场略显单一，弘扬现代文化显然力不从心，因此，不妨以柳青为中心把在西安居住、活动并继承柳青创作风格的当代陕西作家整合在一起，创建一座当代陕西作家文化产业园。我们可以选取几位代表作家,譬如杜鹏程、路遥,在园里设分展区:柳青展区恢复其当年在皇甫村故居,塑造有关《创业史》内容的雕塑;杜鹏程展区设计有关《保卫延安》内容的系列雕像;在路遥展区塑造路遥雕像,展览有关《平凡的世界》内容的画卷。试想,这样一组由当代作家及其作品组成的文化产业园与传承古典文化的曲江文化产业区遥相呼应,该是一幅怎样的图景?这边是梦回大唐,彰显千年前的辉煌;那厢是神游当代,展示当代文坛的璀璨。古今交融、法古创新,这样我们既无愧于前人也无愧于后人。一个时代有一个时代的文化,柳青以其执着的创业精神灌注现代西安顽强拼搏的城市主体精神文化,"柳青精神"将引领城市现代文化航向。

二、陈忠实与西安城市发展观

当西安这座国际大都市有了自己的城市主体精神之后,如何发展就是迫在眉睫的问题。美国加州大学洛杉矶校区教授Richard Lehan在其所著《文学中的城市》中主张,将"文学想象"作为"城市演进"利弊得失之"编年史"阅读,于是,既涉及物质城市的发展,更注重文学表现的变迁。[①]以此思想来看,我们可以做这样的推理:文学与城市有着不可分割的历史,文学想象与文化记忆不仅可以帮助我们进入城市,更有意味的是,文学可以激活城市的记忆,甚至还可以经由城市规划者策划,将一个在社会已经产生广泛影响的文本转化为一种物质实体存在,从而丰富城市文化、创造城市经济效益。毋庸置疑,传统观念里,知识分子被定位在社会精英阶层,人们拒绝将他们与经济联系在一起,然而,当今的形势已与过去大不相同,以文化为基础、知识为核心,借助技术的介入发展经济的潮流蔚然成风。经济的先行投入带动城市文化的发展,这已是不可逆转的时代趋势。

按照这样的思路凝眸当代陕西文坛,我们发现:陈忠实的《白鹿原》

---

① 陈平原、王德威编:《北京:都市想像与文化记忆》,北京大学出版社,2005年。

文本陡然唤醒了沉睡的都市。毫不夸张地说，这部被誉为渭河平原五十多年变迁的雄奇史诗，使白鹿原知名度空前提高，一时之间，有关其开发的方案层出不穷，其中陕西白鹿原文化研究院院长于志启起草的《建设中国·西安"白鹿原文化城"》引人注目并开始投资落实。不言而喻，特殊的地理位置和自然环境造就了白鹿原开发的前景，深厚积淀的文化资源注定了其开发的潜力，然而，这一切都需要被《白鹿原》文本激活。不可否认，以山水田林路综合考虑，农林牧副渔生态园林全面发展，以文化、生态、旅游为品牌，创建西安城市经济增长新亮点，这确乎顺应了文化产业在中国经济发展中的新生与裂变的发展趋势，对西安历史文化名城具有延伸性的典型意义。另外，在当前全球大都市都面临着人口密集、生态失衡、环境污染等严重问题的形势下，在郊区的白鹿原上下功夫，给西安抽脂减肥，以文化建设为核心，从生态平衡角度出发，使西安城全面发展并凸显文化产业，这种城市发展思路具有前瞻性。因此，当我们努力用文字、图像、文化记忆来表现或阐释一座城的前世与今生时，这座城市的精灵不仅得以生生不息地延续，而且这座城市的发展也会因此获得意想不到的灵感，小说《白鹿原》带动白鹿原文化产业城创建就是一个典型示范。

可以肯定，作为一名最本色的西安作家，陈忠实有着深厚的白鹿原情结，不仅其长篇小说以白鹿原为写作展开的空间，而且其散文、诗词都是以白鹿原为背景的。"生于斯，死于斯"的情感使他难以置身其外做精神漂流，但是，作为从事精神生产的知识分子，他居住于城，分享并陶醉于这座城市文化的和谐，同时又保持着知识者的清醒意识。在散文集《走出白鹿原》里，陈忠实表达了对西安乃至陕西文化的发展思考，《俏了西安》《活在西安》《足球与城市》可看作其西安城市发展观的代表篇目。作家讲，西安俏了，俏得让那些老西安人常常发出感叹。但是，今天的西安却不能和东部的发达城市相提并论，更不敢奢望唐时的高度文明、超级繁荣、自信雍容，"真是无可奈何花落去，废都的萎缩是不可逆转的"①。于是，作家提出：西安这座古今交融的国际大都市该如何发展，这是这座历史文化古城如何转变为现代都市的关键。"足球是动态的，有了足球的城市便添了动态的美。足球是一种进取精神最富激情的展现，有了足球的城市便呈现出锐意进取的精神。足球展示给世界的是一种生命的活力，有了足球的城市就多了一份生动。足球是属于年轻的生命的，有了足球的城市便不会老化。足球是地球上所有种族、各种肤色的人共同拥有的无须翻译的语言，有了足球的城市便具备了与世界城市对话的一种基本功能。……"②陈忠实将城市发展与足球联系在一起，以足球的动感、锐意进取精神、面向世界，展示一种现代化的城市发展观。只有在信息时代，人类才会拥有这种互动、交融的城市发展观，在我们看来，新的城市文化是一种有流动空间和地方空间之间的多模式界面展现出来的有意义的、互动交流的文化。城市一直都是交流系统，以个体与社区身份与共有的社会表现之间的界面为基础，从根本上说，如果作为文化特色之源的城市要在一种新的技术范式中生存下去，它就必须变成超级沟通的城市，通过各种各样的交流渠道（符号的、虚拟的、物质的），既能进行局部交流也能进行全球交流，然后在这些渠道之间架起桥梁。从这个意义上讲，西安这座文化古城已不能是封闭、保守的城市，而是要谋求发展、拥抱世界的城市，它应似足球一样滚动着飞向世界球门。

三、贾平凹与西安城市文化

尽管以贾平凹个人、著述的影响，没有产生一个类似于柳青文化广场的地方，一个类似于白鹿原文化产业城的商业地块，但是，其在当代西安作家中对西安城市文化发展做出的贡献却是最大的。在其创作生涯中，仅专门为西安而撰写的长篇小说就有四部，从最早的《废都》到后来的《白

---

① 陈平原、王德威编：《北京：都市想像与文化记忆》，北京大学出版社，2005年。
② 陈忠实：《走出白鹿原》，陕西旅游出版社，2001年。

夜》《土门》《高兴》，四部作品皆展现西安特有的城市景观、日常生活以及文化特色。散文《老西安》则直接以西安为题，将近现代以来西安人事变迁、历史名人如数家珍一并道来。此外，还有像小说《怀念狼》，散文《〈游在西安〉序》《都市与都市报》《十字街菜市》《人病》《看人》《闲人》等均属于书写西安城市生活的作品。贾氏的灵魂安妥在这座城，正如他所言："生不在此，死却必定在此，当百年之后躯体焚烧于火葬场，我的灵魂随同黑烟爬出了高高的烟囱，我也会变成一朵云游荡在这座城的上空的。"①这是一位西安文人生前死后对西安这座城的挚爱，不仅爱城、爱城里的人、城里的建筑、城里的生活，更重要的是，痴迷于这座城与生俱来的文化。概括贾平凹为西安城市文化发展所做出的贡献，在我们看来有以下几点，列举如下：

一是努力传承长安传统文化。尽管其散文《老西安》里着意描摹一个"老"字，但是，贾氏骨子里眷恋着的仍是盛世长安的辉煌；尽管他不止一次称西安为废都，但是在散文《西安这座城》里，他却不无自豪地夸耀："记住，历史当然翻开了新的一页，现代的西安当然不仅仅是个保留着过去的城，它有着其他城市所具有的最现代的东西。但是，它区别于别的城市，是无言的上帝把中国文化的大印放置在西安，西安永远是中国文化魂魄的所在地了。"②毋庸置疑，在西安充盈着一种浑然、厚重、苍凉的气韵，这气度就是在贾氏诸多作品里竭力彰显的汉唐时期西安的恢宏壮大气象，在其审美趣味追求上所表现的秦汉审美风范。贾氏散文《卧虎说》里倡导的雄浑、大气、自然、浑厚之美，长篇小说《浮躁》营造的阔大、雄伟的艺术风格，这一切都昭示人们：贾平凹对以长安为中心形成的中国传统文化的挚爱。在这个意义上，我们就不难理解，长篇小说《废都》为什么称西安为废都，废都之所废者在于汉唐气象的衰败。当然，人们提及《废都》，都会指斥其中流露出的浓郁颓废意识，但是，无论如何

---

① 贾平凹：《贾平凹文集》，陕西人民出版社，2000年。
② 同上。

研究现代西安,这都是绕不过去的。因为在整个20世纪少有人写它,抑或创作出与它相衬的"大作"出来,直到贾氏的"西京系列小说"问世,这种状况才有所改变,尤其是《废都》,为我们营造了一个以西安为城市象征意味的世界,展现了大量的西安都市景观、都市文人生活。其中,四大文化名人的引入自觉将文化名人与西安城市文化联系起来,在这个意义上,《废都》当之无愧是第一部最为详尽、完整的有关西安城市以及城市文化叙述的文学作品。废都、废人是作家对西安这座城市的隐喻,也是其所理解的人与城的关系,它的出现激活了都市的文化记忆、文学想象。作家曾讲:《废都》出版后好事者多去书中所载街巷考证,甚至北京也来了几位搞民俗摄影的人,去那些街巷拍摄了一通。可见,一位作家及其作品勾连起当代中国人一连串的有关西安这座历史名城的文化记忆,这对西安城市的文化发展该会有多大的影响和作用。然而,"要在这本书里写这个城了,这个城里却已没有了供我写这本书的一张桌子"①。作家居于城,灵魂却无法安妥于城,这本身就是悖论。不言而喻,《废都》的颓废气息带给西安城颓败的声誉,也使作家自己赢得了暮气的名声。名人是城市的文化名片,《废都》却成为名片上的斑点,然而,无论如何我们不能否认,它在西安都市文化研究中的重要价值。

二是艺术展示民间鬼巫文化。同样是写西安这座城市,《白夜》展示的是民间鬼文化。韦伯认为,科学的进步是理智化过程的一部分,理智化和理性化并不意味着人对生存条件的一般知识也随之增加。但这里含有另一层意义,那就是:只要人们想知道,他任何时候都能够知道;从原则上说,再也没有什么神秘莫测、无法计算的力量在起作用,人们可以通过计算掌握一切,而这就意味着为世界祛魅。与此相反,贾平凹在其"西京系列小说"中,尤其是在《白夜》里以目连救母的"鬼戏"引入夜郎亦人亦鬼的生存状态,则是一种返魅的艺术手法,体现的是一种最为人文化、

---

① 贾平凹:《废都》,北京出版社,1993年,第520页。

艺术性的思维。所以，从这个层面上讲，贾平凹所展示的西京文化不仅是中国传统的文化，而且也是最具有艺术气质的文化。这是贾氏对西安这座带有浓郁乡土气息的城市的文化特有的贡献，也是其对中国当代文学的贡献，长期以来，贾平凹的价值一直得不到肯定，就是忽略了这种独有的文化内涵。

三是深入反思现代西安城市文化。城市是什么？城市是个海，海深得什么鱼鳖水怪都藏得，城市也是个沼气池子，产生气也得有出气的通道。……城市如何，体现着整个国家和地区的综合实力，随着人类社会的发展，城市的拥挤、嘈杂、污染使城市萎缩、异化了。[1]贾平凹居住于城市却最反城市化，其思想蕴藏着极深的人类忧患意识。长篇小说《废都》《土门》《白夜》《秦腔》都流露出浓郁的颓废思想，这不仅仅缘于汉唐盛世已经逝去，更为关键的是，现代化致使西安城越来越丧失旺盛的生命力。恰恰是狼，即原始野性激发了人的活力，所以从《废都》到《白夜》《土门》《怀念狼》，作家都在呼唤原始野性，反城市化的《秦腔》则明目张胆为传统文化招魂。然而，贾氏的思想并非如此单纯，在现代与传统、城市与乡村之间，他徘徊不定，从《废都》到《白夜》《土门》以及《高兴》，他都在思考西安现代化进程中农民的命运、乡村的命运。从《废都》弥漫的颓废气息、《白夜》流露的进退两难的状态、《土门》包含的无家可归的悲哀，最后到《高兴》里农民对城市生活的无尽期待，贾平凹用他的"西京系列小说"昭示了西安城市现代化过程中出现的种种弊病，表达了一位知识分子对人类命运的忧虑。尽管作家并没有开出一剂良方，但是以牺牲农业、生态平衡、生命本真为代价，这是作家不愿意看到的。贾氏渴望有一种合理、健全的西安城市现代化发展方案，他反对人异化，渴望回归自然，希望彰显充盈活力的自然状态，"正像古代游牧民族在地中海盆地的永久定居标志着西方文明的开端一样，大都市的发展是独

---

[1] 贾平凹：《丑石》，人民文学出版社，2008年。

特的现代西方文明开始的标志。在城市生活的独特环境中，人类首次远离有机自然。现代人生活方式的鲜明特征是：中心城市集聚着大量人口，而次级城市围绕在它们周围"[1]。也许等有一天，西安城不再像传统的城，而像花园式的、乡土式的城市，更加生态化、更加合理化，这才是西安居民最佳的去处。

四是独立观照西安人的文化人格。提及城市当然离不开人的活动。什么是西安人？吴宓说他们的性格是倔、犟、硬、碰，贾氏作品里的西安人是闲散。这种闲人既是都市中的文化闲人，也是城市里的无产者——流浪汉。前者如长篇小说《废都》里塑造的一批以庄之蝶为代表的文化闲人，他们处于社会的边缘，精神颓废、心情郁闷，漫步、张望于拥挤的大都市，从而展开了他们与城市和他人的全部关系。后者如《高兴》中的刘高兴、五福之流，像庄之蝶一样，他们也在城市漫步，但是，这种漫步不是为了浪漫休闲，而是为了谋求生计。作为普通的城市从业者，他们生活在社会底层，行走是他们经历城市生活的一种基本方式，他们的身体在自己书写的却又读不到的城市"文本"的拥挤或空旷中流动，从而浏览了城市风景、体验了最为心酸的都市生活。由此可见，尽管贾氏文本里没有时尚的都市景观展现，却描摹了一幅人与都市独一无二的城市生活画卷。

综上所述，从柳青到陈忠实、贾平凹，他们或是以自我的人格魅力去为西安城灌注一种主体精神；或是以文学作品激活城市人生，形成自我城市发展新观念；或是以深邃的文化思想丰富城市文化内涵。文人以拥有、创造文化知识著称，文化古城以文化昌盛、文人荟萃为荣。文学名家、文学文本、文学想象会使城市不仅有物质方面的发展，而且也会有精神领域的兴盛。同时，在创造和彰显"城市意象"以及"立足于城市文化的活态现实，探寻不同文化群落间相互交往的可能"等方面，城市文化名人也会起到重要的作用。我们希望在文化产业上升为国家战略性产业的时代背景下，通过这

---

[1] 孙逊、杨剑龙主编：《阅读城市：作为一种生活方式的都市生活》，上海三联书店，2007年，第3页。

些居住于西安并挚爱这座城的作家及其作品带动西安城市文化的发展，改变旧日所讲的"文化搭台，经济唱戏"的现状，实现今人所倡导的"文化搭台、文化唱戏"，甚或是"经济搭台、文化唱戏"的愿景，从而使城市文化鲜活灵动、丰富多彩，真正优化世界名都西安人居的人文环境。

原载《人文杂志》2009年第6期

（本文系与李继凯合作）

黍离麦秀之悲

——论贾平凹对民族文化的设想

贾平凹是当代名作家。20世纪90年代以来，他的作品以颓废著称，有人批评他是颓废的私人化写作，也有人称《废都》反证了一个时代在理想上的崩溃。但不管褒贬，多年来对贾平凹颓废意识的解读都有所偏差。颓废是不是作家的本意？颓废背后到底隐含着什么？从《浮躁》到《秦腔》，中间并非都是省略号，《白夜》《土门》《高老庄》《病相报告》《怀念狼》等一系列文本充溢着颓废气，也激荡着一种重构民族文化的冲动，因此我们需要对贾平凹的颓废意识进行重新阐释。

一、黍离麦秀之悲

在许多学人看来，贾平凹的颓废意识缘于对时代精神的思虑，而我以为颓废缘起于作家心中的历史意识，发酵于他对时代的感伤，最后形成于他对人类文明的忧虑。生长在商山丹水之间的贾平凹后来一直生活在西安这座城市。一踏入关中，他就被霍去病墓前的石虎勾魂摄魄，或因在田间地头拾得秦砖汉瓦而长啸，于是，想象着年轻的霍去病将酒倒在泉井里让将士痛饮的景象，心头涌上的是"西安城北日夜奔流的古铜汁的渭水和汗血宝马"①。但是,"千余年来,这个长安一步一步萎缩下来,明洪武年间重新整修的保存完整的古城墙,其实仅仅只是唐长安城的七分之一"②。更可怕的是,"关中祖先的勤劳、勇敢、威武、争胜使这块土地富饶丰盛,富饶丰盛的土地却使它的子孙们滋长了一种惰性,惰性的滋长反过来又冲击着古老的风俗"③。昨日繁花似锦,今朝黍麦如茵,贾平凹心中不免涌上的是黍离麦秀之悲。"黍离"是"周大夫行役至于宗周,过故宗周宫室,尽为禾黍。闵周室之颠覆彷徨不忍去而作此诗"④。"彼黍离离,彼稷之苗。行迈靡靡,中心摇摇。知我者,谓我心忧;不知我者,谓我何求。"(《诗经·王风·黍离》)"麦秀"则出自《史记·宋微子世家》,史公曰:"其后箕子朝周,过故殷墟,感宫室毁坏,生禾黍,箕子伤之,欲哭则不可,欲泣为其近妇人,乃作《麦秀之诗》以歌咏之。其诗曰:'麦秀渐渐兮,禾黍油油。彼狡童者,不与我好兮!'所谓狡童者,纣也。殷民闻之,皆为流涕。'"⑤历史沧桑变化,废园、芜城,是中国文人熟识的符号。"人们已习惯于借助象征符号记忆历史,以此给记忆以形式,使感受有所附丽。废园、芜城与铜驼荆棘、麦秀黍离等等,因了重重叠叠的书写而意蕴深厚,意旨明确,挟着积久生成的厚重意涵,正宜于用来起兴古。"⑥贾平凹当然不能免,《废都》《白夜》中那呜咽幽怨的埙乐,便是西安这座千年古城的挽歌。"时代是仓促的,已经在破坏中,还有更大的破坏要来。有一天我们的文明,不论是升华还是浮华,都要成为过去"⑦。不过,90年代以降的中国,这种黍离麦秀之悲不仅仅局限在都市,也已蔓延到乡村,这种变化最主要的原因在于现代化的介入。科学

---

① 贾平凹:《贾平凹文集》第16卷,陕西人民出版社,2004年,第183页。
② 陈忠实:《陈忠实文集》第6卷,广州出版社,2004年,第15页。
③ 贾平凹:《贾平凹文集》第11卷,陕西人民出版社,2004年,第457页。
④ 程俊英、蒋见元:《诗经注析》,中华书局,1991年,第194页。
⑤ 司马迁:《史记·宋微子世家》,中华书局,1997年,第1292页。
⑥ 赵园:《想象与叙述》,人民文学出版社,2009年,第81页。
⑦ 李欧梵:《中国现代文学与现代性十讲》,复旦大学出版社,2002年,第76页。

技术改变了人与自然之间和谐、顺应的关系，四通八达的交通道路、无所不至的通信网络，打破了西部乡村旧日的舒缓和宁静，扰乱了人们安分、知足的心境，"悠然见南山的情境尽管高，尽管可以娱人性灵，但是逼人而来的新处境里已找不到无邪的东篱了"①。更何况当代中国正经历着由新启蒙时代向自由经济、后改革时期的转变，城市并没有按照理论上所预设的那样，与乡村构成相互依存、促进的关系，反而以对农村的无节制的掠夺为发展前提，像巨大的吸铁石一样吸走了周边的各种财富、能量、人才，从而使农村成了一切社会压力的泄洪地。成千上万的闲置农村劳动力离开了土地，涌入城市，成为无根的游民，农村不得已而沦为当代中国的新废墟。沈从文的湘西隐退，师陀的果园城被毁，刘绍棠的蒲柳人家消失了。随之而来的是，贾平凹的《高老庄》浮现，《秦腔》唱起。清风街再也找不到精壮的劳力把老人的棺木抬往坟地，蔡老黑的葡萄园里一片狼藉，现代科学技术在增进老百姓的物质享受的同时，也打碎了中国知识分子的田园幽梦。享用与阵痛交替而入心中，作为农民的子孙，贾平凹真不知该为自己那些父老乡亲高兴还是诅咒。因此，贾平凹的黍离麦秀之悲也就有别于箕子、周大夫的故国之悲，而更多隐含的是对现代性的忧虑。

提及现代性忧虑，不可回避人类的文明病，"当文化的物质方面过于发达的时候，当运输和破坏的方法，以及大量生产和广告，支配着一个国家的生活的时候，整个社区便充满穷奢极欲式的虚假和妄狂的需要的满足，到这时，整个的文明都大堪忧虑"②。艾略特将其隐喻为荒原，荣格界定其为"世界的边缘"，波德莱尔称之为"恶之花"，而在贾平凹眼里，它则是人病——首先是种族退化。现代科技迅猛发展，电视、冰箱、洗衣机、电脑、互联网等新器物不断推陈出新，它们改变着我们的生活，也影响着我们的文化。人类的诸多机能得不到发展，高老庄里的人头大腿短，一代不如一代，西京城里的市民莫名其妙地身上长皮屑，它们

---

① 费孝通：《乡土中国》，上海人民出版社，2007年，第248页。
② 马凌诺夫斯基：《文化论》，费孝通译，华夏出版社，2002年，第100页。

象征着西部中国在现代文明的侵入下虽然改变了往昔贫穷、落后的面貌，但却出现了生命退化的迹象。以进化论观点来看，所有物种都将连续地并且多少有点缓慢地朝着一种最高的完美形式前进："生命者，只前进，不后退，能迈进，难静止。"① 但是现实却不能不使人忧虑，物种的萎缩比任何颓废现象都让人恐惧。其次是人性的扭曲和萎缩。一类是情感萎缩。物质生活的享受对人类而言永远是无法摆脱的诱惑，超越世俗物质生活而进入精神层面，又是人的内在生命诉求。然而，现代科技不仅变更了人与自然的亲和关系，也改变了人与人之间和谐的关系。冷漠、无为、残忍是现代人的情感描述，就连人类最圣洁的爱情也迅速在现代社会凋落，《病相报告》与其说在写胡方的爱情，不如说在写老头有病，与其说写老头有病，不如说社会沉疴已久，爱情也已是病，可见人类情感的扭曲。第二类是异化（alienation）。这个词的本义是疏离、疏远，后来在马克思或黑格尔的理论中，演化为人与自己的本性分离，即人失去了自己的生命意识，以物的形式存在。人的异化在贾氏文本中有"人变兽"和面具两种形态，"人变兽"暗含着动物界逃避了人类符号和价值的驯化，反过来揭示了隐藏在人心中的无名狂躁和疯狂；面具则反映了"现代人的形象已经成为彻头彻尾的假象；现代人不是表里一致地出面，他毋宁说是隐藏在他现在扮演的角色里"②。异化源于人自我的分裂和无形的力量对它的支配，而在这一方面，贾平凹的揭示始终缺乏深刻性。第三类是呆傻和疯癫。它们皆是人类精神的非正常态势，属于精神错乱，具有无理性的特征，疯癫更是一种典型的"人病"（神经病），发病时情绪高涨、想象力丰富。在这些具有呆傻、疯癫特征的人物身上，我们窥视到，"人类理性已遭惨败，那挥之不去的东西却像幽灵般接踵而来。人类在物质财富方面取得了巨大的成果，然而也给自己制造了巨大的深渊。那对世界黄金时代的许诺，已为

---

① 凌宇：《从边城走向世界》，岳麓书社，2006年，第440页。
② 尼采：《悲剧的诞生：尼采美学文选》（修订本），周国平译，北岳文艺出版社，2004年，第126页。

无限荒凉、无比丑陋的世界所取代"①。因此，无论是废都、废乡，还是人病，在今昔比照中，人们发现的恰是一堆瓦砾。

二、怪诞

这堆瓦砾上有什么？首先是丑陋、肮脏之物。那些出没在阴暗、人所不至地域的动物，如野狼、毒蛇；肮脏、污浊的身体排泄物；人性中最不堪的恶俗，如自私、卑劣。其次是不同领域的东西混杂在一起，"带有不详的生命力的原始丛林中，藤蔓纷乱地缠绕在一起。在那里，大自然似乎自己抹掉了动物和植物之间的差别"②。秩序和比例被颠倒了，美人与疯子结伴而行，土匪与清官融为一体，节欲与纵欲促膝而坐。再次是疯子和傻瓜。在这些精神错乱的人身上，人性本身拥有了不祥的色彩，仿佛有一种非人的力量、异己的鬼魂占据了人的心灵。最后是一些来历不明的生计可疑的破落放荡者，如城市拾荒者、释放的刑事犯、流氓、娼妓，都是随着时势浮沉流荡、不固定的颓废人。在前现代农耕文明社会，人们醉心于宁静、和谐、圆润之美，尤其是对中国人而言，儒家素以养浩然正气以求心灵的充盈，道家以林泉之隐追求精神的自由，中国传统文化"不强调罪恶、恐怖、苦难、病夭、悲惨、怪厉诸因素，也很少有突出的神秘、压抑、自虐、血腥……突出的是对人的内在道德和外在活动的肯定性的生命赞叹和快乐，即使是灾祸、苦难，也认为最终会得到解救"③。文学更是如此，"作品是武器或玉器，作者是战士或歌手，是中国汉民族文学的特点"④。然而，"人类生活上的每一重要危机，都含有情绪上的扰乱、精

---

① 荣格：《荣格文集》第9卷，转引自胡经之主编《西方文艺理论名著教程》（下），北京大学出版社，1989年，第173页。

② 凯泽尔：《美人和怪兽：文学艺术中的怪诞》，曾忠禄、钟翔荔译，华岳文艺出版社，1987年，第194页。

③ 同上，第106页。

④ 贾平凹：《贾平凹文集》第17卷，陕西人民出版社，2004年，第255页。

神的冲突以及可能的人格解组"①。现代工业文明打破原有生活的宁静，扰乱人们稳定的心境，扭曲、夸张、变形成为现代艺术的表现手段，鲜血、暴力、恐怖、邪恶上升为现代艺术的内容。由审美演化到审丑意味着一种新的审美原则——怪诞在崛起。最初，怪诞一词与洞窟（grotta）一词有关，15世纪末期，它被创造出来是用来表示刚发掘出来的一种绘画的装饰风格，后来专指"把各种大相径庭的成分串联在一起，没有清楚的形式，组织和结构对称完全听其自然的大杂烩"②。怪诞是一种结构，不相容领域的互相混合，在这里，静力规律被废除，种属差异不复存在，美好人格和历史秩序被打碎。怪诞让人产生一种生厌的情感，使人从中体验到的完全是陌生、奇特感觉和恐怖恶兆。但是，"在任何一种情况下，怪诞都意味着具体形式向超自然领域的飞跃"③。

早在《厦屋婆的悼文》里，贾平凹就有了审丑的意识，《丑石》也是篇以丑为美，拥有哲理气息的小散文，只不过那时贾氏还笼罩在一片忧郁而光洁的月光里。中年之后，社会骤然剧变，人生体验复杂，《废都》之后，贾氏大范围描写丑陋，一发不可收拾，为此，他失去了一大批读者和评论家。如果说在现代文学里，贾平凹曾经师承过沈从文、孙犁，那么至此他已经和他的老师们分道扬镳。他似乎被某种神力驱使，文本间充溢着巫神魔幻、氤氲鬼气。想象中他的思维打破时空，超越有限，思绪由此物而联想到彼物，由不在场想象着在场，由人间飞驰幽都，由人类推及动物。但他的思维方式是矛盾对立式的，于淤泥里渴望长出莲花，在淫荡里寻找圣洁，丑陋中孕育着美丽，在死亡里感受到鲜花芳菲的气息。贾平凹经常是以极端对立的事物体现怪诞，审美也就由柔美转变为诡异，其中凝结的是作家对丑恶现实和虚伪现代人生的否定体验。生命是复杂的，阳光

---

① 马凌诺夫斯基：《文化论》，费孝通译，华夏出版社，2002年，第85页。
② 凯泽尔：《美人和怪兽：文学艺术中的怪诞》，曾忠禄、钟翔荔译，华岳文艺出版社，1987年，第106页。
③ 尼采：《悲剧的诞生：尼采美学文选》（修订本），周国平译，北岳文艺出版社，2004年，第126页。

之中必有阴影，然而，瞒与骗的文学不是吟咏性情，就是装点人生。因此，论想象力，中国人不及西方人瑰丽新奇，论好奇，不及西方人富有冒险精神。是怪诞撕裂了人类的假面、否定了人性虚伪的一面，直接刺激了中国人逐渐麻木的神经。当前我们生活在一个巨变的年代，价值观混乱、秩序在离析、规矩在败坏，一切都在重新洗牌，贾平凹的怪诞审美使我们看到社会处于巨变之中人的灵魂多样化的运动，在鬼神中体验的是一种思想飞扬的自由想象，在巫术描摹中感悟的是一种情感宣泄的舒畅，其中包含了对庸常生命的超越，充盈着精神创造的愉悦。儒家讲"子不语怪力乱神"，贾氏醉心于鬼神世界的描摹使其脱离了正统的文化体系。以平等的态度对待天地万物，追求思想的放飞，这对于务实的中国人而言，无疑激活了日益僵化的思维、滋润了逐渐枯萎的情感。不言而喻，废墟是历史沧桑的纪念碑，怪诞是现代文明的墓志铭。只有在现代的喧嚣中，废墟的宁静才有力度，也只有在重建中，废墟才能上升为历史的记忆。

三、重构民族新文化

新文化的建构历来有赖于对既有思想文化的选择和加工，也有待于从先进文化中汲取养分。当"靡弱之风兴起，缺少了雄沉之声，正是反映了社会乏之清正。而靡弱之风必然导致内容琐碎，追求形式，走向唯美"[1]。为此，贾平凹选择以汉文化的雄浑、刚健之气扫荡当代文化的"浮靡甜腻"风气。任何一种新的民族文化的建构都需要传统文化的加盟，这是保证本民族的精神素质、心理习惯、生活情趣绵延的前提。同时，也并非所有传统文化都可以进入当代文化的建构中。只有在人类当代意识的观照下，它们才能拓展本民族的视野，促进民族文化机体的不断新生。在贾平凹看来，首先，汉文化的刚健、雄浑之气最有利于抵御社会的

---

[1] 贾平凹：《贾平凹文集》第14卷，陕西人民出版社，2004年，第289页。

浮躁、颓废气。汉武帝统治时期，朝廷东西南北方向皆有武力扩张，立朔方郡，通西域，引入西方文化，堪见汉人的胆量和魄力，整个汉文化艺术生命也就在不事细节修饰的夸张姿态和大动作中，呈现出力量、运动以及由此而产生的气势。如果说唐代艺术沉浸在一种丰满兼具欢畅的氛围之中，西汉艺术则以铺张陈述人的外在活动和对环境的征服为特征。其次，汉初统治者面临着战后残破、凋敝的局面，加之君臣皆起于草野，因此，整个社会心仪质朴之美、追求自然便构成汉代艺术的突出特征。而唐代虽然国力强盛，民族自信心更加饱满，佛学的融入又使审美呈现出雍容大度的风姿，但是这是一种盛极而将趋于衰的文化，因此不及西汉自然、拙朴的文化更有利于疗救社会病症。现代社会文明也已成熟，并开始走向颓靡，社会需要一剂清凉剂，回归自然以及人的本性是医治现代人异化的良药。再次，魅性之美有助于激发当代人的想象力和生命热情。历史上虽则强秦灭掉楚国，但是汉王朝的建立在很大程度上是楚文化的胜利。汉初君臣皆来自楚国，汉宫之中盛行楚歌、楚舞，即使从漆画艺术看，汉之承楚文化处尤为显著。① 特别是在文学艺术领域，汉依然保持了古楚的瑰丽、神秘、野性的特征，在汉人的意识里，"生者、死者、仙人、鬼魅、历史人物、现实图景和神话幻想同时并陈，原始图腾、儒家教义和谶纬迷信共置一处……从而，这里仍然是一个想象混沌而丰富、情感热烈而粗豪的浪漫世界"②。这种浪漫情怀、灵秀心境能洗涤萎靡社会的僵化腐朽之气。中国文化历来以儒家为正统，儒学重实际而轻玄想，与艺术的境界相去甚远。古楚文化是中国正统文化的有力补充，那人神杂处、神秘浪漫的楚汉文化打破了中原儒家文化庄严，乃至呆板的固有传统，为中国传统文化注入了新鲜和活力。贾平凹生长于秦头楚尾的商州，商州之地重鬼神、好淫祀，这个地域形成的鬼巫文化与贾氏产生了极强的心灵感应。他在人兽互变、幽冥相通、人神共处、植物与动物杂交之中向我们展示了一个奇异、

---

① 李长之：《司马迁人格与风格》，天津人民出版社，2007年，第3页。
② 李泽厚：《华夏美学》，天津社会科学出版社，2001年，第28页。

瑰丽的世界，正是这些丰富而大胆的想象滋养着我们的人生。传统是人类优秀文化的积淀，它唯有存活在当下，才能称其为传统，贾平凹倡导的"大汉朔风"是一种强烈的历史意识，也是民族意识，他不仅在霍去病墓上石虎前流连忘返，在八百里秦川上收集汉代的陶罐，而且为文追求"雄中有韵，秀中有骨"的气度，善于以巫鬼神怪的描摹竭力彰显汉文化精神。他引入大量戏曲、碑文、民歌、笔录、观察日记、民俗巫术，以求作品内容庞杂，精神博大，笔下人物均采用粗线条勾画，叙述语言力求简洁、干净，追求审美古拙。贾平凹正是通过自己的文学创作复活了汉文化精神。

同时，贾平凹试图以民间文化重塑民族雄强、刚健的生命意识。民间文化实为一种传统的遗存物，生命意识则是一种现代意念。以民间文化去激发民族雄强、刚健的生命意识是一种将传统文化与现代理念结合起来的构想。在贾平凹看来，生命由低级到高级存在三种形态：一种为原始形态，是人与自然、环境完全融合在一起；一种为自在形态，是指人适应了自己生存的环境；一种是自为形态，表现为人能够掌控自己的行为，明白自己所要做的事情。这三种生命形态均包含雄强、自由、热烈的精神追求，这种精神诉求缘于商州的民俗熏染和江山之助："西鄙之民悍而鸷，商之民朴而实；西鄙之地荒而邈，商之地秀而淑。"（明·刘承学《商略》序）商州景色秀美，物产丰饶，而且蛇、貂、蝎、麋鹿、野狼以及土匪时常出没，姐儿歌、商洛花鼓、丑丑花鼓戏、行船号子更是中原地域所未有的民俗。因而90年代之前，贾平凹重构民族新文化时，商州便成为他取之不竭的宝库：第一，以剽悍的动物形象试图唤醒现代人旺盛的生命意识。在贾平凹笔下曾经出现过反刍的牛哲学家、剽悍骁勇的西域大宛马、甜腻慵懒的大熊猫、扑朔迷离的麋鹿，然而，没有什么比南山漫山遍野奔跑着的野狼更能激发人们强健的生命意识。生命力的旺盛抑或说强悍，使得贾平凹笔下的狼成为现代意识观照下的生命，与这种生命形式相对应的是怯弱、庸常的生命。第二，以挚烈率真的民歌呼唤爱情。民间藏污纳垢，但也存在着自由和热情，这是一切文明社会人所无法享用的一种生命的欢畅："郎在对门喊山歌，姐在房中织绫罗，我把你发瘟的早不死的唱得这样好哟，唱得奴家脚跛腿软腿软脚跛，踩不动云板听山歌。"①人性中最能体现人的本质力量的是性爱。民间无所遮拦的爱欲里充溢着礼教、文明所不能禁锢的生命力，和它相对应的是西京城里，《白夜》里的虞白、夜郎情感的颓靡。第三，以土匪展示自由而放浪的个性。90年代，为了抵制社会的颓废之气，贾氏曾经写下"土匪系列"作品。土匪是秩序外的特殊人群，杀人越货、飞檐走壁、血腥残忍，和慵懒、冷漠的现代都市人相比，那些"额角分明鼻梁高耸，双目炯炯若星"的土匪身上洋溢着一种雄强、刚烈、自由的气息。生命需要营养、自身生产、精神三方面的要素维持，生命在低级阶段需要食物延续生命、延续种族，这便产生了人的物质需求和情欲，到达高级阶段则需要追逐精神的自由和欢畅。在贾平凹的生命意识里信奉的是雄强、自由、热情。因此，无论是《怀念狼》还是商州"土匪系列"作品，包括对"大汉朔风"的推崇实质都是在彰显一种雄强的生命、刚健的文化。如果说90年代商州的乡野还能拯救现代人颓废的生命，那么当现代化日益渗透到当代农村，民间的野性和旺盛的生命力还是否能够存在？《高老庄》《秦腔》已经回答了这个问题：民间不仅遭受上层的征服和改造，"也承受在有线电视网络的覆盖范围，还有多少地方戏可能充当某种地域文化的血缘守护者？纳入跨国资本的市场体系之后，牛仔服装系列、迪斯科舞蹈、旅游风景区的民间传说、本乡本土的风味小吃正在发生哪些变化？……由于多种势力的运作，人们熟悉的民间隐退了"②。

从一般意义而言，文化含有物质的和精神的两大主要成分，即已改造的环境和已变更的人类有机体。"文化的现实即存在于这两部分的关系

---

① 贾平凹：《贾平凹文集》第6卷，陕西人民出版社，2004年，第267页。
② 南帆：《民间的意义》，载《文艺争鸣》1999年第2期。

中，偏重其一，都会成为无为的社会学的玄学。"①说到底，贾平凹的民族文化重构是不完全、有缺陷的，他注重的是民族文化精神方面的建构，至于器物、社会制度等层面，他都没有涉猎。当然，我们不能苛求于作家，一种新文化的形成必然经过一个不断地对古今中外现有文化的选择、改造与综合的过程，这项工程任重而道远，需要时代经济、政治的变革，以及由经济、政治的变革而转化的文化形态，这期间还需要文化自身对既有传统的批判继承和推陈出新。贾平凹的民族文化重构则是一个好的开始。

原载《文学评论》2010年第5期

---

① 马凌诺夫斯基：《文化论》，费孝通译，华夏出版社，2002年，第104—105页。

贾平凹与秦汉文化初探

在当代文坛上,贾平凹善于从民族学和风俗学方面着手,考察三秦大地的地理历史、民俗风情,不仅勾连起长久的传统与现实、文化与社会两个层面的历史记忆,而且也以此表明自己对秦汉文化的钟情。然而,当今学界似乎忽视了贾氏这种强劲的文化寻根追求,将其放置在各种社会思潮中加以研究。为了厘清贾氏的文化传承关系,也为了肯定其为当代文学民族化所做的有益探索,本文试就上述问题展开论述,谬误之处,希望得到专家的指正。

一、忧患

提及忧患之于贾平凹,诸多学人都不会认同,贾氏身上的名士气、道家的阴冷气质遮蔽了其忧患的文化气质。然而,当人类在自然、社会,乃至文明发展中,遭遇种种磨难而产生思虑之际,人们就不得不承认贾平凹身上充溢的忧患意识。五四以降,有一大批中国现代知识分子秉承忧国忧民的民族文化传统,也有相当多作家因现代化推进而产生对人类文明、命运深切的忧虑,贾平凹自然属于后一文学谱系。

1. 时局忧患

20世纪80年代,中国社会进入改革开放时期,在许多作家还沉浸在改革所带来的兴奋情绪中时,贾平凹就拥有了忧患意识。《浮躁》小说之命名隐含着社会转型期间人心的浮动和焦虑,这可以称为对社会时局的忧虑,尽管它仅仅是触及改革弊端的皮毛,但是作家敏锐的对时代精神的感知能力,强烈的社会忧患意识,却是那个时代其他作家所不具备的。秦地自古多忧患之士,汉代司马迁一部《史记》记述人类忧愤伤痛的情怀,而"像这样由时代冲击而透入于历史所流的眼泪和叹声,岂仅是个人遭遇所能解释"[1]?贾平凹不止一次阅读《史记》,《古堡》中穿插的商鞅变法的故事,《史记·商君列传》大量文字的运用(白话文),皆能证明作家对《史记》的认同。《浮躁》更是充溢着秦汉文化的神韵,在《与王愚谈〈浮躁〉》中,作家曾讲:"我在这一两年中,系统地读过《史记》《中国通史》这类东西。怎样从历史的角度上考察目前中国发生的一些事情?把前后历史一看,有些问题你就会看得特别清,有些东西你当时看是不好的,从历史角度看或许还是符合历史规律的。"[2]把握时代精神,忧患社会现实,这是贾氏身上拥有的浓郁的人文理性情怀。20世纪90年代以降,经济大潮风起潮涌,社会的转型带来社会文化心理的裂变,这对于知识分子,尤其是人文知识分子价值何在?对这个问题的思虑已使许多作家陷入困惑中。《废都》真实地折射了当时知识分子,乃至社会的颓废心态,这种精神状态与同样生活在长安的古人的心胸形成鲜明的对比。"在汉长安,年轻的霍去病向西征战,所向披靡,将皇帝赐赏的酒倒在泉井则让将士痛饮,那种场面是何等地令人热血翻腾,心扉鼓荡。"[3]试想,贾平凹的黍离之悲怎能不油然而生?也就在《废都》发表十二年之后,长篇小说《秦腔》将这种哀伤发展到了极致。在由前现代向现代社会的转型过程中,城市以对农村的无节制的掠夺为发展前提,像巨大的吸铁石一样吸走了周边的各种财富、能量、人才,从而使农村成为一切社会压力的泄洪

---

[1] 徐复观:《两汉思想史》,华东师范大学出版社,2001年,第193页。
[2] 贾平凹:《贾平凹文集》第14卷,陕西人民出版社,1998年,第153页。
[3] 贾平凹:《贾平凹文集》第15卷,陕西人民出版社,1998年,第182页。

地。"农民是一群鸡,羽毛翻皱,脚步趔趄,无所适从。"①作为作家,总是向后看的,如贾氏所言:"我的出身和我的生存的环境决定了我的平民地位和写作的民间视角,关怀和忧患时下的中国是我的天职。"②

2. 人类文明忧患

"当文化的物质方面过于发达的时候,当运输和破坏的方法,以及大量生产和广告,支配着一个国家的生活的时候,整个社区便充满穷奢极欲式的虚假和妄狂的需要的满足,到这时,整个的文明都大堪忧虑。"③艾略特将现代性忧虑隐喻为荒原,而在贾平凹眼里,它则是人病,这使得他成为当代文坛上具有人类忧患意识的作家之一。在他看来,人病首先是种族退化。现代科技迅猛发展,电视、冰箱、洗衣机、互联网等新器物不断地推陈出新,它们改变着我们的生活,也影响着我们的文化。当各种各样的先进器物逐渐代替人们某些繁重的体力劳动之际,人类在获得些许解放的同时,诸多身体机能也受到限制,高老庄里的人一代不如一代,《怀念狼》中人不如兽的状况,都象征着西部中国在现代文明的侵入下虽然改变了往昔贫穷、落后的面貌,但出现了生命退化的迹象。"生命者,只前进,不后退,能迈进,难静止。"④但是现实却不能不使人忧虑,物种的退化比任何颓废现象都让人恐惧。其次是人性的扭曲。第一类是情感萎缩。生活的基础是生物性的,但是生活却并不等于生命,比生命还多些的在于人有理想、精神,需要情感慰藉和交流。然而,现代人对现代科技的依赖,以及现代社会的利益交换原则淡化了传统社会人们遵循的道德操守,冷漠、无为、残忍成为现代人的情感描述,就连人类最圣洁的爱情也迅速在现代社会凋落,《病相报告》与其说在写胡方的爱情,不如说在写老头有病,与其说写老头有病,不如说社会沉疴已久,爱情也已是病,可

---

① 贾平凹:《秦腔》,作家出版社,2005年,第502页。
② 贾平凹:《贾平凹文集》第16卷,陕西人民出版社,1998年,第408页。
③ 马凌诺夫斯基:《文化论》,费孝通译,华夏出版社,2002年,第100页。
④ 凌宇:《从边城走向世界》,岳麓书社,2006年,第440页。

见人类情感的扭曲。第二类是异化。它本意是指疏离、疏远，后来在马克思或黑格尔的理论中，演化为人与自己的本性分离，以物的形式存在。异化源于人的自我分裂和无形的力量对它的支配，在贾氏文本中有"人变兽"和面具两种形态，人变兽暗含着动物界逃避了人类符号和价值的驯化，反过来揭示了隐藏在人心中的无名狂躁和疯狂；面具则反映了现代人的形象已经成为彻头彻尾的假象。然而，对此，贾平凹的揭示始终缺乏深刻性。第三类是呆傻和疯癫。它们皆是人类精神的非正常态势，具有无理性的特征，疯癫更是一种典型的人病（神经病）。在这些具有呆傻、疯癫特征的人物身上，隐含着"人类理性已遭惨败，那挥之不去的东西却像幽灵般接踵而来。人类在物质财富方面取得了巨大的许诺，已为无限荒凉、无比丑陋的世界所取代"①的意思。汉初，统治者面临战后的破败、萧条，主张休养生息，因而以老庄思想为核心的黄老之学发展起来了。老子讲求自然、无为。五色令人目盲，五音令人耳聋，五味令人口爽。驰骋畋猎，令人心发狂。（《道德经》第十二章）足见老子所倡导之自然，实指一切由文明所创造的享受，均在摒弃之列。老子学说的继承人庄子更是反对人的异化。庄子云："牛马四足，是谓天；落马首，穿牛鼻，是谓人。故曰：无以人灭天，无以故灭命，无以得殉民，谨受而勿失，是谓反其真。"②显然，当人类无节制地掠夺了大自然，随之而来的便是自身生存的危机，贾平凹深切感应到文明的发展带来人类肉体、精神的堕落，因此产生了强烈的文明忧患意识。在对人类文明的批判上，贾平凹与老庄是一致的，然而，他诡异的文学气质却化解了这份忧患的凝重感。

---

① 荣格：《荣格文集》第9卷，转引自胡经之主编《西方文艺理论名著教程》（下），北京大学出版社，1989年，第173页。
② 庄子：《庄子·秋水篇》，中州古籍出版社，2008年，第218页。

二、巫术

贾平凹笔下白云常幽冥,鬼神多灵异,人物多神秘,他们时常从事占星、堪舆、驱鬼、医病、祈雨、降神,诸如此类的巫术活动。所谓巫,是专门从事祈祷、卜筮、占星并兼用药物为人求福祛灾、治病疗疾的人,巫术则是由巫师或阴阳师所进行上述内容的活动或仪式。尽管巫术在先秦早已经存在,但是真正影响深远是在汉时,鲁迅先生曾讲:"中国本信巫,秦汉以来,神仙之说盛行,汉末又大畅巫风,而鬼道愈炽;会小乘佛教亦入中土,渐见流传。"①汉时巫文化兴盛且庞杂,并以阴阳五行方式表现出来。儒家与阴阳五行结合宣讲灾异谶纬,道家借助阴阳五行推崇鬼怪神仙。因此,汉代《春秋繁露》里讲究天人感应,《淮南子》中则宣扬神仙方士。巫术,在朝成为辅助君王与天神相通的工具;在野,则转化为医病、降神、祈福、禳灾的手段,化为老百姓生活中不可或缺的一部分。当然,每一个地域有其独特的自然风貌,受江山之助和风俗浸染,生长其间的作家文本自然会呈现出该地域文化的特征。贾平凹生长在秦头楚尾的商州,此地好淫祀、多巫风。因此,贾氏文本充盈着巫鬼神怪的描述,其中既有儒家灾异谶纬、道家神仙灵异,也有尚未进入文字记载的民间巫术,大致概括如下。

1. 占星、堪舆

一般而言,古代的种种经验知识与技术,都会朝向一个巫术的世界发展,天文学除了历算科学外,其余都变成了占星术。起初它是用来调整农耕活动的,但是到了汉时,董仲舒却把星象的变化与统治者的政治得失联系在一起,企图达到以天权限制君意的目的。所谓"垂象于日月星辰风雨,示命于禽兽虫鱼草木。法天者,即此诸端以求天道而以人事随之

---

① 鲁迅:《中国小说史略》,人民文学出版社,2006年,第43页。

也"①。贾平凹生活在三秦大地，耳闻目染民间种种巫术，作品自然也涉及大量的占星术，《浮躁》便是占星以及谶纬之术描写最多的文本。每当社会发生重大政治时局变革时，天体就会发生变异。"1976年，报纸上、广播上接连报道唐山地震。河南发水，东北某县降下大块陨石，这和尚就私下说不好了，天翻地覆，国要乱了。果然毛泽东、周恩来、朱德相继逝世。"②从五行角度讲，占星是观天象，堪舆则为查地象。天地人构成一个宇宙的大系统，不仅天象兆示人事，地象也影响着人类的生存。山岳、丘陵、岩石、原野、树木、川流的形状都具有风水的意味，尤其是在风水上非常敏感的坟墓，既影响着疾病、死亡的发生与否，也决定着是否会福泽后代。谙熟民间鬼神信仰、巫术活动的贾平凹，其诸多文本都涉及堪舆活动。《美穴地》是以堪舆为主要故事背景的小说，《古堡》里张老大开矿被人们认为破了风水，《远山野情》中跛子家盖新房挖地基挖出来了太岁，它们都反映了民间的堪舆观念。

2. 医病、祈雨、禁忌

巫事鬼神，其目的在于纳福祛祸，消灾去难，因此才可以福寿绵长。而在汉人看来，长寿就必须懂得医术，以保证身体不受污邪以及疾病的侵扰。因而，医病便成为巫术的内容之一。在贾平凹的作品里，阴阳师担负着医治村民疾病的重任，《西北口》中小四生病卧床之际，"阴阳师就穿上神衣，挥动神鞭，在窑内窑外甩得'叭叭'价响，紧接着摇动三山刀，口中念念有词地请神"③。如果说医病还只是为个人安康服务，那么，作为巫师，最重要的就是要为公众做事。从人类的生存角度讲，在乡土中国，保证农业生产最首要的是控制气候，特别是要保证有适当的降雨量。水是生命之源，水是靠下雨提供的，没有雨水，蔬菜会干枯，人畜会焦渴而亡，因而祈雨也就成为巫师又一重要的仪式活动。《西北口》中详细地

---

① 萧公权：《中国政治思想史》，新星出版社，2005年，第198页。
② 贾平凹：《贾平凹文集》第9卷，陕西人民出版社，1998年，第59页。
③ 贾平凹：《贾平凹文集》第6卷，陕西人民出版社，1998年，第363页。

描述了雍州古老的祈雨仪式,阴阳师怀抱圣水瓶做雨师,众人用柳条编成帽圈做雨圈,整个祈雨过程完全是一种巫术的形式。总之,在上述巫术活动中,医病、祈雨属于积极性的法术,它会告诉人们这样做会发生什么事,而消极性的规则则会告诉人们别这样做,以免发生什么事。贾氏文本里诸如太岁禁忌,男子出门带未婚女子经血纸辟邪,等等,使人承担更多恐惧,它是完全消极的。假如不得已而犯忌,也有禳治的措施,像《西北口》里写新娘不能见新娘,万一相见,则要交换手帕;《远山野情》中建新房挖出最忌讳的太岁,禳灾的办法就是吃掉它。

3. 驱鬼、降神

在秦汉人的观念里,鬼是人之归也,地狱与天国是两种不同灵魂居住的处所。既然鬼魂居住地都有所差异,那么鬼也应该有所分类:一类是得到子孙稳定祭祀的亡魂,最后可以上升为家族的保护神;另一类是没有后嗣,不能得到供养,在阴间过着悲惨生活的鬼,或者是横死的孤魂野鬼。《高老庄》中子路回乡为父亲做三周年,祭奠的是前者;《白夜》中贯穿全剧的目连救母戏则属于公众为超度孤魂野鬼而进行的公祭仪式之一。然而,并不是所有的亡魂都可以超度,还有很多因生前罪孽深重,或者冤情甚重,而无法超生的,他们或者危害乡里,或者附着人体,对此则要驱之,驱除的办法贾氏文本描写的有三种:一为符箓,即使用咒语性文字以治邪。《淮南子·精神篇》讲:"仓颉作书,而天雨粟,鬼夜哭。"可见,鬼对文字有恐惧感。焚烧符箓的过程中,阴阳师或巫师还要祝诅,即反复用语言祝告鬼神,表达一种意愿,以期与想象中的神灵沟通。贾氏作品中阴阳师做法事时其中一项活动就是念咒语。二是使用桃枝驱鬼。以桃木销钉,钉在死人的坟上;当人们认为有鬼魂附人体时,就会用簸箕覆盖其头,用桃木抽打以求驱鬼。《浮躁》等作品都有这样的巫术描写内容。《风俗通义》说:"上古之时,有神荼与郁垒昆弟二人,性能执鬼。度朔山上有桃树,二人于树下简阅百鬼,无道理妄为人祸害,神荼与郁垒缚以苇索，执以食虎。"①桃是旺盛生命力的象征，所以有杀鬼的功能。三是用镜子驱鬼。《远山野情》里跛子家出现太岁，阴阳师禳治的办法之一，就是做完法事后让香香双手拿一面镜子，名曰照妖镜，在火堆上跳。以镜子驱魔，这种做法最早出于《抱朴子·登陟》，其文曰："万物之老者，其精悉能假托人形，以眩惑人心，而常试人，唯不能于镜中易其真形耳。"②降神术，是通过一定的仪式，如舞蹈、咒语，使想象中的神灵附于施术的巫师身上，以驱鬼魂，实现自己的目的。贾氏小说中常会有阴阳师神灵附体。除去降神术以外，还会有"通说"者，即指死鬼阴魂不散，附在活人身上借口逞凶。不言而喻，巫术是一种利用虚构的超自然的力量来实现某种愿望的法术，它表明"在人类文化的任一领域中，'卑躬屈膝的态度'都不可能被设想为真正的和决定性的推动力。从一种完全被动的态度中不可能发展出任何创造性的活力来"③。在中国，秦汉时期正是传统文化形成之期，也是巫术文化较为兴盛之际，这使身处秦汉大地的贾平凹在作品里喜谈鬼怪与死神，亦带巫气，而弥漫着巫术文化气息的秦汉大地，正是当代乡土中国的象征。

三、秦汉审美

尽管贾平凹作品多次提及唐文化的灿烂，但就其审美而言，却是地道的秦汉美学风范。作家迁移西安后接触关中文化，在其身上又有着楚汉与秦陇文化合拢的特性。贾平凹多次强调文学作品贵在雄中有韵，秀中有骨，这一创作原则本身就是文化交融的产物。多年来，他以商州、西安两地为策源地进行创作，文本自觉追求秦汉文化精神，散文《卧虎说》可视为其秦汉审美宣言书，其中蕴含着三个层面的秦汉审美精神。

---

① 应劭撰，吴树平校释：《风俗通义校释》，天津人民出版社，1980年，第306页。
② 许地山：《道教史》，上海古籍出版社，1999年，第136页。
③ 卡西尔：《人论》，甘阳译，上海译文出版社，2003年，第144页。

1. 大气、雄浑的审美气势

首先，秦汉之际，文化遭遇空前"大一统"的社会历史语境，它要求战国时期争鸣的百家思想迅速融合，百川归海的文化发展格局形成了秦汉时代大气审美的追求；其次，秦人本起于西戎，民性狂达、豪放，后来迁都咸阳，秦君励精图治，等到商鞅入秦，广泛接纳东方先进文化，兼容并蓄的胸怀造就了秦文化雄浑的特征。再次，"秦末之乱，生民涂炭。然此，特一时政治之失调。若论其时中国民族精神，则正弥漫活跃，绝无衰象"①。民族向外发展很是兴盛。直至汉时，朝廷东西南北方向皆有武力扩张，尤其是立朔方郡，通西域，引入西方文化，堪见汉人的胆量和魄力。可见，在民族处于上升期的自信、张扬心态更有助于秦汉时期大气审美气度的形成。对此，鲁迅先生早有论断："遥想汉人多么闳放，新来的动植物，即毫不拘忌，来充装饰的花纹……汉唐虽然也有边患，但魄力究竟雄大，人民具有不至于为异族奴隶的自信心，或者竟毫未想到，凡取用外来事物的时候，就如将彼俘来一样，自由驱使，绝不介怀。"②在这里，鲁迅先生虽然推崇汉唐文化之大美，其实就汉与唐文化相比较而言，先生更倾心于汉。因为唐代虽然国力强盛，民族自信心更加饱满，佛学的融入也使审美呈现出雍容大度的风姿，但是这是一种盛极而将趋于衰的文化，因此不及西汉自然、拙朴文化具有魅力。对此，贾平凹亦然，他曾被霍去病墓前的石虎勾魂摄魄，在散文《秦腔》里夸耀西凤白酒、羊肉泡馍、长线辣子、大叶卷烟、秦腔，这无不是秦人豪气、豁达、痛快的精神面貌。20世纪80年代，他还写下了一系列洋溢着大气、雄浑之气的散文，就连《贾平凹文集》封面上也题有刘邦吟唱的"大风起兮云飞扬，威加海内兮归故乡"的诗句。

2. 拙朴、自然的审美意识

秦汉时期，由于艺术作品审美追求大气、雄浑的精神，所以在艺术

---

① 钱穆：《秦汉史》，生活·读书·新知三联书店，2004年，第39页。
② 鲁迅：《鲁迅全集》，时代文艺出版社，2003年，第166页。

表现手法上就不需要任何细节的忠实描绘来表现对世界的征服，而是采取粗轮廓的写实手法来表现大千世界。加之汉初仍然面临着战后残破、凋敝的局面，而汉初君臣皆起于草野，崇尚简朴，因此，在审美追求上，整个社会仍然心仪质朴之美，追求自然便构成汉代艺术的突出特征。而唐代审美在艺术化和主体化的追求过程中，更自信、成熟，因而呈现出雍容大度的风姿。对此，以《浮躁》为界，贾平凹前后审美风格有所变化，其早年作品审美倾向于清新、纤细、柔美的风格，进入关中后，作品逐渐注入雄浑、大气、厚重的气度，前者自然是受商州楚风之影响，后者显然接纳了秦地审美的风骨。不言而喻，贾氏吸收拙朴、自然美学风范之后，作品更为老到、深邃。洗尽铅华、不饰雕琢是道家的美学追求，也是中国审美的最高境界。因为这种审美追求更讲求心灵的自由。贾氏文字简短，极少使用修饰辞藻，人物勾画也多采用中国白描笔法，这种审美趣味吻合了汉石刻艺术取法自然、因物造型的特点。

3. 魅性的审美意趣

贾氏文本有强烈的返魅意味，《古堡》中麋鹿的光怪神奇，《怀念狼》里野狼的神出鬼没，《病相报告》里幽冥世界的相通，《太白山记》中人鬼神三界的离奇，这些扑朔迷离现象的描摹构成了贾氏文本的神秘性。而这种神秘性又与马克思·韦伯的返魅理论不期而契合。韦伯认为人类在运用科学理性把握世界的同时，大千世界仍然存在着大量人类无法掌控的神秘事物，因此，人类应该对自然保持一种敬畏感。然而，长期以来，由于这种敬畏被人们视为封建迷信，所以大自然的魅性并没有得到人们应有的重视。伴随着人类生存环境的日益恶化，伴随着科学理性主义带来的人性变异，返魅成为当务之急，尤其是对人文科学而言，呼唤人文魅性更是不可或缺的。

当然，贾平凹文本的返魅虽然暗合了西方现代主义的理论，但是就贾平凹创作内在气质而论，他对楚汉巫鬼文化的承袭，是一种个人自觉的意识。汉文化实质是楚文化，汉初君臣皆来自楚国，尽管在政治、经济、法律等制度方面,汉王朝基本上承袭了秦制,但是在意识形态的某些方面,特别是在文学艺术领域,汉却依然保持了古楚文化的瑰丽、神秘、野性的特征。在汉人的意识里,"生者、死者、仙人、鬼魅、历史人物、现实图景和神话幻想同时并陈,原始图腾、儒家教义和谶纬迷信共置一处……从而,这里仍然是一个想象混沌而丰富、情感热烈而粗豪的浪漫世界。"① 然而,秦汉以后,中原儒家文化成为中国文化主体,儒学重实际而轻玄想,与艺术的境界相去甚远。不过,"大概就是古代所谓'诸夏'和至少与他们同姓的若干夷狄。他们起初都在黄河流域的上游,及古代中原的西部,后来也许因受东方以鸟为图腾商民族的压迫,一部分向北迁徙的,即后来的匈奴,一部分向南迁移的,即周初荆楚吴越各蛮族,现在的苗族即其一部分的后裔"②——就是这一支生活在湘西的苗裔保留了浪漫神秘的楚巫文化特征,于是,就不难理解为什么在湖南会诞生沈从文、韩少功:他们热情讴歌巫神,文本充满怪力乱神、巫术神话,从他们文本中,我们似乎又看到屈原楚骚传统的复生,感悟到那种热情、缤纷的情感。毫不讳言,古楚文化是中国正统文化的有力补充,那人神杂处、神秘浪漫的楚汉文化打破了中原儒家文化正统、庄严,乃至呆板的固有传统,为中国传统文化注入了新鲜和活力。以往我们只知道沈从文的湘西,而不知在汉水流域仍然还保留着楚文化的另一个分支。在笔者看来,贾平凹以其魅性审美意趣演绎文学,这恰是其最具文学特质的地方。因为从巫术活动的思维来讲,它不仅是非理性的、神秘的,而且是充满想象力的。从情感角度来看,巫术活动中总是弥漫着一种浓郁的感情气息,而这一点与文学所强调的炽烈情感是一致的。另外,从生命层面上理解,生命在其最低级的形式与高级形式处于同一层次,不仅植物图腾与动物图腾比肩而立,而且人类与生物们的生命是完全平等的,魅性则是对所有生命存在的合理性最有力的肯定。

① 李泽厚:《美的历程》,天津社会科学出版社,2001年,第28页。
② 闻一多:《神话与诗》,上海人民出版社,2006年,第25页。

诚然，一位作家的文学史地位，主要取决于其文学创作的自身价值，而对文学创作价值的评估，则既包括作品的思想蕴含又涉及艺术构成两个层面。尽管贾平凹作品的精神境界确实还有待于提升，但是，贾氏对商州世界原始生命力的彰显，对楚汉巫术文化的再现，以及秦汉魅性审美的推崇，其最终旨归都指向文学民族化的探索，这在各种文学思潮涌动的当代文坛尤有独特的意义。尽管现代化、西方化、全球化是建构当代中国文学重要的参照系和活跃的创造性因子，但是中国传统文化，尤其是在汉民族形成之期发展起来的秦汉文化，应该是建构当代中国文学民族化的重要内容之一。鉴于此，对秦汉文化进行寻根以及艺术呈示的贾平凹，不仅为文学民族化进行了一些有益的探索，同时也昭示人们：传统在现实的激活下也可以焕发出新的活力和艺术魅力。

原载《兰州学刊》2010年第9期

《吕氏乡约》与《白鹿原》

陈忠实在《白鹿原》里引用巴尔扎克的话说:"小说被认为是一个民族的秘史。"其中暗含着《白鹿原》就是这样一个文本的话语。如果这样的隐喻可以成立,那么所谓中华民族的秘史是什么?作家又是如何打开这扇民族秘史大门的?在我看来,《吕氏乡约》(又称《蓝田乡约》,简称《乡约》)这部北宋时期制定并推演的中国第一部成文的乡村民约,体现着乡土中国士绅阶层以"知识—权力"的结构模式、"以礼化俗"的方式而实行的民间自治思想,沉积着儒教文化礼乐刑罚并重的集体无意识。陈忠实进行了创造性转化,使其由乡村民约转化为呈示民族文化心理结构的核心文学具象,并在文本中获得了统摄地位。因此,剖析它在作品中或显或隐的结构便是研究近现代乡土中国的重要方向之一,由此也能解开民族秘史的诸多重要症结。鉴于此,本文拟对《乡约》的内容、结构、意义,以及陈忠实对其进行的创造性转化的分析,探讨《乡约》转化为文学具象之后,对传统的民族文化心理结构的建构与解构的影响,谬误之处,希望得到专家的指正。

一

北宋熙宁九年(1076年),吕大均制定了《乡约》,遂与其伯兄吕大忠、弟吕大临在本乡蓝田推演。吕氏三兄弟皆为宋代理学家、关学创始人张载的亲炙弟子，并在其师死后成为关学的核心人物，因此，《乡约》集中体现了关学重礼贵教、经世致用的思想。然而，《乡约》初在蓝田推行之际，就有困难。伯兄吕大忠以汉代党事为例，提醒胞弟不要授人以结党营私的话柄，以免招来祸事。在各种阻力下，《乡约》在蓝田推行了五六年光景就废止了。之后，金人入侵，关中沦陷，《乡约》也就在战火中遗失。倘若不是南宋朱熹对家藏的《吕氏乡约》进行增删，编纂成了《朱子增损吕氏乡约》，《乡约》可能就再也无缘面世了。南宋以降，随着朱熹学术地位的提升，《乡约》的影响也日益扩大，至明清，已然由宋代作为士大夫阶层与皇权分庭抗礼的民间契约，转变为地方官指导下覆盖所有地区的国家制度。明代王阳明曾在南赣地区实行的《南赣乡约》就是与保甲制结合起来，用以维持地方治安的。清朝的《太祖六谕》《圣谕广训》等皇帝下达的谕旨也总是和《乡约》一起在约民聚会时宣读，社会出现了横跨官、民两大领域的乡约（一种官员的称谓）。20世纪30年代，梁漱溟又在山东推行起了《乡约》，不过，新中国成立之后，乡约制度也彻底消亡了，与此同时，代表着儒教思想的士绅阶层也瓦解了。由上所述，可见乡约有三种形式，其一专指《吕氏乡约》条文；其二是地方士绅以德治为原则，通过乡约形式和宗族制度建立地方社区的民间自治，折射着关学的尊礼贵教、经世致用精神；其三是虽无原始乡约的组织形式，但和保甲、社仓、社学联袂，沟通官民之间关系功能的地方小官员。本文所讨论的内容涉及第一和第二种情形，是在《乡约》条文基础上形成的乡土中国普遍长久存在的乡约制度，其中隐含深刻的儒家文化思想和政治制度。

《吕氏乡约》包括《乡约》与《乡仪》两部分，《乡约》以"德业相劝，过失相规，礼俗相交，患难相恤"四款条文总领全篇。德业相劝是针对个人的道德作业而言的，德为个人道德，业是个人事业，德包括修身、齐家等德行，业则为读书、治田、营家、济物等事宜。过失相规里包含犯约之过、不修之过、犯义之过三类。其中犯约之过是针对德业相劝的内容而言的；不修之过专指懒散、无礼仪行为；犯义之过是指有反社会倾向的行为，对社会危害最大，因此，惩罚也较重。德业相劝属于个人道德的正面，过失相规则为反面，它们一致的目标在于树立共同道德、礼俗标准，从而使个人行为有所规范。相比较而论，礼俗相交规定了乡民在日常习俗中处理人际关系的款项，内容空洞、粗鄙，《乡仪》恰恰弥补了这一缺陷。患难相恤则规定了社会合作行为，是《乡约》条规中最细致、完美的地方，分水火、盗贼、疾病、死丧、孤弱、诬枉、贫乏七项灾难，充分体现出约民之间的互助精神。除此之外，《乡约》还用了相当的篇幅介绍了组织的构成、集会、赏罚，以及吕氏兄弟、友人之间讨论问题的往来书信。《吕氏乡约》出笼时间与王安石的青苗、保甲法大致相同，但是，与后者相比，乡约的组织、形式比较简单，具体是在约民中推荐出正直不阿的一至二人担任约正，主持约中善恶赏罚事件，推选执约一人，一月一更，专门管理记录款项、聚餐、集会等杂事。约民按规定时间每月聚会，约正或约长根据他们的日常行为在聚会时对其进行赏罚。

从表层讲，乡约制度是具有"知识—权力"结构形式的一整套社会运作的方式。"在中国传统社会，掌握实际控制权的官吏很少。……没有军队，也没有警察，靠的就是像乡约、社学、圣谕之类的教化力量，这是传统社会中的互助组织，也是一种社会制约。"[①]乡约由具有儒教思想的地方士绅主持，用"以礼化俗"的教化方式，以宗族为单位，将儒教的礼乐刑罚思想，在乡村推演，以求发挥移风易俗的作用。当然，除却乡约之外，还存在着保甲、社仓、社学，联袂对乡土中国实行统治。用于征税和征用劳力的制度称里甲，用于户口登记和互相监督的称保甲，是北宋王安石主持变法时所创。社仓由朱熹初次设立，用于赈灾救民。乡约、保甲、社仓是成人的事业，而社学则是针对乡村子弟进行的基础启蒙教育，具体以孝悌忠信、礼义廉耻等儒家思想为主要内容，目的是教会儿童们读、写几百个字以及灌输给他们儒家基本的价值观和行事方式。在中国，绝大多

---

① 杜维明：《现代精神与儒家传统》，生活·读书·新知三联书店，1997年，第420页。

数的人民在地方而不在中央,所以这种乡约与保甲、社仓、社学结合起来,所实行的自治不仅具有普泛性,而且长期以来,渗透进老百姓的日常生活之中,也就成为他们生活中自然而然的一部分。中国的老百姓多是在土地上世代定居而无迁徙的,因此,在日常交往与互助活动之中,乡约通过化礼教而入民俗,内化为老百姓的心理定式和情感定式,最终凝结为一种以"情—理"为结构的文化心理。宋时,作为理学重要分支之一的关学,尤重躬行礼教,张载在世时就积极推演三代之礼,至蓝田三吕手中则将这些礼制细化为乡间日常生活中的宾仪、吉仪、嘉仪、凶仪等烦琐之礼,从而使儒家的仁义廉耻观念逐渐沉积在民众的心里,转化为人们潜在的一种集体无意识,抑或称为集体历史记忆。这是乡约的深层意义,具有持久、稳固性,"它使代与代之间、一个历史阶段与另一个历史阶段之间保持了某种连续性和同一性,构成了一个社会创造与再创造自己的文化密码,并且给人类生存带来了秩序和意义"[①]。

二

然而,作为"文学研究者不必去思索像历史的哲学和文明最终成为一体之类的大问题,而应该把注意力转向尚未解决或尚未展开充分讨论的具体问题:思想在实际上是怎样进入文学的"[②]。因此,我们有必要分析《乡约》是怎样成为《白鹿原》中的文学构件的,作家又是如何进行文化新创造的。1986年,为创作长篇小说(即后来的《白鹿原》),陈忠实来到蓝田县查阅县志时发现了《吕氏乡约》。这是一次不期而遇,据他后来回忆:"当初抄这份《乡约》条文的时候,多是一种新奇的感觉,很自然地联想到上世纪五十年代中期我读中学时,上级要求家家户户在门楼柱墙

---

① 爱德华·希尔斯:《论传统》,傅铿、吕乐译,上海人民出版社,2009年,第2页。
② 韦勒克、沃伦:《文学理论》,刘象愚、刑培明、陈圣生等译,江苏教育出版社,2005年,第137页。

上刷写内容完全一样的《爱国公约》。"①但是，这只是一些原始的素材和资料，"只有当这些思想不再是通常意义和概念上的思想而成为象征甚至神话时，才会出现文学作品中的思想问题"②。为此，陈忠实在对所占有的资料进行筛选、提炼的基础上，将《乡约》所包含的思想融化在文本中，转化为文学意象和情节。因此，当我们研读《白鹿原》中所涉猎的有关《乡约》的所有文字，体会那些或显或隐的意识、或浓或淡的感情时，就能感悟到一位当代作家对既往生命的独特理解，乃至在此基础上对已有文本的新文学创造。具体可概括为以下几方面：

第一，宗族乡约化与士绅阶层的影响。宗族是同一父系世系的人们，根据一定的行为规范，聚集成一个互相依赖、救助的生活团体。宗族乡约化则是在宗族内部直接推行乡约或依据乡约的理念制定宗族规范、设立宗族管理人员约束族人的制度。《白鹿原》中乡约的推行即是以宗族为基础的：因为想完全享有白鹿原的吉瑞，侯家老兄弟俩才一支姓了白，另一支以鹿为姓，族长任命仿效皇家的嫡长子继承制，由长子一脉白氏的子孙担任，两家合祭一个祠堂，处理事务依据乡约族规。关于乡约内容，前文已经做过详细的介绍，在此不必赘述。至于《白鹿原》中多次提及的族规指的是什么，文本中并没有具体的文字表述，因此，还需根据作品中的一些情节描述进行分析方可得知。白嘉轩讲给儿子的家族史里有四则故事：白修身创立家业；白克俭带领族人打井吐血而亡；一位族长为廓清异族而被贼人刀劈两半；木匣子故经。白氏家训里面蕴含着修身、躬行、勤俭的道德训诫。修身即为个人道德修为；躬行是实现理想的具体行为；勤俭则是创业与守诚的道德操守。它们既是家训，也是族规，与乡约一起维系着家族绵延不败，因此，无论白嘉轩何时回味起它们，都会寻找到一种生命的

---

① 陈忠实：《寻找属于自己的句子——〈白鹿原〉创作手记》，上海文艺出版社，2009年，第87页。
② 韦勒克、沃伦：《文学理论》，刘象愚、邢培明、陈圣生等译，江苏教育出版社，2005年，第138页。

历史感与归属感。

然而,"现在看来这种家族主义,显然是一种由社会精英来操纵的意识形态建构,它不是建立在生物血缘的基础上,而是建立在文化意识形态基础上"①。白鹿原是西北关中平原上一个古老地域,但是这里却由朱先生、白嘉轩、徐先生、鹿子霖、冷先生组建成了一个复杂的士绅社会。徐先生是负责乡约实施的教习先生;鹿子霖本是乡约践行者之一,但是后来却成了这个秩序潜在的对抗者;冷先生则属于流离于外的巫医式人物。处于这个士绅圈子中心的是朱、白二人,以清末的关学大儒牛兆濂为原型而塑造的朱先生则是最核心人物,他退清兵、测阴阳、制《乡约》、赈灾民、编县志、抗倭寇,充满卡里斯马的特质。加之是巡抚大人的门生、总督的同窗,每任官吏到任都要去拜谒,所以朱先生不仅是白鹿原上最大的士绅,而且也以其影响力成为当地的精神领袖。白嘉轩则是儒教人格的代表、乡约精神的践行者。族长的身份、身体力行的行事风格、坚忍不拔的人格魅力自然使他成为白鹿原上世俗权力的掌控者。于是,他与朱先生联手,在白鹿原上形成了"权力—道德"式统治,"从此偷鸡摸狗摘桃掐瓜之类的事顿然绝迹,摸牌九搓麻将抹花花掷骰子等赌博营生全踢了摊子,打架斗殴骂街的争斗事件再不发生,白鹿村人一个个都变得和颜可掬文质彬彬,连说话的声音都柔和纤细了"②。这是在乡约推行过程中,呈现出来的近现代乡土社会所独有的舒缓与和谐,充满了儒家克己复礼的实用理性的魅力,往深层说,就是在礼乐刑罚兼施下建构的人类理想社会。

第二,乡约里的"仁义"思想与刑罚观念并重。《乡约》是关学思想产物,如何由乡里民约转化为文学思想?仅就前文所举尚且不足,作者在小说中有意设置了一些情节以进一步阐释乡约内涵,可以深化我们的理解:县令古茂德曾经凿刻了一块有"仁义白鹿村"字样的石碑,栽在白鹿

---

① 费孝通:《中国士绅》,赵旭东、秦志杰译,生活·读书·新知三联书店,2009年,第234页。

② 陈忠实:《白鹿原》,北京十月文艺出版社,2008年,第241页。

村的祠堂里，即为仁义碑。乡约制定之后，白嘉轩也镌刻了一块有乡约条文的石碑，立在仁义碑对面，名为乡约碑。仁义碑与乡约碑的并立、同存不是简单的情节设计，而是暗含着作家以仁义思想阐释乡约内涵的构思。仁义思想是儒家精神的核心，仁来自天生亲子孝亲的本性，能够推己及人，融化在日常生活里，也存在于人与宇宙的息息相通之间，所谓"乾称父，坤称母，予兹藐焉，乃混然中处"。在万物一体的境界中，个体体会到了仁爱带来的精神快乐，也得到了道德的提升。"义，宜也。裁制事物使合范也。"即为正当、适宜或正义之意，后转化为个体在行为上选择一种符合大局的适宜的举动。可见，仁是内在心理诉求，义则是外在行为举止，内怀仁爱之心，外则就有正当、合宜之行为。在《白鹿原》中诸多人物身上均可以看到仁义的本色，白嘉轩接济李寡妇、办学堂、筑城墙、救黑娃；鹿三在交农运动中领头起事、杀小娥；尤其是朱先生，"这个人一生留下了数不清的奇事轶闻，全都是与人为善的事，竟而找不到一件害人利己的事来"[①]，他一生奉行的愿"学为好人"的道德原则，更是一种对理想人格和精神境界的执着追寻与实践。

然而，仅将乡约阐释为"仁义"未免简单化理解作家的思考，陈忠实在竭力凸显乡约的仁义精神的同时，对乡约还寄托着另一层文化批判的意蕴，这属于有意识但却未明言的层次。原始《乡约》包括"德业相劝，过失相规，礼俗相交，患难相恤"四部分内容，而《白鹿原》作品中的《乡约》只是"德业相劝"与"过失相规"两部分，"礼俗相交"与"患难相恤"则省略了。乡约每次都会和族规同时被宣读，作为惩处违约者的法律依据而出现。鞭打板抽、开水烫手、嘴里灌大粪、枣刺毒打，这些刑罚严厉且具有民间独创性。行刑时，受刑者声声惨叫，缕缕血痕，此为礼教可视的惩罚。另外还有一些隐形的诛杀，如兆鹏媳妇发疯致死，小娥死后骨灰被镇压在塔下。这些或隐或现的描写，是中国新文学中"反传统的

---

① 陈忠实：《白鹿原》，北京十月文艺出版社，2008年，第538页。

传统"的呈现。五四时期，出于对民族危亡的忧患，五四之子对儒家的阴暗面，尤其是积淀在民族心灵内部的积习，曾经给予了猛烈批判。婚姻爱情则是20世纪初叶中国作家揭示封建专制主义的锐利武器。陈忠实继承了这一传统，他清醒地意识到："在严过刑法繁似鬃毛的乡约族规家法的桎梏之下，岂容那个敢于肆无忌惮地呼哥唤妹倾吐爱死爱活的情爱呢？即使有某个情种冒天下之大不韪而唱出一首赤裸裸的恋歌，不得流传便会被掐死；何况禁锢了的心灵，怕是极难产生那种如远山僻壤的赤裸裸的情歌的。"①狗蛋只不过是一只替罪羊，在阴谋下遭受毒刑，最终得不到任何同情悲惨地死去；小娥则更为惨烈，不仅生前被唾弃，死后灵魂也不得安生；至于孝文，肉体的毒打和自尊的剥离，彻底毁灭了他的廉耻心。可见儒教文化的虚伪、残缺。综上所述，乡约族规的实施影射了儒教仁义与刑罚并重的文化内涵，暴露了陈忠实意识里一种深刻而未获解决的冲突：一方面从理性上明白对礼教需要深刻反省；另一方面又在情感上对其有眷恋和深情。这种复杂而矛盾的心理存在于他许多散文和小说中，如1985年问世的《蓝袍先生》，实质就是对儒学礼教的批判。"缓慢的历史演进中，封建思想封建文化封建道德衍化成为乡约族规家法民俗，渗透到每一个乡村每一个村庄每一个家族，渗透进一代又一代平民的血液，形成这一方地域上的人的特有文化心理结构。"②而在《寻找属于自己的句子——〈白鹿原〉创作手记》中，作家又对把儒家文化条理化且通俗化了的《乡约》大加赞赏，这是作家创作心理从批判传统到皈依传统转变的见证。

第三，《乡约》是民族文化心理结构的构件。作为白鹿原上最后一位族长，白嘉轩在各种政治、家族、家庭事件的沉重打击下，都能保持超常态的稳定心态，关键就在于他对《乡约》的信仰和坚守，这种信仰不仅

---

① 陈忠实：《寻找属于自己的句子——〈白鹿原〉创作手记》，上海文艺出版社，2009年，第17页。
② 同上，第16—17页。

内化为白嘉轩稳定的心理结构，而且"不必追溯太远，即使从吕氏创作《乡约》的宋代算起，到'辛亥革命'发生的20世纪之初，这《乡约》已经被原上一代一代的子孙诵读了八九百年了"①。因此，"这《乡约》应该是依赖木犁和棉布延续生命的一个支撑性质的因素，也是抵御饥饿、灾荒和瘟疫之后继续繁衍的力量，却也是固封在木犁和棉布这种生活形态的枷锁"②。铁犁、织机、《乡约》是农耕文明下，中华民族生存和发展的必备要素，前二者为生产工具，它们决定了自给自足社会的稳定、内倾的性质；后者属于精神构件，是在互助合作中形成的集体无意识，保留了近千年的民族历史文化记忆，绵延了民族的精神命脉，也限制了民族的进一步发展。陈忠实在《白鹿原》扉页上写下了"小说被认为是一个民族的秘史"这样的文字，潜藏着以自己的作品揭示民族历史（包括那些被遮蔽的、具有民间色彩的历史记忆）的思想，一纸《乡约》也就是打开这扇民族历史大门的钥匙。因此，《乡约》在《白鹿原》中获得了统摄地位，剖析它在作品中或显或隐的结构便是研究近现代乡土中国的方法之一。中国疆域辽阔，历来有秦晋燕赵荆楚吴越巴蜀等地域的划分，不同的地域经济、政治、文化发展均有差异。20世纪初叶，曾经是汉唐畿辅通达之地的西安与北京、上海等繁华都市相差甚远，当然也不能与先得西风之气的沿海的农村地域相提并论——所谓"东南财赋地，江浙人文薮"。此时的关中平原在地震、蝗灾、瘟疫、饥荒、战火的袭击下，哀鸿遍野、满目疮痍："田野里没有了农民。在一些村庄，成群的大人和小孩处于半饿毙状态，他们是已经毁灭了的村庄里仅仅有的幸存者。"③在文化领域，"当时陕西文化教育界竭力提倡理学，宣扬国粹，封建文化思想占据统治地

---

① 陈忠实：《寻找属于自己的句子——〈白鹿原〉创作手记》，上海文艺出版社，2009年，第108页。
② 同上，第88页。
③ 弗朗西斯·亨利·尼科尔斯：《穿越神秘的陕西》，史红帅译，三秦出版社，2009年，第94页。

位"①。关于对理学的倡导是不是全部属于对封建文化遗毒的宣扬,确实需要仔细辨别。但是,由此也可管窥近现代陕西文化之一斑,"也许因为无论旧'三民主义'或新'三民主义'在原上几乎没有任何响动,才给《乡约》留下继续承传的空间;封建帝制在'辛亥革命'的枪炮声中土崩瓦解,而作为原上人文化心理支架的《乡约》却难能这样快捷地解体"②。《白鹿原》用了许多篇幅勾画了乡村生活的宁静、舒缓:"太阳坠入白鹿原西部的原坡,一片羞怯的霞光腾起在西原的上空。白嘉轩双手拄着拐杖站在地头,瞅着鹿三一手捉着犁杖一手扬着鞭子悠悠地耕翻留作棉田的地块,黄褐色的泥土在犁铧上翻卷着;鹿三和牛的背影渐渐融入西边的霞光里,又远远地从霞光里迎面奔到他眼前来了。"③老牛、耕田、古原,还有笼罩在夕阳里的农人,呈现出了前现代社会生活的井然,弥漫着平和美满的气息。然而,"风搅雪""十样儿锦"的锣鼓已经敲起来了,静谧开始受到挑战。

三

从1840年到辛亥革命,中国遭遇了三千年未有之变局,末代王朝在风雨飘摇中灭亡。"没有了皇帝的日子该怎么办?"陈忠实在《白鹿原》中以《乡约》的复出折射了皇权崩溃之后一部分中国人的补偿心理。然而,《乡约》赖以存在的社会框架已经不复存在,因此,无论在情感上如何眷恋怀旧,儒教文化也在现代思潮冲击下日渐遭到质疑、挑战。

第一股力量是以鹿子霖为代表的商业文化的冲击。像无数关中破产农民一样,鹿氏先祖不得不背乡离土,到距离白鹿原不远的西安城去谋生。

---

① 单演义:《鲁迅在西安》,西北大学出版社,2009年,第2页。
② 陈忠实:《寻找属于自己的句子——〈白鹿原〉创作手记》,上海文艺出版社,2009年,第108页。
③ 陈忠实:《白鹿原》,北京十月文艺出版社,2008年,第241页。

因为屈辱的人生经历,以厨艺立足社会的遭遇,鹿氏先祖制定了忍辱、出头、复仇的家训。忍辱在于积蓄实力,出头缘于竞争意识,复仇发自弱肉强食的心理。这一家训背离了乡土中国耕读传家的原则,也抛弃了儒家宽恕仁厚的道德操守。鹿子霖接受了先辈光宗耀祖的守旧家训,也承传了先人竞争出头的商业文化意识,在白鹿原上第一个剪了辫子、穿上了制服,送儿子进了新式学堂,也因此成为父辈里唯一一个能够洞察乡约不合时宜的人。"事实都成了啥样子了,还念这些老古董!好比人害绞肠痧要闭气了你可只记得喂红糖水!"他意识到乡约统治社会的模式崩溃了,乡约也不是包治社会恶疾的灵药,所以他到保障所去做官(有意思的是这个官的名字也叫乡约)。儒家讲究的和谐、宽恕人生哲学被他的竞争复仇处世原则代替。尤为重要的是,他不择手段颠覆乡约,不顾廉耻地贪恋女色,完全叛离了儒家的仁义道德。然而,鹿子霖对鹿兆鹏婚姻的干涉,与白嘉轩的明争暗斗,实质上还在于白、鹿两个家庭的异质同根性。从乡土社会中裂变出来的商业文化和宗法之间有割不断的联系,同时又存在无法弥合的对抗性。

第二支力量是以黑娃、小娥为代表的出于本性的背叛。黑娃的背叛源于他敏感的阶级差异感,与不受拘束的天性。冰糖事件曾给他留下美好而痛苦的向往和记忆,滋生了贫家子弟自卑而自尊的矛盾心理。白嘉轩神像般的面容、挺直的腰板(他教导出来的儿子也长着小神童一般的脸),说不出来地让他与白家有了情感隔膜。儒家讲究庄严肃穆,不仅要求人注意自己的外在举止和形象,也强调人要克制自己内心的种种欲念,只有这样,内心的邪念私欲才会逐步减少,道德原则才能自然形成。而这些与望着毛笔尖,心里想着田里狐狸的黑娃是相悖的。尤其是成年后,鹿三、白嘉轩拒不接纳小娥,拒绝自己进祠堂,更加深了黑娃对乡约族规的仇视。因此,他在大革命中闹祠堂、毁乡约、砸白嘉轩的腰杆,实施了一系列毁神圣、反礼教的狂飙突进行为,其上凝结着"本我"的冲动,也呈示着"自我"的心性。然而,如果作家仅仅停留于此,黑娃这一角色就并不是文学上的"这一个"——几经人生磨难,黑娃由土匪到"学为好人",拜朱先生为师,跪倒在祠堂,与妻子夜宿在亡母的土炕上,这一切表明他皈依礼教、认祖归宗,从而也就回到生命最为本真原始的状态。然而,回乡祭祖前半部分的庄严肃穆性却被后半部分乡亲因苛捐杂税的抱怨而消解,于是黑娃悔过自新的意义也就被解构了。也许我们可以这样理解:儒教是美好的,但是面对日渐混乱的现实,儒学的人文价值还有意义吗?

田小娥则是另一类以毁灭生命与名誉为代价背叛乡约的人物。理学(儒教在宋明时期的呈现)为女子规定了三从四德,女人也就只能为奴或为物,当然就没有自己的主体性,谈何说享有政治、经济、文化等权利。宗法历来是以父系世系而形成的人际纽带,所以,在这男权社会里女性的命运不是依傍就是被胁迫。小娥与黑娃偷情,并私自结为夫妇,脱离了性奴婢的命运,但却因不能获得家族所认可的黑娃婆娘的资格而成为异类。所以在黑娃不得已的抛弃下,她要么被胁迫,要么就得再次依从。不幸的是,她成了在被胁迫下重新依从的角色,沦为鹿子霖的泄欲工具、宗族斗法的武器。田小娥是作家着意塑造的:"在彰显封建道德的无以数计的女性榜样的名册里,我首先感到的是最基本的作为女人本性所受到的摧残,便产生了一个纯粹出于人性本能的抗争者叛逆者的人物。"[①]而缘于本我的潜意识与被压迫者的反抗心理,使小娥生命里拥有了一次次没有理性的喷发,如白鹿原上曾经妖艳蛊惑人心的罂粟,也似惨烈的扑火飞蛾。而在她的面前还有一个镜像——兆鹏媳妇,这是中国历史上无数贞节烈妇的象征。没有自己的名字,静默的生命本身就是没有任何故事可以言说的表征。因此,她与其说是生,倒不如说是死,也许疯癫才是转化这种压抑如山般重负的途径之一,所以有一天"突然从身体在某一部位爆起一串灼亮的火花,便有一种被融化成水的酥软,迫使她右手丢开纺车摇把,左手也扔了棉花捻子,双臂不由自主地掬抱住胸脯,像冰块融化,像雪山崩塌一

---

① 陈忠实:《寻找属于自己的句子——〈白鹿原〉创作手记》,上海文艺出版社,2009年,第14页。

样倒在纺车前浑身抽搐颤栗"①。礼教为女人打造了一生的牢笼，无论是"打出幽灵塔"还是"幽闭长门宫"都有死亡在等待。鹿冷氏与田小娥，这互为镜像的两个死者，前者以变态之死烛照了后者因对乡约所做出的背叛而具有的惨烈之死。不能说哪种死更有意义，因为在没有任何社会经济、政治等条件的保障下，无论选择燃烧还是静默都说明女性无历史。

  第三支力量是以白孝文为代表的乡约组织的内部分化。白孝文是乡约族规调教下的家族新一代掌门人，他的堕落既是儒教一味采取隐瞒、隔离政策所带来的恶果，也是人性复杂的结果。在白嘉轩一套节欲惜身理论的禁锢下，孝文的"本我"受到"超我"的束缚。变坏前，"他不摸牌九不掷色子，连十分普及的纠方狼吃娃媳妇跳井下棋等乡村游戏也不染指，唯一的娱乐形式就是看戏"②。然而，禁锢教育是异常危险的，所以，当田小娥将自己的舌头送进白孝文口腔的时候，"那一刻里，白孝文听到胸腔里的肋条如铁笼的铁条折断的脆响，听见了被囚禁着的狼冲出铁笼时的一声酣畅淋漓的吼叫"③。"本我"的饿狼冲出"超我"的牢笼时，比任何洪水猛兽都要让人害怕。事情败露后，祠堂施刑、借粮被拒、长工嘲讽等，使白孝文沦落为败家子，后转化为无耻政客。儒教文化讲恕，但是这种恕并没有发生在白孝文良心泯灭之前。文本里白孝文被当作教育子弟的反面教材，也被当作浪子回头的典型，但是悲哀的在于，白孝文重新跪倒在祠堂之后，却发出了"谁走不出这原谁一辈子都没有出息"的感慨。走出这原，当然不是仅仅指走出地理概念上的原，也指打破由乡约所建构的旧有的文化心理结构。阳奉阴违为他赢得高官厚禄名誉，而这恰恰是背离乡约精神的。然而，当小娥被杀后，孝文钻进破窑，看到小娥尸骨时哭昏在地，我们看到了白孝文的生命里最具有温情的一笔。和小娥有肌肤之亲的，前后共有四个男人，而对小娥之死有刻骨铭心的痛楚的，只有

---

① 陈忠实：《白鹿原》，北京十月文艺出版社，2008年，第448页。
② 同上，第224—225页。
③ 同上，第227页。

孝文——在孝文遭到所有人遗弃的日子里，曾经与小娥有过患难与共的真情。因此，如果说白孝文的堕落开始是一场阴谋加之自己的意志不坚定的结果，那么儒家自身的残缺、伪善则是将白孝文推向深渊的罪魁祸首。在人生的大起大落中，白孝文抛弃了所有道德底线，成为乡约精神的背叛者。

第四股势力是共产主义的颠覆。20世纪初叶，"原上的新式小学尽管发展缓慢，几十年间不过只有三四所高级小学，却应该是对传承了近千年的《乡约》最具颠覆性的因素。这个看法的形成，在我是基于这样的一个基本事实，凡在新式小学接受过教育的学生，几乎无一例外地都走出白鹿原，进入社会的各个领域，没有谁再留恋原上的生活。尤其令我受到启发的是，许多人在新式高级小学接受新的理念的同时，接受了隐蔽着中共党员身份的教师的影响，走出白鹿原就开始了革命活动，应该是心理剥离完成得最彻底的一批人。他们是接受了科学的共产主义理论，剥离了原本尚未形成稳定的《乡约》理念的心理结构。他们无疑是以科学理论主动完成这个心理剥离的一批人"[①]。以鹿兆鹏、白灵等为代表的共产主义者，先后以各自不同的抗婚行为，完成了对封建家长制的反抗，走上反乡约的第一步。接着，以号召大众起来推翻阶级压迫实现了对传统的彻底颠覆。接受了马克思主义斗争哲学的鹿兆鹏们，不仅与坚守乡约的朱先生、白嘉轩们之间存在对抗，也与代表着政权的田福贤、鹿子霖等众乡约之间存在着斗争，而铡死碗客、三官庙的老和尚，矛头指向的是社会恶势力。大革命失败之后，国共之间的政治、武装斗争，地上与地下斗争，最后以共产党夺取革命的胜利告终，也宣告了乡约组织与精神的彻底瓦解。因为"这样一个希望中国和西方地位确实平等的中国人，就不需要求助于一种令人绝望的传统主义以满足自己的希望，因为在共产主义的庇护下，反传统主义也能帮助他实现这一目的。一个共产主义的中国，与苏俄一道，似乎可以

[①] 陈忠实：《寻找属于自己的句子——〈白鹿原〉创作手记》，上海文艺出版社，2009年，第111页。

走在世界的前列，而不是一个跟在西方后面蹒跚而行的落伍者"①。

就上文所述，四支力量对乡约的反抗中，鹿子霖与白嘉轩缘于内部的权力争夺而发生的暗斗，属于同一阵营的对抗，而后三种力量都是以子女身份对父辈所代表的乡约做出的颠覆，无疑，这是一场集体的弑父活动。其中，黑娃、小娥、孝文是内部分化出来的对抗力量，而唯一能与乡约相抗衡的势力是鹿兆鹏、白灵这些接受了西方马克思主义理论的人。因而，宏大而完整的乡约赖以存在的社会结构解体了，乡约所建构的人们的文化心理结构动摇、削弱了。

然而，"一种技能或信仰总有复兴的机会，只要还有关于它们的文字记载，或者一小批拥护者对它们仍保持着淡淡的记忆"②。儒教也并不像列文森所讲进入了历史博物馆。在海外，1958年，牟宗三、徐复观、张君劢、唐君毅联名发表了《为中国文化敬告世界人士宣言——我们对中国学术研究及中国文化与世界文化前途之共同认识》一文，旗帜鲜明地表达了对中国儒教文化，尤其是心性之学的推崇，并向全世界宣告中国文化有其世界的重要性。在中国大陆，自1984年起，举行了各种文化研讨会，短短两三年，便形成了"文化研究热"。在这股文化热中，由于工业东亚的崛起，儒教文化逐渐引起世界的关注，杜维明等新儒家从海外来到中国，以传道的方式传播儒家思想；以方克木为代表的一些学者，站在马克思主义立场上，对儒家进行全方位的介绍和研究。一时之间，"儒学复兴"思潮兴起。因此，《白鹿原》的问世应是20世纪80年代以来"儒学复兴"的产物，也是李泽厚"文化心理结构学说"结下的硕果，新时期文学向内转的反映。在20世纪80年代的哲学研究者看来，儒学并不是已经过去的"传统文化"，而是仍然存活的"文化传统"。李泽厚则把儒学心理化，认为儒学就是中国人的"文化心理结构"。这是从一种文化的视角，对儒学所做的新的审视。这个时候，陈忠实正在寻找文学创作的新路径，当他放弃传

---

① 列文森：《儒教中国与现代命运》，广西师范大学出版社，2009年，第113页。
② 爱德华·希尔斯：《论传统》，傅铿、吕乐译，上海人民出版社，2009年，第307页。

统"人物角度"写作方法之际,便欣然接受了"人物文化心理结构"说。"我以为真正的要领在于'人物文化心理'的把握,才获得了描写和叙述的自由。"①当然,如果从本土文化讲,《白鹿原》中的儒教文化精神也有相当的地域文化因素。秦中自古帝王都,宋明清时代又是理学重要分支——关学的发祥地。关学博大精深,从创始人张载始,至蓝田三吕,明代的冯少墟、吕柟,清代的李二曲,乃至牛兆濂,道脉盛传,皆以躬行礼教为本。尤其是蓝田吕氏兄弟制定并推演的《吕氏乡约》,不仅在蓝田盛传,而且在宋之后,成为中国重要的乡村自治制度,不仅形成了中国乡村所特有的礼俗教化的摹本,而且深刻地影响着中国人的文化心理结构。陈忠实从小生长在这块地域,地域文化的潜移默化、个人气质的影响,最终形成作家的儒教文化心理,诞生于蓝田的《吕氏乡约》也就自然而然成为《白鹿原》中呈现儒教文化的重要物件之一。它的存在和意义在于对传统的现代化转化和创造。因为每一次传统的传承都是一次后人对前人的理解和体悟创新。另外,在中华民族领先于世界各民族时,关中是中华的灿烂中心,而当中国被世界近现代进程所抛弃时,关中又成为停滞中国的典型。因此,关中的崛起与衰落,在某种意义上,是中国,乃至中国文化的崛起与衰落。鉴于此,中华民族文化之谜的解答恐怕是与"关中之谜"的解答相联系的,这也就是《白鹿原》作为一地域文化作品所凝聚的民族文化的意义。改革开放三十多年以来,经济、科技中国迅速崛起,但是人文中国的某些倒退却令人痛心。在一个丰裕的经济状态下,陈忠实以眷恋而无奈的心情描述了《吕氏乡约》被建构与解构的过程,其中有鲜明的传统道德坚守的倾向,也有理性的批判心态。也许面对传统,人们总是这种矛盾而痛苦的心理结构。

原载《海南师范大学学报》(社会科学版)2011年第2期

---

① 陈忠实:《寻找属于自己的句子——〈白鹿原〉创作手记》,上海文艺出版社,2009年,第45页。

两种现实主义的论争

——柳青研究六十年的回顾与思考

柳青是从延安解放区走上文坛的当代重量级作家之一,"柳青道路"、《创业史》内部的"分层"现象,构成了中华人民共和国成立六十年来学界争论不休常论常新的学术话语。然而,柳青和《创业史》为何能够引起文坛如此长时间的关注和争论?这种关注、争论背后究竟有何种文学理念支撑?这是当前从事柳青研究不可回避的话题,也是反思当代中国文学研究的出发点之一。鉴于此,本文在对柳青研究史的梳理的基础上,试图阐释社会主义现实主义与批判现实主义之间的分歧,从而勾画出当代文学批评的嬗变轨迹。

一、研究的奠基—发展期(1948—1982年)

研究史的叙述首先需要解决的是分期问题,以时间为序,柳青研究可分为三个时期:奠基—发展期;反思—转型期;重释—重构期。从1948年首次出现《读〈种谷记〉》开始,至1982年《人民日报》发表题为《〈创业史〉写作基地为何由富变穷?》一文,为柳青研究的奠基—发展期,具体分为四个阶段:(1)1948年—1959年是研究草创期。多是对柳青前期作品的一些感想、心得文章。(2)1960年—1965年为研究发展期。1963年前后,人们围绕《创业史》展开了激烈的争辩,《创业史》也在此时不仅获得了极高的文学声誉,而且确立了其经典的地位。(3)1966年—1976年是研究的停滞期。由于"文革",研究留下空白。(4)1977年—1982年为研究恢复期。柳青和《创业史》重新获得好评,然而,无论研究方法还是内容都是60年代研究的继续。这时,带有整合性质的柳青研究专著出现了,一部是80年代初期刘建军、蒙万夫、张长仓撰写的《论柳青的艺术观》,另一部则是阎纲所著的《〈创业史〉与小说艺术》。两部论著均出自陕西学者之手,皆以艺术视角切入,相比较而言,后者学术价值大于前者。此外,柳青研究资料的收集、整理工作也取得了进展。1979年,山东大学中文系编写了《中国当代文学研究资料——柳青专集》;1980年,陕西人民出版社出版了《〈创业史〉评论集》;1982年,孟广来、牛云清编写了《柳青专集》,中国青年出版社编辑了《大写的人》。这些资料为进一步的研究工作打下了良好的基础。60年代,严家炎发表的《关于梁生宝形象》《梁生宝形象和新英雄人物创造问题》《谈〈创业史〉中梁三老汉的形象》《〈创业史〉第一部的成就》四篇评论《创业史》的文章是这一时期取得的最高成就,并在当时引发了一场不小的争论。李希凡、冯牧、任文等人纷纷撰文表示对严家炎的异议,就连平时一贯稳重的柳青也难以继续沉默下去,撰写了《提出几个问题来讨论》为自己进行辩护。作家连续两次在文中提及:"在这个问题上,小说的描写和严家炎同志的分析,存在着不可调和的矛盾。请大家讨论。"[①]"这个问题"指的就是有关梁生宝这一人物形象是否真实的问题,使用"不可调和"一词可见当时论争的激烈,尤其是在《艺术论》一文中,柳青声称:"成百个人物到底以谁为中心?中心思想又以谁为代表?严家炎说以梁三老汉为中心,这简直是胡说八道。"[②]可见柳青对严家炎批评梁生宝这一人物形象存在缺陷是相当愤慨的。是什么原因使一向宽容的柳青如此不能忍受严家炎的评判?辩

---

① 蒙万夫、王晓鹏、段夏安等编:《柳青写作生涯》,百花文艺出版社,1985年,第96页。
② 同上,第68页。

101

论双方争议的实质到底是什么？

在我看来，柳青塑造的梁生宝形象是他一生心血的结晶，文学新创造的集中体现。严家炎的评论击中柳青心中最为在意并得意之处，因此才会在论战中表现出不能容忍的态度。然而，问题并非如此简单。论争的根源不在于表面上的关于梁生宝与梁三老汉到底谁塑造得最为成功，而在于隐含的左翼文学内部社会主义现实主义"典型论"与批判现实主义"真实性"之间的争议，而这种分歧根源就在于左翼文学内部延安文艺路线与五四文学传统之间的差异。柳青是在20世纪30年代末期从延安解放区走上文坛的作家，经历了延安整风运动，接受了毛泽东的《在延安文艺座谈会上的讲话》（下简称为《讲话》）精神，米脂三年农村生活锻炼、十四年的长安县（今长安区）蹲点是他贯彻《讲话》精神，走与工农相结合道路的体现。"柳青道路"是中国知识分子渴望摆脱小资情调、弃绝感伤情绪所走的思想"改造"之路，这在柳青则被视为走进"生活学校"，即通过拥有深厚的生活积淀，创造出伟大之作的必由之路。《创业史》无疑是成功运用社会主义现实主义创作的典范之作，在这个意义上，柳青对严家炎的反驳是在为《讲话》精神护法。而严家炎的评论，使用的是左翼文学"真实性"话语。"真实性"是"追求生活的真实和艺术的真实"，这一观点渊源于胡风、冯雪峰、秦兆阳的理论。在他们看来，《讲话》虽在新文学史上具有重大意义，但并不意味着由鲁迅所开创的中国新文学传统发生了根本性转变，文艺在不脱离政治的情形下，面对中国的历史和现状，不仅应该书写生活光明的一面，而且也有责任描写历史进程中的沉重负累。因此，《创业史》中以梁三老汉、王二直杠为代表的"中间人物"描写，是一部分中国农民在走社会主义道路时摇摆不定心态的折射，而社会主义新人梁生宝则象征着社会主义的乌托邦想象，明显带有概念化成分。因而，围绕《创业史》中梁生宝与梁三老汉谁优谁劣的争论，实质就演变为左翼文学内部捍卫《讲话》精神一派与坚守五四传统一派的斗法。

在这一时期人们谈论较多的人物还有一个是《创业史》中的改霞，

并由她牵引出了两个彼此相连的问题：一是爱情话语和政治主题的冲突，二是爱情话语中隐含的知识分子话题。这实质是个人与国家、人性与阶级性之间冲突的表征。对改霞罗曼蒂克的指责（即按照社会主义现实主义来看，这个女性身上具有浓郁的小资产阶级味道），是对真实人性描写的批判现实主义的否定，而柳青则认为在民间情歌里经常存在着像改霞这样的女性。重要的不在于作家说的是什么，而在于作家写的是什么，以及由文本所传达出来的真实可信度。改霞身上的女性主体性意识、丰沛的感情，已经不是新中国文艺中铁姑娘模式所能界定的形象，她代表着从传统社会向共产主义时代迈进的新女性，只可惜这些内涵没有得到充分的揭示。

二、研究的反思—转型期（1982—1999年）

1982年—1999年是柳青研究的反思—转型期，可划分为两个阶段：

第一，1982年—1987年是反思期。1978年，中国农村生产方式的巨大变更带来了文化界的震动，文学批评作为最为敏感的领域之一也迅速做出了反应。1982年，《人民日报》上发表了一篇名为《〈创业史〉写作基地为何由富变穷？》的文章，率先对《创业史》发难，同时，《〈创业史〉中梁生宝的生活原型由富变穷记》一文也表达了对柳青描写的合作化事业所具有的历史合法性的质疑。这种对《创业史》的责难，很快就在一些文学史中呈示出来。1983年，华中师范学院《中国当代文学》编写组编写的《中国当代文学》中就没有为柳青和《创业史》安排章节。教材后记中这样写道："鉴于我国政治经济形势的急剧变化和当代文学的迅速发展，这次编写重新拟定了大纲。"[①]《创业史》就这样在这部文学史中被抹杀了。不过，1983年刘思谦的《建国以来农村小说的再认识》一文却对以《创业史》为代表的农村合作化小说做了一定程度的肯定。她指出："作

[①] 华中师范学院《中国当代文学》编写组编：《中国当代文学》，上海文艺出版社，1983年，第435页。

品的历史真实性与它所反映的那一段生活的历史功过、政治是非并没有必然和直接的联系，不能用对某一历史阶段的政治评价来直接判断作品的历史真实。"①显然，当国家政策发生变化之后，如何看待以《创业史》为代表的合作化题材作品是这次争论的焦点。可是，面对重大的经济和政治问题，文学和文学批评是否有能力对此做出正确描述和评判？回答是否定的。然而，仍有大量论文以《创业史》为中心对"十七年"文学进行了深入探讨。其中代表性的有：温宗军的《柳青现象：两极的批判及其反思》、南帆的《历史叙事：长篇小说的坐标》、刘克宽的《对〈创业史〉作为现实主义典型文本的思考》、周艳芬的《〈创业史〉：复杂、深厚的文本》。这些论文偏重于分析《创业史》文本的复杂性，然而由于绝大多数文章追求稳健的论述，缺乏锐利性。1986年，洪子诚在《当代中国文学的艺术问题》一书中，从《创业史》的构思和主题提炼两个角度，不仅肯定了"柳青道路"是柳青为《创业史》创作所做的充分准备，而且指出《创业史》中存在着潜流，这也为后来其进入"重释"序列、再次获得丰富阐释做了科学的预言。围绕《创业史》众说纷纭之际，柳青研究资料得到进一步完善。1985年，陕西人文杂志编辑部编写了《柳青纪念文集》，蒙万夫等人编纂了《柳青写作生涯》。周天的《论〈创业史〉的艺术构思》和孔范今、徐文斗的《柳青创作论》也问世了，只是在研究方法上仍是80年代初期的套路。

第二，1988年—1999年是柳青研究的转型期。具体表现在以下几个方面：首先是1988年，《上海文论》上发表了宋炳辉的《柳青现象的启示——重评长篇小说〈创业史〉》一文。作为"重写文学史"思潮的第一批弄潮儿之一，宋文以"狭隘的阶级分析理论配置各式人物"的观点指出了《创业史》被政治绑架的症结，打破了80年代文学批评沉闷的氛围。然而，宋氏关于《创业史》里知识分子丧失了自我主体性的观点是偏颇的，

---

① 刘思谦：《建国以来农村小说的再认识》，载《文学评论》1983年第2期。

作品中潜藏的知识分子话语不容忽视。此时，为了维护柳青和《创业史》的地位，罗守让、江小天分别撰写了《为柳青和〈创业史〉一辩》和《也谈柳青和〈创业史〉》的文章，公开为柳青辩护。然而，在这场辩论中，宋文由于"冲击那些似乎已经定论的文学史结论，并且在这个构成中激起人们重新思考昨天的兴趣和热情……"[①]而自然取胜。不过，这只在其次，重要的在于，通过对柳青的否定，当代文学批评完成了由政治决定论向美学决定论的转移，这是柳青研究的重大转折，也是新中国文学批评的巨大转型。其次是，1999年有两部当代文学史面世，但是对柳青评价的态度却大相径庭。一部是洪子诚所著的《中国当代文学史》，另一本是陈思和编撰的《中国当代文学史教程》，这是今天高校使用较多、评价较高的两部教材，它们同年出版，但是著作的观点却相差甚远。洪氏用一节单独论及柳青和《创业史》，他认为："作家对农民的历史境遇和心理情感的熟悉，弥补了这种观念'论证式'的构思和展开方式的弊端，但反过来，这种写作方式还是极大地限制了作者生活体验敞开的程度。"[②]洪子诚显然有官方意识形态倾向，陈思和则更看重民间写作，所以在他编撰的教程中，像《创业史》这种政治意味浓郁的作品，除了梁三老汉这个名字以外，其他有关柳青和《创业史》的内容，我们什么也找不到。再次是许多学者都以《创业史》为主要阐释对象著书立说。1997年，李继凯教授所著的《秦地小说与三秦文化》付梓。作者认为，"从文学史角度来看，能在文学史上引起持久争论的作品，肯定不是简单的作品"[③]，由《创业史》所开创的"创业"主题以及史诗性写作是秦地小说的优良传统。接着是1999年丁帆、王世城的《"人"与"自我"的失落》出版。这是80年代人道主义思潮讨论下的产物，《创业史》中那些人性复杂的人物在研究中得到重视，并在人性、人道主义、人情味、人道主义异化角度得到了广泛的讨论。

---

① 陈思和、王晓明：《重写文学史专栏主持人话》，载《上海文论》1988年第4期。
② 洪子诚：《中国当代文学史》，北京大学出版社，1999年，第101页。
③ 李继凯：《秦地小说与三秦文化》，湖南教育出版社，1997年，第336页。

三、研究的重释—重构期（1999—2009年）

自20世纪90年代以来，文学批评领域出现"重释"潮，即"再解读"。这是一种为了重新解读20世纪中国左翼文学与文化而产生的研究新视域，以50—70年代中国左翼文学作品为研究对象，以文本细读为主要研究方法，主要指在不同版本间寻找不同的话语策略，或在文本表层现象背后追寻深层政治无意识，或"深入历史情境"发掘旧日政治"一体化"时期文学被遮蔽的潜在话语。运用这种研究方法，新世纪十年来，诸多学人在《创业史》中寻找修辞策略、叙事结构、内在的文化逻辑、差异性的冲突内容或特定的意识形态内涵。其中刘纳的《写得怎么样——关于作品的文学评价——重读〈创业史〉并以其为例》和萨支山的《当代文学中的柳青》两篇文章是这个时期柳青研究的佳作。刘纳侧重以阐释学为切入点进入关于如何评价《创业史》的研究，突出强调文学评价中作品的艺术价值。萨支山热衷于在特定的历史情景之下品评《创业史》，忧虑在80年代后期，由于评价体系的变更而淹没了对《创业史》的正确评价。不仅如此，其他批评者更是视《创业史》为交织着多种文化力量冲突的"场域"，出现了李静的《二十世纪五六十年代乡村叙事结构的演变——以〈三里湾〉〈创业史〉〈艳阳天〉为例》，惠雁冰的《论农业合作化题材长篇小说的深层结构——以〈创业史〉〈艳阳天〉〈金光大道〉为例》，秦良杰的《身份焦虑与〈创业史〉中的美学冲突》，薛羽的《历史与叙述：合作化题材长篇小说研究——以〈创业史〉〈山乡巨变〉和〈三里湾〉为中心》，吴进的《〈创业史〉对农民的描写及其知识分子趣味》，陈国和的《话语论争与当代农村小说写作模式的确立——以建国后"十七年"文学中对〈创业史〉的批评话语为中心》，段建军的《肉身生存的历史展示——柳青、路遥、陈忠实对现实主义文学的贡献》，廖晓军的《红色经典中的时代英雄与平凡世界的普通人》，首作帝、张卫中的《"十七年"农村小说话语的分层与配置——以〈三里湾〉〈创业史〉〈山乡巨变〉为中心的考察》等研究新成果。这些研究对《创业史》的人物、主题、版本、作家生平、话语、流派到文学史地位、成书过程、文化意蕴、创作手法、叙事方法等方面都有所涉猎，几乎将西方20世纪60年代以来的各种理论都演绎了一遍。然而，遗憾的是，使用"重释"方法对柳青的研究目前还没有形成一本完整的论著。[①]

当前，研究者使用"重释"方法，无一不把《创业史》放置在"十七年"文学这个框架中进行论述。这方面代表性的著述有：董之林的《旧梦新知——"十七年"小说论稿》、李扬的《50—70年代经典文本的再解读》、余岱宗的《被规训的激情——论50、60年代的红色小说》、蓝爱国的《解构十七年》。在我看来，李扬的《50—70年代经典文本的再解读》和余岱宗的《被规训的激情——论50、60年代的红色小说》对《创业史》的解读是比较有特色的。李扬认为："对《创业史》的重新阅读，其意就不在于否定前一种'农民'知识的合法性，而是探讨另一种在80年代的文学史写作中被压抑的有关'农民'的现代性知识的孕育、演变与生产的过程。"余岱宗则使用中外文本比较的方法，将《创业史》与苏联小说《未开垦的处女地》作比照，指出《创业史》在塑造英雄人物梁生宝时过于理想化的缺陷，更赞赏《未开垦的处女地》里存在着思想困惑的革命者。然而，这恰恰是柳青当年所不屑的做法。并非柳青不懂得如何更为真实地塑造梁生宝形象，而是自延安文艺座谈会以来，毛泽东就确立了"一切危害人民群众的黑暗势力必须暴露之，一切人民群众的革命斗争必须歌颂之，这就是革命文艺家的基本任务"[②]。因此，在《讲话》精神的指引下，柳青放弃了在《种谷记》里运用的现实主义真实性描写，而使用社会主义现实主义的典型化创作手法。

尽管上述学术论著对《创业史》的阐释有所差别，但是"重释"无

[①] 李扬：《50—70年代经典文本的再解读》，山东教育出版社，2003年，第141页。
[②] 毛泽东：《毛泽东选集》，人民出版社，1969年，第828页。

不散发着浓郁的新历史主义气息,可视为80年代中后期"重写文学史"思潮的延续。这一时期还有2004年金宏宇的《中国现代长篇小说版本校评》把《创业史》的版本修改作为中国现代长篇小说的重要修改现象之一的研究,它表明柳青研究已逐渐形成了科学严谨的学术规范。此外,2008年12月,陕西学者畅广元、邢小利等同人创办了柳青文学研究会、《秦岭》文学杂志,同年9月,柳青文化广场在西安市南部大学城建成。这些实绩昭示人们:虽然有关柳青的评价存在争议,但是并不能阻碍他成为当代中国文学中最重要的作家之一。

四、思考

柳青研究六十年,前三十年,研究内容一般以浅层的文本结构研究为主,研究方法多采用二元对立的阶级分析法。新时期三十年,研究者从阶级论中突围出来,对柳青和《创业史》进行了全方位、深入的研究。据中国期刊网上的不完全统计:1982年以后,研究柳青和《创业史》的文章共有二百八十五篇;以《创业史》或柳青为论文标题的文章有一百五十三篇;以《创业史》人物为论文题目的有二十四篇;将《创业史》与"十七年"其他文学作品作比较的有十四篇,其中以《创业史》《山乡巨变》《三里湾》作比较研究的有五篇,以柳青、赵树理、周立波作比较研究的有九篇;将柳青与当代陕西文学、作家作比较的有十三篇;将柳青与鲁迅、周立波、雪漠作比较的各一篇;将柳青与画家刘文西作比较的一篇;版本修改研究三篇;剩余论文几乎论及新时期以来文学研究的各个方面,在这里由于篇幅所限不再一一列举。从上述粗略的统计中可见,第一,《创业史》是柳青研究的重镇,也是"十七年"文学中研究最多的文本。历来文学与历史并不具有一个脱离政治压力的超然空间,以《创业史》为代表的"十七年"文学在依附政治权力之际,仍然具有丰富的文学内涵,所以《创业史》的阐释存在着繁复的空间,揭秘《创业史》,也就揭示了

"十七年"文学的玄奥。第二,"柳青道路"关涉当代知识分子的命运。放弃奢华生活,居住乡村,从本质论,这是知识分子接受毛泽东思想改造,由小资产阶级转变为无产阶级战士的过程,正如柳青所说:"假使我不能过这一关,我就无法过毛主席文艺方向的那一关,我就改行了。"①实际上,经过农村生活实践,柳青"黑夜开完会和众人睡在一盘炕上,不嫌他们的汗臭,反好像一股香味"②就是已经转变的表现。从传统士人到启蒙知识分子,再成为党的文艺战士,20世纪中国知识分子走过几经转折的道路,"柳青道路"是接受启蒙思想洗礼的知识分子摒弃自由、个性,深入工农生活,走上的被规训之路。然而,任何深入生活都必然有获得生活真实的一面,因此,即便是心理上已经完全接受了毛泽东文艺思想的柳青,还是有展示生活种种困惑的一面,此即为文本中所说的潜流。第三,柳青对当代陕西作家产生的影响。一位作家在文学上的地位,不仅是由当世,更是以其后世的影响来决定的。柳青的"文学六十年一个单元"的论断、史诗性写作、现实主义创作手法在路遥、陈忠实、高建群等当代陕西作家中都有不同的传承。

在上述问题中,还贯穿有柳青研究的一个核心问题,即围绕《创业史》而展开的诸多文学争论。为什么围绕柳青和《创业史》会有长达六十年的争论?这与文学的阐释语境有关。一般讲,文学的阐释语境分写作的语境、接受的语境、批评的语境。其一,从写作角度讲,《创业史》中存在着"分层"现象。《创业史》第一部(《创业史》初刊本)一开始,柳青就放上了四则引语。第一则是毛泽东话语;第二则是乡谚;第三则是中国农村格言;第四则是自己的笔记(后来在出版时被删掉了)。我们不去分析四则引语到底隐含的是什么,而要说明它们之间的关系。从政党权威话语到民间俗语,再到个人心得,作家力图调和这几种话语,希望以其共同来表达社会主义创业的艰难以及团结的重要性。但是这种统一只是

---

① 山东大学中文系编:《中国当代文学研究资料·柳青专集》,1979年,第9页。
② 同上,第10页。

表面的，就研究而言，许多论文中使用"焦虑""尴尬""异质""裂隙""冲突"等语词评价《创业史》，充分暴露出了看似铁板一块的文本中蕴藏的矛盾和缝隙，这也从一个侧面反映出《创业史》内部确实存在着"分层"现象。其二，从接受语境讲，六十年来，柳青和《创业史》的接受语境发生着嬗变。50年代末，《创业史》问世，正是中国农村合作化事业如火如荼之际，《创业史》的创作意图、写作符合当时局。80年代末期，中国农村生产方式变化，文化转换，国家意识形态解绑，这些都为《创业史》重新获得解读提供了机缘，柳青研究从英雄人物转移到普通凡人，从宏大的政治叙事推移到民间话语，是文学生态环境转变的表征。90年代，左翼势力的抬头又促进了对传统经典的重释。其三，是文学观的分歧。从延安文艺开始，中国文学批评就存在两种不同的声音，即社会主义现实主义文学观与批判现实主义文学观的斗争。从五四时期传承下的批判现实主义，一开始就接受了西方自然主义的观念，科学的态度、丑恶的展示、人生的描写，这些后来都成为五四启蒙文学的优良传统。然而，自40年代延安文艺始，典型论认为："没有阶级特征不能成为典型，没有职业特征也不能成为典型，没有个性特征也不能成为典型。三种特征高度结合，就具有充分的典型性。"[①]这种典型论即毛泽东在《讲话》中所讲的"比普通的实际生活更高，更强烈，更有集中性，更典型，更理想，因此就更带普遍性"，"例如一方面是人们受饿、受冻、受压迫，一方面是人剥削人，压迫人，这个事实到处存在着，人民也看得很平淡；文艺就是把这种日常的现象集中起来，把其中的矛盾和斗争典型化"。[②]这种典型论导致了文学对生活拔高的结果，最终发展成为伪现实主义。柳青研究六十年，从庙堂转向民间，从"党的文学"走向"人的文学"，知识分子精神从依附到独立，就是批判现实主义战胜了社会主义现实主义。

[①] 人文杂志编辑部、陕西省社科院文学研究所合编：《人文杂志丛刊》第1辑《柳青纪念文集》，1985年，第274页。
[②] 毛泽东：《毛泽东选集》，人民出版社，1969年，第10页。

当下柳青研究中还存在以下两方面的缺陷：一是研究缺乏整体观。柳青是20世纪30年代末期走上文坛的作家，曾在陕北、太行山、长安皇甫村三个地域创作，写过反映抗战内容的作品《地雷》《牺牲者》，展现解放区人民生产、生活的文本《种谷记》《喜事》《故乡》等，新中国成立后则有《狠透铁》《铜墙铁壁》《创业史》。然而，六十年来，《创业史》研究过多，而其他作品问津甚少。以整体观去研究作家，能在史的视野中发觉其创作的轨迹和变化。柳青早期作品《故乡》有鲁迅乡土小说的痕迹，与《祝福》在小说结构、人物塑造、情节安排方面非常相似，可见，柳青早期接受过鲁迅创作理念。40年代的《种谷记》，虽然学术界历来对其评论不高，柳青自己也认为其艺术尚未成熟，但是在我看来，《种谷记》是更符合批判现实主义的作品。小说运用自然主义写作手法，真实地反映了解放区百姓走互助合作的道路。这部作品里看不到《创业史》那种对生活的拔高，细致入微的生活刻画更有历史的真实和深刻性。二是缺乏对中国农村由传统社会向共产主义时代转变的宏观研究。比如，在柳青的文本中出现较多的词语中有"旧社会"和"新社会"，以往研究专注于具体文本传达的象征、隐喻，而忽视了从宏观视野进行的研究。柳青称自己的作品与旧文学划清了界限，然而，却在不自觉中以细致入微之笔描绘出了乡土中国由传统社会向共产主义时代迈进的历史进程。其中有由宗族社会向阶级社会的转化；有妇女由相夫教子的"槛内人"转变成为走向生产领域的"槛外人"：一方面增强了妇女的主体性意识，另一方面又为女性增添了家庭与生产的双重负累；有科学、知识的传播代替了乡村宗教和迷信的泛滥；等等。总之，对柳青的研究以及引发的争论暴露出了当代文学中的社会主义现实主义与批判现实主义之间的分歧，以及典型论与真实性之间的斗争。

原载《中国现代文学研究丛刊》2011年第4期

民间鬼神信仰与贾平凹的魅性审美

鬼神信仰是一个民族的普通民众在日常生活中形成的对人们死后世界的理解。它表明人的灵魂不灭，体现着人们对生命的尊重，而这正是文学的本质所在。"只要稍将人文学的文字涉猎一下，便可相信许多仪式与信仰底核心都是人生底生理时期，特别是转变时期，如受孕、怀妊、生产、春机发动、结婚、死亡等时期。"[①]死亡是生命的最后一个环节，具有无上的转机，因此，设法寻求不死或者永生，永远都是世界上所有民族最为热烈的追求之一。然而，对于绝大多数中国人而言，羽化成仙固然充满诱惑，却不是人人可企及的结果，人们只好寄希望于死后的想象世界。商州地处秦头楚尾，敬鬼神、好淫祀，因而，沉浸在秦汉大地民俗风情之中的贾氏始终对鬼神葆有一种敬畏、神秘感，不论其文本的丧葬礼俗的描写，还是驱鬼、敬神、祭祀场面的勾勒，都流露出其对民间鬼神文化的亲和感，并在此基础上形成了自己的魅性审美意趣。本文拟以贾平凹文本中的丧葬以及相关民俗的描写，试图探寻民间鬼神文化是如何成为贾氏文学创作的一个合理切入点的。

---

① 马林诺夫斯基：《巫术科学宗教与神话》，李安宅译，中国民间文艺出版社，1986年，第21页。

一、民间鬼神信仰

《左传》曰："人始化曰魄，既生魄，阳曰魂。"①魂魄指的是人生时之心知。至于魂魄与鬼魂有何差别，人死为鬼的观念究竟起源何时，已不可考，但是人死之后与魂魄之间存在着密切的联系却是不可否认的。魂魄字皆从鬼，王充《论衡·论死》道："人死，精神升天，骸骨归土，故谓之鬼。"②正因为此，民间才有烦琐的埋葬形魄的丧葬之礼和虔诚的登高招魂之俗。商州地处秦楚交界地，弥漫着浓郁的鬼神信仰，形成了一整套丧葬礼俗和一系列祭祀、巫术仪式，这些都可在贾平凹文本中窥见。

1. 报庙、入殓停枢

报庙指的是将刚刚过世的人去世的消息报告给阎王爷的一种行为。《龙卷风》《远山野情》等作品里都有儿子把即将死去的父母的日常用物送至城隍庙的情节，这实为一种"交感巫术"。民间普遍认为，人的日常生活用物上附着了人的灵魂，将老人的生活用品，如一根拐杖、一件衣衫抱到土地庙，这等于是将其灵魂交付到阴间。因为土地庙、城隍庙或者五道庙通常是通往冥界的入口，所以人死之后，灵魂必然是先到上述地方报到。接着是对死者遗体进行清洗装扮，在入殓之际，于棺中放置柏朵、灰包。《龙卷风》《西北口》中都详细地记述了这些民俗。放灰包大概是为了防止尸体腐化时血水外流，置柏朵则可能源于另一种精怪信仰。《风俗通义》云："方相氏葬日入圹驱罔象。罔象好食亡者肝脑，人家不能令方象立于侧，而罔象畏虎与柏，故墓前立虎与柏。"③

2. 写铭旌、踏穴、浮丘

尽管商州地处边远，但是秦汉时商山四皓隐居于此，所以民间语言

---

① 蒲慕州：《追寻一己之福：中国古代的信仰世界》，上海古籍出版社，2007年，第71页。
② 转引自钱穆：《灵魂与心》，广西师范大学出版社，2004年，第57页。
③ 应邵著，吴树平校释：《风俗通义校释》，天津人民出版社，1980年，第428页。

和风俗受四皓影响,也颇具典雅之风。最能体现商州文化气息的是"谁家有人过世了,已经没有了在石碑上刻墓志铭的豪华,但红绸子上却要以金粉书写铭文"①。铭旌相当于今之悼词,是歌功颂德的四六骈文,用泥金胶写于红绸之上。虽然商周之际铭文是镌刻在青铜器上的,但是在后世,铭文则多书写在帛绢或雕刻在墓碑上,并为历代士人所重视。贾氏的许多文本都描述了商州撰写铭旌之俗,从商州系列作品始至散文《我是农民》、小说《秦腔》中都在夸耀这一故乡丧俗之古雅。铭旌写好之后,下葬之前,先要选好墓址。选墓址讲究深藏,所谓"葬也者,藏也。藏也者,欲使人不见也。是故衣足以饰身,棺足以周于衣,椁周于棺,土周于椁,反壤树之哉"②。在此意义上,踏穴就显得尤为重要了。《美穴地》是一篇以踏穴为叙述背景而演绎的情爱故事,生动地再现了民间堪地舆时讲究阴阳五行之道的民俗。它反映了地理方位与人世之间的超自然联系,为了使祖先灵魂得到永久的安息,更重要的是考虑到墓地风水会对死者的家人和后代可能产生的影响,人们必须重视死者葬地风水地形。《葬经》云:"有垄中峙法:葬其止,王侯崛起;形如燕巢法:葬其凹,胙土分茅……形如植冠,永昌且欢;形如投筭,百事昏乱;形如乱衣,妒女淫妻……"③踏穴、建墓之后,是择日进行安葬。在中国人的观念里,人生的各种事务都与时辰有关,所以死之日与葬之日必须男女相配,刚柔相济,而当一时寻找不到合适的日子安葬时,则宁愿等一段时间,暂时将棺木安放在某处,这在商州称作"浮丘",不算正式埋葬。《浮躁》《晚雨》等诸多文本中都有关于此民俗的描摹,可见,讲究阴阳五行之道的民俗,在商州还是非常浓郁的。

---

① 贾平凹:《贾平凹文集》第16卷,陕西人民出版社,1998年,第36页。
② 转引自钱穆:《灵魂与心》,广西师范大学出版社,2004年,第37页。
③ 郭璞:《葬经》,见《国立北京大学中国民俗学会民俗丛书专号3 堪舆篇》,东方文化书局,1977年,第9—10页。

3. 公鸡引魂、唱孝歌

人死之后魂魄相分，游魂不定，所以在将灵柩送往墓地之际，需要有引亡魂之物。《商州》里的珍子和刘成死后运回家乡时棺材上绑缚一只白公鸡，《高兴》中五福死后刘高兴也为其买了只白公鸡引魂。这一习俗大概源于汉时，《风俗通义》云："青史子书说：'鸡者，东方之牲也。岁终更始，辨秩东作，万物触户而出，故以鸡祀祭也。'"①可见，公鸡是祭祀之物，民间以其引亡魂。唱孝歌是下湖人的风俗，人死之后，人们围着棺材一边敲锣打鼓，一边唱孝歌。《白夜》《怀念狼》以及散文《说死》等作品里都提及了这种丧俗："为人在世有什么好？说声死了就死了，亲戚朋友都不知道。亲戚朋友知道了，亡人已到奈何桥。阴间不跟阳间桥一样，七寸的宽来万丈高，大风吹得摇摇摆，小风吹得摆摆摇。"②在这一习俗中隐约可见庄子"鼓盆而歌"的影子，因此此俗大概源自楚国。据史载，清时朝廷曾大规模地将下湖人迁移至商州，下湖人不仅带来了湖北的花鼓戏，而且也将许多楚国丧俗引入。清同治五年，湖北《长阳县志》的记载可以验证此说："丧次擂大鼓唱曲，或一唱众和，或问答古今，皆稗官演义语，谓之打丧鼓、唱丧歌。"③唱孝歌丧俗融入了楚人擅长的生死与天地想象，超越了生死大限而直抵宇宙起源的混沌之根。

4. 祭祀、敬神、驱鬼

"葬礼的最后，代表死者的灵牌与其他祖先的牌位放在一起，至此，死者已完全被认为安息在灵魂世界里，在世的亲戚和子孙要不时去祭奠他，这种供奉又叫祭礼。"④从头七到七七，每七日举行一次祭祀，从一周年到三周年的死者祭日也要举行盛大的悼念活动，以三周年最为隆重，《高老庄》即描述了这种家族祭祀的状况。而一旦亡魂被安置在灵魂世

---

① 应邵撰，吴树平校释：《风俗通义校释》，天津人民出版社，1980年，第432页。
② 贾平凹：《贾平凹文集》第7卷，陕西人民出版社，1998年，第271页。
③ 杨义：《庄子还原》，载《文学评论》2009年第2期。
④ 杨庆堃：《中国社会中的宗教：宗教的现代社会功能与其历史因素之研究》，上海人民出版社，2007年。

界里,则上升为家族的保护神。所谓"神",说文里解释为从"示"从"申","示"表示祭祀,"申"为闪电,都隐含着神秘莫测的意味。在中国民间信仰里,成神有凭借羽化而登仙的,而绝大多数则是死后方才成神。这一方面是由于他们或是生前具有神异功能,或是曾经造福乡里;另一方面则源于死者死后带给人们福祉。《商州再录》里《金洞》篇中的小儿和《死了才走运的老头》一文里的老头或因死后造福民众,或因生前有功于当地,死后都被视为神人,香火不断。

一言以蔽之,上述不论是家族私祭的保护神,还是在公众场合下公祭的地方神,都是善鬼成神的,代表着民间生者对亡魂崇拜的信仰。然而,如果某人死于非命,冤魂就会结聚不散,为恶乡里,这便需要民众举行公祭予以安抚,《白夜》里反复描写的《请巫禳灾》、《灵界》、目连救母戏等都属于此类祭祀中的鬼戏。但是并不是所有亡魂都能获得超生,还有很多罪孽深重的鬼魂或在人世继续作恶,或侵入活人之体,使其丧失本性抑或生病,面对这种情形,就必须实施巫术进行驱除。如果说巫术的基本原理是人通过实施法术来主动控制或要挟神明鬼怪,那么"鬼神可杀"或驱除则可以被视为巫术的进一步发展。驱除恶鬼意味着鬼神的存在是有限的,他们的能力或许比人大,但是人可以通过一定的法术控制他们。"通说"是贾平凹文本中描述的活人被鬼魂侵入身体,言行不能自控的一种情形。"通说"者往往和依附在身的鬼魂生前的言行基本保持一致,驱除的办法是"用簸箕覆盖其头,然后用桃木枝抽打"。鬼为阴,桃木属阳,所以有驱鬼的功能。《黄帝书》云:"上古之时,有神荼与郁垒昆弟二人,性能执鬼。度朔山上有桃树,二人于树下简阅百鬼,无道理妄为人祸害,神荼与郁垒缚以苇索,执以食虎。"① 另外,还有一种驱鬼的民俗活动,《古堡》里称其为"红场子",即轰赶鬼魂和霉气。新房子盖好之后,闹房的众人皆赤上身,胸前背后画青龙、白虎、朱雀、玄武"四灵",头缠

---

① 应邵撰,吴树平校释:《风俗通义校释》,天津人民出版社,1980年,第306页。

红布,手舞足蹈并鸣放鞭炮以达到驱鬼的目的。汉时"四灵"是吉祥和方位的象征,有驱邪的功能,红布代表阳气,有镇阴驱邪的作用。此外,水、镜子也是贾氏文本描写中常见的驱鬼法器。水为清洁之物,阴阳师做法事时常口含清水,喷洒在被认为有妖魔附着的物体上。镜子能驱魔,"《抱朴子·登陟》说:万物之老者,其精悉能假托人形,以眩惑人心,而常试人,唯不能于镜中易其真形耳"①。所以《太白山记》里反复出现镜子意象,《远山野情》里阴阳师禳治的办法之一也是使用镜子。

就对贾氏文本丧葬礼俗的梳理来分析,从最初的报庙、入殓停柩,历经写铭旌、踏穴、浮丘,到引魂、唱孝歌、下葬、祭祀,敬神、驱鬼,可见民间鬼神信仰之浓烈。在很大程度上,对鬼神的畏惧与崇拜、驱除与敬仰折射出民间百姓对死后世界复杂而矛盾的心理,也反映了他们为追求一己和家庭之幸福的放诞而热烈的想象。

二、想象

自古以来,人们一面在棺木上或墓室里绘上神人仙境的图画,竭力想象着极乐世界的仙云缭绕、芳草遍生;另一面却又运用各种手段试图驱散想象中的地府的阴森、恐怖,这不仅反映了人们面对死亡时的矛盾心理,而且也说明了鬼神世界纯属想象的产物。而就想象而言,这正是文学的生发之处。萨特讲,艺术是艺术家的一种新的创造,其特征是非现实的和想象性的。如《庄子》之文,"故言大则有若北溟之鱼,语小则有若蜗角之国;语久则大椿冥灵,语短则蟪蛄朝菌……"②想象的瑰丽、奇异是文学最富有魅力所在,尤其是对浪漫主义文学而言。"疯子、情人和诗人,全都是想象的奴隶:疯子眼中尽是鬼魂,多得连无边的地狱都难以容纳;情

---

① 许地山:《道教史》,上海古籍出版社,1999年,第136—137页。
② 王国维:《屈子文学之精神》,见胡经之主编《中国古典文艺丛编》,北京大学出版社,2001年,第121页。

人也是一样地疯，竟能在埃及人的黑脸上看到海伦的美；诗人的眼睛在微妙的热情中一转，就能从天上看到地上，从地上看到天上；想象能使闻所未闻的东西具有形式，诗人的莲花妙笔赋予它们以形态。"①

贾平凹的文学想象怪异新奇，可分两类。

1. 创造性想象（produktive einbildungskraft）

他能将云中的鸟与水中的鱼联想在一起，能让木板里隐藏人形，杀人时砍下的不是人头，而是人的垢圻壳，等等。这些想象通常运用两种手法构成：第一种是嫁接、移植。此指将不同物体连接在一起，像《白夜》里将夜郎和马面连缀，《土门》里给成义嫁接一只女人手，《废都》中的牛哲学家，《古堡》中麝所拥有的人之思考，《秦腔》里人长瘤子后，想象着把树上的树瘤割掉后人就可以痊愈。这些想象中有的是将人的思想移植给动物，有的是宣扬人与植物之间存在着感应。前者具有极强的寓言性，后者包含着"交感巫术"。第二种是变形、变异。这是一种对知觉的重新组合，大凡神魔、志怪小说都擅长使用这种手法，贾氏小说亦运用颇多。《怀念狼》中的人狼互变，《高老庄》里的人变猪，《太白山记》里有意将想象中的虚像转化为实像，《土门》里梅梅长出尾骨，《秦腔》中白雪的女儿生下来没有屁眼，等等，均属于此类。这些想象能把现实中根本不存在的事物表现出来，并具有产生新对象的能力，有魔幻的意味，是想象中富有创造性的一种。

2. 幻想（phantasy）

按照西方的文艺理论，这是一种使本身不出场的东西出场的想象力。所谓本身不出场的东西是指知觉中、感性直观中从未出现过或根本不可能出现的东西。然而，"不管幻想这种想象与现实世界如何抵触，幻想为我们开拓了视野，让我们看到了世界上更大、更多的可能性"②。贾氏的《病相报告》《太白山记》里沟通了人间、冥国、天堂三界，《烟》中有

---

① 卡西尔：《人论》，甘阳译，上海译文出版社，2003年，第241页。
② 张世英：《论想象》，载《江西社会科学》2004年第2期。

"思接千载"的幻觉,《太白山记》中,老村长与村支书活着的时候有路线之争,于是想象二人死后成鬼,各自坐在自己的坟头上吵架,并且"吵得庄严而有趣"……贾平凹的想象不同于其他作家的联想,因为联想和回忆是将过去曾经感知的事物在头脑中再现出来,这是一种最常见,也最普通的想象。贾氏的文学想象不只是起联想的作用,更重要的是具有建构性,他的想象创造出了新文学形象,并在想象中使思绪真正飞扬起来。当然,思绪的飞扬也是有条件的,像许多著名作家一样,贾平凹写作时也有怪癖,喜欢关门关窗,窗帘也要拉得严严实实,如果是一个地下的洞穴,那就更好。刘勰讲:"是以陶钧文思,贵在虚静,疏瀹五藏,澡雪精神。"①写作时精神的虚静状态是艺术创造的前提,可能贾氏写作时需要一种阴郁鬼气氛围方能进入情境。提及鬼,还需要涉猎巫以及觋概念,这三个词往往是联系在一起的。巫是指专门降神驱鬼的人,最初指女性,男人则为觋。可是到了后来,男子也可称巫。"觋"从"巫",从"见","见"与"咸"相通,"咸"是束棺材之绳,因此,巫是抬棺材的男人,与死亡、鬼神有一定联系。不言而喻,鬼神是想象之物,巫师是沟通鬼、神、人,具有特异功能的人,所以在人神感应、幽明互通的巫术活动中,"'巫'或'魔',似乎在任何人心里都激起某种潜在的意念,激起希望看奇迹的憧憧之怀,以及相信人类本有神秘力的可能等等下意识的信仰"②。于是,不难理解在氤氲鬼气中,万神归位,贾平凹被某种神力驱使,思绪也由此物而联想到彼物,由不在场想象着在场,由人间飞驰幽都,由人类推及动物,想象中作家的思维打破时空,超越有限。所谓"文不幻不文,幻不极不幻。是知天下极幻之事,乃极真之事,极幻之理。故言真不如言幻,言佛不如言魔"③。贾氏的想象终是一种鬼神魔幻思维,

---

① 刘勰:《文心雕龙·神思》,上海古籍出版社,2008年,第53页。
② 马林诺夫斯基:《巫术科学宗教与神话》,李安宅译,中国民间文艺出版社,1986年,第52页
③ 袁于令:《西游记题辞》,见胡经之主编《中国古典文艺丛编》,北京大学出版社,2001年,第118页。

同时也是一种矛盾思维。《高兴》中锁骨菩萨曾以妓的身份普度众生，圣洁与淫荡并存，《土门》里成义双手的一阴一阳，《白夜》以昼与夜命名，《秦腔》中的白雪与夏风不仅命名对立而且在生活中貌合神离，《高兴》里的刘高兴与韦达的互为镜像，《废都》中的庄之蝶与周敏的二位一体……贾平凹在想象之中，思维总是处于一种既对立又统一的状态，这种矛盾的思维模式既反映了社会现实、事物的复杂多样性，也蕴含着作家生命体验的深刻多重性，从而使其文本充满张力和神异，这种神异也造就了贾平凹的魅性审美意趣。

三、魅性审美

"魅"一词语见于马克思·韦伯的论著，是伴随着西方社会科学理性的发展而提出来的。在韦氏看来，现在社会"只要人们想知道，他任何时候都能够知道；从原则上说，再也没有什么神秘莫测、无法计算的力量在起作用，人们可以通过计算掌握一切。而这就意味着为世界除魅"[①]。"除魅"表明宗教世界观的瓦解，科学文化的繁荣与普及，人们不必再像相信某种神秘力量存在的野蛮人那样，一切行为、事务求助于神灵和魔法，科学日益成为受到人们重视的话语。就是文学，到现在也成了一种科学，有它的研究对象，便是人生——现代的人生；有它的研究的工具，便是剧本。然而，"历史不是一元的线性发展，历史进步行为与人文文化尤其是具有丰富内涵的人文精神传统常常表现为一种逆向的复调解构"[②]。鲁迅先生主张"伪士当去，迷信可存"，沈从文也试图以神性拯救人们日渐式微的生命，尤其是对一个有探索、追寻意识的人而言，当精神性的超越意识被唤醒之后，寻求灵魂的归依也就成了必然的事情。在这个意义上，贾平凹通过对民间丧葬礼俗

[①] 马克思·韦伯：《学术与政治》，冯克利译，生活·读书·新知三联书店，1998年，第29页。

[②] 孔范今：《论中国文学的现代转型与文学史重构》，载《文学评论》2003年第4期。

的描写带来了魅性审美的复活,在探寻人类的精神世界、追寻生命意义上无疑是最具有文学性的。"沿着文化发展的一切道路散布的遗迹,正是那些能够辨认其题铭的人的路标。"①贾平凹的文学也因融进传统民间文化而获得了魅性审美风格,具体表现在以下两个层面。

1. 怪诞诡异

尽管在中国,怪诞并非艺术审美的正宗,但是"中国本信巫,秦汉以来,神仙之说盛行,汉末又大畅巫风,而鬼道愈炽;会小乘佛教亦入中土,渐见流传。凡此,皆张皇鬼神,称道灵异,故自晋讫隋,特多鬼神志怪之书"②。贾平凹的作品里既有现实事物的变形、变异,也存在全凭想象而诞生的鬼魅精怪形象。天马行空的奇思怪想,扭曲变形的渲染夸张,极尽人世的艰难繁复,生命的曲折异化,这是个体历尽人间沧桑、遍尝种种生活苦难之后的变异心态的折射,更是传统的乡土中国在现代化进程中,被陌生化、被篡改的荒寒、残破的隐喻。尤其是他的许多作品都喜欢以死亡、鬼魂煞尾,《秦腔》中"一种死亡的氛围在小说的结尾处弥漫,在传统民间文化的末日弥漫,如吼如哭的秦腔作为哀歌也恰如其分"③;《高兴》里,五福最后成为一个孤魂野鬼,在城市的夜空飘荡;《白夜》在《精卫填海》的鬼戏里让冤死的鬼魂游离。在这弥漫着死亡、骚乱、丑陋、冷漠的气息里,怪的意象揭示了人类异化处境的尴尬,带血的头颅撞击的是理性世界的大门。不言而喻,贾平凹的作品充盈怪诞诡异。怪诞是"把各种大相径庭的成分串连在一起,没有清楚的形式,组织和结构对称完全听其自然的大杂烩"④。诡异指的是变化多端、异军突起。然而,当

---

① 泰勒:《原始文化:神话、哲学、宗教、语言、艺术和习俗发展之研究》,连树声译,广西师范大学出版社,2005年,第15页。
② 鲁迅:《中国小说史略》,东方出版社,1996年,第17页。
③ 陈晓明:《本土、文化与阉割美学——评从〈创业史〉到〈秦腔〉的贾平凹》,载《当代作家评论》2006年第3期。
④ 凯泽尔:《美人和怪兽:文学艺术中的怪诞》,曾忠禄、钟翔荔译,华岳文艺出版社,1987年,第14页。

文学表现出怪诞时，其上凝结的是作家对丑恶现实和虚伪文明人的否定性体验，它昭示的是，我们要积极肯定生命的价值，肯定文学艺术对人的灵性、情思的守护。中国艺术一般以清逸为最高境界，追求放逸，贾平凹选择了鬼神意象，也就放弃了清逸，然而，"艺术的眼睛在人类遭受科技飞速发展和心理机制急遽紊乱之中，深情冷眼地睁着，它不仅在广漠不毛的荒原吹响一哨绿笛，也以惨烈的面容直面人自身的丑陋"[①]。

2. 幽深晦涩

这一层审美意蕴是由怪诞诡异引申而来的：由于倾心于鬼魅精怪的想象，神巫魔幻氛围的营造，想象中思维的矛盾，贾平凹的文本也就拥有了幽深晦涩之味。幽深者，似一泓池水难见其清明，晦涩者，如手抚一片麻布难以有光滑顺畅感也。众所周知，《庄子》善于描写至人、真人、神人境界，"藐姑射之山，有神人居焉，肌肤若冰雪，绰约如处子，不食五谷，吸风饮露。乘云气，御飞龙，而游四海之外"[②]。在庄子的方外思维之下，想象在天、地、人之间飞扬。而贾平凹的鬼神想象、矛盾思维也就使其思绪在人间与冥界徘徊。郭熙讲："山有三远。自山上而仰山巅，谓之高远。自山前而窥山后，谓之深远。自近山而望远山，谓之平远。高远之色清明，深远之色重晦，平远之色，有明有晦。高远之势突兀，深远之意重叠，平远之意冲融而缥缥缈缈。"[③]此虽是论画，但却与文学审美意趣有关。"秦关望楚路，灞岸想江潭。"商州水道以汉江为主道，顺流而下可至湖北荆襄，陆路以商於古道为主，可至豫、荆之地。自古荆、楚之地巫风颇盛，因此，贾平凹之文也就沾染上了诡异、神秘之气。这是从地域文化角度论及贾氏作品，而如果我们将其放置在20世纪寻根文学思潮背景之下考虑，就会发现其魅性审美趣味还源于20世纪80年代的文化寻根

---

① 荣格：《荣格文集》第9卷，转引自胡经之主编《西方文艺理论名著教程》（下），北京大学出版社，1989年，第175—176页。
② 杨义：《庄子还原》，载《文学评论》2009年第2期。
③ 转引自徐复观：《中国艺术精神》，华东师范大学出版社，2001年，第209页。

热。在那场响应"世界范围"内的文化认同和国内学界关于中国传统文化的种种皈依与反思之中，贾平凹领悟到他的那些"地域文化"与传统的秦汉文化之间的相通，因此他出奇制胜，迅速从当代文坛上脱颖而出。一直以来贾平凹都拥有浪漫情怀，然而，与同时期的作家相比，他的高明之处在于，他的浪漫由从沈从文、孙犁那里继承来的清逸，而转向了汉文化艺术的神秘。历史上，虽然汉王朝在礼法、制度等方面基本上延承秦制，但是就文学艺术而言，汉文化由于融入了楚文化因子，所以其中更多地弥漫着将"生者、死者、仙人、鬼魅、历史人物、现实图景和神话幻想同时并陈，原始图腾、儒家教义和谶纬迷信共置一处"[①]的气息，而这正是贾氏苦苦求之的。从《卧虎说》流露出的对汉文化的艳羡，到文学贵在"雄中有韵，秀中有骨"理论的倡导，"重精神、重情感、重整体、重气韵，具体而单一，抽象而丰富"[②]，成为贾平凹对汉文化最深切的体味。然而，可能是由于他个人艺术修养所限，其审美终究还是缺乏了一层玄奥、恣肆的意蕴。

但是，贾平凹的魅性审美却使我们看到了人的灵魂中最深沉和最多样化的运动：在鬼神信仰中体验的是一种思想飞扬的自由想象，在巫术描摹中感悟的是一种情感宣泄的舒畅，其中包含了对庸常生命的超越，充盈着精神创造的愉悦。儒家讲"子不语怪力乱神"，贾平凹醉心于鬼神世界的描摹使其脱离了正统的文化体系，可是，在奇思怪想之中彰显的却是对生命的尊重。以平等的态度对待天地万物，追求思想的放飞，对于务实的中国人而言，贾氏文本无疑激活了他们日益僵化的思维、滋润了他们逐渐枯萎的审美情感。同时，贾氏文本也通过日常生活中的民俗事项展现，揭示了民众真实的心理结构和精神状态，这为当代文学创作提供了科学合理的切入点。

原载《海南师范大学学报》（社会科学版）2013年第2期

---

① 李泽厚：《美的历程》，天津社会科学出版社，2001年，第280页。
② 贾平凹：《贾平凹文集》第12卷，陕西人民出版社，1998年，第385页。

末代士绅阶层的式微与儒教文化之危机

——兼论《白鹿原》的当代文化意义

19世纪晚期,西方列强不仅使我城破国沦,更使我中华民族绵延了两千年的儒教文化发生了根本性的动摇,及至20世纪上半叶,这种动摇导致了中国人的意识形态危机。然而,进入20世纪后期,伴随着科技的迅猛发展,人文精神的日趋衰落,曾经一度式微了的儒教文化又重新引起了人们的关注,在社会上呈现出复兴的态势。尽管文学不能像思想史那样,能够对社会问题做出理性而深邃的论断,但是文学以其丰富的想象、广泛的受众,在对民族文化的思考问题上具有普泛而久远的影响力。鉴于此,笔者拟以揭示历史人物牛兆濂在19世纪末期的悲剧命运,并联系《白鹿原》中以其为原型塑造的朱先生这一人物形象,分析儒教文化在20世纪上半叶面临危机的境遇,阐释作家重构中国当代文化的文学设想。

一、关中大儒牛兆濂与末代士绅阶层

牛兆濂(1867—1937),清末民初陕西关中大儒,蓝田人,号蓝川,字梦周,曾拜当时著名的理学家、三原的贺瑞麟为师,历任关中书院、鲁斋书院、芸阁书院、存古学堂、爱日堂主讲。他也受聘过一些新式学堂,担任过陕西咨议局常驻议员,但终因心恋旧学和不满时局的腐败而去职。牛氏一生以"祖述孔孟,宪章程朱"为座右铭,以《小学》《近思录》《四书集注》为读书根基,其他经史子集,随其性之高下分别施读。所著有《吕氏遗书辑略》4卷、《吕与叔芸阁礼记传》16卷、《近思录类编》14卷、《秦关拾遗录》、《音学辨微四声切韵表》、《芸阁礼节录要》、《续修蓝田县志》22卷、《续钞》若干卷、《答高凤临》、《芸阁杂记》、《芸阁答问》,门人校印有《蓝川文钞》等。他所教授学生遍及陕、豫、鲁、冀、皖、陇、鄂、苏、滇,乃至朝鲜,来学之士与年俱增,更有年高于其者,犹循循执弟子礼。因而,时人评价说:"蓝川先生,闲先圣之道,绵将坠之绪,当邪说诬氏之时,亟亟也以维持世教、保存国粹自任,远近人士望风景从,请业请益者踵相接。"①

牛兆濂为关学鸿儒,首先重视礼教。据其1917年的《日记册》载:"明日晨微雨里长老相见,为说小学教小儿先要安详恭敬一段,并举《吕氏乡约》大要,勤令常日上习,后为谈一段,口罩中少长成知礼仪,此善俗之本,而乖争凌犯,奢荡奸盗之习,自潜移默化于不自知矣!"②从牛蓝川自述,可见从北宋至清朝,虽跨越近千年的时间,乡约却是民间重要的教化文本,传世不衰。然而,到了19世纪末期,"礼教不明则骄奢懒惰之习成一变。少不敬长,卑不下,尊强凌弱,众暴寡偷,常不讲由,家及乡举不堪问,而骄惰极矣!"③因而,牛氏大力推演乡约,为推行关学的"重礼贵教"思想发挥了积极的作用。张骥曾讲:"高陵白悟斋,蓝田牛梦周恪守西麓之传,皆关学之晨星硕果然。"④其次,牛兆濂有很强的民族气节。1931年,当听说东北三省失陷,他不仅泫然流涕,减膳数月,并常用攘夷之说,启发自己的学生不用外货。在他看来,"时尚不重国货,

---

① 李惟人:《增修四献祠芸阁学舍记》,见蓝田县地方志编纂委员会编《蓝田县志》,陕西人民出版社,1994年,第680页。
② 牛兆濂:《日记册》,丙辰年孟夏,民国六年,陕西省蓝田县档案馆藏。
③ 牛兆濂:《〈吕氏乡约〉编者按》,见郝兆先修、牛兆濂纂《续修蓝田县志》第11卷,西京克兴印书馆代印,民国三十年。
④ 张骥:《关学宗传》,陕西教育图书社排印本,陕西师范大学图书馆藏。

取给外人一人一身无一物,非洋式一家之内无一物,由自造利权,一付外洋不究其本,但知仿效外夷,以求制计未有左于此者,试观印度有人名甘地者,一味勤俭化得通国不用英货,英人竟无可如何,此便是抵制外货最简单、直接,只要发岂在多乎?"①是年他写下了《我明告你》,号召国人团结起来,抵御外族入侵。"中国唯有你和我,今天你打我,明天我打你,你我互相争夺,外侵敌人消灭你和我。你不打我,我不打你,你我团结如一人,你我共同打敌人,中国一定能胜利。"②文字虽简单,但是情感真挚。此后,他在香港《大公报》上发表了八君子抗日宣言书,愤然投笔从戎。尽管后来因为受到阻拦未能成行,但是仅凭此举,就可见牛氏强烈的民族气节。他曾有诗云:"踏破白云千万重,仰天池上水溶溶,横空大气排山去,砥柱人间是此峰。"③不啻为其自我个性的写照。再次是遵循"学为好人"说。这是从明季冯从吾的一副对联中概括出来的。此联曰:"做个好人,心正身安魂梦稳;行些善事,天知地鉴鬼神钦。"④即"做好人、存好心、行好事",其间隐含着有仁义之心则会行仁义之事,行仁义之事的人则必是好人的意思。少墟先生的对联尤显关学重视实践的特点,牛兆濂则用一生身体力行之。

作为地方名绅,牛兆濂一生建立了诸多功勋:1912年,解除了西安之围,1924年,化解了军阀刘镇华与蓝田绅兵之间的冲突。据张元勋所书《牛蓝川先生行状》讲,"甲子蓝田绅团与军队冲突,刘督派兵,意在屠戮,经先生一言,祸乃得解"⑤。第三件事情是禁烟。近代陕西烟祸横

---

① 牛兆濂:《风俗》,见郝兆先修、牛兆濂纂《续修蓝田县志》第11卷,西京克兴印书馆代印,民国三十年。
② 牛兆濂:《我明告你》,见蓝田县地方志编纂委员会编《蓝田县志》,陕西人民出版社,1994年,第672页。
③ 张元勋:《牛蓝川先生行状》,见蓝田县地方志编纂委员会编《蓝田县志》,陕西人民出版社,1994年,第801页。
④ 冯从吾:《冯少墟集》第22卷,清康熙癸丑年重刻本。
⑤ 张元勋:《牛蓝川先生行状》,见蓝田县地方志编纂委员会编《蓝田县志》,陕西人民出版社,1994年,第802页。

行，"慕种烟之利不顾无穷之害，禁种不能，食者日众，一染此毒，即成残废殒身绝嗣，倾家荡产以其大者也。聚赌所在奸盗直数，山岭僻处有位特甚，子弟被诱必致荡产，穷无所归聚而为匪，况烟赌相因，未有赌钱而不吸烟者，皆地方官绅所宜加意也。"[1]鉴于此，牛蓝川在西府查禁鸦片，此举功德无量。第四件事情是庚子年饥荒时，牛氏赈灾，作有赈诗数首，江南义赈得诗，付千金，救活了很多百姓。民国十八年陕西大灾，牛氏每饭以藜藿充饥，门人劝其加餐，先生则说："饿殍遍途吾忍饱乎？"第五件事情是编撰成22卷本《续修蓝田县志》。此志从1930年筹划续修起，至1940年付梓刊行，前后历时十年之久。纵观牛兆濂一生，即从1867年到1937年，其间中国发生了诸多重大的历史事件：1894—1895年，甲午海战，中国惨败；1898年，戊戌变法，维新失败；1905年，科举制度被废除，以科举入仕之途从此堵塞；1911年，辛亥革命，王权崩溃；1912年，民主共和制确立；1919年，五四新文化运动；1937年，全面抗日战争爆发。牛蓝川一生都处于中华民族三千年未遇的动荡变革之际，西方列强以坚船利炮轰开了古老中国的大门，西方传教士把基督耶稣从大洋彼岸带到东方，"中国的海上联系，不仅成了西方人入侵的渠道，而且还吸引新的中国领导方式进入上海、天津、九江和汉口等新型城市。越来越多的学生离乡背井，前往日本和西方去探求拯救祖国之道，脱离了中国的士大夫阶层"[2]。而像牛兆濂这样的关学大儒显然与时代不合拍，他的旧学已经无生源，自己更不能接受新学，最终只好退避在书斋。牛氏的遭遇表明在中国文化根基所在的内陆，耕读传家的生活方式日渐衰落，儒家齐家治国的大方略式微，士绅们已逐渐失去了在乡村的权力。

士绅是中国传统社会特有的一个重要社会阶层。自王官失守、道器相离，王朝的文化系统和政治系统逐渐分化，士人们就自觉地担当起"弘

---

[1] 牛兆濂：《风俗》，见郝兆先修、牛兆濂纂《续修蓝田县志》第11卷，西京克兴印书馆代印，民国三十年。

[2] 费正清：《剑桥中华民国史（1912—1949）》上卷，中国社会科学出版社，1994年。

道"的重任。"士志于道"的理想主义精神，致使中国士人能够超越自我和群体利害，萌生出对整个社会的人文关怀之情。"学而优则仕"为士人跻身官吏的行列开辟了道路。及至宋代，儒学发生了从官学化到地域化的蜕变，泛化为世俗的精神形态，这种精神形态借助缙绅阶层，通过宗族控制、祖先崇拜、共耕族田的方式，构成了一个个区域性的基层儒教社会。在这个社会，官僚、士绅和农民三大阶层具有不同的社会功能。王权凭借官僚阶层维持着一个庞大的统一国家，士绅阶层在底层承担着地方的治安与教化职责，而农民阶层负责交赋纳税。同时，它们之间又具有开放性。通过科举取士，农民在理论上可以进入士绅阶层，而取得功名的士绅入仕后则成为国家的官员，官僚告老还乡之后又复归于地方士绅的行列。在这一体系中，士绅阶层是一个枢纽，他们既是家族利益的捍卫者，又是政府意志的代言人。许多士绅自身就是族长，他们凭借自己在宗族中的地位将官方意志贯彻到乡村，同时也将民间的声音反馈到官府。更重要的是，儒教学说借助士大夫将精神象征系统（伦理道德规范）、社会象征体系（宗法血缘关系）和政治象征系统（普遍王权秩序）整合在一起，以伦理—政治一体化的人治主义政治模式为大一统结构提供了自身在精神领域的垄断性地位。然而，19世纪末期，西潮东卷、海呼山啸，中国原有的社会关系和制度体系发生了巨变。

科举制度曾经是联系中国传统的社会动力和政治动力的纽带，考取功名是攫取特权和向上爬的阶梯。可是，1905年其被废除，通向上层特权的途径被切断，地方士绅们失去了晋升的希望和政治的屏障，整个社会呈现出断裂的状态，持续了两千年的儒教意识形态在19世纪后期、20世纪初期遭遇了从未有过的打击。在此之前，中国从未激起文化上的根本之变，关键在于，"环列皆小蛮夷"，文化上全非中国对手。可是，20世纪初叶，西学以"智勇相倾，富强相尚"的精神对儒教文化构成了威胁，就是深处关中的士人都强烈地感受到了这一点："近世以来，西力东侵，我国以学术不振，国势积弱之故，一与外接触而相形见绌。有志者思以转弱为强，乃昌新学以变法，取人之长，补我之短，未始非救国之计。不为用夏者反变于夷，图新者竟舍其旧，直欲举数千年来文明古国之精神而毁弃之，甚至侮圣灭伦而不惜。呜呼，古之为天下也，将以求治，今之为天下者也，则惟恐其不乱；古之为天下也，则教以让，今之为天下也，则惟恐其不争。狂澜莫挽，将伊胡底，此诚有志世道人心者所不容一日安也！"①这些关学士人已然清醒地意识到中西文化的冲突，并对这种冲突表达出深切的忧患意识。

如果说西方对中国的冲击可以划分出层次的话，那么"在外层带（就地理或文化而言），诸如通商口岸、现代工商业、大众传媒、基督教徒……的出现，确实是西方冲击的直接产物；在中间带，像太平天国革命、同治中兴、晚清新政、辛亥革命、联省自治、工农武装割据等等，都不是西方冲击下的直接产物，而是经西方催化赋予某种形式与方向的古老而又全新的历史现象。在内层带，如中国的人口、土地资源、内地和乡村的宗法关系、风俗习惯、生活方式、底层的骚乱、匪患等等，两个世纪以来基本没有受到西方文明的感染，保持着自己亘古未变的外部标志与内在象征"②。但是作为中华文明重要发祥地之一的陕西关中，牛兆濂的悲剧说明，内地乡村的宗法关系、人们的生活方式在嬗变，坚守尊礼贵教、崇尚气节的末代士绅已经开始走向穷途，这本身意味着儒教文化全国性的危机。陈忠实的家乡灞桥与牛兆濂生身和归葬之地只有七八里的路程，一种天然的亲近感使历史时序的距离缩小到几近于无。在乡村，牛兆濂的真实名字人们知道的较少，但牛才子的称谓遍布民间，关于他，有种种故事和传说。因而，从童年起，陈忠实便耳熟能详这个神秘传奇的人物，心里拥有永久性的记忆。若干年后，这位关学大儒便在他的《白鹿原》中成为朱先生这一人物形象。

---

① 李惟人：《增修四献祠芸阁学舍记》，见蓝田县地方志编纂委员会编《蓝田县志》，陕西人民出版社，1994年，第680页。

② 柯文：《在中国发现历史：中国中心观在美国的兴起》，中华书局，1989年。

二、朱先生与儒教文化危机

　　历史与文学总有牵扯不断的联系，一些历史学家坚信"史学首先是一种艺术，本质上是一种文学艺术"①。对中国文学而言，援引历史进入小说，获得史诗的称号是对小说的最高赞誉。因为"史诗之中，神或者英雄背后是一个民族、一个国家的命运，气势磅礴的史诗风格象征了汹涌无尽的历史洪流"②。《三国演义》《水浒传》皆是这方面的杰作。在上述小说中，历史人物转化为文学中的人物形象时，有历史的真实性，也融入了作家的文学想象。牛兆濂的命运折射出作为中国文化最早发祥地之一的关中地域，士人们遭遇现代化后的文化心理结构嬗变。以这一人物为原型，陈忠实创造了《白鹿原》中的朱先生。平心而论，从文学角度讲，或许由于作者受史料所限，或者缘于对儒教文化的理解不够深入，与小说中的白嘉轩相较，朱先生的形象有些概念化。但是，作家在其身上所投射的末代士绅的文化象征意义，则足以使其在20世纪中国文学中占据重要的位置。

　　承载中国主流文化——儒教文化的士人们的命运和前途是20世纪中国作家深入思考的话题之一。鲁迅曾经对这些知识分子进行过"抉心自食，欲知本味"的灵魂解剖，在由传统向现代转化的过程中，他们就"像一匹受伤的狼，当深夜在旷野中嗥叫，惨伤里夹杂着愤怒和悲哀"③。与鲁迅揭示中国士人心灵的痛苦不同，陈忠实借展示士人阶层在末世的穷途来隐喻中国传统文化遭遇的危机。这一以朱为姓的人物，隐射的是程朱学派传人，对他，陈忠实有两个定位，一是内圣。首先则是圣人，就像道家推崇至人、真人、神人，儒者则强调圣人。"中国儒家至圣贤者，天人之

---

① 雅克·勒高夫：《历史与记忆》，方仁杰译，中国人民大学出版社，2010年，第133页。
② 南帆：《后革命的转移》，北京大学出版社，2005年，第187页。
③ 鲁迅：《鲁迅全集》第2卷，人民文学出版社，2005年，第116页。

际之人格,持载人文世界与人格世界之人格。"[①]圣人内有刚强之势,外具平易近人的品性,因而具有生而俱来的沟通人神的功能,所谓"文史星历近乎祝卜之间",反映了中国古代"知识分子"的原始形态。朱先生测阴阳、知天命,一语道出白鹿显形的天机,推测出农家耕牛丢失之后的方位,根据白嘉轩描述的梦境推算出白灵遇害的结果,这一切都透显着圣人的卡理斯玛特征。当然,作为圣人,这只是其一,最核心的还在于其内怀仁义之心。依据牛兆濂奉行的愿"学为好人"的道德原则,作家竭力彰显朱先生身上具有的"仁",他查禁鸦片,化解白嘉轩与鹿子霖之间的矛盾,退清兵、赈灾民、劝诫刘将军,"这个人一生留下了数不清的奇事轶闻,全都是与人为善的事,竟而找不到一件害人利己的事来"[②]。就本质论,儒教文化是一种超稳定的政治——伦理文化,由礼、仁、天组成一个结构系统。礼即为周礼,是一种理想而永恒的社会组织原则。它的起源和核心是尊敬和祭祀祖先,并在此基础上加以改造制作,演化为一整套宗法制的习惯统治法则。仁是一种价值观,也是一种道德原则,源自人天生亲子孝亲的本性。不仅能够推己及人,融化在日常生活里,也存在于人与宇宙的息息相通之间。与仁相提并论的还有一个义。义,宜也,正当、适宜或正义之意,后转化为个体在行为上选择一种符合大局的适宜举动。可见,仁是内在心理诉求,义则是外在行为举止,内怀仁爱之心,外就有正当、合宜之行为。天是儒教文化哲学观的集中体现。从远古直到今天汉语的日常应用,天的命定、主宰义和自然义的双层含义始终存在。"天人合一"重视的是国家和个体在活动和行为中与自然及社会相适应、协调和统一。陈忠实对朱先生的另一个定位则是由外王到边缘。儒家讲究修齐治平,在《白鹿原》的前半部分,朱先生作为白鹿原上最大的士绅与白嘉轩联手以乡约治理乡村,充分发挥士绅管理地方的职能。经由他们的联合治理,白鹿原上"从此偷鸡摸狗摘桃掐瓜之类的事顿然绝迹,摸牌九搓麻将抹花花

---

① 唐君毅:《中国文化之精神价值》,江苏教育出版社,2006年,第278页。
② 陈忠实:《白鹿原》,北京十月文艺出版社,2008年,第153页。

掷骰子等赌博营生全踢了摊子,打架斗殴骂街的争斗事件再不发生,白鹿村人一个个都变得和颜可掬文质彬彬,连说话的声音都柔和纤细了"①。小说描绘出了在礼乐刑罚兼施下建构的人类理想社会,充满了近现代乡土中国独有的舒缓与和谐,儒家克己复礼的实用理性的魅力,以及士绅阶层特有的威严感。

然而,在小说的后半部分,这种权威文化受到了强有力的挑战。首先是新式学堂代替了传统儒家从宋代以来实行的书院教育。"生员们相互串通纷纷离开白鹿书院,到城里甚至到外省投靠各种名堂的新式学校去了。"②朱先生则无可奈何地躲进白鹿书院批阅历代旧志。书院是从10世纪起在中国出现的一种教育机构,它本是士大夫思想活动的中心。在随后的几个世纪中,理学主要在书院中盛行和保持它的思想活力。明朝末期,儒家学者在书院里面还能集体对朝堂提出政治抗议和批评。清以降,书院则被置于政府的财政控制之下,禁止进行社会政治性质的讲学和讨论,但是它们作为培育社会精英的教育机构,仍是重要的。然而,20世纪初叶,民国的县府里新添了国民教育科,知识传播的空间由书院转变为新式学堂,知识构成也变化了,从伦理政治的规范知识变为应用性的自然知识,从四书五经转变为新学。鹿子霖的儿子兆鹏和兆海进城上了新式学堂,白嘉轩的女儿白灵也进入了教会学校。白鹿书院的关闭象征着统治乡土中国两千年的儒教文化被西学颠覆,新兴的知识分子脱离了由宗族与血缘伦理控制的地域的传统氛围,而以游离于区域控制之外的群体的方式出现在中国政治舞台上。其次体现在朱先生的"鳌子论"和"左"倾问题上。19世纪末期帝制崩溃、科举制废除之后,中国社会出现了几种社会现象:第一,意识形态的真空,以科学为象征的重科技、讲实用的思想意识,在学界甚至政界广泛流行。它虽然未普遍达到严复倡导的科学精神的水准,而是传统实用理性的延伸,但是它对各式虚伪的说教(传统及其现代变形)起了抵

---

① 陈忠实:《白鹿原》,北京十月文艺出版社,2008年,第79页。
② 同上,第53页。

制的作用。而同时，一种功利式的肤浅理解，不但未能促进科学的独立健康发展，还可能遮掩人们探究尖锐的社会、历史问题的视野。第二，思想文化上义理与心理的失序，整个社会呈现出断裂的状态。各个阶级和阶层之间，由于缺乏公共的价值观和制度基础，无法形成有序的联系，也缺乏稳定的制度化分层结构，呈现出一种无中心、无规范、无秩序的离散化状况。上述两种社会现象在《白鹿原》中表现为乡约失去统摄社会的功能之后，白鹿原上开始出现各种势力争夺乡村权力的活剧。先是共产党领导下的农协运动，接踵而来的是国民党还乡团疯狂的报复行为。20世纪初期，国共两党都加强了对乡村的控制。"渭南地区的华县和华阴县，是陕西农民运动的中心，运动开展的广泛程度和卷入的农户人数，当是北半个中国闹得最红火的地区，与毛泽东在湖南发动的'农民运动'遥相呼应。当不属于渭南中心地区的蓝田县，大部分村子都成立了'农民协会'，建立了农民武装，包括地理上的白鹿原地区。"[①]小说描写了鹿兆鹏、黑娃领导下的农协运动，在这场运动中，革命者以反封建为由，摧毁了祠堂、乡约、仁义碑，打断了族长白嘉轩的腰杆，混乱、暴力、血腥交织在这场农民反封建革命中。"头一个佃农的控诉还没有说完，台下的人就乱吼叫起来，石头瓦块砖头从台下飞上戏楼，砸向站在台前的老和尚，秩序几乎无法控制。鹿兆鹏把双手握成喇叭搭在嘴上喊哑了嗓子也不抵事……台下杂乱的呐喊逐渐统一成一个单纯有力的呼喊：'铡了！把狗日铡了！……铡刀压下去咔哧一声响，冒起一股血光。"[②]反封建革命运动中的一些事令人不忍目睹。在随之而来的国民党领导下的反革命反扑运动中，还乡团的报复行为也同样充满暴力。"鏊子论"是朱先生面对白鹿原上国共两党翻来覆去折腾的一种形象性比喻，在三民主义和共产主义激烈竞争的舞台上，朱先生所代表的儒教文化没有任何发言的席位，故而只能表现出对这

[①] 陈忠实：《寻找属于自己的句子——〈白鹿原〉创作手记》，上海文艺出版社，2009年，第53页。

[②] 陈忠实：《白鹿原》，北京十月文艺出版社，2008年，第18页。

种相互倾轧的冷漠态度。

不过这种状态并没有维持多久，朱先生就"左"倾起来，"天下注定是朱毛的"论断便是这种政治倾向的集中体现。它是陈忠实对20世纪前半期中国历史发展必然趋势的一种文学表述方式。当儒教文化出现危机时，中国社会面临着一场新的文化流变与思想冲突。在各种文化冲突之中，20世纪上半叶的中国，一方面价值迷失与冲突步步加深，权威中心屡屡丧失；另一方面，对民族凝聚中心的历史需求与心理期待也在逐渐加强。在诸多价值意义中，历史选择了马克思主义。因为作为一个思想体系，第一，它既源于西方文明，又是"西方"文化的批判者和叛逆者；第二，它不仅是现代文明一部分，而且如其所自我论证的，代表着比发达资本主义更进步更领先的经济、政治和文化；第三，它是一种挑战哲学，体现被压迫阶级、被压迫民族反抗阶级和民族强权的意志，是弱者推翻强者统治的强大精神武器。因而，中国化了的马克思主义作为一种整合性的意识形态，在解决中国危机方面，显现出强有力的求实功能。而末代关学大儒、士绅朱先生所代表的儒教文化节节败退，充满儒教文化的白鹿村被现代性话语包围、肢解、重组，这一切构成了儒教文化失败的悲剧。拥有共产主义信仰的知识分子鹿兆鹏们，则在社会的建制之外进行革命，1949年中华人民共和国的成立，标志着马克思主义在中国的胜利，意味着纠缠中国半个多世纪的意识形态危机暂时被克服。

三、《白鹿原》的当代文化意义

中国化了的马克思主义作为一种整合性的意识形态，在解决中国危机方面，显现出其比文化保守主义和自由主义更强有力的救世功能。一方面，它对共产主义前景的瞻望和理想主义的美好人生的勾画，为信念饥渴的中国知识分子和一般人民大众提供了热烈的道德激情；另一方面，它基于历史发展必然性的社会政治秩序设计，又以对独立、民主、统一和平等的种种承诺，迅速转变为可以简便操作、根本解决问题的社会动员。可是，作为一种应对危机的革命意识形态，如果要回应更深层的现代化的挑战，必须有一个世俗化的转型。从1949年到1979年的三十年中，这一转型非但没有完成，反而以"继续革命"的方式延续着自己的惯性。新时期后期以来，当马克思主义所依赖的社会建制受到世俗化大潮的腐蚀而逐渐崩溃时，当代社会的文化危机和道德危机出现了。

文学对文化的反思常常要比思想史拥有更广泛的影响力。在20世纪80年代后期，陈忠实开始构思《白鹿原》的写作，作品以陕西关中一个名叫白鹿原的地域为背景，讲述了中华民族在近现代社会五十年来的历史变迁，浓郁的文化意味是其赢得巨大声誉的原因之一。关中是关学的发祥地，自北宋张载创立以来，"代不乏人，综其本末，惟蓝为盛，自伏羲肇娠华胥，进伯、微仲、和叔、与叔诸先生继起，而少墟之编，丰川之续，独以羲圣、秦关为终始。然则集关学之大成，其惟先生乎"。这里的先生即为本文在第一部分所论及的牛兆濂。蓝田深厚的关学文化对生于兹的陈忠实具有巨大的影响，他深刻地意识到：在中华民族领先于世界各民族时，关中是华夏文明的灿烂中心，而当中国被世界近现代化进程所抛弃时，关中则又成为停滞中国的缩影。因此，关中的崛起与衰落，在某种意义上，是中国乃至中国文化的崛起与衰落的缩影。中华民族文化之谜恐怕就蕴含在"关中之谜"中，这也就是《白鹿原》作为一地域文化作品所凝聚的民族文化的意义。不过，《白鹿原》的问世更与20世纪的最后二十年中国的社会现状有密切的联系。这个世纪末期，一系列业已僵硬的理论预设遭到了深刻的质疑，持续不断的阶级斗争逐渐撤出了历史叙事。在革命的激进和摧毁性产生了令人惊骇的副作用之后，传统文化及时出面，劝诫人们退到一个安宁和谐、"天人合一"的境界。这就是《白鹿原》诞生最为重要的时代背景。恰值此时，李泽厚的"文化心理结构"为陈忠实创作《白鹿原》提供了哲学和创作方法的理论资源。李氏的"文化心理结构"的主要内容是，儒教文化以血缘为根基，重视实用理性，也强调人的内在精神超越，是一种乐感文化。直至今天，这样一个稳定的民族"文化心理结构"，尽管赖以产生的社会经济基础消失了，却依然在人们的心灵深处延存了下来。陈忠实接受了"文化心理结构"说，在《白鹿原》中写出了朱先生作为儒教文化的象征意义。这一意义的核心在于：虽然普通老百姓并不熟悉甚至不知道孔子，但孔夫子开创的那一套宗法制度，长幼尊卑秩序、"天地君亲师"牌位，却早已浸透在老百姓的日常生活、风俗习惯、观念意识和思想情感之中。小说中白嘉轩让儿子跟随鹿三进山去背粮，身体力行参加生产劳动，正说明老百姓是通过实践活动将儒家教义贯彻到自己生活里的。

然而，儒教文化如何参与到中国当代文化的建构之中，对陈忠实而言，却是始终悬而未解的问题。与其说作家在文本中对朱先生充满溢美之词，不如说作者对儒教文化具有深厚感情。可是，理学的"存天理，灭人欲"无形的肉体和精神绞杀曾经给予作家切肤之痛，出于一种反传统的意识，陈忠实在对《白鹿原》里的人物进行解析之际，也"看到蒙裹在爱和性这个敏感词汇上的封建文化封建道德，在那个时段的原上各色人物的心理结构形态中，都是一根不可忽视的或梁或柱的支撑性物件，而揭示这道原的'秘史'里裹缠得最神秘的性形态，封建文化封建道德里最腐朽也最无法面对现代文明的一页，就是《贞妇烈女卷》"[①]。这样，陈忠实的《白鹿原》就完成了对儒教文化的艳羡与批判。就此意义讲，陈氏不是简单的民族文化复古主义者，而应该归入20世纪以来中国思想界里的文化保守主义者行列。

作为对现代中国意义危机的反应，文化保守主义思潮的崛起是对五四之"理性化"和"西方化"运动的反动，它以重建终极关怀和维护文化认同的主题，保持了中国现代化运动的价值的批判性，因而具有张力。梁启超发表《欧游心影录》，柳诒徵提出"中学西被"的命题，他们认为：

---

① 陈忠实：《寻找属于自己的句子——〈白鹿原〉创作手记》，上海文艺出版社，2009年，第79页。

西方以宗教立国，中国以人伦立国，中国的礼教具有普遍价值，它是医治西方个人主义的药石。之后梁漱溟的《东西文化及其哲学》也是这种主义的代表作。新儒家认为：与其说近代以来的危机是来自历史传统的负面影响，不如说是来自历史传统的某种断裂和缺少理解把握历史传统的正确方式。在文本表层，陈忠实对中国文化危机的揭示终止于1949年新中国成立，马克思主义克服了中国意识形态危机。而从深层讲，即文本隐含但未明言之处看，《白鹿原》的问世还意味着对20世纪下半叶当代中国文化再次面临危机的反思与拯救。

1978年，中国开始了自上而下的社会主义自救行为——改革，试图探索出一条世俗化的社会主义新路径。此后，个体的才智、能力以及自由选择权都将因为市场而得到充分的尊重。打开自己、解除思想禁锢是这个时代强有力的呼声。在这样的社会背景下，1985年，陈忠实发表了《蓝袍先生》，作品蕴含着深刻的文化反思、心灵剥离之意。及至20世纪90年代，在经济改革导致市场社会基本形成和三资企业占据国内生产总值一半以上的时候，我们已经不能简单地将中国社会的问题说成社会主义的问题。而当苏联、东欧社会主义体系瓦解之后，资本主义的全球化过程已经成为当今最为重要的世界性现象，中国的社会主义改革已将中国的经济和文化生产过程纳入全球市场之中。"信息、技术、商品、人员——尤其是货币正在全球范围空前频繁地往来，市场的开拓与扩张有力地突破国家、民族、文化风俗以及意识形态画出的传统疆域。"[①]各种文化交织在一起，日新月异的科技为全球化的实现提供了必要的条件。科技制造了大型喷气式客机、越洋电话、好莱坞、迪斯科，可口可乐的传播面积远远超出了京剧、太极拳与茶文化的出口地域，凡此种种致使20世纪90年代中国知识分子面对的问题大大复杂化了。人文精神危机的大讨论，全球化中的民族国家认同潮流，反现代主义的强烈诉求，都表明当代中国社会的文化和道德危机

---

① 南帆：《后革命的转移》，北京大学出版社，2005年，第151页。

已经不能简单地归因于传统文化的腐败，反过来，有人说这些问题恰恰是传统失落的结果。这可以说是当代中国文化向传统回归的重要原因之一。

第二方面的原因是"亚洲四小龙"的崛起，"儒教资本主义"的刺激。20世纪90年代初期，一些早先的启蒙主义者转而寻求传统的价值，特别是儒教的价值，他们开始关注西方社会的各种发展模式是否适应中国的社会和文化，特别是韩国、新加坡以及中国台湾地区、中国香港地区所谓的"亚洲四小龙"的崛起，被视为"儒教资本主义"的胜利。通过把儒教与资本主义挂钩，人们似乎意识到：中国的传统不再是阻碍现代化的历史负担，而是实现现代化的历史动力。尤其是韦伯认为在基督教精神的鼓舞之下，才有西方资本主义的发展的论断，在很大程度上启示了中国当代知识分子。既然西方的基督教可以做资本主义迅猛发展的精神因素，那么当代中国能否将儒教文化作为国家发展的精神力量？于是，将儒教文化纳入中国当代文化建构中来便成为20世纪80年代的热潮问题。在这股文化热中，杜维明等新儒家从海外来到中国，以传道的方式传播儒教思想，以方克木为代表的一些学者，站在马克思主义立场上，对儒教进行全方位的介绍和研究。第三方面的原因是世界文化多元化的趋势。20世纪90年代以来，"二战"后形成的雅尔塔体系崩溃，世界文化呈现出多元化的倾向，各种类型的文化已经愈来愈明显地陷入竞争、垄断、效仿的圈套。亨廷顿在《文明的冲突与世界秩序的重建》中宣称：未来世界的冲突将是源于西方文明、伊斯兰文明与儒家文明之间的根本分歧。同时全球化也激发出中国的民族主义，与20世纪80年代全面拥抱西方不同，90年代以来的中国知识界开始转向追问中国问题，在知识资源上，也由以往一味"向西寻求"而转向寻求本土文化资源。

"一种技能或信仰总有复兴的机会，只要还有关于它们的文字记载，或者一小批拥护者对它们仍保持着淡淡的记忆。"[①]20世纪90年代，中国的

---

① 爱德华·希尔斯：《论传统》，傅铿、吕乐译，上海人民出版社，2009年，第307页。

思想文化界异常活跃，并且重新分化了。一方面，市场经济的出现使知识分子的生存状态以及尊严受到严重挑战；另一方面，中国日益卷入全球化潮流，民族主义与全球化关系异常紧张。面对这些状况，中国作家始终拥有一种强烈的感时忧国的精神，作品总是表现出深重的历史使命感。生于理学思想积淀深厚的陕西关中，陈忠实以一部《白鹿原》表达了对儒教文化在20世纪上半期遭遇危机的忧患，也透显着一种重构中国当代文化的意识。20世纪末期，儒教文化成为拯救人们意识形态危机的良药，可是儒教文化该怎样疗救社会，又该如何救赎人们的心灵？这在《白鹿原》里仍是一个悬而未解的问题。

原载《陕西师范大学学报》（哲学社会科学版）2013年第3期

从忧柔月光到云气苍茫

——贾平凹散文论

在当代中国散文创作里，提起贾平凹，无论是学者、作家还是普通读者，大家都会交口称赞。读贾氏的散文，不禁使人想起沈从文、废名、孙犁甚或周作人、张爱玲，而往远里说，还有晚明的三袁，清季的曹雪芹。显然，在这样一个长长的作家名单里，我们看到了贾平凹转益多师的创作态势，也看到了他从初登文坛时披拂着一身忧柔的月光，到后来吸收了秦汉文化的拙朴、雄浑的精神后而拥有的云气苍茫的大气象。世事洞达、文笔老辣，贾平凹赫然跻身当代散文界最有影响的大家行列。对贾平凹的散文三十余年的文坛跋涉，我们需要有个梳理和整合，更需要将其放置在20世纪中国散文史和文化建设的角度上进行考量。

一、在商州与西安之间徘徊

认识贾平凹是从他早期创作的那篇短小精悍的小品文《丑石》开始的。作品文风纤弱，叙述婉转，童趣恬然，曾经打动了无数读者的心灵，后来被收进中学语文课本里，可见当时影响之大。那时节读《月迹》《月鉴》，感觉有挥之不去的诗意和童趣。读《一棵小桃树》时，便能产生纤细娇弱、楚楚可怜的感慨……贾平凹初绽文坛便以晶莹剔透的审美风格征服了大众。在我们早已经厌倦了杨朔散文的卒章显志的写作范式之后，在中国散文迫切需要真挚而丰盈的情感之际，贾平凹散文的出现多少满足了刚从"文革"中出来的人们对真情和爱恋的呼唤，以及对声嘶力竭的抒情形式摈弃的心理。不独散文界如此，整个文学界亦如此。在那个亦新亦旧的时代里，似乎一切柔弱而敏感的情感都能唤起读者心中强烈的共鸣；似乎一切带有女性阴柔美的作品都能够成为时代的心声。舒婷吟出："第一次被你的才华所触动，是在迷迷蒙蒙的春雨中，今夜相别，难再相逢。桑枝间呜咽的，已是深秋迟滞的风。"柔美深情、缠绵隽永。而此时贾平凹也是这样敏感，他用儿童的眼睛看世界，用爱和情编织梦境，忧柔的月光是对他早期散文创作的最好的概述。

然而，不管这种感觉多么曼妙，贾平凹早期散文创作明显带着"十七年"文学的痕迹——思想过于拔高，价值判断决然。事实上，这是一个时代中国文学的特征，贾平凹的创作也不例外，他想回避都不行。幸运的是，这种状态并没有持续多久，大概在1985年前后，在这个中国人称为文学上的方法论的年月里，贾平凹进行着艰难而执着的创作探索。他在关中平原上四处奔走，到临潼去看兵马俑，到兴平去拜谒霍去病的墓地，到扶风去观赏释迦牟尼的佛骨，"在黎明或者黄昏的时分，一个人独独地到田野里去，远远看着天幕下一个一个山包一样的十三个朝代帝王的陵墓，细细辨认着田埂上、荒草中那一截一截汉唐时期石碑上的残字，高高的土屋上的窗口里就飘出一阵冗长的二胡声，几声雄壮的秦腔叫板，我就痴呆了"。

至此，我们应该提及贾平凹在观赏了霍去病墓前的石刻之后写下的那篇著名的《卧虎说》了。在这尊看似平常的石虎身上，贾平凹感应到了西汉艺术的大气、拙朴，感受到了中华文化静中蕴动的气韵："'卧虎'重精神，重情感，重整体，重气韵，具体而单一，抽象而丰富，正是我求之而苦不能的啊！"此后，抽象而丰富成为贾平凹不懈的艺术奋斗目标，情感、气韵成为他执着不息的审美追求。他发誓要写出一个系列书来，每一本书上都要用刘邦《大风歌》中的一个字,后来这个理想在1998年陕西人民出版社刊行的《贾平凹文集》里基本实现了。"大风起兮云飞扬,威加海内兮归故乡。"贾平凹文风由纤弱而厚重,由柔美而豁达,这是秦人豪放旷达的精神给予他的创作风骨,《黄土高原》《关中论》《秦腔》就是这种思想催生的产物。在这些洋溢着古秦文化气息的散文里,我们感受到"那粗犷的高原味和原始的野性形成的一股冲力,简直如强劲的'西北风'"。不可想象,在整个80年代,贾平凹的文化之旅是那么频繁,他从西安出发,西行到兰州、陇南,北上至延安、榆林、定边、靖边,所谓行万里路,读万卷书,在行吟中贾平凹写下了一系列人文地理散文。"往陕北远行,三千里路,云升云降,月圆月缺",自然无言地感动着人的心灵,《走三边》在地理形貌、人文景观、民俗人情的描写中,不见浮华,却更见风致了。

而在《西安这座城》里,贾平凹就像一位优秀的导游,领着我们在西安城里城外漫步,他指着大雁塔说那是一枚印石,指着曲江池说那是一盒印泥。一座千年的历史文化古城给予了贾平凹演绎历史兴衰、文化变迁,以及展现城墙根下市民生活的种种可能,于是,西安城的前世今生便在他的笔下栩栩如生,西安城幻化为中华文化魂魄的象征。一座城有一座城的特色,一座城有一座城的记忆,西安作为中华文明的重要发祥地之一,以它的周正、古朴的魅力吸引着远方宾朋,以周、秦、汉、唐雄风凝固成为一座名播全球的文化历史古城。因此,西安是贾平凹创作的源泉,也是他舞文弄墨的宏伟舞台,《西安这座城》《五味巷》《十字街菜市》《静虚村记》等作品是对这座城市的民俗文化和都市风情的最好解读。

然而,不管上述作品如何出色,它们皆不能代表贾平凹散文已经走向成熟。标志着贾平凹结束游击战,拥有自己的创作根据地的是他的商州系列散文的问世。《商州初录》由引言和十四则短篇连缀成一个散文长卷。《商州又录》侧重于商州四季景观变化的展现。《商州再录》重在表现新中国成立以来各个时期政治、经济诸方面的变迁在这里的投影。《商州》

则是在一个冰糖葫芦式的结构中,流动着商州一市七县的风姿和神韵。贾平凹依照不同的方式反复向人们推荐商州,一条丹江勾连起商州大大小小的村寨和渡口。贾平凹的商州是人文地理的商州,也是民间文化的商州,一个彰显着野性和旺盛生命力的商州。这里不仅江流宛转,气象万千,而且仙娥峭壁、秦岭雪霁、四皓古陵、溪岸桃花、武关胜塞等胜景连绵。整个商州满眼诗篇,山川卓然;这里的世态人情、民间传说、故事令人目不暇接;狼、隐士与土匪是这里的特产。贾平凹热情赞美商州自然人文景观,大力艳美狼的雄健、商山四皓的飘然、土匪生命的自由率性。而从另一角度讲,贾平凹是在赞美一种纯朴自然的生存样态,彰显一种健康而充满活力、美的生命形式。因此,当这些作品横空出世时,贾平凹的散文创作也就达到了高峰,成为他人生创作最璀璨的诗篇。而到了90年代后期,则是贾平凹收获长篇散文的季节。他相继推出了他的三部长篇散文《老西安》《西路上》《我是农民》,至此,贾平凹在散文创作中的成果已然是相当丰硕了。《老西安》是十三朝历史古都的历史文化与人物的荟萃,尤以民国西安的历史文化人物为重。《西路上》中大肆张扬大西北的风情和一段刻骨铭心的恋情,较少景物描写,却有直逼心灵的世态人情。《我是农民》是自传体的散记,在平实而细腻的追忆中可见往事沉浮。

贾平凹擅长写人文地理散文,也擅长世态人情的描摹。文坛三十余年,他把自己生活中的种种经历和体验融入世说类散文里,创作了《说生病》《说家庭》《说请客》《说花钱》《说房子》《说孩子》《说打扮》《说死》《长舌男》《好女不戴金》《吃烟》《秃顶》《人病》《闲人》《四十说》《五十说》《说奉承》等作品。文学本来就是展示生命运动的艺术形式之一,好的作家不仅能够描山摹水,更能够讲述人生的悲欢离合、发迹变态,从而使我们看到人的灵魂最深沉和最多样化的运动。贾平凹之于世情,诚极洞达,凡所形容,或曲折,或刻露而尽相,或幽伏而含讥,显见文中。说奉承,他看到"每一个生命是有其自信,一旦宁肯牺牲自己的自信与自尊去奉承,那就有了企图"。一针见血、道破玄机。说请客,他"看穿了中国人讲究权势和人情,一切又都表现在吃上"。可见,贾平凹是优秀的散文家,也是出色的小说家,他以小说家的功底写散文,必然入木三分,透过种种表象捕捉到浮华深处的虚假。而作为一位传统意味浓郁的作家,他又喜好把玩器物,收藏各种物品。在他的《拓片闲记》《壁画》《陶俑》《天马》《玩物铭》等作品中皆可见其趣味盎然的玩赏心态。艺术不仅需要匕首、标枪,也需要玉器、心迹。如果说贾平凹在小说里寄予着强烈的社会意识,那么在他的散文里则倾向于表现性灵和率性而为的艺术心境。

二、大散文观与"秦骨楚韵"审美意识

现在我们可以回归到贾平凹散文创作理念和审美追求这些问题上来。在贾平凹走上文坛时,中国散文界占主体的还是杨朔、刘白羽、秦牧的散文。这个时期的文章多是一种配合性和应景性的作品,花拳绣腿、装腔作势,甚至受伤痕文学的影响,还有声嘶力竭的嗜好。就是不声嘶力竭,也走上了吟咏风物的老路子,写些花花草草、鸟兽虫鱼,看似抒情,实为无病呻吟。因此,贾平凹和他同时代出现的散文家们一跃上文坛,所面临的任务就是要扭转这种甜腻抑或声嘶力竭的文风,对此贾平凹在散文创作中提出了大散文观。关于大散文观,贾平凹是这样陈述的:①张扬散文的清正之气,写大的境界,追求雄沉,追求博大感情。②拓宽写作范围,让社会生活进来,让历史进来。继承古典散文大而化之的传统,吸收域外散文的哲理和思辨。③发动和扩大写作队伍,视散文是一切文章,以不专写散文的人和不从事写作的人来写,以野莽生动力,来冲击散文的篱笆,影响其日渐靡弱之风。

贾平凹大散文观的提出,首先源于当时的社会背景。70年代末80年代初,社会靡弱之风兴起,缺少雄沉之声。这种靡弱之风必然导致不注重感情,或者关注个人小感情、追求华丽形式的散文写作趋势。表现在文本里

就是形式单一，强调意境优美，严重者则走向歌功颂德和道德教化的路子。而在新时期之初，散文创作大多是老人散文、回忆、悼念性的文字，格局小、气象弱。因此，针对这些社会现象以及文坛之风，贾平凹提出大散文观有强烈的扭转社会风气和文风的意图。具体表现在：一方面，散文创作可写直抒胸臆的文章，也可将议论、杂感、随笔、纪实记事、报道、信简、序跋、小品、日记、访谈录、回忆录，甚至中医的处方等纳入。只有这样才能冲破散文的樊篱，拓宽创作视野。另一方面，只有通过知识的厚积，才能为悟性奠定基础，因为悟性从来不是无缘无故产生，而是建立在广博的见识和深入思考基础上的。这是从内容上来谈大散文观之"大"的含义。而从情感上讲，就是要注重真性情。中国散文的一兴一衰皆是真情的得失。因此，一部中国散文史，即一部感情兴衰史。一位散文作家如果没有真性情，就很难写出好作品。散文的身价在于它的真诚、高尚和严肃。情真则文真，情假则无病呻吟。高尚则不媚俗，低级则平庸。严肃在于艺术只能靠征服，而不靠迎合的事实上。从审美层面上讲，大散文观追求雄阔、拙朴、厚重之美。故此，所谓大散文观即一种思维、一种观念，它强调整体，而忽略局部。

提及大散文观所包含的审美，就必然要涉及贾平凹的"秦骨楚韵"审美意识。秦骨是指作品充盈阳刚气，楚韵是指其兼具俊逸风。这一审美意识的形成与他个人经历有很大关系。贾平凹早期居住商洛，受楚巫文化影响较大，1972年入关中后，他文风大变。"大抵北方之地，土厚水深，民生其间，多尚实际；南方之地水势浩洋，民生其间，多尚虚无。民尚实际，故所著之文不外记事、析理二端；多尚虚无，故所作之文或为言志、抒情之体。"这也正应了王国维所讲："而大诗歌之出，必须俟北方人之感情与南方人之想象合二为一，即必通南北之驿骑而后可，斯即屈子其人也。"贾氏散文的"秦骨楚韵"审美是南北文化交融的产物，表现在以下三方面：

其一，是拙朴。即在艺术表现手法上不需要任何细节的忠实描绘来表现对世界的征服，而是采取粗轮廓的写实手法来表现大千世界。产生这一艺术审美追求的原因是贾平凹崇尚西汉艺术之美。汉初由于面临着战后残破、凋敝的局面，加之君臣皆起于草野，崇尚简朴，因此，整个社会心仪质朴之美。贾平凹接受汉艺术审美之后，整个境界阔大、雄浑起来，注重用粗线条勾画，从而构成憨厚可爱之感，这种审美趣味吻合汉石刻艺术取法自然、因物造型的特点。其二，是大气。在贾平凹看来，虽然现在流行的观点认为唐是中国最强盛期，但其实汉才是强盛的时代，就连民间捏泥罐凿石头的都有大气度。如钱穆所讲，虽然秦末生民涂炭，政治失调，但若论其时中国的民族精神，则正弥漫活跃之势，民族向外发展，很是兴盛。而民族处于上升期的自信、张扬心态更有助于秦汉时期大气审美气度的形成。汉代艺术那种旺盛的生命力、整体感和气势是后世无法相提并论的。同时，从中国散文的早期形态先秦诸子文章多数倡导大美就可以得出，倡导大气是时代的需要，也是中国散文传统的结论。其三，是生动。生动是指贯通于文中的一种精神或气韵。但凡优秀的作品，皆能做到气息流动。而使作品气息贯通流转，便是造势的问题了。"鼓气以势壮为美，势不可不息，不息则流宕而忘返。"散文创作讲究结构的起伏转折、收放照应。如果能够做到收放自如，那么就能够随心所欲，具有飞的特性——意在精神自由，也在于行文挥洒自如。

就以上三点，概括起来讲就是，"秦骨楚韵"是指一种整体的富有力度和流动感的飞扬性的审美，反映在语言上便是古雅简洁。《商州初录》里贾平凹写道："拾级而下，便有溪有流，遇石翻雪浪，无石抖绿绸。"文字简洁有韵，写作颇具空间感。读者能够从中感悟到中国艺术的意境，捕捉到道家的美学精神。而这一点在贾平凹的小说中表现得并不很明显，贾平凹在小说创作中更追求对人物心灵的挖掘，对人性恶的展现，使用的手法多是西方现代主义的手法，尤其是神秘主义的变形手法，因此，走到了怪诞的路子上。而在散文领域，他始终坚持的是中国散文性灵派的道路。非常有意思的是，在中国文学领域，中国艺术精神过去一直隐含在诗歌里，但是在现代文学中，由于现代诗歌的西化，中国艺术精神却在散文里复活了。在此意义上，贾平凹与晚明公安派、周作人、沈从文、废名、孙犁皆属于一个散文创作谱系。而到了20世纪90年代之后，贾平凹的文笔逐渐混沌苍茫起来："而今我要走了，她怎么就销声匿迹如飞鸟一样了无踪迹了呢？"显然，他已再不追求形式对仗，而是粗笔涂抹，云水苍茫了。

三、散文上的突破与民族文化重构

谈论了贾平凹的散文创作理念和审美意识之后，他在散文领域的贡献以及关于他的思想意识的话题便自然而然地摆在我们面前了。贾平凹在散文领域的重大突破首先在于他开拓了散文创作的视野，打破了散文、小说、游记之间的界限，并且糅合三者为一，形成了一种新的写作范式。传统上，游记以写景、状物为主，散文侧重于写景抒情，小说侧重人物塑造和情节勾画，以及场景的描写。而《商州初录》里的一些篇章，如《一对恩爱夫妻》《小白菜》《石头沟里一位复退军人》等皆有完整的故事和情节，显然是以小说笔法写散文，人情世态、景物均在其中，地理、历史、民俗、神话糅合在一起。这种写作方式实际是对地域文化所做的文学展示。因为每一地域，它的文化都分布在历史、经济、政治、宗教、民俗、饮食、艺术等多方面，优秀的地域文学则是对它的整合。贾平凹最具有地方色彩的散文即《商州初录》《商州再录》《商州又录》等商州系列作品。就这些作品而论，商州无疑是作家写作的一个文化区域，整合商州区域的人文地理，是贾平凹商州系列散文最突出的特点。在这些作品中，地理因素是贾平凹地域散文写作的基础，而地域上的人事才是作家生发出无限想象和彰显生命力的所在。这样，以区域性写作作为基础，再去写人的活动和故事就更有风味了。不言而喻，人与地紧密结合使贾平凹商州系列散文散发出巨大的艺术魅力。

如果说商州系列散文是贾平凹散文立足地域,又超越地域的杰出代表,那么贾平凹的世俗类散文则别具风格。这类作品在写具体一类人,或者一个人的时候,既充满人文关怀,又具有生命意识,这样,这个人便不是一个人,而是一种人、一类人,既具有个性,又有共性,也就是说既具有高度的辨识度,又融合了生活的普遍原理,因此能够产生艺术共鸣。而这些说到底,就在于作家要有生活,同时有写生活的能力。生活是艺术创造的基础、温床,唯有把生活当成艺术创造和审美的过程,才能彻底理解生活的意义。贾平凹能从平常人察觉不深,或察觉不到的生活中体悟出生活的真谛和活着的意义,或者让我们看到人们面对外来冲击、险情、丑恶和不幸事件时,处理各种困难和危机的能力,以及产生的深邃思考。仅此就超越了生活,使其世俗类散文小品包含丰富的人生哲理和诗味。

毋庸置疑,一位散文家在散文史上的地位,主要应该取决于其文学创作的自身价值,而对文学创作价值的评估,则涉及作品的思想蕴含和艺术构成两个层面。本文在第二部分已经阐述了贾氏散文的艺术魅力,接下来便讨论其思想价值。贾氏对商州世界原始生命力的彰显,对楚巫文化的再现,以及秦汉审美的推崇,最终都指向对文学民族化的探索,这在各种文学思潮涌动的当代文坛上尤有独特的意义。尽管现代化、全球化是建构当代中国文学重要的参照系和活跃的创造性因子,但是中国传统文化,尤其是在汉民族形成之期发展起来的秦汉文化,应该是建构当代中国文学民族化的重要内容之一。

文化是人类创造出来增进生活的东西,从长远看,一个对生活没有用处的文化要素,不论是物质的器物或是社会的制度,甚至是信仰的教条,都绝不能长期保留。当代中国正处于各种文化交织、互动、并存的时代,重建当代中国文化自信是中华民族伟大复兴的任务,而重建当代中国文化自信,首先就是要祛邪扶正,匡扶中国文化的传统。在贾平凹看来,当代社会浮躁之气弥漫,正需要五味子一类的草药扶阳补气,填精益髓。所谓五味子,即贾氏所倡导的"大汉朔风"。显然,这种对"大汉朔风"的推崇正是因为汉文化刚健、雄浑之气有利于抵御社会的浮躁气。唐代虽然国力强盛,民族自信心更加饱满,佛学的融入使文化呈现出雍容大度的风姿,但这是一种盛极而将趋于衰的文化,因此不及西汉自然、拙朴文化更有利于疗救社会病症。现代社会文明也已成熟,并开始走向颓靡,因此,社会需要一剂清凉剂,回归自然以及人的本性就是医治现代人异化的良药。更重要的是,楚汉文化的魅性之美有助于激发当代人的生命热情和想象力。中国文化历来以儒家为正统,儒学重实际而轻玄想,与艺术的境界相去甚远。那神秘浪漫的楚汉文化打破了中原儒家文化庄严,乃至呆板的传统,为民族文化注入了新鲜和活力。贾平凹生长于秦头楚尾的商州,商州之地重鬼神、好淫祀,这个地域形成的鬼巫文化与其产生强烈的心灵感应,因而,他善于在巫鬼神怪的描摹中,彰显楚汉文化的魅性之美。中华民族的传统文化无疑是宏大的,而传统文化也需要发展和超越,问题是,超越传统的人必是会心于传统这种神妙体验的人,又恰恰是懂得把自己摆到置之死地而后生的危险境地,孜孜以求那些已经成为传统的不朽之点的人。

当然,不唯如此,在重构民族文化自信之际,还需要对人类现代意识进行追踪。因为一个民族的文化自信建构必然是立足传统,并在当代社会发展之中进行的。舍弃传统意味着我们将失去根本,而不去吸收现代文化因子,再健康的文化机体也难以保持气脉和血液的畅通和运行,对此,贾平凹心领神会,并寻找到了中西方文化融会的交合点——生命意识。对生命的尊重、人性的推崇一直以来都是西方人文主义的核心思想,也是中国民间文化的重心。民间藏污纳垢,但也生命力旺盛,对生活的热爱和憎恶,以及对人生欲望的追求,是任何道德说教都无法规范,任何政治条律都无法约束,甚至连文明、进步、美这样一些抽象概念也无法涵盖的自由自在。因而,贾平凹深入民间,从山川河流、节气时令、婚丧嫁娶、庆生送终、饮食起居、山歌俗俚、五行八卦、巫神奠祀、美术舞蹈等方面做考察。贾平凹的民间文化精神内涵在于:雄强,不怯懦;真诚,不伪饰;自由，不拘泥。这些都来自商州的民俗熏染和江山之助。在20世纪90年代之前，贾平凹重构民族新文化时，商州便成为他取之不竭的宝库。其一，他以剽悍的动物形象试图唤醒现代人旺盛的生命意识。在贾平凹的笔下，狼的野蛮、凶残，对血肉的追逐像钉子一样在人们的意识里一寸一寸往深处钻。于是，对狼剽悍个性的彰显，以及由此衍生出的对生命力孱弱的鄙夷与对强悍的赞叹，便成为贾平凹对当代文化的批判与构建非常重要的支点。其次，以挚烈率真的民歌呼唤爱情。民间藏污纳垢，但也存在着自由和热情，这是一切文明社会人所无法享用的生命的欢畅。《商州》《商州又录》酣畅淋漓地唱出了民间情爱的大胆和热烈。人性中最能体现人的本质力量的是性爱。商州地区的姐儿歌里无所遮拦的爱欲充溢着礼教所不能禁锢的生命力。再次，以土匪放浪形骸的个性展示自由的生命精神。所谓自由，是指拒绝一切附庸地位，摆脱各种庞然大物的胁迫、利诱，从而进入能够随心而生活、率性而为的境界。90年代，贾氏写下"土匪系列"作品以抵制社会的颓废之气。然而，当现代化推进至中国一些落后的乡村，民间旺盛的生命力还是否能够存在？

显然，当代社会是现代科学技术迅猛发展的时期，也是个充满悖论的时代。一方面社会的物质生产力、探索研发能力达到了前所未有的发展高度；另一方面人类也遭遇了极大的生存与精神上的困境。科技的发展与人类精神文明之间存在巨大的张力，贾平凹在西部中国出现废乡、人病迹象之际，试图对当代文化进行重建。当然，作家的文化建构只是一种通过文本传达出来的设想，且更多的是在精神层面的建构，而一个民族的文化重构绝不是简单的事情，它还需要政治、经济、制度等方面的创造，因为一种新文化的形成是一个不断地对古今中外现有文化进行选择、改造与综合的过程，这项工程任重而道远，需要时代经济、政治变革，以及由经济、政治的变革而引发的文化转型的助力，还需要文化自身对既有传统的批判继承和推陈出新才能实现，贾平凹的民族文化重构就昭示着一个良好的开端。

鉴于此，从20世纪中国文学史角度看，无论是新小说，还是新戏剧以及新诗,皆不能酣畅淋漓地彰显中国古典传统,唯有新散文时时流露出传统的道德感情和审美观念。这种感情和观念曾在1949年到1978年之间受到阻隔,是贾平凹的散文续接上了这种传统,他继承了现代作家沈从文散文的审美和精神,吸收了孙犁散文的浪漫抒情,又兼容了楚汉文化和地域风情,形成了浑浑若川、取博制简的风范,故此,享有中国文化那份"静候天机,物我同心"的意境。

原载《中国散文报》2013年10月

(收入本书时有增删)

柳青的文学遗产

1952年5月25日下午,柳青辞别《中国青年报》编辑部,踏上了西去的列车,此后便开始了他长达十四年的长安县乡村生活,从而目睹了中国农民以无比巨大的热情投入社会生活的劲头,看到了中国农民走合作化道路艰难而义无反顾的历程,他决定以自己全部精力来描写中国农村所发生的这场轰轰烈烈的合作化运动。在长安十四年后,不仅他创作的著名的《创业史》,而且他直面现实生活、书写时代大变革的写作精神,民族化形式的追求,以及所开创的"柳青道路",都深刻地影响着中国后世一代代作家,尤其是当代陕西作家。显然,柳青为中国当代文学留下了一份珍贵的文学遗产。

柳青的文学遗产首先是一种精神财富。尽管1949年以来,关于柳青及其《创业史》存在的合理性都有着极大的争议,但是《创业史》描绘出了中国农民告别私有制走向集体化道路的时代大变革,勾勒了历史演变的洪流,也展示出社会变革时期的一些冲突矛盾,描摹出其中的种种潜流,塑造出了像梁三老汉、王二直杠这样的中间人物,是不争的事实。与写同类题材的同代作家相比,柳青似乎具有更大的概括"时代精神"和"历史本质"的雄心。他把自己的艺术视野放置在人民大众所普遍关心和迫切期望解决的社会问题上,仅此一点,就可以肯定地说,柳青为我们留下了一份宝贵的精神遗产。

而今柳青离开我们已经四十余年了,但是柳青留下的这份精神遗产仍需要当代作家继承和发展。当前我们所面临的是，在现代化进程里，中国社会原有的社会结构、生活方式等各方面都在嬗变，我们已经进入一个社会转型的时代，写出这个时代社会的变迁与人们心灵的裂变历程便是中国当代作家义不容辞的责任。就以柳青所创作的小说所依据的农村来讲，今日的乡村已经不是田园牧歌式的农村了，农民也已不是鲁迅小说中的阿Q、茅盾笔下的老通宝、柳青文中的梁三老汉、路遥作品里的高加林，而更多的是孙少平、刘高兴之类的人物。尤其是20世纪八九十年代出生的青年农民，他们与父辈之间存在着很大的差异，他们生活的空间和遭遇的时代也与历代农民不同。中国传统的社会关系是以血缘关系为基础的，而今，人员的流动已成为较为普遍的社会现象，这种流动引发了婚姻家庭的不稳定问题，乡村中的伦理秩序在逐步解体。传统乡土中国是由士绅阶层来进行掌控的，然而进入现代社会之后，士绅阶层式微并退出了历史舞台，农村出现了新兴势力。怎样重新建立乡村秩序是一个严峻的问题。当年柳青在《创业史》里展现了共产主义思想占据乡村的统治地位，传统的宗族、宗教、民间信仰逐渐退出农民的日常生活的状况，然而改革开放这三十余年，中国乡村文化呈现出一种混乱、多元并存的样态，农民的社会文化心理发生了巨大的变化。这种变化究竟是怎样的，是当代文学需要关注的焦点。

　　作家有责任展示出社会变迁中的矛盾冲突，描绘出我们在现代化转型中遭遇的种种物质的和精神的困境。在这方面，贾平凹始终是走在前列的，或者说他继承了柳青的精神遗产。《带灯》通过讲述一位名叫带灯的年轻乡镇女干部的"维稳"经历，写出了当下底层社会不断涌动和深刻隐伏着的各种利益纠葛与人际矛盾，以及与此不相适应的管理体制的弊端。在写这部作品的时候，贾平凹一再强调："几十年的习惯了，只要没有重要的会，家事又能走得开，就邀请朋友到农村去跑。"诚然，今天的乡村问题太复杂了，尤其是科技极大地改变着乡村的生产、生活方式，作家要想静坐书斋，凭借着遐思便创作出撼动人心的好作品，那是根本不可能的事情。至此，我们就不得不提及当年柳青所开创的"柳青道路"。这本是中国知识分子渴望摆脱小资情调，弃绝感伤情绪所走的思想"改造"之路，在柳青则被视为走进"生活学校"，即通过拥有深厚的生活积淀，从而创造出伟大之作的必由之路。在柳青看来，社会冲突在作家生活和创作的情绪和感情上反映出来的速度、强度和深度，标志着作家气质的特征。每一个时代最先进的世界观水平即最先进的政治觉悟水平，都要求每一个时代最先进的作家气质是与群众同生活、同感受、同爱憎。为此，他抛弃了大城市的繁华生活，和农民生活在一起。后来，路遥学习他，提着一个装满书籍的大箱子四处奔走搜集写《平凡的世界》的资料，力求多接触农民，倾听农民的心里话。正是因为有了这些扎实的"到农村走走"的田野调查，作家才有了深切而独特的乡村体验和感受。也只有深入最底层的生活，作家才会有不竭的创作源泉。

  柳青的文学遗产还在于对民族化形式的探索。中国社会的特殊性为世界学者所公认，它曾经以其特有的魅力吸引过诸多外国学者的关注，但是展示中国问题的任务必须由中国作家来完成，而我们需要展示的则是中华民族所特有的精神和气派。有关民族化形式的探讨是20世纪三四十年代的重大话题，并且至今仍然是当代文学所面临的重大课题。时隔多年之后，我们依然可以感受到柳青《创业史》里强烈的立史意识、史诗性的写作方式，感受到他写关中农民拉家常话时那种扑面而来的生活气息，体验到秦地方言里所透显的一种慷慨激昂的审美风范。柳青是把中国史传传统与地域文化这些民族化形式转化为自己写作的一种资源，经过创造之后，变成后辈作家取之不竭的文化遗产。从路遥到陈忠实、高建群，他们都写下了史诗性的作品，其中，陈忠实的《白鹿原》通篇都采取秦地方言写作，并将秦腔作为表现小说叙事节奏和塑造人物的重要元素。显然，柳青遗留下的文学遗产——无论是写作理念，还是生产方式、写作技巧，都是后世作家创作取之不竭的资源。

  柳青这一代作家在革命队伍里成长，之后又赶上了社会政治运动，所以他们的创作必然会出现配合党的路线方针政策的政治倾向，他们有自己时代的特殊性和局限性，但是，他们还是做出了成绩，这成绩放置在任何时候都是很突出的。更难能可贵的是，他们能够长期和群众在一起，有一种努力探索的精神。所以，今天我们谈及柳青的遗产，就是要继承前辈作家的优良传统，摒弃他们因为时代的特征而产生的缺陷。当前，我们正在进入一个农村人口大规模向城市迁徙的时代，这是一个富有挑战的时代，也是一个可遇不可求的时代。柳青这一代作家显然已经完成了他们的时代任务，展现乡村新变的重任自然就落在新一代作家的肩上。那么，一个空巢的、寂静的乡村该如何进入文学书写的新境界？在我看来，农民是中国社会最广泛、最基层的群体，他们的衣食住行、生老病死、婚丧嫁娶、观念信仰是最能反映当下社会物质文化和精神文明发展的"晴雨表"。因此，中国当代乡土文学还是要从农民的日常生活入手来展示中国社会的现代化进程，并且要考虑如何对这些日常生活进行审美化展现。这不仅能紧扣住时代最敏感的脉搏，弥补旧有的农民形象塑造单一的缺陷，而且有助于从深层次揭示出农民心理的嬗变过程和发展趋势。

原载《文艺报》2014年2月21日

当代陕西作家与传统文化创造性转化

一、忧患精神与现实主义

"中国人向来以人道文化的继承者自居,遵循儒家克己复礼、仁政爱民的教训,实现佛家恩被万物的理想。"①自鸦片战争以降,长期的内忧外患、政府腐败,致使近现代中国文人感时忧国思想渐重。"作家和一些先知先觉的人物,他们所无时不忘的不仅是内忧外患、政府无能;不管中国的国际地位如何低落,在他们看来,那些纷至沓来的国耻也暴露了国内道德沦亡,罔顾人性尊严,不理人民的死活的情景。"②然而,对于陕西作家来讲,他们的忧患意识大致来自两方面。第一,秦地曾经拥有中国古代历史上最为辉煌的汉唐盛世,西安曾经是十三朝建都所在地,具有中国其他都城所绝无仅有的历史,但是自近现代以来,京都地位的丧失,经济的落后,交通的闭塞,人们思想的封闭保守,创新意识的薄弱,都使当代陕西作家不能不滋生出强烈的忧患意识。或者说,这是一种自古以来中国文人心中沉积下来的"黍离之悲",在昨盛今衰比照中产生的历史沧桑感。这种感受在长安失去国都地位之后,晚唐诗人那里就非常浓郁了。韦庄诗云:"长安寂寂今何有,废市荒街麦苗秀。采樵砍尽杏园花,修寨诛残御沟柳。"白居易亦云:"我自秦来君莫问,骊山渭水如荒村。新丰树

---

① 夏志清:《中国现代小说史》,复旦大学出版社,2005年,第357页。
② 同上,第357页。

老笼明月，长生殿暗锁春云。"①这种感觉即使在20世纪后期的陕西，依然是可以感受的——无论是在陈忠实的《活在西安》中，还是在贾平凹的《废都》中。朱鸿亦在《关中是中国的院子·后记》里明确说："长安城在关中的消失，使这里一片黯然，严重的是，中国的政治经济文化中心在这里涌动了。一旦丧失了国都的地位，它就显出一种苍凉，而且这种地位的丧失，似乎是注定的和永远的。"②

陕西作家的另一种忧患意识是"感时忧国"心理，表现为一种强烈的关注国家兴亡、民族命运的历史责任感，呈现出"文以载道"的理性精神。在秦地最早具有这种意识的是汉代的司马迁，"《史记》中史公自言流涕者各一，言废书而叹者三。像这样由时代冲击而透入于历史所流的眼泪和叹声，岂仅是个人遭遇所能解释？"③虽然史公作史始于黄帝，但作史的精神，乃特注于汉代。为时代时局之忧患是渗透到民族血液，被一代代中国士大夫秉承下来的人文情怀。张载曾经写下的"为天地立心，为生命立命，为往圣继绝学，为万世开太平"成为陕西作家的座右铭。陈忠实热衷于此不说，其他的作家虽然没有发出这样的呼声，但也表现出强烈的担当社会责任的入世意识。

由于作家个性的差异，忧患意识在作家们身上的表现也不同。"十七年"文学中，陕西作家彰显着强烈的政治情怀。他们在展示广大人民群众热火朝天建设社会主义之际，也不无感伤地看到了社会存在的诸多问题。杜鹏程在《在和平的日子》里揭示了老干部进城之后，一些同志思想退化的现象。新时期以来，由于文艺政策改变，作家身上那种感时忧国精神表现为，赞扬改革开放之时，内怀忧虑之心。路遥在创作《平凡的世界》的时候已经意识到："我国不幸的农村问题是历史形成的；是古老历史和现当代历史形成的。政治家、哲学家和经济学家都可以理性地直接面对'问

---

① 韦庄：《韦庄集笺注》，聂安福笺注，上海古籍出版社，2002年，第317页。
② 朱鸿：《关中是中国的院子》，三秦出版社，2009年，第221页。
③ 徐复观：《两汉思想史》，华东师范大学出版社，2001年，第193页。

题'，而作家艺术家面对的却是其间活生生的人和人的感情世界。"①许多陕西作家都是农民的儿子，在他们看来，广大的农村人即自己的兄弟姐妹，于是，他们能真心理解农民的处境和痛苦，而不是优越而痛快地只顾指责甚至嘲弄丑化他们。出于对社会强烈的责任意识，作家们形成了深重的忧患道德沦丧、伦理丧失的创作心理。然而"历史的进程总是充满着矛盾与困惑，以致人类对于任何一次历史的突破都怀有深深的疑惧。对于中国这样一个传统的农业国度来说，无论发展中伴随着多少痛苦和梦的散佚，但从理性的高度看历史的发展，都不允许有任何纯感情的悲啼。然而一个艺术家的审美判断道德理想文化思考，使他对伴随着这历史进程中的各种属于人的情感属于人的思维和活动表示人性与道德的关注，都是合理的正常的，也是无法回避的。正是在这种意义上，路遥深切地表现人性善道德美，这反映出作家总希望人类的任何发展都同时符合人的目的性"②。

20世纪80年代中期，贾平凹曾将其一部长篇小说命名为《浮躁》，揭示出社会的转型期间整个社会弥漫着的浮躁情绪。然而，随着文化寻根思潮的迭起，陕西作家的忧患意识开始转移到对民族文化的思虑上。《白鹿原》是在儒教文化遭遇现代化冲击日渐式微的形势下，思考如何重建中华文明的作品。《最后一个匈奴》批判了中原儒教文化的僵化，指出我们民族迫切需要注入一种来自北方游牧民族的强悍基因。这些文化忧患是理性精神的投射，也是历史意识的呈现，因为只有在历史的烛照中，陕西作家才能发现汉唐盛世文化的雄浑阔大，和近现代以来，秦人精神的委顿和浮靡。看到委顿的作家，设想以原始野性文化来为民族补气；感受到浮靡的作家，有的希望用儒教的理性精神来医治社会的浮靡气，有的则试图借助异质文化来为民族输入新鲜血液。这些都显示出当代知识分子勇于为社

---

① 路遥：《路遥文集》第2卷，陕西人民出版社，1993年，第66页。
② 赵学勇：《老土地的当代境遇及审美呈现——路遥与中国传统文化》，载《陕西师范大学学报》2011年第3期。

会、民族、国家担纲的中国传统士人精神。唯有贾平凹是另类。如果说在80年代,贾平凹对社会时局已经萌生了忧患意识,那么从商州系列作品开始,作家对人类文明的忧患就更为深重了。文明是人类文化的一种进步,蕴含着人类内在情性的某种教化。然而,在人类取得自身进步的同时,也常常会为这种进步付出相等的代价。获得自己与丧失自己便构成了人类永恒的生存烦恼,文明也是如此。正因为此,贾平凹认为在城市居住三代,男人就长不出胡须,现代文明发展的结果是人们逐渐变得矮体短腿、种族退化,等等,诸如此类都表明了现代人生命萎缩、人性扭曲的病态。贾平凹的忧患既不同于柳青的沉郁忧愤,也有别于陈忠实的深沉厚重,他多少有些名士气,可是,他毕竟又不同于讲究生活精致的周作人。民间的立场、秦汉文化的熏染,以及儒家的人文理性情怀、道家的人与自然契合思想均被其吸收,从而形成了他独特的对整个人类命运的忧虑。

出于对现实的忧患,大多数陕西作家在创作中都以现实主义作为自己的文学精神和创作方法。因为唯有客观真实地记录社会生活,才有可能对这种现实做理性的分析和判断。由司马迁所开创的"实录"精神强调秉笔直书,"吾腕可断,笔不可枉",灭十族而无悔,此种精神如西方苏格拉底所说:"吾绝不善于辞令。诚然,若以直陈真理为善辞令,自当别论。"(I have not the slightest skill as a speaker—unless, of course, by a skillful speaker they mean one who speaks the truth.)[①]现实主义作为西方的一种文学精神和创作方法,与长期以来中国史学中追求的"实录"精神是吻合的,由于多种原因,它成为中国新文学的主流意识和创作方法。20世纪40年代以后,五四启蒙主义者所开创的批判现实主义被社会主义现实主义所代替。这种由苏联舶来的理论传入中国之后,经过毛泽东的改造,发展成为典型论,当代陕西第一代作家接受的基本上都是这种理念和精神,柳青就是运用这种方法和思想创作的《创业史》。

---

① 转引自汪荣祖:《史传通说——中西史学之比较》,中华书局,1989年,第221页。

在新时期，文艺界结束了新中国建立之后三十年内的创作理念，文学期待着冲突旧有的束缚和限制，传统的现实主义显然已经不适合复杂多变的社会现实了。陕西作家中，对现实主义有突破性发展的是路遥和陈忠实。在路遥看来，"现实主义在文学中的表现，绝不仅仅是一个创作方法问题，而主要应该是一种精神"①。路遥对现实主义的贡献在于：在日常细碎的生活中演绎出让人心灵极其震颤的巨大内容，"而这种才智不仅要建立在对生活极其熟稔的基础上，还应建立在对这些生活深刻洞察的透彻理解的基础上"②。路遥曾经认真研读《水浒传》《三国演义》《金瓶梅》和《红楼梦》等名著，从中学习恢宏广阔的历史场面的描写和现实主义的创作方法。他的现实主义采用开放式结构，既能使作家恣肆汪洋又能绵针密线，最终借助一砖一瓦造成磅礴之势。

陈忠实深受柳青影响，但他在新时期的创作却是一个如他自己所说的与柳青进行"剥离"的过程，并且在此过程中建立起了自己的叙事个性。他对现实主义的发展主要在于：将柳青写作"以人物为轴心转动故事"的手法创新为以"人物文化心理结构"来结构故事情节和刻画人物，注重对人物心理的刻画，在对政治事件和乡村文化传统的重视之外，充满了传奇和魔幻色彩。整体而言，其文本透显着深邃、宁静。

二、东方魔幻、意境与西方现代意识

本文在第一部分详尽地描述了秦地的民间宗教信仰，同时说明儒道释三家对陕西作家的影响是相当大的：无论是儒教，还是道家，从起源上讲，都带有原始的民间巫术性质。绝大多数当代陕西作家都是农裔出身，乡村的生活经历使他们熟悉民间鬼神巫术活动，因此他们的作品中充满魔幻的书写内容。所谓魔幻有两种表现方式：一种是神、鬼、魔、妖世界的

---

① 路遥：《路遥文集》第2卷，陕西人民出版社，1993年，第14页。
② 同上，第25页。

变幻莫测，是处于一种无法掌控状态的神秘世界。高建群《最后一个匈奴》里写杨岸乡为已故父母起灵，请白云观的道士作法，这场巫术活动就描写得魔幻神秘。陈忠实《白鹿原》中的鬼魂附体，撒豆驱鬼，是现代科学意识观照下的人物心理结构的透视。还有一种魔幻是戏谑、滑稽，是作家、艺术家想象的产物。它包括：第一，不同领域的事物不合理地融合。第二，极端和歪曲。第三，不自然的同功能事物的增殖，像众多的头颅、手臂等的出现。魔幻预示着超自然以及超人类事物的出现，即超越了现实。陕西的作家基本上是以社会历史为本体，也就是通过人物、故事，包括不断翻新的叙事艺术来表现社会、书写历史的，人物、性格、心理大部分是道德观念或历史社会的载体。红柯的小说以精神、欲望、生命意志为本体，生命形象与成吉思汗、马仲英、兵团人等结合在一起，仿佛处于童话般的想象中，具有不可思议的神异。《金色的阿尔泰》里的营长受伤，蒙古族老阿妈用桦树皮为其止血，伤好后，营长的身上便到处留下桦树皮的痕迹，从此拥有了树的生命。这些充满神秘色彩的描写化解了悲情，融合了苦难，在梦幻中有了飞离现实的超然。

在当代陕西作家中，最喜谈野狐禅的是贾平凹，其作品中的人物可以在人间、天堂、地狱三界中自由驰骋，过去、现在、未来可以穿越，人与兽之间可以互变。他对鬼怪的描摹，冥冥之中万物有灵的状写，包括异化世界的展示，使一个个疯魔、癫狂的人物幻想出了一个恐怖而阴森的天地。贾平凹的文学世界借助鬼神魔幻的描摹，透显的是作家追求精神自由的心理，表明了自己的心迹。他曾经说："中国文坛向来崇尚史诗，我更喜欢心迹。"[1] "但我绝对强调一种东方人的，中国人的感觉和味道的传达。我喜欢中国古乐的简约，简约到几近枯涩，喜欢它模糊的、整体的感应，以少论多，言近旨远举重若轻，从容自在，在白纸上写黑字了，更多地在黑纸上写白字。"[2] 贾平凹创作注重意趣，这恰是中国的艺术精神。

---

[1] 贾平凹：《贾平凹文集》第14卷，陕西人民出版社，1998年，第302页。
[2] 同上，第320页。

有意味的是，中国艺术精神不在于小说、诗歌，而在于中国绘画之中。中国绘画艺术中的气韵生动、清逸品格使得中国传统审美注重心灵感应和生命体验，这是中国道家精神的折射。贾平凹吸收了中国艺术精神中重神韵、讲清逸的审美，强调意绪和精神，可谓性灵派作家。

如果由贾氏开始上溯，孙犁、汪曾祺、沈从文、废名、周作人、清末的曹雪芹、晚明公安派的袁氏三兄弟、宋代的苏轼，直至庄子，形成了一个性灵派的文学谱系。尽管这些作家分别处于不同时代，有的甚至相隔几千年历史之远，但是都注重意趣，讲求精神。尤其是对沈从文，贾平凹有强烈的心灵感应。"沈从文小说确多写意，而少工笔。这写意，在色彩的运用上，既非水墨，也非金碧，而取青绿。他总是将故事置于河边、水上。"① "他是中国现代文学中最伟大的印象主义者。他能不着痕迹，轻轻的几笔就把一个景色的神髓，或者是人类微妙的感情脉络勾画出来。他在这一方面的功夫，直追中国的大诗人和大画家。"② 贾平凹心仪这些性灵派作家，一出手便有孙犁清丽明快之风，接着直追沈从文的意绪境界：商州系列作品与沈氏的《湘西》《湘西散记》有异曲同工之妙；《小月前本》《浮躁》以商州为故事发生的地点；《火纸》中的造纸手工业取材于汉江边上，商山丹水成为他编织故事重要的地域；而到写《怀念狼》之际，贾氏就不再简单地注重某个单独的意象，而是注意营造整体意绪，"怀念狼"就是一个整体的象征。

陈平原在《史传传统与诗骚传统》一文中曾讲："史传之影响于中国小说，大体上表现为补正史之阙的写作目的、实录的春秋笔法，以及纪传体的叙事技巧。'诗骚'之影响于中国小说，则主要体现在突出作家的主观情绪，于叙事中着重言志抒情。"③ 当代陕西作家史诗性的现实主义写作与独抒性灵式的创作，以及这种分裂并存的写作样态证实了陈平原的

---

① 凌宇：《从边城走向世界》，岳麓书局，1997年，第289页。
② 夏志清：《中国现代小说史》，北京大学出版社，1998年，第147页。
③ 陈平原：《中国小说叙事模式的转变》，北京大学出版社，2003年，第212页。

论断。当然,"作为一个作家的文学理想,当然是要创造出思想内涵包括文学形式上的一种全新的形态,一个作家如果没有属于自己思想和艺术形态上的一种全新的、有异于所有人的作品形态的作品,那么,这个作家是立不住的"①。从这个意义出发,陕西作家在接受传统文化的同时,也将自己的目光投向世界。巴尔扎克、列夫·托尔斯泰、莫泊桑、肖洛霍夫等是陈忠实最喜爱的,也是对他影响最大的外国文学作家,他作品中展现的"奋进者的人格历练、廉洁者的人格自律、负重者的人格信念、忏悔者的人格净化、困惑者的人格失范、顺从者的人格凶毒、狡黠者的人格诡谲、畸形者的人格病变、霸道者的人格暴戾、复仇者的人格凶毒"②等特质是受外来文化影响产生的。高建群接受的则是弗洛伊德的思想和劳伦斯的创作理念,因而,他在写作中比较关注两性关系。叶广芩的作品中时常会加入一些英文句子,透显着一种西派文化。贾平凹侧重的是对人性的丑恶揭示,注重学习西方作家对人性中的缺陷与丑恶,如贪婪、狠毒、嫉妒、吝啬、啰唆、卑怯等等的鞭挞。他"主张在作品的境界、内涵上一定要借鉴西方现代意识,而形式上又坚持民族的"③。由此可见,任何一种传统文化都不会一成不变地墨守成规,它总是因为在不断地吸收先进的思想和文化而变异着,陕西作家正是在继承传统的基础上,对传统进行创造性的转化,从而创造出了属于自己时代的新文化。

三、秦风与旷野苍凉的美感

"秦风"原指《诗经》十五国风中的秦地民歌,多写秦人从军作战的生活,诗歌具有刚劲质朴、慷慨激昂的特征。《诗经》里脍炙人口的《无

---

① 陈忠实:《陈忠实文集》第7卷,广州出版社,2004年,第331—332页。
② 韦建国、李继凯:《秦地文学的世界性——试论陕西当代作家与外国文学、异质文化的关系》,见刘锋焘主编《长安学丛书·文学卷》,陕西师范大学出版社、三秦出版社,2009年,第393页。
③ 贾平凹:《贾平凹文集》第17卷,陕西人民出版社,1998年,第263页。

衣》就表现出秦人奔赴战场、慷慨从军的战斗精神,这是因为古时秦地常受西戎侵略,故而秦人有"尚武勇""重气节"的个性特征。朱熹曾讲:"秦人之俗大抵尚气概,先勇力,忘生轻死,故其见于诗如此。……雍州土厚水深,其民厚重质直,无郑卫骄堕浮靡之习,以善导之,则易以兴起而笃于仁义,以猛驱之,则其强毅果敢之资,亦足以强兵力农而成富强之业,非山东诸国所及也。"①

从文学艺术的风格层面而言,"秦风"后来指的是一种刚健质朴的文学风格。从历史上讲,秦人的先祖常年征战沙场,诸多国君都有马革裹尸而还的经历,因此,在激越的秦音里充溢着一种旷野悲怆感。旷野空旷,也粗粝,有不雕琢的意味和气质。总体讲,陕西作家的作品有山野之风,悲凉之味。如果和地域性非常强的现代文学中的京海两派相比较,就会发现秦地文学独有的美感。它没有海派的香艳、浮靡,文本中没有以快速的节奏表现现代都市生活的描写。海派作家笔下是大都市中形形色色的日常现象和世态人情,从舞女、少爷、水手、姨太太、资本家、投机商,到公司职员、各类市民,以及劳动者、流氓无产者等,几乎无所不包,而且追求小说形式的花样翻新。秦地文学也没有京派文学的雍容和散淡。同样是以乡村为主要写作对象,京派文学弥漫的是平和淡远隽永的味道,而陕西作家都热衷于大气、雄浑气概的营造。就是比较诗意化的贾平凹,如果和京派作家比较,也具有了北人的拙朴和野性,而缺少了京派小说家的恬淡悠远意味。

这种传统的审美,融入现代因子后,又有了苍凉挽歌式的美。陕西作家都非常喜欢引秦腔入文。从柳青《创业史》里引用一些简单的秦腔戏词,到陈忠实《白鹿原》将秦腔作为营造氛围的文化因子,再到贾平凹直接以"秦腔"为自己的长篇小说命名,可见,秦腔已不仅仅是一种地域戏曲文化,而转化为文学的元素参与文学的新创造了。另外,在那苦音慢板

---

① 朱熹集注:《诗集传》第6卷,中华书局,1958年,第79页。

旋律中渗透着深刻的生命体悟，弥漫着末世的味道。秦地是中华古代文明发展的一个重要地域，当旧日繁华之地转变为西北地域一个组成部分的时候，一种惋惜和眷恋之情就会滋生。陈忠实《白鹿原》里出现最多的一个词语就是"最好的""最后的"。朱先生去世时，白嘉轩慨叹："世上肯定再也出不了这样的先生啰！"[①]鹿三去世时，白嘉轩曾说："白鹿原上最好的一个长工去世了！"[②]朱先生是末代关学大儒，他的去世预示着传统文化的陨落，鹿三的辞世也象征着忠义将远。高建群将自己的小说命名为《最后一个匈奴》，贾平凹的《秦腔》是为秦地传统文化而吼唱的挽歌，其中都蕴含着对传统文化的忧虑意识，在现代化观照下，盛世文明的衰落，使得陕西作家产生了慷慨悲歌。

选自《当代陕西作家与秦地传统文化研究——以柳青、陈忠实和贾平凹为中心》，中国社会科学出版社，2014年。

---

① 陈忠实：《白鹿原》，北京十月文艺出版社，2008年，第539页。
② 同上，第500页。

诗意的怪诞

——当代中国散文创作之新变

晚近，有关散文边界之争如火如荼地兴起，一大批散文家及批评家卷入其中。《中国散文报》今年5月推出张瑜娟的《百合》一文，编者语："散文是否可以虚构？散文的边界到底怎样划定，已经越来越成为散文写作者不可回避的问题。"毋庸置疑，21世纪以来，我们再次进入一个散文时代。然而，当前中国散文界新出现的一些现象却迟迟没有得到厘清，一些新变也没有给予及时的评判。鉴于此，笔者拟以张瑜娟的《百合》一文为例，谈论这篇文章中隐含的当代散文创作之新变诸问题，以求教于方家。

一、象征的艺术

《百合》曾以《孤独者》为题发表在今年的《延河》第2期，《新华文摘》第13期转载。作者开篇就表明："绝对封闭的形式也许产生思想。"封闭意味着孤陋寡闻，但是，封闭同样也可以获得冥思的静谧，《百合》即是在这样一种哲学思辨氛围之中展开叙述。因为充满象征和隐喻，文章初读生涩难懂。但是，倘若能够获取打开这篇文章神秘大门的钥匙的话，一切问题便会迎刃而解。因此，捕捉文本中的意象是极其重要的。一般而言，意象是心理学的概念，更是文学研究的范畴。一个意象只有经过反复呈现，才有可能转化为一种象征。墙是文中的关键词。墙的象征性，以及"墙外植物绿得像能洇绿了空气"的情景，使人不知不觉想起《牡丹亭》里"原来姹紫嫣红开遍，似这般都付与断井颓垣"的情境。一堵墙象征着一种荒寒的心境；一堵墙像是筑起了一座寺院或牢狱。"也许寺院与牢狱从形式上没有太多区分，一个囚心，一个囚身。"可是，对于个体而言，哪一个不是在炼狱中修炼自己？囚住身，管住心，便是人生最好的自我修行。而利用一座城市来唤起人们对现代生活的牢狱感，这在狄更斯、波德莱尔那里早已经完成。《百合》里呈现出一群形象模糊，但是指归性非常鲜明的女僧人，她们一字排开，就像艾略特《荒原》里的一群活死人流过伦敦桥，流下威廉大王街一样，呈现在人们眼前的是一幅人间地狱图景。唯一在这所人间牢狱里保持和外界对话关系的是女人无限夸大的嘴，言说意味着一种不甘囚禁和生生不息的对抗性。由此张瑜娟和20世纪90年代风靡一时的女性主义文学划清了界限，《百合》是封闭的，又是谋求对话的。

与墙并重的另一个意象是百合。按照中国人的传统观念，因鳞茎由鳞片抱合而成，百合素有"百年好合""百事合意"的寓意。但是，在文中，它显然已经背叛了传统所赋予的意义。"百合生在墙的阴影里，那阴影因此时的角度，显得诡秘。"灰色的墙映衬着百合，这是诉诸感官的一种隐喻。"僧人们抱着大把大把的百合一字排开……到处都是百合的过于浓郁的香，以及发情的粉或白的脸，荒诞地四处呈现。"在男人的眼里，女人永远是欲望的代名词，然而，女人却非要做女僧人去禁欲。问题是，站在镜前，女人还是"妩媚如院中的百合，僧衣下的躯体仿佛也丰满起来，鲜活而充满诱惑"。身为僧人，本该杜绝欲望，可是欲望却又在僧衣下疯长。至此，我们解开了百合和墙的象征意义，随之，文中诸多场景描写也就被廓清。收割百合等于阉割情欲，而四处弥漫的百合花香，又怎能完全驱除掉？女人即使深处墙里，常常想起来的还是男人，这是一种充满对抗和张力的悖论。绿在文中是诡异世界里透射出来的一缕光影，第一次出现指涉的是墙外世界的生机，接着，这种绿转化到女人脸上，显得不伦不类，结束之际，绿仍然代表的是希冀。显然，随着人们的生活越来越远离乡土，城市已经不再是自然节律的一部分，但是，那弥漫着宁静和纯洁的乡村自然生活却总是和绿色、希冀、生机联系在一起，从而成为人们一种美好的心灵记忆。

　　文学性的文字的高明之处就在于它的暗示性。作者运用不同意象建构了不同的象征，借助种种变形表述了世界的诡异。思中有幻，荒诞不经，在对现实世界的摒弃之中，表现出更深层的空间意识。由于注重人物的内心世界开掘与万物之间的联系，作品慢慢地在一点一点的暗示中将其隐藏的意义呈现出来。而象征与暗示本身所具有的歧义性，或者说不确定性，又导致了《百合》的朦胧性。这种朦胧又带有一定的变形，例如，张瑜娟写女人："动人处是她的鼻骨，窄小、轻缓却有弧度，脸轮廓中部像陈老莲画里的样子。"作家笔下的女人颠覆了古典美女的模式：绿脸、红唇、光头，构成一种反差，或者可以称为一种参差，暗示着一种美学概念和书写技巧，也呈现出某种错置，或者不均衡的样式。

二、荒寒的哲学

　　而为什么会产生这种错置、不均衡的样式？回眸20世纪90年代以来，商业大潮席卷中国大地，日新月异的科技致使我们无奈地身处一个机器化的世界。城市化的高速发展、社会人员的频繁流动、网络信息的爆炸剧增，这一切都在改变着我们的日常生活方式和心理。放眼今日，社会之困境、人生之苦痛、情感之变异，包括人类最稳固的亲情和被人们盛赞的爱情，在现实主义物质原则驱动下都可能会被消解或遮蔽。有物欲横流，便会有心灵困惑产生；有精神颓废、情欲纷飞，便会有不甘沉沦的精神突围。好似鲁迅先生《野草》里举起投枪的战士，又仿佛《彷徨》封页上荷载独行的孤独者，张瑜娟怀着一份坚守与怀疑，进行着思想的博弈与精神的寻觅。

与人类文明相随相生的城市究竟是空间，还是牢狱？从中国发现最早的距今有六千五百年的大溪文化时期的城市遗址，到今天世界所面临的城市化的突飞猛进，城市像钱锺书先生所描述的围城，有无数人要进来，又有无数人设法从这里突围出去。于是，逃离、回归、再逃离、再回归，轮回着，成为一种人生的际遇，也构成一种生命抗争的模式。代表欲望的女性的红唇，与变形发绿的脸叠加在一起，掐死一只蚁随之而来的是心惊与欢喜，城市的孤独和阴冷，城市人的颠倒和迷离，无不显示出生命的荒谬感与悲凉的心境。总有一天我们的文明，不论是升华还是浮华，都要成为过去，人们思想的荒寒与精神的孤独又如何能被遮蔽？

"抉心自食，欲知本味。创痛酷烈，本味何能知？"《百合》以文学的形式对现代中国人的心灵进行了一番剖析和体味，这涌上的何尝不是一种自剖心灵的勇气。我们处在一个外部物质世界不断对人类心灵进行侵蚀的社会，面对现代社会，人类精神的危机——荒寒是最真实的表述。是在欢乐与悲伤、希望与恐惧、狂喜与绝望之间的持续摆动前行，也是在多元化生活中来自灵魂深处的精神博弈，在《百合》中，我们感受到的不是一种单纯或单一的情感，而是生命本身包括灵魂在内的一种深刻的运动。然而，当作者笔下出现那一嘟噜一嘟噜紫色的花、老尼姑笨拙的手，一切都结束在"无从寻觅"中的，是幻觉，还是现实？我们不得而知。只感觉生命变得虚无而缥缈，一切都不确定。时间凝滞了，空间被无限放大，这是一幅苍茫浩瀚的天地图，人处于其中如同沧海之一粟。

三、诗意的怪诞

精神的裂变必定带来艺术形式的更新。一种艺术手法，或样式，若被演绎到炉火纯青的程度，自然会形成一个套路，艺术本身的生机和活力也就会因此而枯竭，在此情形下，必须重辟新径。至此，我们再也不能回避在《百合》一文中隐含的当代中国散文一些具有争议并预示散文未来发展的问题。

这篇文章属于散文小说化，还是小说散文化？在我看来，文体的越界、保持文体的纯正并不是什么重要的事情。关键在于，20世纪以来的中国散文，尽管兼容了西方的一些现代意识，彰显了人性、书写了社会和人生，但是基本上还是延续着中国古典文学的抒情路径，也就是说，中国新散文较之其他文学文体，发展相当缓慢。20世纪初叶，在中国文学形式的变革中，散文主体继承的是晚明小品的路子，话剧学习的是西方，小说则是接受新知与转换传统并重。到了20世纪80年代，小说界的意识流、先锋创作风起云涌，先锋戏剧独领风骚，朦胧诗横空出世，散文却仍在抒情、记事怀人上徘徊蹀躞。20世纪90年代的文化散文兼容了思想的元素，但是仍未脱思辨之美、智慧之美的窠臼。

不在传统中窒息，便在传统中崛起。《百合》的出现将使中国散文界从诸多传统的理念和规范中突围出来，它的问世标志着一种新型散文的诞生。在我看来，这部作品几乎没有什么情节，更遑论情节曲折，它仅仅讲述了一个厌倦尘世生活的女人走进一隅封闭的环境，旋即又渴望回到尘世的事情。人物也很模糊，几笔就勾勒出一个外形夸张的女人的怪异。而所谓的环境描写也无非一个具有象征意义的墙内环境与墙外世界。但是，《百合》所写的"墙里的百合"与伍尔夫的《墙上的斑点》里流动的意识流非常相像，更与20世纪40年代出现在大上海的新感觉派作家张爱玲的笔墨有相似之处。以我之见，《百合》是独语体形式的散文，注重主观情感的渲染、虚无的表述，在象征与隐喻的世界里寄托着一种现实的孤独感和灵魂的梦幻性。

更难能可贵的是，《百合》为中国当代散文创作贡献了一种有别于传统审美情趣的美学追求，那就是"诗意的怪诞"。长期以来，中国文学的传统审美趣味是"诗化"，这是基于民族审美心理形成的一种民族风格。

整个20世纪，中国散文的诗性无处不在，从鲁迅、朱自清、郁达夫、冰心、梁遇春，直至沈从文、萧红、废名、杨朔、孙犁、贾平凹等，如果用绘画术语来描摹的话，20世纪的中国主流散文更像是中国传统的写意画，信手拈来，就能点染出山村景物特有的风姿和神韵；简笔勾勒一下，便能描摹出一幅疏朗的画，直逼中国古典诗词的意境。而从审美情感讲，中国新散文主体上又无不在一种伤逝情感下抒怀，或追忆往事一去不复返，或表述对田园牧歌生活的眷恋之情，或表达对苦闷情怀的澄清心绪，皆蕴含着一种由于时间的流逝而唤起的淡淡哀愁美。

《百合》的"诗意的怪诞"打破了这种和谐、静谧的审美传统，它标志着中国当代散文首次呈现出现代的审美特征。怪诞一词最早来源于意大利语，是新造来表示15世纪末期发掘出来的一种装饰物风格的词，后来西方现代主义用它来指扭曲所有的组成部分，将美丽的、古怪的和令人厌恶的因素混在一起。怪诞是疯狂想象的产物，但是，张瑜娟《百合》中的怪诞既与西方现代主义相通，又和它们有异。它是在民族文化基础之上形成的，带有女性柔美感。它以一个女性的角色，在生存的幽闭空间里幻想爱和思索人生。这种荒寒感是作者对陈洪绶艺术的接受，也是对现代生活最真切的生命感悟。有意味的是，晚明绘画艺术本身是晚明革新派文艺家在精神意识与传统思想决绝之后的产物。更重要的还在于，晚明时期正是中国现代性萌芽的历史时期，所以从晚明绘画艺术中汲取营养的张瑜娟的散文自然就具有了现代性的特征和怪诞的情愫。

而如果我们仔细辨别，还会发现张瑜娟的写法与现代作家张爱玲在用笔上有相似之处，即都喜欢在颜色上做丰富的陈列：细白与温热，青墙与植物，黄白与绿，等等，在一个梦幻般怪异的颜色组合下，一种新感觉派的艺术油然而生。而沉浸其中，又会发觉她的"诗意的怪诞"没有汪洋恣肆的宣泄，也不是奇丑、恐怖的蔓延，而是在静谧中慢慢渗透、印象式地点描，产生余音绕梁、让人难以释怀的享受。

无疑，社会总发生着新变，21世纪以来，我们身边出现了大量前所未有的事物，尤其是网络宽带、大数据，以及种类繁多的机器，这些事物不仅剧烈地改造着公众的观念和感觉方式，而且有力地摇撼着沿袭已久的散文表述。书写心灵成为21世纪以来散文写作的一个重大视域。这自然是对长期以来我们所坚守的散文的真实性的冒犯，但是，与强调内容的真实相比，强调情感的真实更为重要。当今社会，心灵世界多姿多态，它们的存在不容散文写作者漠视与慢待。张瑜娟的《百合》让我们欣喜地发现中国当代散文作家对当代中国人心灵书写意识的觉醒。不言而喻，这也是中国散文由传统向现代转型所进行的一次小小的尝试，是一次令人振奋的带有新生的尝试，或许它将鼓励更多的探索者不断创新、开拓，使作者不惮孤独前行。

在我看来，文学艺术在人类文化中的真正意义和作用不是一次又一次对前辈的摹写，而是对前辈的继承与超越。生命的价值和魅力就在于：它时刻面临着种种可能性；总是和"冒险""逾越"相逢；总是渴望在无人走过的路上开垦。这便是《百合》所给予我们的精神暗示意义和创作上的启示。

原载《中国散文报》2014年10月

诗性美文中的生命暖色与深情

　　山长芳色多,水吟诗意浓。中国当代散文家陈长吟的作品无论是展卷阅读,还是掩书遐思,都会让人感觉到有一种缠绵悱恻的情感回荡心头,有一种温暖的馨香直抵心灵深处。鲁迅先生讲:"分类有益于揣摩文章,编年有利于明白时势。"[①]鉴于此,本人拟以陈长吟三十余年的散文创作、特征以及其散文理论来观照一颗丰富的散文人的心灵,来展示人类多样而复杂的生命运动,由此而引发关于中国当代散文发展的短板与前景的讨论,不妥之处,敬请方家指正。

一、风·土·人

　　一方水土养育一方人,一个地域的山川地理、人文历史、古镇集市、民俗风情、歌谣俚语、杂话趣闻皆是激发作家创作灵感的出发点。陈长吟生长在陕西南部一个名叫安康的地域,在它的南部是巴山,北边是秦岭,两山夹持之间流淌着的一湾清流就是汉江。真所谓"三千里汉江,三千里舟行,三千里风景,三千里流淌不完的故事"[②],汉江两岸的自然风光与民俗风情给予了陈长吟斑斓绚丽的文学梦,提供给他源源不断的创作灵感。因此,20世纪70年代后期,他一登上文坛,便勾勒出汉水流域所特有

---

① 鲁迅:《鲁迅全集》,中国致公出版社,2000年,第855页。
② 陈长吟:《山河长吟》,太白文艺出版社,2008年,第108页。

的金橘棕树、秀竹茶园等自然景观，描画出一幅幅汉江两岸清新婉丽的画卷，展示出生活在这里的人们安详纯朴的生命样态。"站在船头远望上去，几百间小木楼整齐地排列着，并肩拉手挨挨挤挤；底层都是空的，斜坡上长着密密麻麻的木腿儿。像是孩子们在山下修垒了一排积木，又像是燕雀们在山下修垒了一排柴巢，稚气而又壮观。"①这是汉江边上的吊脚楼，中原庭院式建筑与西南栏杆式建筑的完美结合，展现出我国南北方建筑艺术交融独有的魅力。陈长吟书写出汉江中上游地域人们的生存进取、喜怒哀乐、爱恨情仇，是风情的骨血和灵魂，也是诗韵和旋律。这在厚重而质朴的当代陕西文学创作中是少见的，大概与贾平凹的早期作品有相似之处，然而作为汉江之子，陈长吟较之贾平凹更具有悱恻的情调，旖旎的韵味。汉水中上游地带山地纵横，江流奔腾，车船舟楫穿行，自然与人心相通，陈长吟在汉水流域的人文地理中寻找到了自己的情感认同。虽然《山梦水梦》《山亲水亲》《山韵水韵》这些如诗如画的早期散文作品并没有完全成熟，但是透显着生命质感，小地域里孕育着大乾坤。

有幸的是，1991年陈长吟调入西安，此后，他有了更多的机会回眸故乡，又有了更多的机缘从这里起航走向新的征途。匆匆二十多年时间过去了，他蹀躞在长安街市，尽情地抒写着心中对这座城市的深情和感动，他的文风逐渐厚重起来了。他像波德莱尔笔下被定义为流浪汉的作家一样，漫步在街市，他发现莲湖巷是他的最爱，《美文》是他最钟情的杂志，遂把在这里的丰富感受写成了一篇《莲湖巷》的散文。他庆幸小小的莲湖巷里有自己的居所，每逢夏季到来，莲池里荷花盛开，芳香宜人，莲湖巷无愧于它的芳名。然而莲湖巷最吸引陈长吟的是它"远离商潮的逼压，洋溢着文学艺术的专业气氛"②。莲湖巷是西安市文联办公的地方，里面聚集着一大帮编辑《美文》的文人，其中最著名的莫过于贾平凹，权宽浮、沙陵、子页、叶广芩等都在这里工作过，并且写出了影响深远的

---

① 陈长吟：《山梦水梦》，未来出版社，1988年，第18页。
② 陈长吟：《美文的天空》，西安出版社，2012年，第9页。

作品。无疑，莲湖巷是西安一处人文胜地，它与工作在这里的文人们构成了西安城市文化丰富多彩的内容，故此，值得大书、特书一笔。

不过，西安这座千年古都的都市文化不仅在此，还在于生活于此的文人的不断建构。20世纪80年代，陈长吟常去南院门附近收集旧书籍。南院门里有个"西安古旧书店"，在这里可以买到些古人的印章，像袁枚刻有"江山风月"的印章，陈长吟就是在此淘得的。陈长吟知道，这是袁枚五十二岁时留下的作品，大概是想表达自己想过一种自由而随意的壮游生活。他还在这个书店淘到一些珍贵的旧书籍，如《古代十大散文流派》，法国作家克劳德·西蒙的《弗兰德公路·农事诗》。漫步西安，陈长吟慢慢地发现了守心的城墙，指路的钟楼，案板街是一条声色味俱全的街市，西大街有民国时著名的甜水井，夏家什字街里的"督军府"曾经是藏龙卧虎的地方……我相信文学对文化形态及其所包含的文化关系的把握，有时比之史料的铺陈更有价值。陈长吟写西安都市，更写生活在这座都市的文化人的种种生活情境。民国以来的西安城市历史变迁、日常生活场景在陈长吟的描述下如同一轴画卷展现出来。淘书、收集印章、街市散步、写些有关西安城市文化的文章，这一切便构成陈长吟的生活艺术。然而陈长吟的野心似乎还要更大些，他在20世纪90年代后期走进了中国的更西部。"西域札记""藏地随笔""心系云南"等作品里书写出一片神奇而独特的土地，于其中我们感受到了作者内心深处涌动着的不可遏止的生命力。《朝圣者》讲述的是进藏的路上看不完的风景。《长长的转经路》描述藏民灵魂超度、进入天国之路，那也是西藏的诱惑力所在。《七月走祁连》将大西北奇特的自然风光、深厚的历史文化和传奇的故事融合在一起，具有豪迈之情。陈长吟笔下是这样一幅图景：西出长安城，跨进狭长的河西走廊，越过多种文化交汇的敦煌，迈步风光旖旎的古时西域，驻足神秘的楼兰古城，穿越广阔的罗布泊，翻越峻拔的雪域葱岭，这是重走当年法显、玄奘的取经路，还是又一次文化上的征程？中国西部积淀着深厚的文化土层，给予了陈长吟更多的历史追忆、文化抒情。于是，陈长吟一路行吟，一路笔耕不辍。他把灵魂交付西部大地，在已逝去的龟兹、高昌、楼兰文化遗迹上流连辗转，而当汇入巨大的文化河流之中时，陈长吟的笔力渐重。从汉江到长安，再到更西部，江南的灵秀、古都的沧桑、西部的悲凉在陈长吟的散文里交相辉映，散发出独特而悠长的芳香和魅力。

而在我心中，最喜欢的却是陈长吟笔下品评的千姿百态、文采斐然的文人，虽然他们来自不同国度，拥有不同的人生背景，甚至处于不同的时代，但是他们对文学的痴情却是相通的。在陈长吟这类文章中写得最好的是《我喜欢的十种书》，作者点评这些作家时，真可谓字字珠玉，段段锦章，一语破的，寸铁断金。他点评袁枚时说其作品"亦庄亦谑，引经据典，才子文章。处处有生活，常见性情，是性灵文学的代表作"[①]。他品评李渔，说他是个真正的闲人，性情中人，没有官场的约束，自由散漫，天马行空。他评价孙犁是语言、文体大师，文章自然简洁质朴。他品鉴汪曾祺作品中的风骨，说那是汪老骨子里的文人气，多年蓄养出来的。评价本雅明时他讲，本雅明的眼睛像照相机，拍摄下一个个独立的画面，每幅画面后边都藏着东西。说怀特，他说这是一个热爱生活的人，对乡野、庄稼、农舍、花果、动物都充满激情，因此，笔下弥散着温馨的烟火味儿。而在评价中国当代散文作家时，陈长吟更像是老狱断案，掷地有声、干脆犀利，就如"烈酒是会让人醉的，醉得不知不觉难以醒来"[②]。从写作《文海长吟》伊始，陈长吟作品里的文化意味强烈了，文笔逐渐洗练起来，思想也日渐深邃。无疑，陈长吟是一个浪漫的山水记游者，一个顽强的文化寻梦者，一个执着地想要按照自己的文学理想来生活的写作者，在散散淡淡的行走中，他描绘出自己斑斓的文学梦境。

[①] 陈长吟：《美文的天空》，西安出版社，2012年，第309页。
[②] 同上，第41页。

二、情·真·暖

　　然而，对于文学批评者而言，在做严肃、理性的评判之前，首要的任务是发掘、品评优秀作品，之后是对这些作品的总体艺术风格进行概括和提纯。陈长吟的作品融入了浓厚的深情，这一艺术特征贯穿他散文创作的始终。《巴教授与流浪狗》讲述的是人与狗相依为命的故事，在悲剧情节背后隐含着作者对人世间真情的呼唤。《一个书法家的爱情》描述了一位年近花甲的老人遇到一位人生经历大波折的姑娘香儿，虽然两人年龄相差甚大，但是最终却因能相互抚慰，结为夫妻，生活得幸福美满。毋庸置疑，情感是陈长吟散文里极其重要的构成部分，这种情哪怕是在为他人的作品写序时都表现得特别鲜明。"霏霏细雨中，王春撑着一把花伞走来，宛若一只高冠的、细长的花蘑，缓缓向前移动，最后，停在我的面前。"[1]这样的文字让人如见其人、如闻其声，不像是品评别人的文字，反像是在抒发自己的感情。而一旦涉及两情相悦的爱情，陈长吟便更有感触了。他说："有些人阅色无数，做爱无数，可一辈子没有动过真情，没有撕心裂胆的体验，到头来空空如也，他心中没有可思念的红颜，别处的女人也不可能挂念他怀想他。"两性间的爱及其审美是男女两性灵与肉的交融、身体和神态的契合、情与欲的共享、身与心的同乐，爱情当之无愧是人类情感中最美好、最富有激情和快感的活动。

　　至此，我们可以准确地说，情感是陈长吟生活的动力，为文的根本。在笔者看来，大凡"深于情者，不仅对宇宙人生体会到至深的无名的哀感，扩而充之，可以成为耶稣、释迦的悲天悯人；就是快乐的体验也是深入肺腑，惊心动魄；浅俗薄情的人，不仅不能深哀，且不知所谓真乐。"[2]陈长吟感悟人与动物、人与人之间的情感，无论是欢乐，还是悲

---

[1] 陈长吟：《美文的天空》，西安出版社，2012年，第321页。
[2] 宗白华：《艺境》，商务印书馆，2011年，第157页。

悯；无论是淡然，还是激动。对外他能自然流畅地写出山川人物的情韵，对内能不断地发掘自己的深情。在他眼中，真正的情永远是赤诚的，不虚伪，这就宛如孩子的眼睛，单纯、天真，关注的永远是生命的本真。散文家一定要单纯，要透出一些幼稚和天真。这样的观点和明代李贽的"童心说"完全一致，或者说陈长吟就是从李贽的"童心说"中获得灵感的。"夫童心者，真心也。若以童心为不可，是以真心为不可也。夫童心者，绝假纯真，最初一念之本心也。若失却童心，便失却真心，失却真心，便失却真人。人而非真，全不复有初矣。"[1]童心所表现的是对人们所共同拥有的真的向往，对美的爱恋。一旦有了这种童心，并用它去作文，便会不得不有感而发，不得不情动于衷。《两方砚台》里作者特意为一方砚台起名为"牧童砚"，在陈长吟眼中，"一个小牧童拉着缰绳，撅起屁股趴在那儿，好像是老水牛不听指挥与小主人顽皮抗争，乡村生活场景，情趣盎然。"[2]能把一方砚台想象成一个小牧童，妙趣横生的描写恰是心中一份童真奔流而出形成的比喻和象征。

如果说情与真是陈长吟散文鲜明的艺术特色，那么暖则是他作品里一个核心的关键词。对于生活的苦难，在陈长吟看来，不逃避，不抱怨，唯有接受才是正理。这是一种豁达的人生观，是面对苦难时一种游刃有余的生存哲学。就此而论，陈长吟和汪曾祺的散文精神是一致的。他们皆能在苦难人生中捕捉到生活的阳光，在悲伤里寻找到化解的良方。的确，在我们的生活中会有相当多的苦难，有人视其为悲惨，而有人则视其为磨难，后者能触摸到人类灵魂深处的暖色。而这种生命的暖色，有很多时候在陈长吟的散文里又表现为一种禅性，一种佛理，它让你看到生命的圆润和平和，体会到超越世俗的胸襟与无所顾忌自由的人生态度，抑或说就是一种天真烂漫的童心与童趣，一种玉质的空灵晶莹之审美，一种精光内敛的中国式艺术精神。人间自有真品，而世上自有公论。陈长吟的散文又是入世

---

[1] 李贽：《李贽文集》第1卷，社会科学文献出版社，2000年，第92页。
[2] 陈长吟：《美文的天空》，西安出版社，2012年，第247页。

的，他爱花草树木、鸟兽虫鱼、书法音乐、饮茶弄玉、旅游摄影，所有的日常生活点点滴滴在他的点染之下都能变成审美的因子。可以吟赏烟霞，也可以品味饭食，因为将这种人生平和的心态带到作品里来，陈长吟的散文就显得不疾不徐、"前进而不激进"，标举一种智情合致的思维范式，一种清明平和的精神气质，最终能达到以散文来温暖人生，让散文做自己一生不离不弃的情妇。

　　黑格尔曾经讲，当自然形象见之于生命关注的相互依存的关系时，就呈现出自然美来。动植物的灵魂只能停留在自然的状态，不是自为的，而人的生命之所以高于动物，根本原因在于，人具有心灵意识，而人的心灵意识只有从有限的漫游的迷途中解脱出来，即不受任何形式的羁绊，才是真正美的开始。把写作看作一种违反动物原则的行为，是件自然不过的事情。陈长吟用生命在写作散文，或许在他的意识里，个体不免死亡，但是文学作品是可以作为一种精神产品留存于世的。文学作品要发挥的作用就是引领人向善，让读者在作品中体悟人生，在苦难中看到光明，从而呈现一种生命意趣的丰富与扩大，表现人类不可言状的心灵姿态与生命的律动；于是，它以心灵深度的感动，使我们每个人都可以看到自己或他人的生命本身的价值，感受到一种崭新的生命情绪在跃动，从而能够在纷繁缭乱的人生中不惮前行。这便是陈长吟散文的价值。

三、诗性·美文·现代性

　　至此，我们不禁要追问：为什么陈长吟的散文如此深情，又为什么阅读起来这么隽永？这大概源于他文本的诗性。所谓诗意就是不同凡响的、富有创造性的一种美文品质。陈长吟的散文是一种"诗性美文"，即从五四以来中国新文学所倡导的小品文发展而来的一种散文文体。不必追溯太远，在明清小品里就可以寻到踪影，到了五四之际又兼容了西方的文章（Essays），于是，中国新散文里便有了作家的创作个性，融入了社会生活，引车卖浆者流，村妇骂街诸事皆入文中，真正是"不拘一格，独抒性灵"，讲究意境、韵味，并且一般来说采用分题合咏的结构方式，无论尺牍、序跋、游记、杂感"片语只字"皆可，故而，兴之所至，情之所至，随性挥洒，自能令人感动。陈长吟是从这个路子上发展而来的一位散文家，他有一个长长的书单，里面有：《闲情偶记》《小窗幽记》《随园诗话》《陶庵梦忆》《沈从文文集》《孙犁全集》《汪曾祺全集》《单行道》《重游缅湖》等，这些书绝大多数是明清两代著名的小品文作家的代表作，还有一些是中国当代著名散文家的作品，以及西方文风灵动作家的杰作，沿着这样一个古今中外"性灵派"的谱系来剖析，便自然证实了陈长吟继承了中国传统小品文的精髓，又兼容了西方现代主义的思想和创作手法，于是，他把中国古代的游记、小札、尺牍演绎得淋漓尽致，充分展示着中国传统诗性美学在小品文里的灵性。

众所周知，20世纪以来，小品文之所以兴起，主要的原因在于小品文这种形式最能表现中国人的传统感性。也就是说中国的传统诗学文化精神是蕴含在中国的现代小品文，抑或说美文里的。新文化运动以来，胡适所倡导的"诗当废律，文当废骈"的文学主张在很大程度上改变了中国文学的诗性魅力。陈独秀的"文学革命论"更是强调推翻一切传统。而在小说一跃成为文学的主体之际，小品文的写作仍不乏人。周氏兄弟最为著名，此外，还有朱自清、俞平伯、郁达夫、郭沫若、冰心等作家辛勤耕耘。这些作家为了自觉地反抗培育他（她）的传统，或许容易接受一种新的信仰和哲学，但是他们绝不肯仅凭意志去改变他们的感性。因此，当中国文人的传统感性在严肃的文学中受到压抑时，小品文对许多作家来说，就变成了一种帮助个人思想解脱的途径。就是今天，散文的这种功能仍没有改变，所以在小说家铁肩担道义的时候，抒发自我情怀，表现自己情趣的任务就托付给了散文。这种现象有好的一面，即在中国新散文中更多地保留了中国的抒情文学传统，保存了中国传统的艺术精神，但是也有坏的一面，那就是中国当下的散文创作越来越走向了窄胡同。

陈长吟深切地意识到了这一点。他说，在各种艺术门类中，手法上表现最先锋最新潮的首先是美术，然后才是音乐、建筑，文学中散文最滞后。确实如此，中国当代散文的发展明显落后于其他文类，关于这一点，台湾散文理论界早就开始讨论了。1963年，余光中在《剪掉散文的辫子》中说现代诗、现代小说都在接受现代化的洗礼，做脱胎换骨的蜕变，只有散文仍恪守着那根保守的传统"辫子"而陈陈相因。1995年，林耀德在其《传统之轴与前卫之轮》一文中提出了散文界要以现代性的方式大胆地创作的新问题。王鼎钧则以"越区行猎"来强调散文的越界问题。显然，在散文现代化方面的研讨，两岸明显不均衡，在大陆，散文发展的陈旧现状确实需要一种现代化革命。

陈长吟说，当下中国散文的问题有以下几个。其一，是思想精神不够。缺少直面生活、反思历史、给人以震撼力的作品。其二，是文化学养不够。散文创作，文化观照、宗教情绪、哲学意味、通世思考尤为重要，而当前散文创作则出现了流俗、流于表面和简单的现象。其三，是厚重大气不够。描写生活琐事、行走游记、家庭亲情、个人哀乐的小品式、随感性、印象式散文太多，而关注人类变化、生存环境、社会实践的较少，作家们喜欢在田园牧歌声中散步，看不见有暴风骤雨的地方，那种即时的、信息量大的、包含面宽的长篇散文更少。其四，是艺术个性不够。泡沫式的作品比比皆是，有的浮皮潦草，有的淡若白水，有的满纸俗语，有的油滑取乐，有的高深卖弄，有的以翻炒古人的牙慧为本事。总之，在写作手法上没有大的突破，又缺乏新的坐标和气象。而解决这些问题的办法是，第一，要题材现代化；第二，要视角现代性；第三，要结构现代性；第四，要语言现代性。写一篇好散文就宛如要经过筑瓦造屋的构建阶段，以及织布时的编织阶段。散文家创作首先要有音乐感，而这个问题实际上最终是落在散文的语言问题上了。任何一篇文学作品都要依靠词句来谋篇布局，所以散文语言要特别讲究，尤其要追求现代性，就是要反对那些文白夹杂、半生不熟的语言；反对那些油嘴滑舌的语言；反对那些当街煎炸的臭豆腐式的方言土语；反对那种像锅里的沙子没淘尽的欧化式语言。真正的散文好语言应该是纯正优美、生动流畅、丰富形象的现代汉语，读起来朗朗上口，也就是符合音律。

五四把中国散文的正统地位改掉了，不过，今天我们又重新回到了散文的大时代，然而，我们今天的散文再也不能回到过去的老路子上去了，"破文类"是极其重要的新径之一。散文包容和超越于其他文类，因此，它是文类之母，它不应当是任何文类的附庸，这是目前散文界已经逐渐达成的共识。对此，陈长吟明确指出：现代散文已形成艺术与思想日渐严肃的趋势，这种趋势一是具有独立的艺术性的严格要求；二是其为沉思的结果，扩展了广度与深度，击破了时间与空间，更具立体性；三是其为一种心灵的自然流露，在笔法上极端自由；四是加重了内涵的诗质，文字更趋于压缩；五是形式上走向不同角度的抽象。就陈长吟所列的五项散文发展趋势来看，诗性美文应该是精短、简约、凝练的艺术。美文之所以浑身上下散发着魅力，就在于它主体的精神状态上，故此，它的艺术风格无论是闲适冲淡、明快通达，还是沉郁质朴，或者睿智通脱，都应该追求直逼人的心灵，在精神层面上达到高度的自由，在思想层面上获得高度的哲学思考。

写到这里，我不禁掩文而叹，陈长吟的散文从汉江发祥，之后溯流而上，在长安古都孕育了芳香，在大西北风情中砥砺了人生的风霜。岁月蹉跎，人世浮沉，不自觉三十余年过去了，但是有一个声音不断在呼唤，那就是一个在诗性美文中淬炼出来的清明而有情的人生。在这个声音的引导下，我们可与陈长吟一起浏览汉江两畔的童话；一起观赏流淌着汉唐风韵的长安书画；一起向西行，在那一片裸露的土地上畅想大西北的豪情和神秘。望青山绵绵，碧水潺潺，看悠长的莲湖巷，以及那失却不能再拥有的彩陶女的神光，陈长吟的散文竟是如此深情，如此温暖，如此真诚……

原载《当代文坛》2015年第6期

他拥有了自己的文学王国

与红孩相识,总感觉有一种坦率、热情、义气充盈心中;与红孩散文相遇,自是一番别有洞天的滋味,回味无穷。生活中拥有海纳百川个性的红孩与文学创作上敢破敢立的红孩构成了他人生对比鲜明的两极。也许正因为如此,红孩的朋友越交越多,红孩的文学道路愈走愈宽阔,愈走愈光明。

毋庸置疑的是,那个咬着京腔,携带着北京郊区农场气息的红孩以多姿多彩的文学样态出现在你的视野里。作为散文家的红孩、评论家的红孩、报纸副刊主任的红孩、中国散文协会常务副会长的红孩,红孩有很多文学身份,然而,我最喜欢的还是作为散文家的他。因为,散文视野里的红孩是摇曳多姿的作家,是个性鲜明的精灵,他笔下有千姿百态的人间风景,有丰富多姿的大千世界,以及入木三分的人性剖析内容。散文是个易写难工的文体,红孩散文的魅力在于他能从纷繁复杂的现实中淬炼出精彩的人生、看到真诚的人性和温情的心灵。

自古以来文人相轻,但是红孩却破除了这一规律,他对自己身边的作家朋友们总是饱含深情。他怀念史铁生,在《好朋友我们不说再见》里真诚地说:"对文学人生而言,铁生是一个坚持文学的高度和难度的人。时间越久,越彰显他是一个有信仰的人。""文坛上有史铁生的存在,仿佛是一种文学精神的存在,有了他,就可以制衡那些喧嚣浮躁势利的东西。"就此而论,红孩是史铁生真正的知音,是史铁生一生不离不弃的好朋友。作为好朋友，红孩认为是不需要说再见的，可是面对好朋友们接二连三的逝去，红孩心中波澜翻腾。汪国真故去时，红孩长歌当哭，字字泣血追忆这位80年代风靡一时的诗人。吕锦华去世之际，红孩泪洒纸笺，遥祭空谷佛音。而对老一辈作家，红孩总是保持着极大的尊重。冰心诞辰之日，红孩到老人墓前敬献一束红玫瑰。观看《黄金时代》时，他不禁在心里深情呼唤姐姐萧红。红孩就是那种老作家心中的好孩子，同辈作家心目中的红弟弟，他的文学世界也因此充盈着一片纯真和深情。

然而，如果认为红孩散文创作专写名作家，那就错了，相比之下，他更喜欢写那些名不见经传，深情关注文学，抑或默默为社会奉献的芸芸众生。《潘家园》里记叙从练摊开始从事创作的老田，《父亲的农民帝国》中讲述一生热爱文学的农民父亲，《心里为爱着的人点亮一盏灯》里描写默默坚守岗位的普通士兵，在青藏高原上工作的人也进入了他的视野："那一年，我在一本文学刊物上看到毕淑敏写的中篇小说《昆仑殇》，再后来，因为市委书记孔繁森的殉职，使我对阿里充满了无限的想象和真诚的敬意。"出于对生命深度和庄严性的思考，红孩发出"记住那里的美丽风景吧，记住那些满脸高原红的兵吧"的呼声。《女大校那天抹了红指甲》是对军人的礼赞，对每一个高原战士生命的尊重。对那些青藏高原上满脸高原红的士兵的关注代表着红孩的精神高峰。

而当红孩的目光从中国辽远苍茫的青藏高原掠过，越过高山大川，他看到"太行山上的山楂红了"，听到"洪泽湖里的蛐蛐"叫了，于是，他春天"请你喝一杯南昌茶"，"秋天去看台儿庄"。红孩不是地理学家，但是他行游在中国的大地上。作为最深情的散文家，他每到一处皆能发现当地最有情趣的人物和事件，并融入自己深刻的生活感受，从而创造出"这一个"。至此，高山雪峰、松林深谷、凡夫俗子、世态人情，在红孩笔下都有了自己的生命，这种生命感仿佛声声入耳，又似乎历历在目。毫无疑问，红孩写出了地域的差异，实际就是土地的差异；写出了生命的百态，实际就是心灵的多样性。今天，当我们阅读红孩散文之际，谁能想到那个当年在农场为小鸡注射疫苗的农场子弟,如今成长为了一名优秀的散文作家?对土地的热爱,对土地上人们的深情,是红孩散文不变的主题。他能从春夏秋冬、风雨岚霓中感悟到广阔的宇宙天地,在世态人情中葆有浓郁的人文情怀,从而在散文的这片沃土上写出土的气息、泥的滋味,写出不同个性的生命历程。尽管他笔下的生命来自不同的土地、不同的社会阶层,但是他能以文学的红线将他们连缀起来,并与他们发生各式各样的文学联系。这份对文学的挚爱和坚守,在利益在前、精神在后的社会里,是那么引人瞩目,让人为之动容。至此,红孩也就缔造起他的文学王国,在这个泱泱大国里,红孩是一位威武神勇的国王,出现在他笔下的是他的文学子民们。

如果久久凝视红孩散文,你便会发现他一脚扎在泥土里,一手高擎着革命浪漫主义的旗。红孩是那种心里拥有浓郁的俄罗斯文学情结的作家。那种情结是一种在苦难中能升华出灿烂生命之花的情怀,是一种理想的云彩高高飘扬在天空的情愫。红孩散文表面看有许多写得轻松,甚至还有些喜剧幽默元素,但是在精神深层,红孩始终坚守的是文学的高尚性、神圣性。正是在这样一种强调生命深度与尊重生命庄严的文学理念支撑下,红孩散文才滋生出一腔正气,散发着一股纯真风,以及对底层小人物充满悲悯的情怀。因此,我们不难理解红孩《东渡　东渡》里对革命浪漫主义的彰显,对红色文化的推崇,对陕北人民寄予的无限深情。"人的一生会遇到很多河流,这河流或许因为水流湍急,使人们无法到达对岸。此刻,当我站在黄河西岸的吴堡县川口村红军东渡渡口,眺望那黄河之水从眼前缓缓流过时,我怎么也无法想象1948年3月23日毛泽东和中央前委机关是如何渡过黄河的。时间老人假如存在,我会问他:当年的红军从哪里来,又将到哪里去?诗人说:红军从人民中来,到人民中去。牧羊人说:红军从黑暗中来,到光明的地方去。佛祖说:红军从该来的地方来,到该到的地方去。"《东渡　东渡》一开篇表现的是生命的哲思,历史的哲思。现实中作家在黄河西岸吴堡县川口村红军东渡渡口眺望,而此时,历史与现实对话,诗人与牧羊人、佛祖对视。《东渡 东渡》所展现的历史的厚重感、现实的追寻性、宗教终极追问的特点使它成为红孩散文的代表作,尤其是放置在当前价值观念多元化的社会现实面前,《东渡 东渡》所蕴含的价值和意义是不言而喻的,正因为如此,它已经化身为时代的精神航标,引领着人们的精神向往光明。"夕阳西下的黄河缓缓地流淌着,远山近景,构成一幅陕北的秋天图画。我静静地伫立在'毛主席东渡纪念碑'前,深深地躬下身去,四处静悄悄的,我的耳畔仿佛从远处传来《黄河船夫曲》高亢的歌声:你晓得,天下黄河几十几道弯哎?几十几道弯上有几十几只船哎?几十几只船上有几十几根杆哎?几十几个艄公哟嗬来把船儿搬——"黄河岸边的歌声是中华民族的母亲河发出的呼喊,在这条河流上奔腾着五千多年来中华民族自强不息的血液,也是这条流经陕北的河流养育了中国共产党,促成了中国革命走向胜利和光明。而今当年红军东渡的渡口尚在,红孩在一次次陕北吴堡黄河的寻觅中体会着当年红军东渡的情景,耳边似乎又听到历史的余音在这里奏响,红孩身上那种红色文化的热情不断高涨,它让你不得不承认这是一个实实在在的"红"孩子。

  可我还从红孩散文里读出了浓郁的叙事性。红孩散文善于讲述一段鲜为人知的故事,倾心于描述一段陈年往事,而这些往事、场景又往往会激活红孩当年在北京郊区农场工作生活的情境。于是,从北京郊区农场走出来的红孩,总是不断地回首往日的生活场景,那里应该就是他的创作策源地吧,从北京郊区走向全国的红孩无数次回眸生命最初的起航点,并从这里辐射出去,冲破地域的局限,于是,一个不断跨界的红孩站立在我们面前。

  事实上,红孩就是一位在文学创作中不按照常理出牌的人,他身上那种敢破敢立的精神,让你相信他敢于藐视一切权威,敢于挑战一切陈习。试想一个能够不断打破常规,勇于逆向思维的人,他还会是什么样的人呢?他必然是一个拥有大手笔的人,必然是一个能够创作出震撼人心灵作品的人。红孩的一些知性散文表现出强烈的哲思,《所有的墙都是门》

就是这样的作品。《所有的春天都在春天开放》《想留住让我留住的城市》，红孩散文标题匠心独运，似乎命得有些绕口，但是细细品味却觉别有深意，这不是他在追求表现的深切与格式的特别的思想体现吗？与此同时，红孩这种敢破、敢立的个性又与他别具一格的散文评论联系在一起。红孩的散文随笔常常写得出人意料，却又在情理之中，加之文辞简洁幽默，往往能够产生意想不到的批评效果。还值得人钦佩的是，红孩大力倡导写短小精悍的文章，并能大胆提出"小文章里写大精神"的思想理念，这在当代散文创作追求长卷、厚重特性的时代风尚中，是何等的有魄力和勇气啊！

不拘一格去面对写作，不拘一格去面对文学新人，作为中国散文协会的重要领导，红孩是作家，更是伯乐，敢于提携新人、任用新人，或者准确地说，在散文事业上，红孩是一大批散文作家的培养者。文学自有后来人，散文自有新秀出，红孩对底层作家的关爱之情，使得众人愿意与他一起共建中国散文的大观园。

而今红孩在中国当代文坛上已是花繁叶茂，从底层生活中走来的红孩又走到生活中去，这真是：提笔向红尘，开卷著佳文。赤心纯与真，破立总宜人。

选自《东渡　东渡》，群言出版社，2016年
（本文系《东渡　东渡》代后记）

从阴郁到明朗

——20世纪中国文学视野中的柳青早期小说分析

在《铜墙铁壁》问世之前,柳青的小说创作主要集中在描写陕北革命根据地的生活和太行山区的抗战上。也许大多数学人认为这些作品无论从思想性,还是艺术性上讲都谈不上成熟,但是,在笔者看来,要了解柳青的文艺思想和创作理念,他的这些早期小说是无论如何不能绕过去的。在这些作品中,我们发现了它们与五四文学之间的深层渊源关系,与《创业史》之间的密切关联,更重要的是,我们还从这些作品,尤其是《种谷记》中管窥到20世纪中国文学从五四批判现实主义向社会主义现实主义转型的信息。

一、故乡叙事与鲁迅乡土小说

1942年3月,柳青在《谷雨》第5期上发表《在故乡》,10月写成《喜事》,1945年完成《土地的儿子》,这三篇小说是柳青以故乡为题材而创作的作品。柳青早年离开陕北到西安求学,1938年重回故乡,此际,家乡已经变成边区。像所有作家一样,柳青满怀熟稔而又陌生的情怀,表现自己在故乡的见闻。陕甘宁革命根据地在20世纪30年代后期开始实行新经济政策,孩子们上学、妇女识字,并且还有新婚姻法的保护,人们经常参加各种会议……边区的生活欣欣向荣，但是，令我们有些诧异的是，柳青《在故乡》这篇文章里却浸润着一种忧伤的情绪。"虽是腊月的末尾，因为今年逢闰，季节却已过了立春。我牵着那匹因竟日的奔驰而疲惫了的白马，行近我们的村子时，似乎愈来愈觉得初春的阳光更加温暖。那些黄秃秃的土山，和散布在山洼里的赤条条的白杨树，甚至零落在路旁的碎石块，都给我以一种熟识和亲切的感觉。我一边走着，一边张望着四周，心想发现眼前的故乡同记忆里的故乡有些什么差异。昏鸦哇哇地叫着，从这壁山崖上唰唰地飞到那壁山崖上去。牧人们领着一群一群的归羊，在村道上簇拥而过，咩咩的叫声淹没了村子里的一切动静。这村子，一片节节排排的农家住宅，静穆地摆在晚来的炊烟底下。……"①黄秃秃的土山、赤条条的白杨、零落的石块，还有黄昏里的乌鸦，虽然作者自称这是一种亲切的感觉，但是我们分明从中感觉到了一种萧瑟的滋味，这种味道在鲁迅的《故乡》中也可以体味到："我冒了严寒，回到相隔二千余里，别了二十余年的故乡去。时候既然是深冬；渐近故乡时，天气又阴晦了，冷风吹进船舱中，呜呜地响，从篷隙向外一望，苍黄的天底下，远近横着几个萧索的荒村，没有一些活气。我的心禁不住悲凉起来了。"②像这样的文字，在鲁迅的故乡小说里还不止一处："旧历的年底毕竟最像年底，村镇上不必说，就在天空中也显出将到新年的气象来。灰白色的沉重的晚云中间时时发出闪光，接着一声钝响，是送灶的爆竹；近处燃放的可就更强烈了，震耳的大音还没有息，空气里已经散漫了幽微的火药香。我是正在这一夜回到我的故乡鲁镇的。"③回到自己的故乡，在旧历的岁末，柳青的《在故乡》也选择了和鲁迅的《祝福》和《故乡》一样的时间。故乡是鲁迅创作灵感非常重要的来源地。从日本回国后，他曾在故乡教过书，当第二次返乡时，他发现辛亥革命虽然表面上成功了，但是故乡的一切并没有

---

① 柳青：《在故乡》，见《柳青文集》第4卷，人民文学出版社，2005年，第65页。
② 鲁迅：《鲁迅文集》第1卷，人民文学出版社，2005年，第501页。
③ 鲁迅：《鲁迅文集》第2卷，人民文学出版社，2005年，第5页。

什么大的改变。于是，他的乡土之情演变成一种对故土、故人的悲哀和忧愤之心。柳青所写的故乡与鲁迅所写的故乡所处的时代不同，但是柳青在故乡写作中所流露出的淡淡愁绪和鲁迅是一样的，应该说，它是延安时期的柳青对五四新文化旗手鲁迅一次非常重要的模仿。

　　柳青不仅延续了鲁迅的故乡题材，而且几乎将鲁迅写故乡的手法全部继承了下来。在叙事手法上，柳青采取第一人称"我"，通过旁叙和补叙手法来讲故事。《祝福》里祥林嫂的生活状态，一部分是旁人转述的，另一部分是叙事人所见，祥林嫂之死则是通过间接描述写出来的。同样，《在故乡》里，七老汉的故事一部分是由乡邻的议论侧面叙述出来的，一部分是通过叙事人所见呈现的，七老汉之死则由侄子英儿叙述出来。可见《祝福》与《在故乡》在关于主人公叙事方面有师承关系。另外，在一些场景的描写上，两者也有相似之处。《祝福》里鲁迅特意描写了年关祝福的热闹场景，《在故乡》里柳青同样描写了新年里人们闹秧歌、斗纸牌的情景。显然，在氛围的渲染方面，他也在模仿鲁迅。而到小说结束时，柳青背离了鲁迅《祝福》的写作模式，而学习了契诃夫的《套中人》结尾："正月初五，我便又束装出门了。往年在元宵节后，村人才开始劳动；今年因为节令都早，我走时，村里已非新年气象了；阳光已经照得人肌肤作痒。各处的住宅旁边，都有人将棉袄脱到一边，在场子里碎粪；因为冰雪开始解冻，路途十分泥泞，所以处处响着喊驴的声音，警告它们：'滑啦！滑啦！'"①《在故乡》最后结尾处，一个可怜又可悲的人物死了，人们的新生活却开始了，呈现出一幅欣欣向荣的画面，这情景就像契诃夫为别里科夫所设计的死亡一样。

　　在人物塑造方面，柳青也学习了鲁迅的人物描写手法，塑造出有几分薄凉的人物来："我们从村道上直端走下去，来到一个向阳的打禾场前边，场子的崖跟，有些村人在暖烫烫的初春的阳光下拉闲话。渐近跟前，

---

① 柳青：《在故乡》，见《柳青文集》第4卷，人民文学出版社，2005年，第76页。

看见都是垂着胡子的老人,其中有一个上身脱得赤条条的蹲在那里,埋头把一件破袄子在膝盖上翻来翻去,忙于搜索着虱子,看见我们走来时,那老人连忙穿起袄子,不知是忙不及扣起纽子,还是根本破烂得没有纽子,只掩起衣襟,束了一条麻绳腰带,便同众人一齐迎向我们走来。"①柳青通过回忆和亲眼所见勾画出七老汉穷困潦倒、山穷水尽的模样,使我们仿佛看到了鲁迅《祝福》里的祥林嫂,或者《故乡》里的闰土——不妨比照下鲁迅对他们的描写:"我这回在鲁镇所见的人们中,改变之大,可以说无过于她的了;五年前的花白的头发,即今已经全白了,全不像四十上下的人;脸上瘦削不堪,黄中带黑,而且消尽了先前悲哀的神色,仿佛是木刻似的;只有那眼珠间或一轮,还可以表示她是一个活物。她一手提着竹篮,内中一个破碗,空的;一手拄着一支比她更长的竹竿,下端开了裂:她分明已经纯乎是一个乞丐了。"②"他身材增加了一倍;先前的紫色的圆脸,已经变作灰黄,而且加上了很深的皱纹;眼睛也像他父亲一样,周围都肿得通红,这我知道,在海边种地的人,终日吹着海风,大抵是这样的。他头上是一顶破毡帽,身上只一件极薄的棉衣,浑身瑟缩着;手里提着一个纸包和一只长烟管,那手也不是我所记得的红活圆实的手,却又粗又笨而且开裂,像是松树皮了。"③这两段文字鲁迅分别描述了祥林嫂、闰土的头发、面容、手持的物件,书写出他们生存极度艰难的模样,文笔间透露着一种彻骨的寒冷。五四时代的中国文艺,无论是鲁迅的小说,还是丰子恺的漫画、林风眠的水墨画都不是异常激烈的浪漫抒情,而是生发出一种对人生、对社会的质问,浸透着一种淡淡的愁绪,这使得20世纪20年代的中国文艺有了散文的况味。

柳青的《喜事》讲述的是边区妇女解放问题。题目叫作"喜事",但是我们读完小说后才知晓作品中招财儿娶媳妇并不是一件喜事,而是一

---

① 柳青:《在故乡》,见《柳青文集》第4卷,人民文学出版社,2005年,第72页。
② 鲁迅:《鲁迅文集》第2卷,人民文学出版社,2005年,第6页。
③ 鲁迅:《鲁迅文集》第1卷,人民文学出版社,2005年,第507页。

件堪忧的事。招财儿前后一共娶了两个媳妇，第一个叫魏兰英，因为家乡闹革命，这女子就跑到红军里面做了"女宣传"，去了延安，和招财儿离婚了。随后，招财儿又娶了一房新媳妇，这次因为在相亲时女方误将相貌好的双喜儿当作了招财儿，所以同意了亲事，而等到成亲后才发现新郎根本就不是自己看上的人，便又闹腾着离婚。1939年，陕甘宁边区颁布《抗战期间施政纲领》和《陕甘宁边区婚姻条例》，这些纲领和条例的颁布改变了旧社会妇女被压迫、奴役的状态，使边区妇女的婚姻自由有了保证。更优待妇女的是，在《陕甘宁边区婚姻条例》第四章"婚姻与子女及财产关系"第十九条规定：离婚后，女方未再结婚，因无职业、财产或缺乏劳动力，不能维持生活者，男方须给以帮助，至其再婚时为止，以三年为限。①妇女的解放程度是衡量一个社会进步非常重要的标尺。《陕甘宁边区婚姻条例》第四章第十九条的规定体现出边区政府对妇女问题的高度重视和关照。《喜事》从故事内容上讲，没有像《在故乡》那样讲述一个穷困潦倒的人的故事，而是反映了边区妇女要求个性解放、婚姻自由的新思想、新理念，呈现出欣欣向荣的边区社会新气象，然而柳青仍然套用鲁迅小说的故乡题材，在写作手法上仍然借鉴了鲁迅《祝福》以乐景写哀情的方式。

20世纪20年代，以鲁迅为代表的作家开创的故乡题材小说，充满了对乡土生活的回忆，风情民俗描写的背后隐藏着作家揭示落后社会的心理，形成了一股由追忆而扇起的感伤故乡风。围绕在鲁迅周围的一大批青年作家，像许钦文、许杰、王鲁彦、彭家煌、蹇先艾等都是描写故乡的高手。他们笔下的故乡带着浓郁的地方色彩、民俗风味，形成了一个准文学流派：乡土小说，为中国现代文学向民族化迈进创造了一条新路。柳青的《喜事》也是在一派浓郁的乡村民俗中展开的："岁暮的九天，家家户户准备过年：蒸黄米馍馍的，做豆腐的，切白菜的，泡豆芽的，清扫家舍

---

① 陕西省档案馆、陕西省社会科学院编：《陕甘宁边区政府文件选编》第1辑，档案出版社，1986年，第223页。

的……都忙于迎接这一年一度的人间喜剧。很少的几个村人来访问我，还是在黑夜抽空子来的多。"①这是离去又归来的知识分子对乡土生活的眷恋。柳青以知识分子心理看待乡村社会，已不似于五四乡土小说家持审视批判态度，他充满了对新事物的赞赏之心——故乡在共产党新政策的推行之下已然发生了变化，可民俗还是旧日的风情。

《土地的儿子》是1945年柳青描写的中国农民翻身做土地主人的故事。长期以来，中国农民有土地上的耕作权，却没有真正属于自己的土地。解放区实行了土改，农民终于分得属于自己的土地，这种喜悦和对党的感激之情只有分得土地的农民才能深深体会到。小说中的李老三在旧社会是一个手艺低劣的石匠，难以养家糊口，索性就做起贼来。新社会实行新土地政策，李老三买了三垧地，翻身做了土地的主人，成为土地的儿子。中国农民与土地有不解之缘，被作家李广田称为"地之子"，这是中国作家表达农民与土地关系的独特命名，其中包含着中国农民承载着厚重的土地精神血脉、呈现着农耕文明下乡土中国的自然样态的意义。从20世纪20年代末开始由鲁迅开创的乡土小说，到30年代政治性或政治内容浓重的乡村文学，再到柳青笔下的解放区文艺作品，它们大多是围绕着土地和其上的农民而展开叙事的。二三十年代的作家们表现出乡村的凋敝、破产、贫困化，而柳青的《土地的儿子》里除却表现中国农民对土地的热爱，还表达了一个"二流子变好"的抗日民主根据地文学的新主题。李老三从旧社会的二流子转变成新社会自食其力、富有尊严的农民，日子过好了，人变胖了，这样的描写使人不由自主地想起《祝福》里祥林嫂第一次到鲁家做佣人时"人也白胖许多"的情景。讲述"土地"与"农民"的故事，外加一个知识分子的叙事视角，这是鲁迅对中国新文学的贡献，如今它在柳青笔下重现了。20世纪中国作家对农民、土地题材超乎寻常的关注，以及浓郁的知识分子透视视角使中国新文学滋生出强烈的现实关怀之

---

① 柳青：《在故乡》，见《柳青文集》第4卷，人民文学出版社，2005年，第73页。

情,从落魄农民到变好的"二流子",乡土小说中的主人公悄然变化。柳青这个时候的作品集中反映党领导下的工农民众翻身解放的伟大变革,表现新社会新生活新风尚,二流子身上已包含着社会改造因素,这个题材在"十七年"文学作品中也出现了。毋庸置疑,延安时期柳青的创作上承五四以及革命文学,下启中国当代文学。解放区文艺中,破产落魄农民变成自食其力的劳动者,受压迫的无知妇女转变为革命战士,表现出一种明朗、粗犷、单纯的劳动美学。

二、抗战书写与苏俄文学

七七事变之后,日本侵略者的铁蹄践踏华北,进犯山西,为了坚决抗击来犯之敌,中国共产党领导下的八路军迅速挺进绵延千里的太行山区,开始了以五台山为中心的游击战争,开辟了晋察冀抗日民主根据地,从而把敌人的后方变成了抗日的前线。与国统区文艺表现民众的挣扎、愤怒、揭露、批判当局的腐败、反共、投降不同,陕甘宁边区以及各抗日民主根据地的作家们积极表现边区和根据地军民团结一致抗战的英勇事迹和战斗精神。1939年8月,柳青在晋西南一一五师独立支队任二团一营教育干事,11月,进入太岳山区活动。1940年11月,柳青的《牺牲者——记一个副班长的谈话》在《文艺阵地》第6卷第3期发表;12月,他的小说《地雷》发表在《文艺阵地》第6卷第4期;1942年1月,他创作的《一天的伙伴》发表在《谷雨》创刊号上;6月,他写出《废物》,发表在《解放日报》文艺栏。

这一组抗战小说描写的全是小人物。《误会》讲述的是一个在战斗中负伤的休养员误把"我"当作汉奸,对"我"进行盘问,并报告给组织的事情。《牺牲者——记一个副班长的谈话》以旁叙的方式描述了一位叫马银贵的战士在战斗中负伤,最后英勇牺牲的事件。《废物》中,一位部队的马夫因年龄大了,不便跟随部队行军打仗,所以部队领导安排他到自卫队去。但是这位战前流浪、抗战爆发后进入部队的老战士，在别人眼里或许是"废物"，却在最后最危急的时刻，和敌人同归于尽了。《一天的伙伴》里，作者以欲扬先抑的手法为我们塑造了一位长相丑陋，但是积极为抗战奔忙的运输员。日本人将他家的骡子全部"征发"去做苦力，在我军夺得日军辎重时，他加入了部队，积极为部队送子弹、给养、军衣、干部，工作非常努力，也因此感到生活非常愉快。

写卑微小人物身上的缺点，并在他们的缺点中发现闪光点，这是柳青抗战作品鲜明的写作特色。《误会》中的"他"瘦长的脸上长着一张长嘴巴，似乎不光是嘴巴长，而且还很多嘴。《一天的伙伴》里的运输员长得就更难看了："他长着一副怪相貌——怪不在于那古铜色的脸孔，蛤蟆似的圆眼睛，和那扁平的塌鼻子；而是两颗突出的犬齿中间的牙齿一颗也没有了，形成一个漏洞。说话的时候，他的残缺的嘴唇颤抖着；凡遇唇舌声和齿舌声，那舌头便像一个活塞一样露出来。"[①]这个运输员不仅长相丑，而且他还爱唱个什么"你赶你的骡子……奴开奴的店，来来……往往，常哟相见……"的黄曲。《废物》中的王得中是一个啰唆、固执、好吹牛的老头。然而，作者写这些人物身上的缺陷，更展示他们身上熠熠生辉之处。《误会》里的"他"是一位全心全意为抗战服务的同志，警惕性非常高，所以才会将"我"误认为坏人而暗地报告给上级。《一天的伙伴》里的运输员虽然怪异，但是尽职尽责地为抗战运输物资。《废物》里的王得中虽然老而无用，但是在鬼子冲上来的关键时刻，爆发出英雄主义，拉响手榴弹与敌人同归于尽了。柳青善于描写小人物，曾被称为陕北的契诃夫。就我们所知，表现命运之无济与失望等主题是契诃夫擅长的题材。契诃夫笔下是在寒风凄迷的秋日黄昏，泥泞道路上，马夫鞭打一匹瘦弱不堪的马。还有在那长而凄凉的冬夜，雨不停地下，马鞭察察有声，让人滋生出一股悲怆凄冷。然而，契诃夫深信人生应该过得更好，这种信念

---

① 柳青：《在故乡》，见《柳青文集》第4卷，人民文学出版社，2005年，第48页。

赋予了他的小说一种旺盛的生气。柳青写抗战题材的短篇小说有一部分技巧是借鉴契诃夫的。柳青笔下的小人物是走进人群，就再也无法辨识的小角色，但是在他们身上却焕发出一种不畏暴力、敢于牺牲的精神，正是这种精神弱化了他们身上的弱点，赋予了他们神采。战前，他们都是老实巴交的农民，战争使他们的生命获得了新的价值。柳青对他们的青睐同样有来自苏俄文学写农民优良传统的影响因素在。19世纪，屠格涅夫笔下的农民，皮谢姆斯基的《农民生活素描》等对中国五四作家影响深远，柳青从鲁迅手中继承的农民题材创作，使他与19世纪的俄罗斯文学有了密切的联系。

在这组抗战题材的短篇小说中，除《地雷》外，柳青仍然采用和故乡系列小说相同的旁观者写作视角，即以描写人物的行为、语言以及他给周围人留下的印象为内容，而不多涉及人物的内心世界，这点在《一天的伙伴》里那位貌丑的运输员身上表现最为明显。作者设计人物出场时，先是将人物放置在众人焦急的等待中，然后才让他姗姗上场，再由远及近将人物拉近，让人们看清楚那个长相极丑的家伙，骑在高大的骡子上，身子一倾一倾的，而跳下骡子来却特别矮小。作者对这个人物的多重渲染在他还没有出场时就已经铺垫很多了，这种铺陈似乎让我们感觉到他唇齿之间就要哼出小曲了。而到《地雷》这篇小说，作者通篇运用心理描写方法去写人物，写作技巧发生了突变。小说从太岳山区一个叫李道村的自卫队在广场上操练开始写起，讲述村上的青年人到前线去送地雷的事件。李树元老人的两个儿子正是送地雷队伍里的成员。儿子走后，李树元非常担心。日本人烧了他们家的房子，老人心中很痛恨日本人；然而两个儿子到前线去送地雷，他心中又非常担忧；可想到火线虽然危险，村里去了那么多青年，也不至于自己的儿子就出事，老人又心安了；然而这边刚释然，那边被别人一问，他便又挖心挖肝地不安起来了。回到家里，他在老婆和儿媳妇面前故作镇静，背地里却去关爷庙烧香求神灵保佑孩子们。而等到村里传来捷报，他又幻想着儿子银宝能带回来一些东西以补偿日本人烧掉他家房子的损失。可是等来等去,却等到银宝在前线参军的消息,他非常纠结,心情也很不平静。一路上,他听到许多人对儿子的赞许,尤其是找到乡政府,乡长说银宝的事上了报,并将自己的一条曲沃烟送给了他,老人又感到万分荣耀,感慨道:如今世道变了,自己的儿子要成龙成虎呀!李树元在儿子送地雷这件事情上表现出的担心、纠结、荣耀等极为复杂而矛盾的心理,是柳青接受鲁迅小说"写灵魂"创作理念的必然结果。鲁迅的小说创作一开始就把深入"写灵魂",揭示封建社会所造成的国民麻木愚昧的精神病态,作为基本写作主题。这跟鲁迅创作借鉴19世纪末俄国和东北欧的现实主义有很大关系。"俄罗斯是世界的东方和西方的交汇处,这个民族既不是纯粹的欧洲民族,也不是纯粹的亚洲民族。它同时含纳了西方和东方两种因素,在精神深处有两股势力发生着冲撞和相互作用。在这种独特的地理位置上生长起来的文化,明显具有一种'二律背反'的'悖论性'特点。"①这点在俄国作家陀思妥耶夫斯基身上表现最为明显。鲁迅吸收了陀思妥耶夫斯基复调小说创作手法,而在《地雷》这篇小说里,李树元这个人物身上"二律背反"个性已经比较明显了,显然,柳青有了浓厚的写人物心理的兴趣。

  李树元这个人物,还让我们看到后来《创业史》里梁三老汉的身影。梁三老汉为儿子梁生宝互助组的事情,一方面埋怨,另一方面,在儿子事业遇到阻力时又极度担心,这点和李树元如出一辙。今天,我们津津乐道梁三老汉塑造的真实可信性,事实上,柳青在20世纪40年代初期就已经描写出非常生动丰满的旧式农民形象了。这些老式农民形象可能有柳青父亲的影子,也可能有作者在长期的生活中观察到的许许多多翻身农民共同的特征。

---

① 尼古拉·别尔嘉耶夫:《俄罗斯的命运》,汪剑钊译,译林出版社,2011年,译序第4页。

三、《种谷记》里的两种现实主义

《种谷记》是柳青在新中国成立前夕写的一部长篇小说，初稿写于1943年，1947年在大连完成。这部小说既有五四文学的痕迹，也有"十七年"文学的特征，因此，是柳青创作具有重大转型意义的一部小说，也是标志着20世纪中国文学发生转型的重要作品之一。下面，笔者就主题、人物、环境描写等方面来分析《种谷记》里包含的20世纪中国文学转型的一些因素。

就上文所述，柳青的故乡叙事和抗战小说都属于短篇小说，没有复杂故事和太多的人物描写，但是在《种谷记》里，作者围绕种谷事件，描绘了解放区各种不同出身和性格的农民在变工种谷这件事情上的不同心理、打算以及他们之间的关系，表现出新旧两种力量在农村的较量，展现出新事物艰难地前进、旧事物挣扎着退出历史舞台的社会动态。这具体表现在：农会主任王加扶和行政王克俭之间的矛盾，以及前者与家里婆姨之间的磨合，和他面临的如何动员村子里一大批落后分子参加变工，并坚决抵制敌对分子王国雄破坏的种种事情。显然，各种势力聚集在变工种谷事件周围，影响着村民们对变工合作的态度。变工合作是党把广大群众团结起来，共同生产劳动的举措，它是新中国成立初期的互助组，以及20世纪五六十年代农业社的前身。劳动方式不仅可以改变人们的生活方式，也可以改变人们的思想意识，王加扶对未来社会有非常清晰的设想："一村就是一家，吃在一块，穿在一块，做在一块。种地的种地，念书的念书，木工是木工，石匠是石匠，管粮的把仓，管草的捉秤。六老汉照旧打钟。存恩老汉识几个字，要是他愿意，就让他给咱们写账，克俭哥给四福堂讨了半辈子租粟，对粮食有经验，给咱管仓库，他和存恩老汉对，在一块办事也相宜……"①

---

① 柳青：《种谷记》，见《柳青文集》第1卷，人民文学出版社，2005年，第152页。

这是一种社会分工明确，人人各司其职的农业集体化生产样态的体现，展现了中国共产党在解放区为中国老百姓描绘的美好生活蓝图，无疑具有极大的诱惑力，令人向往。

《创业史》同样通过梁三老汉对个人家庭生活的构想叙述了中国老百姓对自给自足的小康生活的向往。《创业史》最早发表在《延河》时叫作《稻地风波》，以组织大家建成农业社为故事主要框架，从这个角度讲，《创业史》和《种谷记》在创作主题和命名方式上都非常相似。在中国这么一个巨大的以农为本的国度里，中国作家最有兴趣的写作主题是乡村，于是静谧舒缓的田园山林小溪便出现在柳青的作品里："被雨水冲洗过的大地出现得清爽而有生气，园子里的菜蔬，大麦，路旁的春草和村里树木的枝叶，都似乎在这一夜发育成长了许多。"[①] "在雾的掩护中，云彩早已退得一干二净，天蓝得像新锤浆过的阴丹士林，没一点瑕疵，没一点皱褶，镜子一样覆盖在上空。碧蓝的穹苍，鲜红的太阳，黄褐色的山头，以及深绿的树丛，互相辉映得五光十色。太阳照得大地冒着热气，好像用手抓来一块便可以吃的蒸糕一样……"[②]这里引用《种谷记》的两段文字，以风沙来袭，乌云压顶，象征边区不安定的因素；以太阳出来，云雾散去，预示种谷事件的顺利进行。景物描写是现实主义作品营造典型环境的手法之一。如果与《创业史》中的景物描写相比照，《种谷记》里的景物描写还有点轻巧，仅仅是为表现种谷起铺垫作用，而《创业史》的景物描写则是更为精致的优美散文，并具有了象征意义。

从人物塑造来看，从寄生虫七老汉，到长相丑陋的"一天的伙伴"；从废物王得中，再到二流子李老三，还有思想不很积极的李树元，在这一人物谱系中，柳青早期小说塑造的人物形象有从反面人物到有缺点人物，再到思想不进步的人物发展的过程。《种谷记》因为是长篇小说，人物设置开始多样化、复杂起来，并且核心人物已是正面人物。在他们身上有着

---

① 柳青：《种谷记》，见《柳青文集》第1卷，人民文学出版社，2005年，第215页。
② 同上，第224页。

极大的革命热情和高昂的生产积极性,当然,这些人物也有些个性缺点。但是,总体来看,作者是按照阶级属性和革命工作的积极性不同来配置人物的,一共有三类:第一类是王加扶、模范王存起、妇女主任郭香兰,围绕在他们周围的还有排长维宝和积极青年福子。第二类是六老汉、王克俭、王加扶妻子,他们属于中间人物,即思想上不很积极,有缺点,要么是对变工合作不热心,要么是热衷于封建迷信活动。对这类人物,作者非常熟悉,他曾经讲:"存恩老汉的模特儿在我出生的村里,我写小说时他早已不在人世了,他和小说里其他人物的模特儿一点关系也没有,但我小时他和我父亲的关系如同存恩老汉和王克俭的关系差不多。"①王克俭这个人物有生活原型,据柳青回忆:"一九四四年春天,我在米脂乡下工作。一个行政村主任为了不愿让别人使唤自己的驴,他千方百计不参加变工队。我在夏天抽空拿这个题材写了一个短篇的初稿,由于材料很多,一提笔就写了三四万字。后来有了空一看,这样长的小说,作为积极人物农会主任,形象太薄弱。于是下决心写长篇,这就是《种谷记》。"②王加扶婆姨是典型的拖后腿的不进步妇女代表,但也反映着解放区大多数妇女的生活状况。第三类是阶级敌人王国雄。这三类人物显然是作者按照一定的理念构思出来的人物谱系,他们各自都和《创业史》里的人物有对应关系。王克俭是郭振山的前身,王二直杠有六老汉的印迹。这些人在走社会主义道路时的犹豫、矛盾、痛苦反映了当时中国农村生活的复杂性,他们即后来被文学批评家严家炎所称道的写得最好的"中间人物"。王国雄是《创业史》里姚士杰的前身,王存起有《创业史》里有万的影子。毋庸置疑,《种谷记》这种以阶级出身来配置人物的方式被《创业史》全盘吸收。就此,在笔者看来,柳青写作《种谷记》时就已经有了清晰的创作理念,这个理念即毛泽东的《在延安文艺座谈会上的讲话》(以下简称为

---

① 蒙万夫、王晓鹏、段夏安等编:《柳青写作生涯》,百花文艺出版社,1985年,第37页。

② 同上,第32页。

《讲话》）精神。而《讲话》的精神核心是什么？就是文艺要为大众服务，文艺必须服从政治。"对于革命的文艺家，暴露的对象，只能是侵略者、剥削者、压迫者及其在人民中所遗留的恶劣影响，而不能是人民大众。"[①]《种谷记》里，柳青虽然已经有了鲜明的文艺为大众服务的思想，但是与完全接受《讲话》精神还有一段差距，在笔者看来，此际，他还没有完全摆脱五四感伤文学的影响，这表现在：

第一，塑造主要正面人物、农会主任王加扶采用的是五四批判现实主义手法。作品里描写的王加扶已婚，四十多岁了，然而，他一出场就四处碰壁，在处理工作和家庭事务上都显得不是那么游刃有余。首先，他对行政王克俭不支持他工作，消极怠工，心里感觉很不平衡，经常有不想见行政那熊样子的想法。其次，一让他上台讲话，他就脸通红，腿发抖。用他的话说："咱一辈子给财主受苦，旧社会真和毛驴一样，用着的是咱的苦力，谁晓得新社会又用得着咱的嘴了哩？"[②]再次，家中有一个拖后腿的婆姨。因他一心扑在公家事上，起早贪黑不见人影，婆姨老给他脸子看。为此，他羡慕王存起婆姨的风度、神采和她抛向模范含情的目光，还有她的进步思想。再次，当王加扶和婆姨说不通理的时候，心里常产生打她几下子的想法。最后，他不得已到地主住的"奸猾堂"找王家雄，在老雄家油滑的椅子里面感到不自在，甚至还产生了不如蹲在地上的想法。通过上面列举的这五方面缺点，我们知道王加扶并不是完美的正面人物，然而，他却是作家潜意识里按照生活真实样态而塑造的人物，这一点即五四批判现实主义的体现。那么何谓批判现实主义？就是倡导文艺在不脱离政治的情形下，面对中国的历史和现状，作家不仅应该书写生活光明的一面，也有责任描写历史进程中的沉重负累，即对社会所存在的黑暗敢于暴露、揭示。鲁迅的学生胡风在其《论民族形式问题的实际意义——对于若干反现实主义倾向的批判提要，并以纪念鲁迅先生逝世底四周年》一文中指出：

---

① 童庆炳主编：《20世纪中国文论经典》，北京师范大学出版社，2004年，第281页。
② 柳青：《种谷记》，见《柳青文集》第1卷，人民文学出版社，2005年，第38页。

"文艺大众化或大众文艺底内容底这一个发展,汇合着五四以来的新的现实主义理论底发展(新现实主义——唯物辩证法的创作方法——社会主义的现实主义)和进步的创作活动所累积起来的艺术的认识方法底发展,这三方面底内的关联就形成了五四新文艺底传统,现实主义传统。从这里就可以知道,大众化不能脱离五四传统,因为它始终要服从现实主义的反映生活批判生活底要求,五四传统也不能抽去大众化,因为它本质上是趋向着和大众的结合。"①反映生活、批判生活、大众化是批判现实主义的核心。鲁迅无疑是五四现实主义的旗手,他对现实主义的贡献在于强调在创作中正视人生现实,反对"瞒与骗"的文学,认为"取下假面,真诚地,深入地,大胆地看取人生并且写出他的血与肉来的时候早到了;早就应该有一片崭新的文场,早就应该有几个凶猛的闯将"②!鲁迅这里强调的反对假面、追求真实,不欺骗、不隐瞒,生活是什么样子,就反映什么样子,关键在于:"倘以欺骗的心,用欺骗的嘴,则无论说A和O,或Y和Z,一样是虚假的;只可以吓哑了先前鄙薄花月的所谓批评家的嘴,满足地以为中国就要中兴。"③

这样看来,王加扶这一形象就是没有太大艺术加工、提纯的人物。在抗日民主革命根据地,一个连话都说不好的农民,一个有打老婆的大男子主义心思的农村干部,这在当时的解放区是太真实了。毫无疑问,柳青暴露了解放区干部身上的缺点,这正是五四批判现实主义的延续。可是没过多久,柳青就意识到:"我有一定程度的欣赏我的人物和他们的生活之嫌。"这大概是柳青感觉到《种谷记》里描写的王加扶这样的人物和他的生活与《讲话》精神有些不符合而得出的判断。

第二,《种谷记》整部小说浸润着一种淡淡的忧愁,整体结构呈现松散特征,似乎没有完全放弃五四文学的感伤主义。小说一开篇是王克俭老

---

① 徐迺翔:《文学的"民族形式"讨论资料》,知识产权出版社,2010年。
② 鲁迅:《鲁迅文集》第1卷,人民文学出版社,2005年,第255页。
③ 同上。

婆在家里焦急地等待地里的受苦人回家吃饭的场景。人物的焦灼状态，为小说涂抹上一种不安色彩，而故事的主线——王加扶组织大家变工生产的工作进展得极为不顺利，行政王克俭的推三阻四，家里婆姨的冷脸相待，王国雄的背后捣鬼，这一切让王加扶心里涌上一股说不出的抑郁。虽然小说结尾处是教员赵德铭听见人们在唱"边区的天，明朗的天"的歌曲，似乎是一种喜剧的结尾形式，但是整篇小说有种挥之不去的忧郁。至于呈现出的松散结构状态，一方面是由作者的散文笔法带来，另一方面是作者的结构安排所致。事实上，"五四时期的现实主义因为偏重于情绪化，一般还不太注重典型概括。即如现实主义较成型的'乡土文学'也很少塑造出成功的典型人物形象。"①柳青在延安时期的小说创作有师从五四现实主义的影子，而五四文学那种感伤、忧郁，则来自19世纪俄罗斯文学的影响。"俄罗斯人善于把历史转化为幻想，把现实生活变成与实际不相符合的浪漫小说，也就是说，'非理性因素搅和了一切，创造了最具幻想性的相互关系'。别尔嘉耶夫将它称之为'黑葡萄酒'元素。在俄罗斯的文化积淀中，它是一种黑色的、阴郁的、蒙昧的、不透光的自然力。任何人一旦接触到了这种迷狂的东西，就不能不沉醉于其中，很难挣脱它所营造的氛围。这种自然力不仅存在于普通的老百姓中间，甚至在一些最优秀的知识分子身上都有流露。"②五四文学从19世纪俄罗斯文学中汲取营养，他们这一代作家的思想情感方式继承了传统，但又具有了近现代个性解放和自我独立的意识，那种种苦闷、感伤，已是近现代个性所具有的特征，这个时候的作品有着人生的淡淡的况味和惆怅，而这也正是散文的滋味。柳青从鲁迅等五四批判现实主义作家那里继承了这种文学创作传统，那么《种谷记》整体拥有散文性特征，以及忧郁感伤的情怀就是自然的事情了。

对此，柳青认为："至于《种谷记》则是失败了，虽然它比我四三

---

① 温儒敏：《新文学现实主义的流变》，北京大学出版社，1988年，第160页。
② 尼古拉·别尔嘉耶夫：《俄罗斯的命运》，汪剑钊译，译林出版社，2011年，译序第4页。

年下乡以前计划的那个保佃斗争的'长篇'成功,它却远不能满足党和人民的要求。"①那么柳青认为的不能满足的党和人民的要求是什么?在笔者看来,就是毛泽东在《讲话》中提出的"文艺作品中反映出来的生活却可以而且应该比普通的实际生活更高,更强烈,更有集中性,更典型,更理想,因此就更带普遍性。"②柳青在《二十年的信仰和体会》里讲:"一九四二年的毛泽东同志的《在延安文艺座谈会上的讲话》,我理解是在接受国际无产阶级文学的经验教训的基础上发表的。我们学习这个文件的时候,不是处处能感觉到这两方面的历史精神吗?毛泽东同志对'五四'以来的文艺运动评价很高,说它对于革命有伟大的贡献,这很突出地表现在他对鲁迅的热烈推崇上。但毛泽东同志同时指出五四以来的文艺运动有许多缺点。他特别着重论述了小资产阶级出身的知识分子作家脱离群众、脱离生活和脱离实际的文艺思想。这是讲话的中心点。"③柳青在创作的初期学习苏俄作家,也学习五四作家,这我们通过前文的分析已经能清楚地看到。柳青曾讲:"我自己是在五四以后的革命文学和苏联十月革命以后的文学影响下开始文学活动的。五四以来的文艺活动,毛泽东同志说有它'对革命的伟大贡献及它的许多优点'。我当作一个文学创作活动者参加革命队伍的时候并无任何贡献,但却接受了许多缺点,如某种程度上的脱离群众和对外国文学的皮毛的学习,表现在作品里就是生活的贫乏和语言的欧化。"④柳青的这种反思即对五四文学的批判。延安时期,曾经有一些作家如丁玲、萧军、王实味等按照批判现实主义的创作理念在创作,他们的作品呈现出来的"还是杂文的时代,还要鲁迅笔法",

---

① 蒙万夫、王晓鹏、段夏安等编:《柳青写作生涯》,百花文艺出版社,1985年,第22页。
② 童庆炳主编:《20世纪中国文论经典》,北京师范大学出版社,2004年,第272页。
③ 柳青:《二十年的信仰和体会》,见《柳青文集》第4卷,人民文学出版社,2005年,第27页。
④ 蒙万夫、王晓鹏、段夏安等编:《柳青写作生涯》,百花文艺出版社,1985年,第71页。

然而《讲话》之后，解放区的文艺开始发生转变，放弃五四批判主义精神在丁玲的作品里已经呈现出来，但是在柳青的《种谷记》里还可以看到这种批判现实主义的余脉。

20世纪30年代，苏联的社会主义现实主义文艺思潮兴起，1934年全苏作家协会举行第一次代表大会时，知识分子大都已经接受了苏联政权与它的美学理论。日丹诺夫声称文学必须是灌输思想，会议关于社会主义现实主义的创作方式也以绝大多数票通过。苏联20世纪30年代的现实是建立工业与农村集体化，共产党理论家强调作家依照社会主义现实主义的基本原则去创作文学作品，那些悲剧主题必须避免，要以大团结为结局。"高尔基和他的朋友企图避免这种缺点。他们坚持把社会主义现实主义视作革命的浪漫主义，而且劝告年轻作家在作品中礼赞革命建设的热情、牺牲与英勇，选择关于奋斗与冲突的主题，就是在故事中写出暂时失败与主人翁之死也没有关系。"[1] 1933年，周扬在《现代》上发表《关于"社会主义现实主义与革命的浪漫主义"》一文，它标志着从苏联而来的社会主义现实主义汇入我国现实主义思想之中，从而使我国现实主义发展进入一个新的历史阶段，为我国现实主义思潮带来的是社会化、政治化、理想化的新特质。1942年，毛泽东在延安发表《讲话》，以党的领导人身份正式提出："我们是主张社会主义的现实主义的。"事实上，《讲话》所阐发的社会主义理论，基本上是沿着周扬等人所译介的社会主义现实主义理论发展而来。当然，毛泽东并不是全盘照搬地引用这些理论，而是从无产阶级政治家的角度，对从苏俄而来的社会主义现实主义进行改造。这里最重要的就是毛泽东在《讲话》里提到的"更高""更强烈""更有集中性""更典型""更理想"，因此就"更带普遍性"。这六个"更"阐明了文学创作不是生活的简单复制，而是要在作品中灌注作家的主体精神，就是我们今天所讲的使其典型化。典型化是叙事文学的主要艺术手段之一，也是现实

---

[1] 斯诺宁：《现代俄国文学史》，汤新楣译，人民文学出版社，2001年，第425页。

主义的重要美学标准。在笔者看来,这种典型就是作家按照一定的思想理念,或者社会内容、阶级特征等因素来考虑塑造人物、描写环境。因为要反映社会发展的趋势,所以作家在人物塑造时会将人物一些真实的个性和行为剔出,在情节设计上会选择那些表现重大社会历史进程的事件。就以上而论,《种谷记》这部小说无论是在艺术表现力,还是彰显《讲话》的精神上都还不足、不够,它既有按照阶级身份来配置角色、表现变工这样重大时代事件的要素,也存在着和二三十年代文学有一定联系的情况。具体讲,就是人物还没有完全典型化,或者说理想化,对环境的描写也还没有完全达到典型化,散文笔法还比较鲜明,写作的力量感尚且不够,一些感伤情绪隐藏其内,恢宏的气势还没有呈现出来。因此,当《种谷记》在上海召开研讨会的时候,才会受到很多评论家的批判,这恐怕也是柳青对《种谷记》不满意的地方。

然而,这些在当年的批判家和柳青眼中的不足,在20世纪50年代柳青的《创业史》里都有所克服。在人物描写方面,柳青描写的梁生宝的爱情里面有情欲的因素,呈现出一种旺盛的生命力,这点不同于《种谷记》里的王加扶形象。《创业史》迸发出强烈的力量感,充盈着昂扬的生命力的感觉,在艺术描写的密度和强度上也都有所增强,史诗性的写作使整部作品呈现出一种明朗恢宏的艺术气质,就此而论,《创业史》比《种谷记》进步了。柳青在《艺术论》一文中讲:"如果小说面对的题材包含社会生活的广阔性和各阶级人物心理特征的丰富性,那么作者就要用艺术描写的密度和强度,来展开作品的巨大幅度,决不能靠出现的人物多和故事的过程长。……长篇小说要愈来愈吸引人,而不是写得愈来愈让读者不想继续读下去,作者就要从典型化、整体结构和情节描写三方面,全面安排层次分明、从容不迫的布局。"[①]显然,这个时候的柳青已经完全消化了《讲话》的典型化精神,《创业史》文本里充满了这种理念指导下的文学描写。

---

① 蒙万夫、王晓鹏、段夏安等编:《柳青写作生涯》,百花文艺出版社,1985年,第71页。

而如果按照《讲话》精神来看，1947年完成的《种谷记》里的典型性是不足的。在笔者看来，《种谷记》是一部联系五四文学与"十七年"文学的中间作品，它亦新亦旧，既有批判现实主义的东西，也有部分《讲话》的精神内涵，但是存在不可回避的按照《讲话》精神来衡量的缺陷，而这被以后的《创业史》完善了。然而，《种谷记》虽然还不是柳青最成熟的作品，却是力作诞生的前兆，它流露出柳青创作风格从阴郁到明朗的转变信息，故此，在20世纪中国文学视野里观照柳青早期小说创作，就看到了20世纪中国文学从五四批判现实主义向社会主义现实主义转型的过程。

原载《华中学术》2017年第1期

理性论断与诗意审美的完美结合

——评袁盛勇的新著《当代鲁迅现象研究》

大凡从事鲁迅研究的学人，身上都多少会有鲁迅痕迹，袁盛勇教授亦是如此。读其《当代鲁迅现象研究》新著，更感其身上的鲁迅风，以及湖湘文化滋养下的率直、炽烈的学人风骨。事实上，对于每一位现当代文学研究者，鲁迅都是一个绕不过去的话题，对鲁迅的学术考量更是衡量学人功力的重要场域。

与他人不同，袁盛勇关注1949年至1976年间的鲁迅接受史和传播史，并与当代中国文化建构紧紧结合在一起。这是一个宏大而极具创意的研究视角。鲁迅以迄今为止的高山仰止的文学地位、思想高度和巨大的社会反响，留给后世庞大而复杂的文学遗产和精神财富，为后世接受、阐释它创建了广阔而驳杂的空间，社会各个阶层都可与其发生关系。从整个国家新文化建构与整合角度讲，鲁迅如何参与到当代政治—文化创建中，关系着共和国前二十七年的整个中国文化发展的方向。袁盛勇在其《当代鲁迅现象研究》中有两个重要视域，一是1949年到1976年间，共和国政治—文化建构的场域和过程；另一个是从生命哲学进入鲁迅生命深处，发现一些鲜为人知的鲁迅阴影或者幽灵。前者是宏大的国家意识形态建构中的必然组成，后者是作为真实的人生命必经的历程。宏观与微观巧妙地结合在鲁迅身上，透显出恢宏的文化批判视野与生命哲学透析的论述意图，从而形成一种立意高远，又脚踏实地的写作格局。

在西方人的心目中，共和国前二十七年，这占据20世纪四分之一的时间段将"永志于历史"，而对于当代中国学者而言，对它进行客观而理性的梳理，并在此基础上做出合乎学理性的判断，是义不容辞的神圣使命。加之，从1978年开始的中国改革开放也已历经四十年，也就是说，我们已经有了四十年对毛泽东时代的冷静观照，是时候对这个时代的文化发展脉络做出我们这一代学人的总结和判断了。就此而论，袁盛勇以当代鲁迅现象研究来审视1949年至1976年间的当代中国政治—文化的建构，其价值和意义不可低估。而要介入这段敏感历史，无疑需要巨大的勇气和魄力——不论是因为这段历史距离我们今天时间尚近，做出任何判断都有可能失之偏颇，还是因为关于这段历史的种种会使研究者束缚住手脚。身处这个伟大变革时代，冲破险阻不断前行，正是袁盛勇《当代鲁迅现象研究》一著表现出来的学术魄力和当代知识分子社会担当的勇气。

1949至1976年这一时间段承上启下，是理解20世纪中国思想文化发展的重要节点。1949年之前，中国所面临的是源自内部的传统危机，新中国成立，自近代以来经历百余年动荡的中国终于迎来了稳定发展的时机，价值重建便是摆在中国共产党和知识阶层面前的重大问题。也正因为如此，袁盛勇选取政治—文化的研究视角，进入共和国前二十七年鲁迅现象的研究，这种研究范式让他占据了学术的制高点。因为政治—文化关乎着意识形态的建构，而意识形态的建构是确保国家稳定、社会安定的重要思想因素。为了更符合历史的本真，袁盛勇将其当代鲁迅现象研究推至20世纪40年代的延安时期，从当时确立当代鲁迅传统伊始，到20世纪50年代社会主义改造运动中的"鲁迅"，再到1953年的胡风批判运动中的"鲁迅"，以及"文革"时期李何林的《鲁迅〈野草〉注解》，袁盛勇没有简单地将鲁迅放置在一个固定的时代背景之下去观照，而是放置在一个较长的历史时段去考量，这样就可以看到当代鲁迅现象变化的来龙去脉，了解当代中国文化建构既存在剑拔弩张的文艺论战的火药味，也充满客观理性的学术研讨气。

袁盛勇站在政治—文化的高度俯瞰光怪陆离的当代鲁迅现象，又以鲁迅的杂文、《狂人日记》、《阿Q正传》、《一件小事》、《野草》等一系列文本展开当代文化建构论述，这就使得他的论述本着从文本出发的原则，言之有据，论之可考，从而避免了论述的空洞性和说教性。更遑论，文学是文化的重要构成，优秀的文学文本里总包含着丰富深邃的文化内涵，袁盛勇以鲁迅文本为研究的基点，沟通了文学与文化之间的深层关系。长期以来，我们讲文学的文化批判研究，在我看来，袁盛勇做了一个很好的范例。

如果说袁盛勇以政治—文化视角将当代鲁迅研究引入当代中国文化建构的视域上来，使其论著有了宏大的视野和高远的立意，那么他以生命哲学视角进入鲁迅个体生命研究，则彰显了其研究独特的个人魅力。他摒弃了长期以来人们对鲁迅顶礼膜拜的态度，以伟大和平凡的鲁迅同在的思想看待鲁迅，这样，一个有血有肉、有情感、有痛苦、有忧惧、有缺点的鲁迅就凸显出来了。在不仅"回到复杂而完整的鲁迅那里去"，而且以生命哲学的视角还原鲁迅本真时，作者又进入更深层的思考中，他通过鲁迅的病、死亡以及他的老脾气，发掘了鲁迅死亡的真实情境，钩沉出鲁迅与日本以及日本文化复杂的关系，尤其是以鲁迅如何面对死亡这一话题，使鲁迅研究呈现出前所未见的场域，以"我要骗人"的话语揭开了鲁迅"沉沦"的秘密，以鲁迅迷恋女鬼揭示出了鲁迅灵魂的战栗。以客观辩证的眼光审视鲁迅，这是一位学人应该坚持的学术立场，而不是裹挟在种种政治—文化背景中，做政治的代言人。

于是，袁盛勇发出与众不同的声音："在本质上，鲁迅是让人疼痛的存在，而一般民众都倾向安宁、闲适、惬意的生活（当然，鲁迅身上也曾背负三个'闲暇'）。所以，笔者倒是希望鲁迅的痛苦还是更多的让知识分子来承续，因为知识分子的精神在较高层次上应该说是鲁迅式的，心灵的张力和由此带来的孤独既是一种高处不胜寒的孤独，也是一种通达自由和文化创作的孤独。"作者指出，鲁迅的存在是一种疼痛的存在，主张知识分子承续鲁迅的痛苦，这是不是剥夺了普通读者阅读鲁迅文本的资格？想来这个观点也极易遭到非议，但它表明袁盛勇对知识分子精神世界更深层的理解，对他们在文化创造过程中存在既痛苦又快乐的感受的认同。不言而喻，袁盛勇这部著作深深打上了个性烙印。

在这部论著的题目里，袁盛勇使用了"现象"这个词语，但书中多次出现"景观"一词。在我看来，这不是作者简单地使用同义词加强论著叙述的丰富性，从"现象"到"景观"，语词的嬗变，意味着作者的论述由社会学，抑或哲学层面概念向美学层面范畴的转换。作者讲，从1949年到1976年，"鲁迅仿佛被人拽入预测的深渊，时而向左，又向右，忽而向上，又向下，活脱脱不是人，已经成了一个傀儡，处在这样一个非常尴尬境遇中的'鲁迅'乃正是鲁迅现象史上的一个独特景观"。"倘若说鲁迅是一致本体性存在的陀螺，那么围绕这个陀螺也产生了不少思想和历史的幻想与眩晕。""鲁迅的世界就是一个充满了矛盾的世界，鲁迅的道路上充满了难以言说的斑驳暗影。"以上所引论著的三段话里出现了"景观""幻想""眩晕""斑驳"等词语，它们意味着袁盛勇对当代鲁迅现象的陈述存在着从社会现实的描述到强调视觉效应、注重审美性追求的变化过程。"景观"语词在文学、绘画与园林中运用较多，带有极强的观察性质，讲究内在元素构成，以及这些元素按照一定的秩序排列组合，最终形成一个整体，供人们赏鉴。论著中作者概述出"幽灵鲁迅""战士鲁迅""小兵鲁迅""傀儡鲁迅""革命家鲁迅"等不同鲁迅形象，它们叠加在一起，构成了多样的鲁迅现象，也形成了复杂的当代文化景观。"景观"词语的大量使用，意味着作者跳出了政治—文化批判立场，而立足于对人文景观的观察审视，从而具有了浓郁的美学特质。

而阅读他的《当代鲁迅现象研究》，我又何尝感受不到那种理性论断与诗意审美的完美结合呢？一方面，论著资料翔实、论证逻辑严密，展示出袁盛勇严谨的治学态度和学术功力。另一方面，著作中俯拾皆是诗性语言，充溢跌宕起伏的情感。他不断变换句式，大量使用转折词，像"其一，你说鲁迅是胆小鬼，不是战士和革命家，可是鲁迅在《记念刘和珍君》中却决然指出：'真的猛士，敢于直面惨淡的人生，敢于正视淋漓的鲜血。'……其二，你说鲁迅不是思想家，但鲁迅在《故乡》末尾写道：'希望本是无所谓有，无所谓无的。这正如地上的路；其实地上本没有路，走的人多了，也便成了路。'……其三，你说鲁迅不是一个伟大的文学家，那么请问在现代和当代中国，谁能算是？"这样的句子让人击节而叹，让人享受着思想丰赡和语言优美并存的盛宴，不禁痴迷于他那句"鲁迅的问题和作为问题的鲁迅，鲁迅的幽灵和作为幽灵的鲁迅，在历史、文学和思想的天空潜养暗长着，而人类、宇宙和社会的光影透过那秋天树上的病叶也正翩然而至"。前半句表达思想曲折幽深，后半句又流露出至极的审美意味。

毋庸置疑，袁盛勇的《当代鲁迅现象研究》是一部优秀的学术著作，但它让我感受到了强烈的热、充沛的情。通读全书，作者不仅是简单地将当代鲁迅现象研究视为一种文化现象研究，还是当作一道独特的文化景观来品味、评判。众所周知，鲁迅的世界是一片广阔而深邃的文化天地，也是一个绚丽多彩的审美世界，驰骋浸润在这一广袤辽远的领域，在致力于发现研究对象的真相时，也在审美趣味和生命体验中升腾起美来，这是袁盛勇在鲁迅研究中的优长之处，也是文学研究最富有魅力的地方。

原载《鲁迅研究月刊》2018年第8期

生命美学里的城市女性之歌

——评吴克敬的长篇小说新作《分骨》

威廉斯在其《乡村与城市》中写道:"直到整个英国社会已经绝对城市化以后,在整整一代人的时间里,英国文学主要还是乡村文学。"而在当今中国一浪高似一浪的城市化进程中,一贯从事乡村题材写作的吴克敬也在近日携带他的《分骨》为西安城市献上第一支歌。作品扑面而来的城市喧嚣和仍旧新鲜的泥土芳香,向人们庄严宣布作家的城市文学书写时代开始了。

一、女人们构建的城市生活

一位真正成熟的作家,他的艺术人生世界不是由一部作品形成,而是由他的一系列作品所创建,而在他这一系列作品组成的艺术世界里,必然有一个基本的构架,他的每一部作品都会围绕这个基本架构展开。从20世纪80年代,吴克敬初登文坛起,就以关注女性命运引起文坛瞩目,三十余年来,他不遗余力地倾心关注对女性命运的探索,塑造出一个性格鲜明、内涵丰富的女子群像谱系。《渭河五女》讲述的是高考结束后五位回乡女子人生道路的探索;《手铐上的兰花花》里展示出不屈从命运安排,热爱生活的陕北女子形象,折射出作家深邃的人性思考;《先生姐》里,他又为我们呈现两代雌雄一体的巫婆式女性，表达了作家对不良社会现象的讽刺；《初婚》则通过三位性格迥异的新嫁娘嫁到夫家后的不同命运，描绘出传统道德与新生活交织背景下的现代农村女性在时代大变革中做出的人生选择。作家永远靠作品表达他对世界的理解、对人生的关怀和思考，吴克敬关注一个占有人类一半人口的社会群体，着力表现她们的喜怒哀乐，以及她们的命运与抗争精神。沿着这个思路，近日，他的长篇小说《分骨》再次表现出对女性命运的关注，所不同的是，这部作品一反常态地塑造出一组都市新女性群像，在这些鲜活的城市女性身上，寄予了作家对时代变革、对女性，乃至对人类命运的关怀和思考。

就中国现代文学而言，中国农耕文明呈现的宁静、安详生活，致使中国作家往往赋予中国农村女性纯真、善良、质朴的性格和美德。相反，他们为自己笔下的城市女性打上庸俗、堕落，甚至工于心计的烙印，似乎城市的罪恶总与城市女人结合在一起，比如路遥在《人生》中就以城市姑娘黄亚平与农村女子刘巧珍分别代表城乡两种迥异的文明，象征着两种不同的品德。《分骨》没有沿着既往对城市女性讽刺、批判的路子写下去，而是采取赞赏、艳羡的态度讲述西安城内九位女子与一个妇科医生锁子相爱而又不能的故事，描述他们在西安各大场所，往来于西安城与陕北乡村，乃至国内与国外之间的活动，将作品置于一个广阔的社会时空，并着重在西安与陕北两大地理空间的相互观照中将西安城市生活和文化展现出来。

在吴克敬的描绘下，西安这座十三朝古都一扫传统的意蕴，换上了现代的服饰。沿着大街行走，时不时会遇到着装鲜艳别致的时尚女性，女性总是城市时尚最前沿的表征。鲜红玉是西安城内一家名叫明星时装店的服装设计师，她专门为准备参加《星光大道》节目的牛秋乡设计了民俗风、流行风和自然风三类风格的服装。女警察张子蕊日常也穿着明星时装店的服装，这样看来，似乎西安城内时尚的女子们都喜爱鲜红玉设计的服装，明星时装店就成为西安时尚的重要构成。当然还有主持人师梦芳主持的《都市时尚》节目，也宣扬着西安的时尚。在师梦芳主持的另一个都市节目《时尚节拍》里,善于演唱陕北信天游的牛秋乡出现在舞台上——竞技是城市生活方式之一。竞技过程中,每个观众以自己独特的方式找到释放自我的途径,暂时切断了与原来社会的联系,而与其他观众融为一体。竞技中还会产生备受人们欢迎的"英雄"。牛秋乡赢得演唱冠军,所受到的热烈欢迎的场面,成为城市演艺竞技的浮光掠影。

而对城市而言,最不可忽视的便是汽车,它是城市生活中重要的交通工具,能将人们活动的场域扩展到过去根本不敢想象的空间,能将人们带到任何想去的地域,从而使人们的城市生活变得多元而丰富,而城市也因此变得愈加拥挤。仔细观察就会发现:清晨,无以数计的汽车在城市大街小巷驰过,夜晚,大大小小的汽车蜿蜒如流水地排在城市马路上。汽车似乎是城市主角,不断向城市深处进军,又不断扩展城市的半径,于是,汽车自然而然成为城市的"触角"。西安国际会展中心的车展将人们的眼球吸引到这些城市最新出现的"触角"上。为了促销新汽车,"宝马美人"营销模式将车模这种新职业引到城市生活里。《分骨》中,付心莲是一位由跆拳道选手转变为车模的女性,在其他车模极力彰显自己的魅力、服饰时,"付心莲和她们不一样。她把自己在国家跆拳道队时的国际比赛服装换上了身,飒爽英姿地往新动力汽车'奥奇'展台上一站,要多么爽快有多么爽快,要多么俊逸有多么俊逸,别出心裁,特别适合新动力汽车展览的概念……"车模展示汽车文化,彰显不同环境中人与车、与自然的关系,也表现人体美与汽车美的完美结合,"宝马雕车香满路,凤箫声动,玉壶光转,一夜鱼龙舞"。这是何等的城市嘉年华,不论是身穿跆拳道比赛服的付心莲,还是身着奇装异服的其他车模,《分骨》通过车展这个情节设置,将西安新都市文化展现了出来。

而事实上,城市更是文化的容器,人们的各类隐秘生活、交际活动,让城市这容器所承载的生活比容器本身更令人着迷。小说中描绘的威斯汀大酒店是西安曲江一所豪华五星级酒店,高档而奢华的装修和品位使其成为西安城内高档消费场所,付心莲就要在这里将自己献给锁子。在付心莲的精心布置下，大红的地毯、床罩、床单，营造了酒店鲜有的喜气，只不过城市最撩人的私密还在各种喧嚣、隐秘、独具特色的酒楼里。在夜色掩护下，张子蕊跟随丈夫往来于各类酒局，应酬于各种饭桌，久而久之厌倦了这种没有自我的城市交际生活，于是夫妻间无声息的矛盾愈演愈烈；而在另一面，像一些侦探小说里描写的那样，一些游荡于城市的人悄无声息地消失了，身为警察的张子蕊们就要承担起寻找被绑架的牛秋乡、失踪的何为多的工作。不言而喻，城市彰显现代化纸醉金迷的生活，也隐藏着许多不可告人的秘密。

那么，让我们继续跟随吴克敬的笔触，从宾馆酒楼进入城市小区内部。小区是城市人日常生活最全面的容器，一进入小区便能看到些经常活动在小区内的人物和物体：保洁员和盛着垃圾的塑料桶；宠物"狗东西"跟随着保护牛秋乡参加市歌舞团训练的付心莲回到前者寄居的锁子家所在的小区，此时，城市生活中最常见的宠物出场，城市有闲阶层的一种休闲无趣的人生出现了。城市的基本问题是城市是否能满足人的基本需要，城市的设施是否能促进人与人的交流。放眼望去，街头巷尾、公共汽车上、地铁中，随处可见低头刷屏和看屏一族，智能手机代替报纸、杂志等其他信息载体，成为消磨时光的最佳物体。"一机搞定所有生活"的时代来临了，吴克敬敏锐地发现手机好像是人身体长出来的一个部件，成为人们不可离开的物体、小说中锁子枕头边的新宠，以及他和九个女子信息沟通的工具。

综上所述，《分骨》少有旧日我们在其他作家笔下看到的悠久的古城墙、地标式的大雁塔、钟楼等建筑物体，以及历史追忆中的十三朝辉煌绚丽，而是将一个现代化的西安城市展现在读者面前，将一群现代化都市女性呈现在我们眼前——穿着新潮仅是体现她们爱美的一个方面，具有女性主体性才是作家着力要表现的话语。师梦芳身为著名主持人，不为利益出卖身体；付心莲坚决反抗副导演以"试戏"为借口的性侵行为；牛秋乡誓死不嫁父亲为自己包办的"西服男"；龚小烟自己开店做老板；鲜红玉生了不清不楚的孩子后，没有哀怨，努力经营服装店；张子蕊不愿做丈夫的附庸，强烈要求离婚；桂正香被骗后，投身到工作中；上官兰在斯坦福大学医科学院任教，成为一名出色的妇科医生；米细心创办了自己的品牌企业。毫无疑问，《分骨》中的女性早已走出家庭，走出闺房，活动在演播室、酒楼、医院、服装店、舞台、学术会等广阔的社会领域，她们积极参与社会生活，努力彰显自己的人生价值，因此早已摆脱种种人身依附关系，不再为奴、为物，而是真正具有主体性的女子群体。

然而，这并不意味着中国女性在城市获得了完全自由和彻底解放，城市的文明病在她们身上时时呈现。对此，吴克敬在展现古老的西安现代化发展足迹时，惯有的社会批判之笔直指城市夫妻生活变异现象，他借男主人公锁子之口讲："现在倒好了，房子大了，一人住一间屋子，这像夫妻吗？这是最差的。好一点的同住一间屋子，同睡一张床铺，可是床铺太宽了，一人睡一边，伸长了胳膊伸长了手，也是一个摸不着一个，问题就出在了这里。夫妻间没有了身体的交流，夫妻间该有的游戏少做，甚至不做，这是不正常的，而且是有害的。"生活由衣食住行、饮食男女等内容构成，夫妻生活是人类生活中极其重要的构成，夫妻之间的冷漠意味着城市文明发展的背后，隐含着种种文明疾病。人的根本特征在于生命，生命来自男女两性生活的和谐，然而，城市生活里不仅是夫妻关系冷漠，女性乳房疾病问题也越来越严重。女性的健康、人类的命运，这是作家深切关心的话题，因此，《分骨》一开篇，作家就借锁子每天在手术台上要割去许多女性乳房的情节设置提出问题：我们每一个人都在母亲的子宫里孕育，在母亲的乳房上成长，可我们关心过女性的子宫和乳房吗？换言之，此前吴克敬在他的各种作品里表现对女性的艳羡、赞美，在这里，他直接上升到对女性健康，即人类命运的层面上对此进行质疑。唯有对女性怀有无比敬爱之心的作家，才会发出这样的呐喊；唯有对人类命运具有强烈忧患意识的作家，才会拥有这样振聋发聩的观点。吴克敬在他女性主题书写的背后，以强烈的社会批判精神表达自己作为一名作家应有的社会良知，以及坚定的捍卫人类生命健康的立场。

二、黄土高原上的生命之歌

　　像沈从文一样，吴克敬也是从乡下走进城市的作家，城市生活四十多年，他知道城市生活的优越，也知道城市生活的顽疾。他发现城市人的生活空间越来越狭小，发现城市的天空越来越被污染，发现城市人已经享受不到生活的自由，这时，乡村以及乡村生活便浮现在作家眼前。不过这个乡村不是吴克敬出生成长的关中平原，而是他长久以来挚爱的陕北黄土高原。

　　吴克敬曾经多次在陕北采风，爱上了这片不是故乡，但胜似故乡的土地。他曾经在《爱，信天游：亘古不变的主题》的文章里着重强调了一首叫《老宗族留下个人爱人》的陕北信天游："六月的日头头腊月的风，老祖宗留下个人爱人；三月的桃花满山山红，世上的男人就爱女人。"陕北地广人稀，土地贫瘠，少雨多旱，沟梁起伏的黄土地，尘沙飞扬的沙地，让生活在这里的老百姓感受到了生存环境的恶劣，面朝黄土背朝天的辛勤耕作，以及四处游牧、常年奔波于羊肠草径，风餐露宿的艰辛生活，更让老百姓感受到了生活的苦痛。于是，恶劣的自然环境诞生了炽烈、高亢的信天游，贫瘠的土地上充满男欢女爱的歌曲，对自然的抗争、对命运的抗争、对生命力的彰显成为陕北信天游最激荡人心的缘由。"阳婆子上来丈二高，风尘尘不动天气好，叫一声哥哥去打樱桃。要吃那樱桃把树栽，要交那朋友慢慢来，还得你哥哥多忍耐。"牛秋乡一出场就以一首高亢嘹亮的信天游，将陕北人对爱情的执着和热烈，生命的欢畅和奔放表现了出来。冯梦龙在《叙山歌》里写道："但有假诗文，无假山歌，山歌不与诗文争名，故不屑假。"信天游是存活在陕北民众中的生命之歌，是存活在人们口头上的生活宝卷，唯有在这片土地上才会有这么热烈的百姓，唯有在这山水间才能孕育出这样敢恨敢爱的女性。信天游里浓得化不开的生命意识和野性，把古时陕北这块北方、西北方少数民族与中原王朝常年征战之地,匈奴人、党项人、蒙古人等多民族融合之地的特质,演绎得淋漓尽致,表现出一种直指生命本真、人性深处的精神力量。因此,吴克敬将其视为疗救城市人精神疾病的安魂曲。

而在陕北,还有剪纸以其抽象的艺术表达进一步阐释陕北人民对生命深层次的理解。陕北民间是一片广阔而辽远的天地,是一个藏污纳垢,也孕育精华的世界。《分骨》通过描写陕北剪纸表现出强烈的生殖崇拜,从而与西安城市文明病形成鲜明的对比。剪纸"抓髻娃娃"蕴含生殖繁衍、子孙绵延的寓意,剪纸"空空树"更有深层的生命哲学隐喻:"巨大的一棵树,充塞了整幅作品的全部空间,看得出来树既是人,人又是树,人形的文化架构,兼具着阴和阳两极,人和树合二为一,天和地合二为一。……一棵剪纸树,树有眼睛,眼睛却生在树根上;树有心脏,心脏却生在树梢上;树还有女性所有的乳房和子宫,树还有男性的睾丸和生殖器。""空空树"是生命树,生命由男女交媾产生,也因男女两性相亲相爱绵延永生。"空空树"剪纸蕴含的民间生殖崇拜可以追溯到人类"童年"时期——原始先民们在岩石上留下太阳与男女生殖器官的图案,恰是表现人类在"童年"时期,征服自然能力较弱,生命和阳光便是整个群体延续下去最重要的东西,因此,他们将它们顶礼膜拜到神圣的地步。黄土高原上的陕北大地是早期人类生活栖息地,虽经历史沧桑,但原始的民间信仰依然旺盛,因此,它和陕北信天游一样成为现代人礼赞人类旺盛生命力的对象。

同样,人类的饮食也与生命有关系,食物支撑着人类的生存和繁衍,因此,为获得稳定的食物来源,农业诞生了。《分骨》里描写了大量的陕北饭食,钱钱饭、黄馍馍这些带着旱作物农业特色的陕北饮食,将锁子和九位陕北籍的女子们联系在一起,对陕北饮食的喜爱便成为这些走进城市的乡下人对故乡最好的念想,龚小烟开的绥米风酒店更是陕北农耕文明以及饮食文化的汇聚地。"大南瓜一个摞着一个,摞得有半人高;洋芋洗净了盛在柳条笼里;辣椒、玉米编成了辫子,挂着墙上;还有石磨、石碾;

还有犁头、镬头、锄头；还有纺线车、织布机……石磨上正磨着豆浆，石碾上正碾着小米，'绥米风'的大厅，陕北的事与物，应有尽有，几乎是一个陕北文化无所不包的展览馆。"对陕北文化倾力描写意味着吴克敬对那个充满生命张力，具有自由自在生活的地域无限向往，尤其是在纷繁复杂的城市生活映照下，黄土高原上的乡村生活更是人们的精神故乡所在，是保存旺盛生命力的地方所在。越过吴克敬呈现的各种人物及其命运描写，再次向陕北黄土高原上原始野性的生命凝视，我们看到了作家对生命的礼赞，看见了《分骨》里生命美学的光晕。

三、红楼笔法的再创造

《分骨》吹响了吴克敬创作由乡村向城市进军的号角，这就意味着作家对当代中国的理解已经上升到更高的一个维度。当今中国社会，城市化日新月异，城市生活在整个中国人生活中所占的比重越来越大，从乡土中国到城镇、城市中国，这是当代中国最大的社会转型。面对如此巨大的社会变迁，每一位具有社会担当精神的作家都必然会书写时代的风貌和精神，而一旦写作的内容发生嬗变，艺术表达的形式也会发生变化。因此，当《分骨》描写的内容聚焦在当代西安城市生活的时候，作家在艺术创作中也必然会有新变。因为新的内容必须由新的形式承载。在我看来，《分骨》表现出吴克敬对长篇小说结构的把握已到了榫卯合缝、精雕细刻的程度，作品鲜明的《红楼梦》写作笔法，让我们强烈地感到传统的力量在滋生，现代意识亦喷薄而出。

就写作题材而言，《分骨》写了一个男人与九个女人相爱却无法牵手的故事，最终，身为妇科医生的锁子死于他最擅长治疗的乳房疾病上。这种写作模式类似于《红楼梦》中贾宝玉与家中诸女子的故事结构。小说最后以一首《扣娃娃》的信天游结束，呈现出开放的结局，氤氲的鬼气，大有"白茫茫大地真干净"的意蕴。锁子生前死后魂牵梦绕于和他相好的女子们，显然是作家精心塑造的一个现代版贾宝玉。锁子极具象征意味的命名，隐喻着他关爱女性健康，救助女性于困境，却终其一生为表姐米细心坚守，而不愿为其他女人打开怀抱的品性。像这样的男人放在今天的社会里，无疑是个好男人，更遑论，他还有一个类似于贾宝玉所讲的"女儿是水做的"的理论，即"女人的怀抱不能空，男人的手里不能空"。这个"人生论"是吴克敬历经六十余年人生风雨，对男人女人的理解，对生命的领悟。在我看来，这是要求人生不能空洞，而必须充盈；要求人生不能无所作为，而必须积极上进。作家在以作品探索人究竟以何种存在方式才能获得生命的价值这一生命哲学问题，它呈现于具象，上升至抽象，最后直抵人类的终极精神追问。

就小说结构而言，《分骨》结构整严，让人不禁想起吴克敬曾经做过木匠的人生经历。但凡一个好木匠，必然注重所打家具的整体框架，注意各个部件之间的结合，卯榫结构是中国木匠最具特色的手艺。吴克敬是一个好木匠，更是一位优秀的作家，《分骨》处处有伏笔，时时有暗示，呈现出严密圆融的小说结构。这具体表现在：他继承红楼手法，又不同于红楼写作的技巧。小说中九个女子分别被命名为兰桂香玉芳烟莲心蕊，借龚小烟之手还绘制了一幅有八枝荷花、题写八首诗的孕荷图。这非常相似于《红楼梦》中贾宝玉梦游太虚境时饮群芳髓、看金陵十二钗判词的情景，所不同的是《分骨》里"群芳吐香"，而《红楼梦》里"万艳同悲"。孕荷图上的诗文是小说题眼，起总领全文的作用，也与《红楼梦》中十二钗判词的功能相同。"微波池清风摇红，锦云满目碧妆新。香莲承露随心舞，流芳百世逐浪生。"上官兰与米细心是锁子心中隐含的城乡两难取舍的象征，两人合咏一首荷花诗，合为孕荷图中的一枝荷，表明她们实为二位一体、互为镜像的人物，这与《红楼梦》中将宝黛合咏一首诗的写作手法也相似。

《分骨》还营造了类似于《红楼梦》的双重小说空间结构。《红楼梦》里曹雪芹创建了大观园里的女儿国与大观园外的世俗社会的双重小说空间，《分骨》则是在现实生活与锁子死后的灵魂世界，阴阳两个空间中展开叙述，从而使小说有了复调意味。贯穿《分骨》整部小说的是一首首热情昂扬的信天游，而那八首隐喻九位女子命运的古典诗词则为小说涂抹上一层淡淡的古典意蕴，显然，《分骨》是在民歌与雅乐之间穿插吟唱，它改变了小说单一的叙述模式，形成了多种曲调的音乐特色，使人物塑造也发生了变化。时间性是吴克敬小说创作极其重要的一个维度，作家善于在时间里塑造女性，《手铐上的兰花花》写了新旧两代兰花花，《初婚》里写了从谷寡婆到谷冬梅、惠杏爱等的数代女性，《先生姐》里写了两代先生姐，然而在《分骨》里，他开始将整个故事放置在城乡两维空间上演绎，在传统与现代的相互瞭望中看待人类生命。从黄土地上走出的女人们展示的是城市生活空间，而从锁子和九位陕北女子对黄土地的眷恋，以及作品中展示的陕北信天游、剪纸、饮食等内容来看，作家对乡村这一空间的描写分量不轻。

毋庸置疑，中国文化从农耕文明发展而来，此后产生现代城市文明，再后来，又发展出工业、信息、生态等多种文明。中国城市文化是在农耕文明的基础上滋生并成长起来的，毫无疑问，古往今来无数城市都是大地之子，乡村生活的每一个阶段都对城市的诞生、发展、存在有所贡献。因此，无论当代中国城市文明发展到什么程度，我们都不能忘记这种文明从哪里来，又要到哪里去。这也就是为什么在《初婚》里，吴克敬最终将人们的心灵栖息地指向谷寡婆祠堂，即引向中国传统文化；这也是《分骨》里作家在尽情展示西安城市生活时，魂牵梦绕的仍是黄土高原上那方热土和那火辣辣的信天游的原因。毋庸置疑，黄土地永远是我们文化的根脉，是我们的生命神性所在。

原载《延河》2018年第9期

农耕风俗画上见中国

——评吕向阳的散文

在紫苜蓿开遍的关中平原，白杨树耸立的渭河两岸，走过了周秦汉唐等十三个王朝，诞生了"为天地立心，为生民立命，为往圣继绝学，为万世开太平"的关学大儒张载，产生过《诗经》、《史记》、唐诗汉赋、明清戏剧，以及柳青的《创业史》、陈忠实的《白鹿原》等优秀文化遗产，关中是中国农耕文明的重要发祥地，更是文学艺术滥觞的神圣殿堂。关学文化滋养下的一代代关中知识分子，前赴后继地对关中这块凝聚中华文明精髓的地域进行文化新创造。深受周秦文化熏染的宝鸡籍陕西作家吕向阳秉承先贤之宏志，担负继绝存亡、留住民间烟火的时代职责，以《老关中》《陕西八大怪》等系列"关中文化散文"为北中国农耕文明筑起一座文字的博物馆，为当代中国文学贡献了一帧色彩斑斓的农耕风俗画卷，寄予了陕西作家构建当代中国文化之理想，表达出秦地人民对美好生活之期盼、向往。

在此意义上，吕向阳的散文首先是一幅全景式的传统农耕文明、乡村生活图景。当代中国业已走进高速发展的工业文明，回望那渐行渐远的乡村田园牧歌生活，涌上人们心头的依然是无限眷恋之情，以及融入民族血液中的传统文化审美意蕴。传统农耕社会拥有的诸多物件、遗存现已随着社会发展逐渐演变成为农耕文明遗产，它们是农业物种、农业遗址、农业技术方法、农业工具与器械、农业工程、农业聚落、农业景观、农业特产、农业民俗，代表着人类曾经的生产、生活方式，凝聚着东方文明才有的各种日常生活习俗和文化心理结构，显现着东方人的智慧和多姿多彩的心灵。相较于大多数陕西作家喜欢在历史沉浮之中演绎社会制度变迁，在政治生活展示中描摹波澜壮阔的史诗画卷，吕向阳的目光总是投向乡村社会不被人所察觉的老百姓日常生活，他以涝池、窑洞、厦房、戏楼、祠堂、油坊、磨坊、庙会等构建起农耕社会必有的生活和生产空间场景，以富有夸张憨态艺术之审美的泥老虎呈现黄土地上火与土融合后的美丽姿容，以臊子面承载农耕文明下的饮食文化，以铁匠、木匠、石匠、簸箕匠等体现着手工业文化的传承。不言而喻，吕向阳以文字汇聚起民族最深层的生活记忆和文化情境，让我们在钢筋水泥构筑的城市生活里重新体验、回味那日渐远去的乡村生活，追忆那依然缠绕心头的农耕生产情景，不禁有一种绵长悠久的静谧、柔和、淳朴的审美意味回荡心头。

吕向阳的作品弥漫着泥土的芳香，彰显着来自民间的生命酣畅，对外省人而言，是旅游、文化访古手册；对当地人来讲，是民间关中传记。看吕向阳长着一副关西大汉模样，质朴稳重之中却包裹着一颗晶莹剔透的艺术心。《老关中》里他以书法《望秦岭》表现关中的浩然正气，以妙笔丹青为关中大地画像。自古以来，我们有"以诗证史""以图证史"的传承，吕向阳勾勒出数幅关中风俗图、人物画，一个作家能得心应手地运用文字已经了不起了，又能在图与文的"互文"中显现出深厚的人文艺术修养，这让我们不得不为之叹服。

如果说描绘一幅图画是吕向阳所长，在这幅图画里为关中文化把脉诊断，则是吕向阳散文的深邃之处。吕向阳惟妙惟肖地画出了关中人物谱，《陕西八大怪》里神态各异的"小人图"，其入木三分的"神态度"烛照出中国农民的灵魂，承继着鲁迅风，像匕首、如投枪。"小人图"来自凤翔木版年画，是民间艺人为关中小人物构建的镜像，吕向阳将它们（木版画）再创造，于是"小人"们便是水中月、镜中花，镜像中的镜像。像扶上杆儿抽梯子、见了旋风竟作揖、爱钱钻钱眼、白地捏骨角、用钱买上皂角树、吹涨又捏塌、东吃羊头西吃猪等，这些妙趣横生的小人物处处彰显人性弱点，时时惊世骇俗，使人们在掩卷之后，想象世间小人之丑恶嘴脸时，不禁会心一笑。更绝妙处还在于在"神态度"中，吕向阳刻画了形形色色、林林总总的鬼怪形象：饿死鬼、扑神鬼、等路鬼、短见鬼、屈死鬼、毛鬼神、日弄神、夜游神、醋坛神、土地神、阴溜神、狐狸精、倒包客、嘴儿客……个个神神道道，不尽相同。吕向阳笔下的鬼是面目迥异的关中社会怪象，是民间藏污纳垢、阴冷诡异的一面，是一个民族身上的顽疾。所谓"老鬼不打，上房揭瓦；新鬼不封，下地撅葱！"画鬼是为了打鬼，吕向阳如钟馗捉鬼，将这些鬼魂统统捉了来，对他们进行审判，加以痛打，可见其思想的深刻性。

不言而喻，自五四文学始，从鲁迅到赵树理、高晓声，就当代陕西文学讲，从柳青到王汶石、路遥、陈忠实、贾平凹，再到吕向阳，写农民题材，画农民灵魂，揭示农民身上顽疾，暴露民族身上伤痕，这是中国新文学批判现实主义传统，也是当代陕西文学遗产。《陕西八大怪》以强烈的反讽意味、夸张的戏谑味道让我们看到吕向阳思想中直逼人灵魂之处，而对关中农民劣根性的揭示正是吕向阳以散文进行当代文化建构的体现。吕向阳散文知识含量大，厚重，是有分量的文化散文。散文于他是表情达意的主要方式，摒弃传统的迂回与编造的写作方式，以直抒胸臆的表达形式，拷问农民的劣根性，画出农民的复杂多面性，这些大胆的尝试需要眼界、需要魄力，还需要广博的知识和独到的见解，以及咬定青山不放松的精神支撑。毋庸置疑，吕向阳在散文写作中付出了艰辛的劳动，在民间文化批判中充斥着一种深远而浓厚的忧患意识。我们的民族太需要扬清去浊的勇气，太需要于古老的文明之上创造出中华民族新文明的社会担当精神，太需要重建当代中国新价值尺度的意识。吕向阳以冲破雾霾，溯源而上遍搜根脉的精神，以散文强烈呼唤社会清明正义之气，积极要求重构社会人文价值标尺，于慷慨激昂的表述中激荡的是慷慨悲壮的秦音，金瓶炸裂式的叙述中凸显的是雄浑、豁达、古拙的审美气质。

　　无疑，当下我们正处于一个生产方式和生活方式被全面刷新，而又难以完整把握其形态的时代，吕向阳以深入关中民间大地的姿态，以一己之笔触和生活世俗话语对北中国农耕文明进行叙述、展现，走出了沙龙呢哝、酒吧喧嚣、茶馆清谈，走出了一圈圈以各种名义筑造起来的散文围墙，走向了民间大众的广阔天地，走向那历尽周原广漠、秦汉明月、隋唐飓风、宋明理学、清季巨变、民国风云浸染的关中，为北中国农耕文明竖起一座令人回味无穷的大石碑。

原载《宝鸡日报》2018年11月7日

丝绸之路上的中国西部文学研究

19世纪80年代，德国地理学家李希霍芬在《中国》一书中提出"丝绸之路"的称谓，学界认为，丝绸之路有绿洲之路（从中国西北出发，途经河西地区、塔里木盆地，再至西亚、小亚细亚等地，或南下欧亚各地）、草原之路（从黄河流域以北通往蒙古高原，经西伯利亚草原，直达咸海、里海、黑海沿岸，以及东欧地域）和海上丝路（从中国沿海地域出发，经今东南亚各国、斯里兰卡、印度等，最后抵达红海、地中海和非洲东海岸）三大干线。本文所论述的则是中国陆路上的丝绸之路（涉及部分草原之路），它从陕西长安（今西安）出发，在中国境内经过甘肃、宁夏、青海、新疆五大省区，"在长达千年过程中，由不同国家、不同民族、不同信仰的人群，为达到交流、交易的目的，又会不断地互相适应、互相影响，各自以自己独特的文化背景去影响对方，结果是人类的视野不断扩大，精神不断开放，文化不断积累，因而丝绸之路在学者们的眼中也成为一条海纳百川，沟通东西，探究不尽的'文化运河'"[①]。中国当代西部作家以丝绸之路上的重要地理空间为切入点，浅层次者以记游方式、人文地理的写作笔法，呈现丝绸之路上的自然风光、人文景观；深层次者则以种种文化镜像来表现凝结在这条东西方文明之路上的深刻生命体验和文化思考。

[①] 王蓬：《从长安到罗马：汉唐丝绸之路全程探行纪实》，太白文艺出版社，2012年，第4页。

一、勾勒长安：万里丝路的起点

公元前2世纪，西汉王朝开启丝绸之路，及至大唐时期，日渐鼎盛。汉唐长安的都市繁荣有相当大一部分表现在集市上。汉有九市，唐时减少到了七市，但是大唐的东西两市的规模是非常宏大的。东市在万年县（即隋大兴县）辖地内，西市在长安县辖地内，所领四万余户。商贾多趋于西市，货物从这些商旅能够到达的地方涌来。在聚集到长安的琳琅满目的货物之中，丝最为繁盛。丝绸乃我国专有，历来有素、缯、绸、缟、锦、绣之别称。《诗·唐风·葛生》里载："角枕粲兮，锦衾烂兮。"言下之意是枕着华美的角枕，盖着艳丽的锦被。据考证，唐时在长安的丝行就分绢行、大绢行、小绢行、新绢行、小彩行、丝帛行、丝帛彩帛行等类别，而把丝织品从长安运往域外的道路，就是我们所讲的丝绸之路了。唐代丝绸之精美令人难以想象，所谓"越罗冷薄金泥重"（李商隐《燕台四首》）是形容丝绸薄细的质地，"越绯衫上有红霞"（王建《赠人二首》）描绘的是丝绸的色彩，"蜀烟飞重锦，峡雨溅轻容"（李贺《恼公》）描绘的则是丝绸的纹样。

精美的丝绸为中国与中亚、西亚各国之间的贸易奠定了坚实的基础，至公元6—7世纪，大唐长安西市几乎包容了当时世界上最流通的所有商品。据陕西作家王蓬在《从长安到罗马：汉唐丝绸之路全程探行纪实》里描述："各种满载货物的驼队车辆川流不息，不同国家不同肤色的商人摩肩接踵，店铺林立，商幡招展，货物堆积如山。"[①]其中丝绸色泽之多样，"仅是红色，便有水红、绛红、银红、猩红、浅红、深红之别；黄色，又有淡黄、浅黄、鹅黄、菊黄、杏黄、金黄之异。至于图案，则有花卉、飞鸟、

---

① 王蓬：《从长安到罗马：汉唐丝绸之路全程探行纪实》，太白文艺出版社，2012年，第34—35页。

奔马、灵芝、牡丹……数不胜数，让人眼花缭乱，让人无法不喜爱"①。

长安丝绸业的繁荣盛况，致使写丝路的中国西部作家尤重突出丝绸和蚕的意象，例如和谷就在其《西出长安望葱岭》里着意勾勒了一笔："所谓的丝绸古道，自然与养蚕缫丝有关系，与我们先民的穿衣密不可分。《诗经》中的'女执懿筐''爰求柔桑''载玄载黄''为公子裳'，唱的就是养蚕织帛的情景。春秋时就有丝织品出口，汉朝的丝绸恐怕是创汇的拳头项目，是经西域运往波斯、罗马的。这条道儿，渐渐成了中外闻名的丝绸之路。"②在这些西部作家的丰富想象下，丝路就是长安这只春蚕吐出的悠远的丝，丝路所涉及的广阔版图就像是一片片桑叶，无论凋敝还是再生，人们咀嚼着的是绵密不绝的物质和精神营养。

不仅万里丝路起于长安，而且多国商人贸易、中西各种艺术融合也发生在长安。《新唐书·礼乐志》载："至唐，东夷乐有高丽、百济，北狄乐有鲜卑、吐谷浑、部落稽，南蛮有扶南、天竺、南诏、骠国，西戎有高昌、龟兹、疏勒、康国、安国，凡十四国之乐。而八国之伎，列于十部乐。"(《新唐书》卷二十二《礼乐志十二》)自古音乐与舞蹈不可分，当西域音乐传入中土，外来舞蹈也随之俱来。中国古代舞蹈的种类和名目极多，显然是受了西域的胡旋、胡腾等的影响。不唯如此，胡食、胡服、胡乐、胡舞、胡姬在长安也非常盛行。除却丝绸、艺术外，与长安有密切关系的还有佛教。玄奘法师"轻万死以涉葱河，重一言而之奈苑"，取经回国后，正式建立佛教文化，佛教到此时才算真正传入中国。于是，在西部作家们的视野里，玄奘法师显然成为佛教文化的化身。

长安地域自古是中华文明的重要发祥地之一，后稷教民稼穑就发生在这里。就稷的名称而言，本是谷类中种植最早的一种植物。韦应物就曾经在诗中记述当时栎阳稷的种植情况。白居易则在诗中描绘过家乡渭南种植

---

① 王蓬：《从长安到罗马：汉唐丝绸之路全程探行纪实》，太白文艺出版社，2012年，第38页。

② 和谷：《西出长安望葱岭》，陕西师范大学出版总社，2014年，第2页。

荞麦的情景："月明荞麦花如雪。"这些都证明了以长安为中心的陕西是中国农耕文明的发祥地。而作家们笔下所描写的丝、蚕等商品的交易，实际是农耕文明与草原文明的交汇，此后，整个的中国同外族发生关系，一天密似一天，北族而外，包括西方的民族，印度的文化，都同中国发生了不可解开的关系。①

二、构建河西走廊：世界文化长卷上的奇观

当我们的目光越过长安，俯视甘肃中部那段两头大、哑铃形、又细又长的通道，就能直观地看到这长千余公里、宽100—200公里的狭长地带，这就是著名的河西走廊。它在丝绸之路上的重要性，首先源于地理位置。它从兰州过黄河，经过武威、张掖、酒泉、敦煌等历史名城，翻越玉门关、阳关两道名关，直到与新疆接壤的大戈壁。在千年的积淀中，河西走廊不仅成为举世闻名的重要商道，也成为一个历史走廊和沟通东西方的文化走廊，以及中国西部民族融合的大舞台。

陕西作家着重描写河西走廊在地理位置上的重要性，展现其背后隐含的民族绵延生命力的象征意义。在红柯看来，河西走廊就像女性绵长的阴道，需要强有力的力量方可冲破。而在女作家曹洁笔下，"悠远的历史深处，它是一股强劲威慑的朔风，猎猎地，刮过匈奴恣肆敞开的胸膛；是一组神秘难解的西夏文字，重重地，镌刻在河西冰凉而温暖的石碑上"②。不像陕西作家以一种整体描述的态度表现河西走廊，甘肃作家更倾心于对敦煌和凉州两大重镇的书写。汉武帝时设置河西四镇，其中敦煌在整个人类文明史上都是一个辉煌的标志。敦煌不仅是学术研究的重镇，也是艺术呈现的重要对象。长期以来，诗人和小说家们反复吟唱和叙述敦煌的历史文化与现实，形成了三种书写方式：第一种，根据敦煌和西域文化遗存的

---

① 向达：《中西交通史》，岳麓书社，2012年，第6页。
② 曹洁：《素履》，太白文艺出版社，2013年，第129页。

建筑、壁画、雕塑、文献,创造性地重构或改写神话、民间故事和传说;第二种,对当代敦煌和西部社会面貌及西部人生存状况进行书写;第三种,对敦煌及其文化变迁的历史进行勾画。王家达的《敦煌之恋》是一部关于敦煌艺术和献身于敦煌艺术的精英们的报告文学,描写在民族文化罹难之际,一大批优秀的中华儿女挺身而出,毅然来到大漠绝地,用热血和生命保护敦煌,也研究敦煌的故事。作品从对张大千、于右任到常书鸿、段文杰、樊锦诗、李正宇、席臻贯的书写,直到对无数无名英雄的书写,展现了诸多仁人志士共同谱写的一曲敦煌恋歌。

不言而喻,能够产生如此多的有关敦煌的文学书写,最重要的原因在于这个地域诞生了举世瞩目的敦煌学。1900年,王圆箓道士打开了莫高窟第16窟的一个耳洞,深藏近九百年的六万多件珍贵的文书面世。其中经卷、用过的课本、废弃的公私文书、佛画等,有纸质的,也有丝绢的;有手写的,也有印刷的;涉及汉文、梵文、于阗文、藏文、西夏文、蒙古文、回鹘文、粟特文等多种民族的文字。敦煌遗书的发现是20世纪初世界考古学最大的收获。西方探险家闻讯而动,接踵来到敦煌考察。1906年,法国人伯希尔率考察团经吐鲁番,赴敦煌,获得大量手稿;法国人斯坦因则至新疆,经和阗而赴敦煌,也获得了大量手稿;1905—1910年,俄国人科兹洛夫考察了丝绸之路,发现了著名的"黑城"遗址,并获得诸多文书和遗物;1914年8月,奥登堡到敦煌考察,并于1915年1月带回数百个长卷和大量残片。上述西人所频繁进行的敦煌考察,成为当代甘肃作家从事敦煌写作的重要题材。冯玉雷的敦煌系列作品基本上就是针对20世纪初叶敦煌文书发现之后,西方探险家到敦煌来所进行的文化掠夺的事件而创作的,他的《敦煌遗书》《敦煌·六千大地或者更远》就用艺术之笔表现了这方面的历史。"六千大地",言及路途之遥远,泛指西部大地——帕米尔高原、青藏高原、河西走廊、传统的西域各地及中亚,包含着一个巨大的文化带。因为敦煌曾经是世界上最重要的文化中心地带,敦煌文化也可以说是楼兰文化、龟兹文化、高昌文化等已经消失的西域文化的延伸,其中有很多中亚文化与中国中原文化的杂交成分。正是敦煌,以及中亚腹地在20世纪初的人文地理大发现,激发了中国当代西部作家的丰富想象,引发了他们的思古之幽情,从而诞生了一系列书写敦煌的文学文本,把一个独特的敦煌艺术世界呈现在我们面前。

正如李正宇先生所指出的:敦煌学是研究敦煌古代精神文明和物质文明的学问,而精神文明中就包括了文学。甘肃作家针对敦煌所书写的文本,在很大程度上是敦煌学的重要构成部分。甘肃作家和诗人创作的敦煌文学是对敦煌文化的展示和相关精神的构建,它们是深刻的,甚至是充满悲壮色彩的。而同样触及敦煌题材,陕西作家的书写里增添了更多的从长安出发到异域进行文化寻访的故事。王蓬在其《从长安到罗马:汉唐丝绸之路全程探行纪实》里描述:王子云是我国著名的画家,20世纪上半叶,他率领西北考察团在我国西北考察,亲笔绘制了一幅千佛洞全景写生长卷。该长卷是绘画艺术和考古工程完美结合的产物,完整、准确地保留了20世纪40年代莫高窟的山川地理风貌和历史形象。显然,敦煌是西部作家不可绕过的一个重要的文化镜像。

除却敦煌,河西走廊上的另一个重镇是武威,即古时的凉州。对于凉州,西部作家的表现有差异。甘肃作家雪漠的作品呈现的是这片贫瘠的土地上农民生存的样态。作家李学辉似乎是有意要补充"银武威"的历史印象,创作了长篇小说《末代紧皮手》,表现农民对土地的崇拜。陕西作家曹洁笔下的凉州完全是用心灵体验得来的诗化凉州,"且斟一杯葡萄酒,满上凉州的暖,饮尽你三千沧桑。我在微凉的秋风里靠近你,只吟一曲《凉州词》"①。这种诗化,到王蓬眼中,就转化为岑参、高适、王维、元稹、王之涣、王昌龄等一长串诗人的名字,和葡萄美酒夜光杯一起构成了独特的凉州文化风景。季羡林讲过:"世界历史悠久、地域广阔、自成体系,影响深远的文化体系只有四个:中国、印度、希腊、伊斯兰,再没

---

① 曹洁:《素履》,太白文艺出版社,2013年,第132页。

有第五个,而这四个文化体系汇流的地方只有一个,就是中国的敦煌和新疆地区,再没有第二个。"①因此,当我们对河西走廊上的敦煌和凉州进行过阐述之后,要论及的就是西域(新疆)。

三、想象西域:民族雄强生命力的古道

"作为一个地理概念,西域泛指玉门关、阳关以西的广大地区。广义的西域是指古代中亚,狭义的西域就是历史上的新疆。"②西域一词最早出现在中国史籍中是在汉时,即张骞凿空西域之后,到18世纪大清王朝开疆辟土,才有了新疆的称谓。至今,人们仍然喜欢用"西域"一词表达对异域的美好想象和历史情怀。

关于西域的书写,陕西作家红柯有《西去的骑手》《哈纳斯湖》等文本;新疆作家周涛有大量反映新疆的诗文;从浙江去新疆的沈苇也留下了一系列新疆文本。从外地迁徙而来的作家在展示西域的时候,都竭力在家乡文化背景之下展示。红柯谈秦腔与十二木卡姆之间的渊源关系,以及李白、班超、张骞与西域之间的联系,在红柯的心里:"我已回到陕西好几年了,拉开时间与空间的距离,常常在马嘶中惊醒,常常在黄土高原干旱的沟壑间出现汹涌壮美的大海一样的额尔齐斯河,常常在星光下,在漆黑一团的屋子里强压住狂跳的心脏,河的气息让我失去时间与空间,树的根须草的叶片带着啸音穿过底层奔腾着,它们打通了所有的生命,沙砾、大漠风、冰雪暴全被打通了,这就是河的生命力,动物、植物与人等量齐观。"③沈苇描写的新疆则是在江南文化与新疆文化的比较下存在的,是水与沙漠的比对——沈苇常常将自己比作一枝种植在沙漠中的芦苇。周涛

---

① 王蓬:《从长安到罗马:汉唐丝绸之路全程探行纪实》,太白文艺出版社,2012年,第174页。
② 沈苇:《新疆词典》,百花文艺出版社,2005年,第186页。
③ 红柯:《西部的一块"湿地"》,载《当代·长篇小说选刊》2004年第3期。

笔下的新疆则完全是本土的。"还有什么比你自己生活的这块土地对你的需要、理解、自豪更辉煌的事呢？"①——周涛的文学新疆弥漫着一种生生不息的力量。

这些描写西域的作家共同热情讴歌英雄，成吉思汗、察合台、马可·波罗、布格拉汗、玄奘、班超、马仲英的故事精彩纷呈。他们也共同赞美骏马和骑手。周涛、沈苇皆有写马的篇章，红柯的成名作是《西去的骑手》，在这些作家的作品里，骏马象征着一种强盛的力量，马背上的骑手自然是血性的汉子。所以西域文学的主体基调是英雄的史诗，充满阳刚、雄强的文化，带给中原文化雄强和旺盛的生命力。"游牧民族血管里饲养着一群奔马，他们不停地在大地上挪动，无法使自己停止下来。当突厥人在漠北高原游牧的时候，每逢传来马嘶声、犬吠声、牛鸣声、骆驼吼叫声，都从中听见一种'喝起、喝起'的呼声，因此，他们便从他们驻扎之地挪动。"②马匹所代表的是一种游牧文化，因此，沈苇豪迈地说："在中亚腹地，马蹄铿锵有力，是心脏最地道最纯粹的跳动！"③"战马奔驰/四蹄迸发火花/点燃枯草/草原在燃烧。我就从马的世界里找到了奔驰的诗韵，辽阔草原的油画，夕阳落照中兀立于荒原的群雕，大规模转场时铺散在山坡上的好文章……毡房里悠长喑哑的长歌在烈马苍凉的嘶鸣中展开，酗酒的青年哈萨克在群犬的追逐中纵马狂奔，东倒西歪地俯身鞭打猛犬，使我蓦然感受到生活不朽的壮美和那时潜藏在我们心里的共同忧郁……"④

在沈苇看来，西域在粗粝、坚硬的外表下，还藏着温婉、细腻的个性，隐藏着一颗柔情似水的女性的心。楼兰、米兰、尼雅，就像一个个美丽姑娘的名字，滋润了西域干裂的嘴唇和沙漠荒芜的心田。显然，西域是

---

① 周涛：《稀世之鸟》，解放军文艺出版社，1990年，第79页。
② 沈苇：《新疆词典》，百花文艺出版社，2005年，第11页。
③ 同上，第11页。
④ 周涛：《稀世之鸟》，解放军文艺出版社，1990年，第79页。

多元的，也是我们民族最具生命活力的地域之一。自古，这里就流传着罗曼司、异国情调以及种种域外的天方夜谭，而丝绸之路这个纽带，将东方和西方拉近了，双方得以认真地打量和触摸对方，从而留下了一部文明交流的传奇历史。而周涛的笔下的西域充满着强劲的魄力，散发着原始的野性和魅力。这源于西部这片广袤的山川与他所处的这个令人百感交集的年代，"是这些因素融汇起来潜移默化着他，养育着他，同化着他，使他在诗中在文中，不知不觉地拥有了一条通向大作为大境界的至真之路"①。丝路是陆路上的交通路径，但也含有水域方面的路线。中国当代西部作家关于西域的书写里面充盈着河流大川。在红柯心目中，所有的水系几乎都源于西域。老子悟出的第一大道是水之道，水处下而无不克。汉武帝派张骞通西域，最初的打算就是寻找黄河的源头——汉人以为黄河的源头在青海以西，在帕米尔高原，叶尔羌河是黄河真正的源头，而入大漠，则为塔里木河，出青海，便是黄河。如果说泥沙俱下的塔里木河是一匹脱缰的野马，那么奔腾的伊犁河便是一条狂野的水蛇，额尔齐斯河则像是一位行走的智者。红柯、沈苇都倾心表现过额尔齐斯河，在他们的眼里，额尔齐斯河是北方民族的精神象征，它像纽带一样，使新疆乃至整个中亚都与北冰洋产生了遥远的血肉相连。周涛则竭力展现"草原不管有多么辽阔和健康，它的河流，都是郁郁的"②。

　　毋庸置疑，在中国当代西部作家丝绸之路书写中，对各个地域的描述是不尽相同的。在作家们看来，长安充满历史遐思，河西走廊寄予着民族生命力，敦煌写满国人学术之伤心史，凉州表现着农民生存的困境，西域聚集着民族交融和文化的大碰撞。总之，"回顾丝绸之路史，一个显著的事实是，东方对西方的征服更多，凭借自身文明的魅力，丝绸扮演了首席和平使者的角色"③。但是，丝路上也演绎着血腥和掠夺，上演着刀剑和

---

① 周涛：《稀世之鸟》，解放军文艺出版社，1990年，第4页。
② 同上，第103页。
③ 沈苇：《新疆词典》，百花文艺出版社，2005年，第70页。

火炮的悲剧，这在敦煌艺术和敦煌遗书方面表现尤为惨烈。显然，在丝绸之路上所发生的文化交叉、碰撞、融会，甚至是掠夺、流血，都在中华民族的血管里注入了一种新鲜的，抑或说异质的血液，它和汉民族的农耕文明交织、混合在一起，共同构建了华夏民族的文明史。

我们更欣喜地发现：在中国当代西部作家的丝路叙事中，始终贯穿着一种雄强的力量、刚健的艺术审美。我们不禁要追问：中华民族文化的魅力何在？中国当代西部作家的文本告诉你：就在这从中原生发，又吸收了异域、外族文化的丝绸之路文化里，它具有海纳百川的包容性，成就了东方大国恢宏的格局和气度。因此，毋庸置疑，中国当代西部作家丝路叙事上所呈现出来的文化镜像，是中华民族文化地图上的重要构成。

原载《大西北文学与文化》2020年第1期

"柳青道路"论

"柳青道路"是中国当代重要作家柳青扎根陕西长安县（今长安区）十四年创作生活的学术总结，中国当代文学的重要概念和理论。它继承延安时期知识分子走与工农兵相结合的道路，要求作家有自己的生活基地，以人民为中心，在社会实践中进行主体精神塑造，通过创作实现自己的文学人生和对现实主义艺术探索的宏大目标，从而以文学参与到社会主义文化建设中来。"柳青道路"具有五副面孔、三层意蕴，在其产生的六十余年里经历不断被阐释、论辩的命运，长时间牵引着社会主义文学发展的时代命运和历史起伏。如今，当新时代社会主义文艺高扬"人民文学"旗帜之际，"柳青道路"的内涵和价值愈加凸显出来，焕发出新的生机和活力。学术生命的根基在于对时代问题做出及时且具学理性的积极回应，本文正是在新时代社会主义文学发展背景下，对"柳青道路"的历史钩沉和现实思考。

一、"柳青道路"的提出、构成与论辩

1952年5月24日下午，柳青告别北京踏上西去的火车，从而开启了他长达十四年的长安生活。9月1日，柳青到陕西长安县任县委副书记，随后立即参加县委正在举办的互助组长培训班，并熟悉全县情况。9月下旬，他同长安县委工作组一起深入农村，参加基层互助组的整顿工作，同时跑全县

各区、乡,全面了解情况。1966年5月16日,中共中央发出关于开展"文化大革命"的通知。1967年1月1日早晨,一伙人闯进长安县皇甫村中宫寺柳青家,几乎将他家洗劫一空,并将他关进"牛棚"。1967年2月13日,他的妻子马葳带着孩子们把家搬到西安市小南门外大学东路一条小胡同的简易楼上。从此,柳青结束了他文学创作道路上最光辉的"长安十四年",这在中国当代文学史上称为"柳青道路"。

"柳青道路"是柳青扎根乡村十四年创造出来的当代中国作家生活和文学创作道路,在历史发展中形成并凝结为中国当代文学的重要概念和理论。这条道路经历了三个发展阶段:草创于1943年至1945年柳青在陕北米脂下乡做文书时,此时柳青接受了毛泽东的《在延安文艺座谈会上的讲话》精神,经历米脂三年社会实践,走上了与工农相结合的道路。1952年至1967年的"长安十四年"是"柳青道路"的形成与成熟时期。1978年至1982年间,胡采、刘建军、蒙万夫、阎纲等评论家纷纷撰文阐释柳青的生活与创造道路,其中西北大学的刘建军、蒙万夫两位学人发表的《柳青深入生活的道路》一文首次将"柳青道路"作为中国当代文学一个重要文学概念和理论提出来。在他们看来:"现在,一提起柳青的道路,人们自然会联想到选择一个固定的生活基地,安家落户,长期扎根,就是这位作家获得不平凡成功的值得人们仿效的生活和创作道路。"[①]"柳青道路"是新中国成立以后,中国作家继承延安时期知识分子走与工农兵相结合的道路,对自己的生活和创作道路所做出的新选择。它要求作家在马克思文艺理论指导下,必须有自己的生活基地,并长期扎根在那里生活、学习,参加社会实践活动,从生活中汲取创造素材,坚持写实主义,从而创作出人民喜闻乐见的优秀文艺作品。"柳青道路"承载着人民作家在生活中如何进行主体塑造,"人民文艺"如何处理好政治与文艺、生活与艺术关系,从而发挥社会文化建设功能的内容,构成如下:

[①] 刘建军、蒙万夫:《柳青深入生活的道路》,载《文艺研究》1981年第5期。

首先,"柳青道路"是作家的生活道路。这种生活道路是一种生活方式,包括个人生活和社会实践活动。新中国成立后,柳青不甘心做一名新生活的旁观者,"他决心到人民中去!到新生活中去!在新生活诞生的时刻,贡献自己的力量"①。1952年,柳青及其家人搬到陕西长安县皇甫村,他的散文集《皇甫村的三年》、中篇小说《狠透铁》,及长篇小说《创业史》第一部、第二部都是在皇甫村的中宫寺里写出来的。在"长安十四年"蹲点,柳青需要一个点去了解关中农村,掌握当时正在进行的社会主义合作化事业,为此他必须深入乡村生活。初至皇甫村时,柳青穿着背带裤、皮鞋,和农民之间有隔阂,不久他就意识到这个问题,改变了装束,头上裹着毛巾,身上穿着对襟大褂,脚蹬布鞋,打扮得像关中农村老汉那样。显然,柳青想通过接受农民的生活方式和农民融合在一起,从而获得农民的生活感知,掌握农民说的方言土语,体味农民面对巨大生活变革时产生的复杂心理。

柳青生活道路的另一构成是社会实践活动。柳青在皇甫村的社会身份是村党支部副书记,作家身份对外是保密的。从1952年起他就开始帮助王莽村农民建立全县第一个合作社,参加党在过渡时期的群众运动,向农民宣传组织起来的好处,多次参加党、团支部大会,全村乡干部会,妇女代表会,老人座谈会,参加农业生产合作社的建社工作。20世纪50年代的社会主义合作化运动,"第一步为互助组,劳动力入股,但农民个人保持土地和其他生产要素的所有权;然后是低级农业生产合作社,生产性财产这时由集体控制,但每个农民根据他拿出的土地、工具和牲畜的多少分红;最后是高级农业生产合作社,这时取消分红、严格地按劳取酬"②。柳青全程参加了社会主义合作化运动。"长安十四年",柳青以社会生活积极参加者的身

---

① 蒙万夫、王晓鹏、段夏安等编:《柳青写作生涯》,百花文艺出版社,1985年,第125—126页。
② R.麦克法夸尔、费正清编:《剑桥中华人民共和国史·革命的中国的兴起(1949—1965年)》,谢亮生等译,中国社会科学出版社,1990年,第102页。

份,全身心地投入这场要把绝大多数中国人置于社会主义组织形式之下的社会和制度改造的伟大工作中,参与到社会生活最核心的政治生活中,并以文学深入参与整个社会改造运动,为此,柳青已做好充分的生活准备。

其次,"柳青道路"是柳青探索中国农民命运和生活,实现文学人生的道路。柳青扎根皇甫村,《创业史》则是20世纪50年代—70年代社会主义文学的典范之作。柳青站在历史高度,从中国社会最广泛、最基层的群体——农民的生活视域思考中国社会现代化进程问题,紧扣时代最敏感的脉搏,捕捉到社会转型时期最核心的问题。《创业史》不仅传达时代最强音,而且折射出作家是以历史运动和社会发展观察、反映生活,以思考农民生活道路作为自己艺术探索的目标的。柳青正是"通过文学世界的再现及其艺术感染力,使读者形成对现实世界的总体性认知,并将文学世界所提供的理念、思想转化到个人的行动实践之中,从而践行文学改造世界的功能"[①]。

再次,"柳青道路"是中国作家开创广阔的现实主义创作的道路。柳青深入乡村生活、积极参与农村合作化运动,以写实主义文学范式展现中国农民走社会主义道路的历程,塑造当家做主的新农民形象。自1959年《创业史》发表,六十余年来,无论面临怎样的争议、论辩,《创业史》的史诗性写作、对生活整体性完美的艺术把握、扎实的写实主义风格都使柳青在中国当代文坛上具有举足轻重的地位。在柳青生活过的陕西,路遥、陈忠实,包括贾平凹等一大批陕西作家前赴后继地走"柳青道路",他们毫不忌讳地承认柳青是自己的精神导师,《创业史》对其有深远的影响。路遥讲:"作为晚辈,我们怀着感激的心情接受他的馈赠。"[②]陈忠实也说:"柳青的一生,不单是作为作家的一生,而且是社会变革的直接参与者。"[③]这些作家继承柳青深入生活、为农民写作的道路,接受柳青

[①] 贺桂梅:《柳青的"三所学校"》,载《读书》2017年第12期。
[②] 路遥:《路遥文集》第2卷,陕西人民出版社,1993年,第432—433页。
[③] 陈忠实:《陈忠实文集》第6卷,广州出版社,2004年,第204页。

的现实主义创作理念和手法，以历史概括、远景描写、典型人物塑造和丰富的日常生活书写，探索中国农民命运和生活道路，形成了鲜明的地域特色和史诗性创作追求，开拓出一条现实主义广阔道路。

无疑，在中国当代文学研究中有一道不可小觑的文学风景，那就是自20世纪50年代柳青开创"柳青道路"，六十余年来，在不同历史时期它遭遇不同历史起伏，不断引起论辩的境遇。第一次辩论是在20世纪60年代，论辩的核心问题是社会主义现实主义的典型性与批评现实主义的真实性之间的关系。1959年，《创业史》初次发表，冯牧、李希凡、朱寨、阎纲等当代文学领域最有影响力的评论家纷纷撰文，对柳青及其《创业史》进行论述，最引人注目的是柳青与当年还是青年学者的严家炎围绕《创业史》主人公梁生宝与梁三老汉塑造的优劣问题展开激烈论辩，事实上，这个问题是左翼文学内部捍卫《讲话》精神一派与坚守五四传统一派的斗法。第二次大辩论是在1978年至1983年，此时我国农村开始实行家庭联产承包责任制，从而引发了《创业史》里描写的合作化道路和"柳青道路"是否具有合理性的论辩。1982年，《人民日报》上发表了一篇名为《〈创业史〉写作基地为何由富变穷？》的文章，率先对《创业史》发难，《〈创业史〉中梁生宝的生活原型由富变穷记》一文也表达了对柳青描写的合作化事业所具有的历史合法性的质疑。几乎是在同时，刘思谦的《建国以来农村小说的再认识》（1983年）一文对以《创业史》为代表的农村合作化小说做了一定程度的肯定，胡采、刘建军、蒙万夫、牛运清、黄济华等评论家也先后对柳青的生活和文学创作道路做了深入阐述，"柳青道路"概念就是在这个时候确立的。第三次是在"重写文学史"思潮中，"柳青道路"再次引起争论，论辩的核心是以《创业史》引发的中国当代文学批评标准由政治准则向审美性尺度转变的问题。1988年，《上海文学》开辟"重写文学史"专栏，宋炳辉的《"柳青现象"的启示——重评长篇小说〈创业史〉》吹响了20世纪80年代中国当代文学批评原则由政治准则向审美标准转型的号角。此时，罗守让以《为柳青和〈创业史〉一辩》一文奋起反击。罗文对宋文的驳论的三条中,有两条围绕"柳青的生活和文学道路"即"柳青道路"展开。在当年的"重写文学史"者的眼中,"柳青道路"是阻碍中国当代文学从注重政治意识形态向提倡纯文学转变的绊脚石,也因此在"重写文学史"思潮倡导者陈思和主编的《中国当代文学史教程》中,柳青及其《创业史》全部被清理了。随着20世纪80年代后期形成的文学批评和文学史研究思维模式发展成为90年代文学史研究和书写中的惯性力量。在90年代的"再解读"思潮中,李扬的《抗争宿命之路》《50—70年代经典文本的再解读》、余岱宗的《被规训的激情——论50、60年代的红色小说》等著作对"柳青道路"进行"再解读",这种以西方现代文化理论为批评武器的文本阐释方法形成了具有浓郁政治意识形态的西方文化思潮。为了抵制这种西化思潮和市场经济带来的一些负面影响,20世纪90年代,我党提出弘扬主旋律的文艺政策,2014年,习近平总书记在文艺工作座谈会上发表重要讲话,提及"柳青道路",肯定柳青在"长安十四年"的深入生活,以人民为中心的创作道路,成为新时代社会主义文艺重构人民文学的重要思想内涵。这个时期,"柳青道路"虽没有引起文学界的激烈辩论,但潜在地存在西方文艺理论与本土文艺政策之间的暗自较量。

毋庸置疑,"柳青道路"在中国当代文学六十年跌宕起伏的论辩现象,显示出政治意识形态和时代精神对中国当代文艺的深远影响,折射出文学作为社会生活的反映,上层建筑中的意识形态之一,总会成为新时局、新美学原则来临前被评判的标靶,围绕着它潮流涌动。

二、"柳青道路"的五副面孔与三层意蕴

"柳青道路"概念的复杂性还在于,在柳青及其文学研究中,"柳青道路"并非以一张面孔出现,而是存在多副面孔交替出现,甚至重沓而来的现象。形成初期,柳青曾将自己的生活和文学实践命名为"柳青

的生活方式"。在柳青看来:"作家生活方式应当是多种多样的。但是我的生活方式也不是错误的方式。它是唯一适合我这个具体人的生活方式。"①1978年,在《生活是创作的基础——在〈延河〉编辑部召开的短篇小说创作座谈会上的讲话》中,柳青提出著名的"生活的学校,政治的学校,艺术的学校"②的"三所学校"论。这是作家对自己生活和创作道路高度理性的概述,是柳青文艺理论的核心,也可谓"柳青道路"的第二副面孔。"所谓生活的学校,就是毛主席在'讲话'里说:深入生活,改造思想,向社会学习。这是文学工作的基础。"③也就是要想写作,就得先生活。"生活的学校是作家最基本的学校。在实际生活的感受、形象记忆和形象思维的一整套艺术创造的过程中,登高要有个基础。生活好比一楼,作家的全部推理、比较、综合和概括工作,都通过作者感受过的生活形象来开始来进行,而不是通过调查统计来的抽象材料去进行(当然也有帮助)。"④"政治的学校"在柳青那里有时会表述为"革命的政治内容"。柳青认为作家不仅要阐释和演绎党的政策,也要站在与国家政策制定者的同一高度来理解合作化运动的历史意义,对社会发展和人的历史存在做出更科学的把握。"艺术的学校"就是作家要用丰富的生活细节展示艺术描写的密度和强度,呈现作品的巨大幅度,依靠典型化、整体结构和情节描写全面安排作品层次,从容不迫地进行作品布局。

"柳青道路"的第三副面孔是"柳青现象"。1988年,宋炳辉揭开"重写文学史"思潮帷幕时的《"柳青现象"的启示——重评长篇小说〈创业史〉》,1996年温宗军的《柳青现象:两极的批评及其反思》,2011年赵学勇等的《经典的剥蚀:"柳青现象"的学术叙述及反思》,2016年吴进的《柳青现象与深入生活》皆将"柳青现象"作为关键词论

---

① 蒙万夫、王晓鹏、段夏安等编:《柳青写作生涯》,百花文艺出版社,1985年,第177页。
② 柳青:《柳青文集》第4卷,人民文学出版社,2005年,第330页。
③ 同上。
④ 李子:《柳青的有幸与不幸》,内蒙古人民出版社,2010年,第7页。

述。"现象"是研究者对中国当代文学及其文化事件的理性概括，常使用"某某现象"方式表述。"柳青现象"出现，一是《创业史》引起了广泛讨论，二是"深入生活"的方式也应该引起学人广泛注意。较之"柳青道路"，"柳青现象"内涵更宽泛的是它包括"柳青道路"在当代中国文化批评语境里此起彼伏的肯定与否定的论辩境遇。这些学人争论不休的是："柳青道路"涉及政治、生活、文艺诸多问题，随政治时局沉浮，文本品评准则跌宕，生活内涵变化而不断起伏。

"深入生活"是"柳青道路"的第四副面孔，也是最复杂的一面。20世纪以来，理论生产的趋势已经转向生活世界，如何理解生活世界，如何思考、判断和想象日常生活领域，一直是西方思想界的重要课题。从胡塞尔、许茨、海德格尔到卢卡奇、赫勒、列斐伏尔、德赛都、居依·德波以及法兰克福学派学人、英国文化研究者，乃至后马克思主义者，都在不同层面、不同角度对生活世界和日常生活领域进行了深入思考。毛泽东作为政党领袖于《在延安文艺座谈会上的讲话》提出的"深入生活"是口号，也是概念、理论，更是实践，是作家体验生活、搜集材料的创作方式，思想改造的过程，文学批评的尺度。2016年段建军的《柳青的社会参与意识与生存探索精神》一文论及柳青"深入生活"的视角，一方面是向外的柳青个体生命的扩大，另一方面是作家向内的精神追求，这样的研究使我们深感"柳青道路"给中国当代文学带来了欣欣向荣的生命样态和情绪。

"人民文艺"是新时代"柳青道路"的第五副面孔，也是最新、最有意蕴的。2014年，习近平总书记在文艺工作座谈会上的讲话提出坚持以人民为中心的创作导向，重点以柳青深入生活为例来论，一时之间，"柳青道路"成为新时代中国文艺界高度关注的话语，贺桂梅、程光炜等学人对此皆有深论。2016年，柳青女儿刘可凤的《柳青传》全面描述了柳青的人生、生活和创作道路。毫无疑问，柳青所走的道路是坚持以人民为中心的文艺创作道路，其作品是深入生活的典范，是社会主义文学典型。在20世纪50年代—70年代我党提出"人民文艺"六十年后，新时代党的领导人再次高扬起了这面旗帜。

"柳青道路"还蕴藏深邃的思想内涵，分三个层面。首先，"柳青道路"蕴含的是作家主体塑造话语。如何塑造作家主体是20世纪中国左翼文学实践的核心问题，涉及人民大众的感情养成，抑或表达为《讲话》中所谈及的知识分子的思想改造问题。人民作家要获得人民大众的感情，就要与人民同呼吸、共命运，真正树立以人民为中心的创作导向。这是精神世界的塑造，也是人民情感的培养。过去，中国知识分子生活的世界与广大人民群众的生活不尽相同。现代文学在城市诞生，20世纪以来，中国作家的思想感情经历五四时期泛神论的宇宙憧憬和人生感伤、生命况味，充满对人生积极美好的希冀。20世纪30年代的革命浪潮和抗战烽火使中国作家感情愈加细腻、复杂、多样化。但五四一代的作家高喊"劳工神圣"，赞美人力车夫，最终与大众还是隔阂的；30年代的左翼作家虽已开始描写工农大众，但是他们本身并没有真正融入大众的生活。柳青出生于1916年，在米脂三年后开始走进农民生活，"长安十四年"养成了作家的才能、气质和风格。在柳青看来，作家的才能是洞察力、记忆力、想象力、概括力、表现力，而"文学才能的绝对因素是实践的锻炼"[①]，即作家在实践中增添见识、扩展眼界、提高认识、人格养成。

其次，"柳青道路"创造了作家以人民为中心的文学人生和参与社会主义文化建设的路径。柳青的生活道路所要达到的目标有两个，第一是，经过长期深入生活，写一部能反映社会生活广阔性和各阶级人物心理特征、历史发展趋势的文学作品，《创业史》便是这个目标的结晶。第二是，实现自己以人民为中心的文学人生。文本是思想存在的物质样态，柳青所要实现的是以文学为载体的自我人生最高价值——自我实现。这是一个人最高的精神追求。而对社会来讲，柳青的文学是社会主义文学的有机构成，社会主义文学又是社会主义文化建设的重要组成部分。社会主义文

---

① 柳青：《柳青文集》第4卷，人民文学出版社，2005年，第294页。

学是实现共产主义这个远大目标指导下的社会主义实践活动，为此，中国当代社会主义文学继承延安时期文艺"为工农兵服务，为无产阶级服务"的"二为"方针，在20世纪50年代—70年代提出文艺"为人民服务，为社会主义服务"的新"二为"方针。中国作家总是有深重的以文学创作参与社会主义文化建设的使命意识，柳青所开创的文学人生道路是优秀的文学遗产，被后辈作家学习传承。

再次，"柳青道路"开创了广阔的现实主义艺术道路。为此柳青深入论述"细节的真实"与"艺术的真实"这两个概念。

"细节的真实就是生活的真实，就是作品关于人与人、人与物、物与物、时间与空间的关系的描写真实，关于行动、言语、景色、音响等等客观事物在人的生理上和心理上反映的描写也真实。真实就是逼真，就是入情入理，使读者感觉到作品里所写的一切，如像现实生活里真正发生过的事情一样，令人那么愿意接受，简直找不出什么漏洞来。……所有这些社会特征、心理特征和生理特征，都带着生活的具体性。艺术描写如果缺乏这些具体性，或不符合这些具体性，就不能给读者造成生活的气氛，就是缺乏生活真实。"[①]

柳青在其著名的《美学笔记》里深入讨论了"生活的真实"与"细节的真实"两个概念的关系。在他看来，先有细节的真实才会产生生活真实的感觉。前者是文学艺术作品所表现出来的，后者则是读者阅读这些作品时所感受到的，而这种感受是参照真实的生活情境去感知的。故此，才称为生活的真实，也就是真切的生活。而要想获得艺术中的细节的真实，就要对生活有深入的了解，或者说在生活中积累大量丰富生动的感性经验，拥有强烈的生活感知。为此，柳青从生活中提取声音、气味、色彩、味道等各种要素，使我们在《创业史》文本里能够感受到梁三老汉在地头哭童养媳的悲伤，梁生宝进终南山砍竹时脸上留下竹子划痕的艰辛，有万丈母

[①] 柳青：《柳青文集》第4卷，人民文学出版社，2005年，第277页。

娘与生宝母亲拉家常的亲切,这些细腻的日常生活细节描写构成了《创业史》这幅社会生活画卷中最珍贵、最丰富的文学性,映照着作家长期深入生活的扎实性。最能说明问题的是,柳青是陕北吴堡人,1952年来到皇甫村时才开始接触、学习关中方言土语,而这些后来都呈现在《创业史》的人物对话描写里,极大地增添了作品的生活气息、现场感和地域特色。细节的真实还在于马克思主义文论所强调的典型性格和典型环境。柳青在讲典型性格和典型环境时,强调个性中蕴含共性,主张"文艺作品中反映出来的生活却可以而且应该比普通的实际生活更高,更强烈,更典型,更理想,因此就更带普遍性"[①],他也确实做到了这些。

柳青文艺思想深受马克思主义文艺理论影响,他将政治意识形态、历史内容与艺术特色融合起来进行文学创作,深入探索中国农民的历史命运和生活道路。为实现这一目标,他深入皇甫村生活长达十四年。柳青的生活态度要求自己必须使作品呈现细节的真实,而细节的真实是在长期生活积累之上的对真实细节的概括、提炼,是力求从历史发展运动和脉络中反映出现实生活的状况,为此他赋予了《创业史》玫瑰般的理想主义色彩。读者可以感受到小说扑面而来的磅礴气势,不可阻挡的历史洪流,而巨大的历史洪流是由绵密如织的一针一线的细节的真实描写呈现出来的。

三、"柳青道路"与中国当代社会主义文学的历史起伏

"柳青道路"以作家姓名命名,有意味的是,这位作家的生活和文学创作道路折射出了中国当代社会主义文学的时代命运和历史起伏。在笔者看来,社会主义文学是中国当代文学的一个重要构成。1957年,周扬在第三次文代会上所作的《我国社会主义文学艺术道路》的报告里提出了社

---

① 钟敬文、启功主编:《20世纪全球文学经典珍藏》,北京大学出版社,2004年,第272页。

会主义文学概念。社会主义文学与中国共产党领导的社会主义实践相辅相成，具有强烈的政治意识形态特性，表达人们在重大政治事件和社会变革中的深刻认识，表现人们对革命理想主义的情感认同与社会主义实践过程中不懈追求的精神，彰显平等主义、劳动价值、集体主义，坚持社会主义现实主义创作理念和方法。

"柳青道路"是20世纪50年代—70年代社会主义文学中革命现实主义与革命浪漫主义相结合的产物，而这个时期，正是中国社会主义文学发展的高潮。周立波回到家乡湖南深入生活，写出了《山乡巨变》，赵树理回到故乡山西，创作了《三里湾》。这两部小说与柳青的《创业史》是反映波澜壮阔的中国农村合作化运动的代表作。这三位作家都以回到故乡农村的生活场景里的方式深刻体会合作化运动，"柳青道路"虽以柳青个人之名命名，但是具备时代的代表性与示范性。《创业史》以正在农村发生的史无前例的社会主义合作化展开叙事，表现出中国农民面对巨大社会政治事件时的态度：以梁生宝为代表的社会主义新人们信心百倍地加入社会主义事业，以梁三老汉为代表的中间人物虽然犹豫彷徨，但最终还是义无反顾地走上了社会主义道路。为了表现好这种历史发展趋势，柳青调动深入生活所获得的一切资源，运用革命现实主义与革命浪漫主义，即社会主义现实主义创作手法再现历史场景和时代主流。柳青是一位始终自豪于中国共产党党员身份的作家，甘愿将自己的一生贡献给无产阶级革命事业，为此，《创业史》充分发挥社会动员作用，呈现出社会主义文学为社会主义文化建设事业服务的自觉性。

然而，到了20世纪80年代，"柳青道路"在中国当代文学研究中遭遇了两种截然不同的待遇，社会主义文学从高潮走向低谷。1978年党的十一届三中全会胜利召开，农村政策发生巨变，柳青在"长安十四年"深入生活创作出的反映合作化运动的《创业史》遭到了很大质疑。然而在1980年问世的《中国当代文学史初稿》（人民文学出版社）里，编者给了柳青一章的篇幅，其中第一节"生平和创作道路"即论述"柳青道路"的。

可见，"柳青道路"在这部以20世纪50年代—70年代文学为主体的中国当代文学史中的地位还是很重要的。这是因为1980年出版的《中国当代文学史初稿》还是采取了20世纪50年代—70年代文学评判的基本原则。毋庸置疑，20世纪80年代是一个亦新亦旧的时代，各种新思潮风起云涌般进入改革开放中的中国，中国当代文学史写作不仅要"告别革命"，还面临着转型问题。20世纪80年代形成的以"人的文学"为核心的文学话语构造显现出片面性，文学评判的标准从政治开始转向审美，研究从外部转向内部，20世纪50年代—70年代的社会主义文学被视为政治意识形态干预文学的典型例证，各种现代主义思潮令中国作家眼花缭乱。1988年掀起的"重写文学史"思潮以对柳青、赵树理、茅盾、丁玲等中国现当代著名作家的批判，开启了当代中国新的文学形态，到1999年陈思和主编的《中国当代文学史教程》将柳青及其《创业史》踢出，社会主义文学暂时陷入低谷。然而，"柳青道路"的继承人路遥仍然坚持柳青现实主义创作理念和手法，坚信日常生活能够演绎巨大的时代内容。

1992年，市场经济在中国确立，消费文化兴起，在1993年的"再解读"思潮下，20世纪50年代—70年代的社会主义文学文本被重新解读，同时，20世纪90年代我党所倡导的"弘扬主旋律"的社会主义文艺也在崛起。以唐小兵、李扬等为代表的学人掌握着西方现代结构主义-后殖民主义精神分析、后殖民主义、女性主义等各种文化理论，他们对20世纪50年代—70年代的文学文本以及电影、版画等其他艺术进行"再解读"。"再解读"思潮为重新理解20世纪中国左翼文学与文化，尤其是50年代—70年代的社会主义文学提供了新的研究视野，柳青及其道路自然也在"再解读"的行列里。与此同时，90年代"弘扬主旋律"的党的新文艺政策兴起，这一文艺政策强调社会主义文学是我国精神文明有序有机的组成部分，强调党在新的历史条件下要加强对文艺工作的领导，彰显社会主义主流意识形态，体现党和国家对文艺的宏观调控及导向把握。21世纪以来，"柳青道路"研究也与底层写作研究结合了起来。20世纪90年代，中国城市化进程的迅猛发展，导致大批农民进城务工，因此21世纪以来，有关农民工这一阶层的底层写作越来越繁盛，也逐渐成为中国当代文学研究热点之一。底层写作带有鲜明的左翼文学特色，段建军的《柳青的底层写作——以〈创业史〉为例》将20世纪50年代—70年代文学与新世纪文学连缀起来审视，从而弥合了50年代—70年代的社会主义文学与新世纪中国当代文学之间的断裂状态。

新时代"柳青道路"引领中国作家深入生活，积极创建新时代社会主义"人民文艺"。2014年，习近平总书记在文艺工作座谈会上发表重要讲话，倡导以人民为中心的创作导向，致使"柳青道路"焕发出新的光彩、彰显出新的意义。如果说在20世纪50年代—80年代的文学中尚存在"人的文学"与"人民文艺"之间的断裂状态，那么新时代社会主义文学作为社会主义文化中最生动、最具个性的文学形态，它在多元共生的文学格局下，以中国精神为灵魂，主张五四文学的人性彰显与20世纪50年代—70年代社会主义文学的社会性融合统一。新时代社会主义文学较之延安文艺、20世纪50年代—70年代的文学有崭新的内涵。它经历了20世纪中国文学从五四文学、"人的文学"到延安时期的工农兵文艺的转变，以及20世纪50年代—70年代社会主义文学倡导"人民文艺"的转变，又经历了从新时期文学回归到五四文学的人性上来的转变，既突破了"人的文学"的写作空间，也丰富了"人民文艺"的人性内涵；既拓展了"人民文艺"的"人民"内涵，也避免了"人的文学"对"人"的抽象化，从而实现了"人民文艺"与"人的文学"在更高层次上的辩证统一。

原载《华中学术》2020年第4期

智者无疆

——评肖云儒《不散居文存》

《不散居文存》是肖云儒先生一个甲子以来文化论文的部分精选，内容之丰赡、思想之睿智、文辞之精当，都让我们深深体味到智者无疆、行者识广的无穷魅力。云儒先生六十余年来始终站在时代前列发声，在我们这一代文艺研究者心中，他是时代文艺敏锐的记录员，是中国文化自觉的建构者，是诗情与哲智相融的思考者。

一

《不散居文存》虽然只是先生文论的部分精选，却是一部可视作当代中国文艺和文化发展缩影的著作，折射出作者一生与中国文艺、中国文化共命运的人生遭际。

1961年，二十多岁的肖云儒以《形散神不散》一文在文坛崭露头角。1988年，他出版了我国第一部《中国西部文学论》，开启了"西部文学和西部文化"这一重大学术研究领域。这面旗帜下集结了一批优秀的当代中国学者，出版了由他主编的六卷本"中国西部文艺研究丛书"，成果丰赡。

改革开放初期，各种时尚思潮风起云涌之际，肖云儒却将目光投向中国西部。他视西部文明为世界文化版图上多维交汇的一个典型，按照大自然—人类社会—个体人—人的文化心理这四个层次,由表入里,提炼出西部文艺的基本特征和西部独有的文学意象,并在此基础上分析了西北的风景线、民俗图、伦理谱、宗教观,等等。

那时候的肖云儒已经深深体味到:"西部自然和社会生活荒凉的历史感、浓郁的诗意和色彩感,辽阔大自然的天籁和融解在各兄弟民族生活中的自娱性民间歌舞所构成的音诗、音画、节奏和旋律感,等等,使西部小说在融诗于文、融乐于文方面显出了自己的独特。"同时,他在《南风扑面》等文中,又以风起云涌的南方和东部做比照,指出西部文化不但是中华文化稳态结构中的重要一翼,而且是中华文化发展的重要推力。云儒老师创建了一个有别于其他地域文化的新文化空间——"中国西部",从此,有关西部文化的研究成为一个热点。

三四十年前,他对西部中国的这些认知,无疑是先发于人的。及至20世纪90年代,他继续写下了《文化的混交林带和次生林带》《佛教和中国民俗民艺》《被拷问的中国人文精神》《从大生命系统看人文精神》等文章,从西部视角出发,对整个中国文化做了独立的思考。

云儒老师的文艺评论贯穿了我们国家走过的大部分路程,从《不散居文存》中可以管窥六十年来中国文艺的方方面面,六十年来中国文艺思想发展、论战的状况一览无余。云儒老师不愧是新时期文化战线上冲锋在前的战士,是活跃在西部文坛的中坚力量。

二

近年来,云儒老师在多年研究西部文化的基础上,又开始了新的征程。2014年以来,他以古稀之年,对丝路进行了大面积的、深入的田野考察。他连续三次参加"丝绸之路万里行"活动,乘汽车跑了五万公里,再辅之以火车、飞机和海轮的多次奔波,先后到达五十多个国家一百多个城市。他被授予"丝绸之路文化宣传大使"的称号,真是实至名归!

笔者有幸与云儒老师有过一次丝路上的同行，在漫长的行程中，七十多岁的云儒老师少有倦色，每天和年轻人一样乘车赶路。大家在车上休息、聊天之际，他已经在手机上写开了文章，精力之充沛、文笔之迅捷令人赞叹。古稀人生有如此经历，夕阳生命有如此光彩，着实是我辈榜样。

唯有亲身经历方可体会丝路的真貌。云儒老师说的"丝路很热乎，丝路人很热情，丝路经济正在热销""走出国门世界小，千年丝路情未了"，无一不是亲身感受的结晶。回想他在《中国古典绿色文明》《中华传统文化的精神母题和人格模型》等文章中对农耕与游牧、历史与当代、世界与中国等各种文化力量相互推演的动态关系的论述，那种海纳百川的气势，就来源于他广博丰赡的知识，踏破青山写人生的积累。先生从古丝路到当代"一带一路"，开掘了从中华古文明中积淀生长、转型升华出的当代中国新文明的历史进程。这是中华民族、中华文化给世界提供的中国话语、中国读本。

三

阅读《不散居文存》，你会强烈感受到云儒先生对中国文化的谙熟。他深知中国文化在灵感触发、意象传输、整体感悟、模糊表述这四个方面有别于西方文化的核心特质，并将其凝练成自己的独到见解和表达。他常常以思辨性的智言和美文，充满热情地礼赞传统文化一旦激活会如何焕发出全新的魅力，新文明一旦发生又会滋生出怎样蓬勃的力量。他常常在比较文化坐标上，展现一个正在转型的中国、一种正在蝶变的中国文化。

云儒老师的文化研究有强烈的空间意识。他将中国文化置于地域文化不断发展的基础之上，通过文化中心在空间上的转移来完成文化流脉在时间上的传承与创造。这是观照中国文化一个极其重要的思路，从中可以窥见中华文化整体性与区域性之间的深层联系。

展开理论思考的同时，云儒先生还通过国内外的讲座、中外专家的对话，以及剖析中国书艺和其他国学国艺内在的文化意蕴等多种方式，传播中国文化，实现中国与世界的深层对话。他是一个很会讲中国故事的人，一个善于向国内外读者生动传播中国文化、展示当代中国新文明的人。

云儒先生对文学、艺术、历史、宗教、民俗和经济社会等诸多领域均有涉猎，一些中西方文论的重要观点，他常常能够信手拈来，运用自如。多年记者生涯练就的敏锐眼光，六十年文化论述的学理修养，构成了他个性化的文艺批评模式。他总是在辩证思维、矩阵思维中展开自己的文化评论，喜欢使用"两极震荡、多维互渗""相斥相融""反向趋近"等语词来表述自己的论断，更会采取多维视角，立体地观照论述对象。这使他的评论呈现出一种多维度、多层面的思辨结构。这种多维辐射的思想光彩、深入浅出的理性表达，让人在平易近人中感受到一种睿智思想的强烈冲击。他是将理性思维与感性思维、文本细读与文化分析结合得非常好的人。与媒体派评论比较，他的评论充满了深厚的理性分析；与学院派批评对比，他又多了几分活泼、灵气。云儒先生一直在为积极推动学术大众化的发展尽力。一个民族需要有人仰望星空，需要有一批专业学人来构造系统的理论体系，并使之成为所有社会成员的文化认同和精神共识。在这群不惮前行者的队伍中，云儒老师无疑是有开创性的一位。

四

《不散居文存》由陕西省政府参事室（陕西省文史研究馆）主持出版，并收进了展示我省多位文史宿耆如张岂之、石兴邦、黄留珠诸公学术成果的"崇文丛书"，分量之重毋庸置疑。这部著作堪称云儒先生八十年人生精华的一个浓缩，是他每一种生活新倾向的记录，也是他融学院派文艺研究与媒体派文艺批评的优长而结出的硕果。他总是全力以赴去面对人生，总是带给我们一种历久弥新的生命情绪。这种情绪是对生命本身价值的肯定，是在不断的生命演进中，让自己的生活内容愈益丰富、境界愈益扩大、人生愈益有价值的鲜活过程。这才是：智者无疆，思如奔涌之泉；行者不羁，文似绚烂之花。

原载《陕西日报》2020年5月30日

云履彩虹

——评肖云儒新作《八万里丝路云和月》

《八万里丝路云和月》是当代著名文化学者肖云儒在古稀之年对世界文明巡礼之后创作的一部丝路文化大作。它的问世是中国当代文化界一件盛事，是云儒先生对"一带一路"深度田野考察后形成的硕果，也是他六十余年文化艺术人生的诗性写照。丝路给予云儒师人生丰赡的生命内涵，云儒师赋予丝路深邃的文化价值。

自2014年开始，云儒先生三次参加"丝绸之路万里行"活动，追溯先贤求道之足迹，怀揣中国人民和平、和谐、和惠、和宁的和文化愿景，以坚实的双脚踏出一道人类精神天空多元集纳的霓虹，以如椽之笔书写出一部关于丝路上古今中外政治、经济、战争、文化、历史、典故的中国故事和读本，展现出丝路沿途各国的动人风景名胜、重大历史事件、历史伟人和普通老百姓，展示了丝路上中国、希腊、伊朗、俄罗斯、印度等国创造的文明交相辉映的情景，为广大读者提供了一场丰赡的文明盛宴和多姿多彩的艺术展览。那优美动人的圆舞曲、高雅轻盈的俄罗斯芭蕾舞、慷慨激昂的中国秦腔、巨大的石质建筑群和古典雕塑群组成的雅典卫城……洗涤着丝路上人们风尘仆仆的面容，让人们于文化交融互鉴中看到一道世界之虹。不唯如此，云儒先生还以悲悯之心观照人类文明交融背后的战争、灾难造成的伤害和血腥，在鸽群起翔中发现弹孔，在参观奥斯威辛集中营时感受历史的疼痛。真正优秀的学者是哲人，也是诗人，更是历史的思考者，能够穿过文明与灾难交织的沉重身影，深刻意识到文明深处的斑驳与复杂性。也正因为如此，这部丝路大作呈现出作家把握人类文明时辩证统一的思维特征。

毋庸置疑，任何一种文明都是大地的宁馨儿，地理是一切人类活动的舞台、背景，《八万里丝路云和月》是云儒先生倾其心血对世界历史地理进行钩沉和对现实社会生活进行描摹的时代结晶。丝路是线性文化，也存在区域分化，有核心区域，也存在边缘地带，并且不同区域和地带拥有迥异的文明特性。为发现这些特征，抑或说寻访这些文明或文化产生的历史场域，云儒先生将中国士人"知行合一"的精神发挥得淋漓尽致，以扎扎实实的丝路行走奠定了这部著作田野考察的在场性，很大程度上还原了历史与文明发生时的场景，展现出一般书斋研究与写作所不能获得的素材。故此，《八万里丝路云和月》是常人无法完全用历史文献资料考证的著作，带有鲜明的个人生命体验，也具有强烈的纪实性。"好一脉大昆仑""二上帕米尔"，以及那茫茫雪域、广袤戈壁、神秘中亚、多彩南亚、绚丽西亚、忧郁的俄罗斯……强烈的地理空间意识和历史深邃感建构起《八万里丝路云和月》这部著作的自然人文地理视角与历史意识，让我们深深领悟生命的真境与宇宙的奥秘时，观看到历史与地理、社会与人文交织的动人图景。

更重要的是，云儒先生的历史钩沉、地理描画都是以当代人眼光来观照的，打下鲜明的时代烙印，拥有浓烈的现实主义精神。云儒师发现新丝路上的中国制造，看到中石油、中海油、中国远洋运输集团总公司、中国铁建股份有限公司等中国大企业陆续进入丝路沿线国家，感受到"一带一路"已由最初的筚路蓝缕状态转化为各国科学共建的新常态。云儒师捕捉到当下"一带一路"上人们的心理反应，不仅准确地切中时代脉搏，也有意撷取生活的剪影，在点染、勾勒、铺陈中，让我们感受到丝路文化的宏阔，体味到细节描摹的精妙。他发现了当代世界文明发展的历史脉动和时代变化的潮流。

《八万里丝路云和月》更是哲理与诗思的完美结合之作。但凡有经验的学人，从不烦琐地展示自己的知识体系，而是善于从丰赡的现象中提取独到的概念或意象，表达自己深邃的见解和认识。云儒师提炼出"一印""两心""两河""两区""两圆"等等对文明、文化高度提纯、概括的范畴，凝练出"黑袍与玫瑰""鸽群与弹孔""骏马与琴""蔡侯纸与羊皮纸"等形象且逼真的文明或文化意象，在比照中显现自己思想的张力，营造意象的意境美。因为越是反差强烈的意象越能对读者产生强大的吸引力，越能彰显作者思考的深度、高度和广阔度。云儒师得心应手地运用这些概念和意象，酣畅淋漓地表达自己的理性思辨能力和逻辑分析水平，从而使《八万里丝路云和月》将理性的思维与艺术的表现完美地结合在一起。

艺术的源泉是一种强烈浓厚的、不可遏制的情绪，裹挟着超乎寻常的想象能力，这是由人性最深处迸发出的情感，因此能够直抵每一位阅读者的心灵。云儒先生以充沛的情感，运用诗化的语言、典型的文化意象，将理性融化在感性之中，赋予《八万里丝路云和月》极高的艺术性。我们似乎能听到那伏尔加河上船夫"哎嗒嗒哎嗒"的号子声，感受到泰戈尔清灵曼妙的诗句，目睹在恒河之波中沐浴的人们的笑容，惊艳于那黑袍下玫瑰般美丽的女人娇美的姿容。

至此，我们可以如此说，八万里丝路上的彩云与明月是中国这只春蚕吐出的一缕缕银丝，洒落在世界辽远的陆地、海洋与星空，云儒师有幸与之结下深厚情缘，我辈有幸看到云履踏出的七彩霓虹。

原载《中国艺术报》2020年9月21日

农耕文明视野中的长安变容与诗意审美

——评高亚平的《长安物语》

有宋以来，随着长安失去国都地位，文学视域中的长安描写越来越少，至近代以来，西安作为文学中的主角也不常见，在此情形下，高亚平的《长安物语》面世，不仅意味着西安不再以犹抱琵琶半遮面的状态出现在文学里，也昭示人们：一座当代的生活之都诞生了。这对长安城市史和中国古都文学史来讲都有极其深远的意义。《长安物语》最突出的价值在于，以文学的形式去展现一座曾有千年国都史的城市现代化的日常生活和文化。

作家通过对20世纪70年代的西安城郊，以及80年代以来至今的西安都市生活和文化空间的深情细致描摹，为我们勾勒出了自改革开放以来西安城市及其近郊的变迁图景。作家的视域从城里到城外，由街巷道路、书店酒肆、城门公园延展到郊区田野、峪口山水，描述的时间跨越四十余年，而这四十余年恰是20世纪后期西安这座城市快速变迁的时期，也是改革开放以来中国城市生活与乡村农耕文明相互推移的历史时段。也就是说，《长安物语》里有城市与乡村两个叙事视角。

作家首先从西安城的老城区及其周边写起，在静水深流的叙述中通过《城墙上空的风筝》《小南门》《四府街》《粉巷》《纸坊村的黄昏》等篇章将当代西安城市空间凸显出来。城墙是西安城的标志性建筑，但是作者的兴趣不在城墙本身，而在于城墙画出的西安城的那条界线——城墙里是西安的老城区，城墙外是更为广阔的天地。高亚平在老城内频繁活动，从小南门出发，一路向东，文昌门街东的博文书店、四府街以及和它相通的报恩寺街、冰窖巷、五星街、梁家牌楼、太阳庙门、五味什字、盐店街统统出现在作家笔下。高亚平熟稔西安城每条街市，城的东西南北都曾留下他深深的足迹，其中城中是他的工作地，城南是他的求学地，城北是他漂泊、居住时间最长的地方。作家写得最多的一个地域是因工作缘故常出入的西安老城区。又由于当年上大学的缘故，还喜欢将笔触伸向城南一隅的大雁塔、曲江、青龙寺等胜迹。至于纸坊村、方家村这些西安市北郊的城中村，在城市化进程的脚步中已荡然无存。没有哪个国家的城市像中国这样急于改变自己的面貌，西安城的许多传统建筑被拆除了，通过高亚平的描述，我们看到了四十余年中西安城市容颜的变迁。大凡写城市化进程，大多数作家都带有强烈的爱憎感情，高亚平却是不动声色，于淡然里浸透着一份不易被人察觉的惋惜之情。这是一位善于将一切忧患化解成美好的作家，也正因为如此，《长安物语》滋生出一种纯正隽永的味道。

纯正在于高亚平的西安书写充满文化气韵。《长安物语》里写各色书籍琳琅满目的古旧书店、让人流连忘返的德福巷、茶香扑鼻的多宝堂、古朴幽静的省图书馆……所谓隽永表现在，《长安物语》里充盈着浓浓的生活情趣。这情趣是小南门内有一家葫芦头泡馍馆，葫芦头和梆梆肉好吃不贵；五味什字有一家手工菠菜面馆的油泼面做得特别地道……高亚平漫步西安各个街衢小巷，如数家珍地将舌尖上的西安表现出来，让我们在日常生活的吉光片羽中更见这座历史文化名城的风姿流韵。

不过，在我看来，《长安物语》说是写都市，作家笔下却始终有挥之不去的乡村情结。这大概与他是农家子弟有关系。高亚平能在城市的草木之间感受到节气更替、四季变迁，能在对故乡的野菜、田园的菜蔬、农田里的农作物、家乡的亲朋故友的回忆里，在对过去的生产方式、生活空间，以及各种乡村饭食，儿时戏耍情景的追溯中，回归土地，并表现出对传统的农耕生活的深深的眷恋之情。因而,他的作品里充满了时间元素。西安的春夏秋冬他都描写过,而这春华秋实的描写里体现着农业生产与人们的膳食紧密相连的关系。高亚平继承了汪曾祺散文的特点,任何普通菜蔬在他的妙笔点染之下都秀色可餐。口腹之美与作家的生活惬意相连,生活惬意又与乡村生活相连,高亚平的笔墨在田园之间游弋,在原野上奔驰,在山水之间流连。这种生活情趣、生活美感,唯有对生活无比热爱的人才能体会到。

与其他写关中农村农事的作家不同,他笔下的关中乡村浸润着水色。高亚平有幸生在唐人生活的杜曲、韦曲,活动在樊川这块风景秀丽的地域上。然而,高亚平并没有过多地关注樊川的历史掌故,而是细细地讲述生产队的磨坊、碾坊、粉坊、养猪场、豆腐坊、马房和马车,这些农耕文明下特有的生产空间和劳动用具,浓缩着人与土地亲密的关系。《草色青》《温暖的疼痛》等作品将父亲的形象与田野、庄稼地联系在一起——故乡因亲人的存在而存在,故乡因亲人的离去而让人倍感痛心。

如今这些乡村空间和用来生产的农具已基本上退出了我们的生活,人类社会的突飞猛进,让农耕文明转化为一种传统,供后人瞻仰。然而,尽管社会在进步,人类对旧有生活方式的眷恋却不会很快就消失。于是,家乡豆腐坊里散发出来的幽香,雪夜坐在二爷热炕上的温暖,都似南山上的远岚野烟,在高亚平的心里久久不能散去。对美好和善良的追求,使他的笔触总是温暖的,在这一点上,他师承汪曾祺,并与沈从文、废名等京派作家有深层渊源关系,因此,他的作品是风俗画,是民俗图,表现出浓烈的入世趣味,又有强烈的土的气息,泥的滋味。

对长安的叙写当然不仅局限在土地上,作家还寄情于山水间,对秦岭山水景观的描摹是《长安物语》的重要组成部分。文学中的景观不仅是对自然的描摹,也是一种心灵构建。它来源于作者的观物取象。高亚平生于秦川,长于樊川,工作后又频繁地进入终南山,故此,描摹秦岭山水是他的经历使然。高亚平描绘的景观是从大峪口到韦曲这一段,长达四十里的地段上，河汉众多，水系绵绵，风景优美，自然进入《长安物语》里的山水篇。与清人毛凤枝的《南山峪口考》相比较，高亚平的秦岭山水之作，景观之中牵连着峪中村落、历史、地理、文化、掌故。其中写得最摇曳多姿的是《樊川晚浦》。《太平峪》则写的秦岭北麓的一道峪，以瀑布群和紫荆花著名，隋时曾是皇帝避暑地，如今近千年过去，早已成为百姓乐园。长安变容如此，令人欣慰、令人心欢。

高亚平笔下的长安山水胜迹初读有郦道元《水经注》的味道，夹杂以柳宗元《永州八记》的痕迹，再读又读出贾平凹商州系列作品的滋味，显然，《长安物语》中，高亚平转益多师，山水记游之中融合地理、历史、传说、民俗、掌故，古文功底颇为深厚，于幽雅素净之中有几分农家质朴气质，于田园野性之中包裹着几分文人的雅气和庄重。因此，高亚平的文字不是那种一开始就直击你心灵的文字，而是需要慢慢品味，方可渗透进心里的文字。因为越是细读，越能体味到作品宁静背后隐藏的深深情感、浓浓爱意，倘若想再妙些，便放置在雨天，或雪夜，独坐窗前，翻卷细读，细品其中的深情和韵味。

《长安物语》自始至终弥漫在诗境之中，不仅有大量的诗词入文，而且对都市景观的描摹，对乡村生活的展现，乃至对长安山水的描画，都充满意境美、诗意美，充满文化乡愁。这种在农耕文明下才滋生的对传统的眷恋，对舒缓生活方式的喜爱，是一种温柔敦厚的美，一种君子如玉般的美，没有大开大合，有的是细致入微，凭借幽静舒缓征服人心，依靠晶莹剔透获得诗的意味。譬如："我看见慈祥的奶奶正拿了一张喜鹊登梅的大红窗花，往窗格上贴。而窗外，则是一地的白雪，一树的琼枝。"这样的文字在《长安物语》中俯拾皆是，那是一种淡淡的忧伤，一种依依不舍的眷恋。其实，这何止是高亚平一个人的文化忧伤，一个人的情感眷恋？它是一个民族的文化乡愁，是东方文化的诗意审美、情感使然。

原载《中国副刊》2020年11月12日

南国赤子与文化中国

——肖云儒创作论

一个人一生能够进行一次有价值的文化创造,就已经很令人敬佩了,而如果能够坚持不懈地进行六十年文化创作与学术研究,那就相当了不起了。因为他使我们看到了一个不断扩大、向新而生的生命,更重要的是,他能将自我与时代、国家、民族文化联系起来,从而勾勒出当代中国波澜壮阔的文化发展脉络,展现出当代中国文学思潮跌宕起伏的历史轨迹,甚至成为中国文化与文学思潮的风向标。肖云儒就是这样的一个人。2021年初夏,陕西师范大学出版总社出版了《云儒文汇》,汇集了肖云儒一个甲子的文学、文化批评、社会文化评论、随笔杂记作品。在新书发布会上,笔者在线上和现场的朋友们一起追忆肖云儒的《中国西部文学论》开创的中国西部文学与文艺研究新意趣,回首他走过的八万里丝路征程和独特的人生历程,讲述他呈现社会肌理、文化本质和文明意蕴的文化创作论。我们一致认为,在当代中国文化与文学思潮中,这位南国之子以其深厚的学养、昂扬的激情、优美的文笔、脚踏实地的践行和丰赡的学术成果,带给我们诸多思想启迪,在郁郁葱葱的当代文化和文学丛林里,已然是一棵根深叶茂的常青树;在群星灿烂的文化中国星空里,赫然是一颗璀璨耀眼的启明星。

一、世界潮流中向西而行的文艺研究

肖云儒六十年的文化创作与学术研究以时代为观照,以人民为中心,以积极回应现实重大问题为写作与研究对象,经历由文学到文化,再到文明的发展过程。1961年5月,他在《人民日报》副刊《笔谈散文》专栏发表《形散神不散》一文,引起极大的社会反响。正如半世纪后青年评论家马平川所论:"所谓'形散',是指'散文的运笔如风、不拘成法,尤贵清淡自然、平易近人',是指'小题大作''大题小作''无题有感'的自在自由。所谓'神不散',是指'中心明确,紧凑集中'。"[①]当代著名作家贾平凹曾在其《新时期散文创作》中讲过类似的观点:"散文是飞的艺术,游的艺术,它逍遥自由。但一切艺术是死于自由,诞生于约束。"[②]贾平凹主张散文的心灵自由、精神高蹈的议论,可视为新时期对肖云儒"形散神不散"理论的发展。无疑,尚是学生的肖云儒初出茅庐就提出了引起文坛震动的散文观,青春时期就展现出了非凡的才华和理论概括能力。

1961年,肖云儒大学毕业,分配到陕西日报社工作。记者生涯培养了他敏锐的观察力和捕捉社会热点问题的能力,造就他勇立潮头、大胆批评和学术创新的魄力。后来,他调至陕西文联分管业务工作,组织领导了诸多丰富多彩的文艺活动,扩大了视野,也提升了研究能力。2014年以来,他先后三次参加国家广电部主办、陕西电视台承办的"丝绸之路万里行"活动,乘汽车观察了"一带一路"沿线三十五国一百多座城市,在世界文明交流中实现了一位老骥伏枥的学人探寻世界文明的追求。

肖云儒是在陕西文学研究沃土里破土而出的文化学人。"当文坛时

---

① 马平川:《"形散神不散"与散文现状》,见李秀芳主编《画·说云公》,陕西师范大学出版总社,2019年,第41页。
② 贾平凹:《贾平凹文集》第12卷,陕西人民出版社,1998年,第303页。

尚之风阵阵刮过之后，他开始水落石出，价值及实力渐渐被国内文坛认知和钦佩。"[①]延安曾是他多次采访、考察的地域，他曾先后写出《"真想延安！"——访丁玲》《"西战团"在西安——丁玲访问记》《又见塔影——访陕七日中的丁玲》《奔向延安》《延安文艺座谈会写真》《搂定宝塔山》等系列作品，几近二十万字。从这些作品里可清晰地看到中国当代文学以及陕西文学从哪里来，又向哪里去；看到20世纪中国文学从批判现实主义向社会主义现实主义转型的过程；看到"以人民为中心"的中国当代文学如何逐步确立，现实主义如何在三秦大地扎根。

　　文化创作与学术研究因时代需求而充满探索性与挑战性，肖云儒的陕西文学研究是与其较长时间地参与老区人民脱贫致富实践，探寻延安时期作家作品的经历联系在一起的：第一次是在20世纪80年代，他率扶贫工作队前往陕北，在一整年的基层工作中亲身感受黄土地人民艰难而顽强的生存状态和在磨难中不断拼搏的精神。第二次是在1992年，纪念毛泽东的《在延安文艺座谈会上的讲话》（以下简称《讲话》）发表五十周年前夕，他作为陕西电视台《长青的五月》八集文化片的总撰稿人，在两个多月时间里奔赴全国各地，采访了四十余位曾在延安生活、工作的老文艺工作者，记录了二十多个笔记本的资料，录制了五十盘的音频、视频，获取了大量鲜活的一手资料。这些资料涵养了他的精神，也为他以后写作延安时期文化人的系列作品奠定了坚实的基础。第三次是在2002年纪念《讲话》发表六十周年时，他作为省文联主席，负责在壶口瀑布组织千人黄河大合唱活动，在壶口附近乡镇待了两个多月。贺敬之、瞿维、郭兰英等老一辈延安文艺工作者从全国各地赶来出席演唱会。这是《黄河大合唱》第一次在黄河岸边实景演出，央视做了专题转播。壶口瀑布排山倒海的气势感染了在场的每一个人，也感染了曾在延安生活过的艺术家们。他们曾在这里缔造中国革命的新天地，也在这里开启了社会主义国家建设的新征程。

---

① 贾平凹：《长安城肖先生》，载《光明日报》2018年11月13日。

从20世纪60年代初肖云儒首次踏上延安的黄土地，到2021年在《光明日报》整版推出《搂定宝塔山》万字长文，他对延安的深情和文学书写持续了一个甲子。延安是当年一代青年激扬青春的地方，每一位奔赴延安的青年都在宝塔山下完成了自己的人生转型，获得了生命独特的意义。中华民族也是在延安焕发出现代的勃勃生机的。肖云儒笔下的延安知识分子在精神层面是光彩的，民族精神是饱满的，就像抗大校歌里所唱："黄河之滨，集合着一群中华民族优秀的子孙。人类解放，救国的责任，全靠我们自己来承担。"黄河、黄陵、黄土地，这些中华民族的独特象征物，作为民族精神的隐喻激发起肖云儒对三秦大地乃至整个西部的热爱和文化关注，从而使这位祖籍四川广安、生长在江西南昌、后来辗转来到西部工作的南国之子，将自己的一生与中国西部联系在一起。正如当代著名评论家雷达所讲："云儒是我在评论界非常敬重的同行，我欣赏他以南人的温雅俊秀，却能多年来一直持守在西部，并在西部成就了一番事业。我欣赏他一碰到文化和文学问题，就来感觉，那与众不同的尖锐眼光和宽广不羁的思路。"①毋庸置疑，古今中外有价值的文化创造与学术研究，无不是当时学人回应本时代的问题的成果。肖云儒以延安为其陕西文学研究的起点，不仅回应了陕西文学，乃至中国当代文学从何处来的问题，也将中国当代文化深植于马克思主义文化土壤之中，以实际行走与精神探索中国现实作为自己创作与研究的核心问题。

1984年，肖云儒由陕西日报社调至陕西文联，以此为转折点，揭开了他精彩的西部中国文化之旅。他提出并筹办的全国首届西部文艺研讨会在新疆召开，拉开了全国范围的中国西部文化和艺术研究的帷幕。会议不仅联合了西北五省区文联共同举办，而且汇集了来自全国各地的专家学者百余人于中国西陲。苍茫戈壁、辽阔草原、悲凉落日、遍地牧群，都显现着中国西部特有的壮阔和苍凉之美。西部中国展现出不同于内地的自然风

---

① 雷达：《序"雪山书系"》，见李秀芳主编《画·说云公》，陕西师范大学出版总社，2019年，第25页。

光、人物风采、文化心理，触发了肖云儒从文化视域构建中国文艺的学术冲动。他为这次会议所作的主题学术报告《关于中国西部文学和文化的若干问题》，一年之后扩展和深化为我国第一部西部文化研究专著《中国西部文学论》，并获得中国图书奖。在此论著中，他第一次将"中国西部"作为一个相对独立的文化范畴论述，第一次对西部大自然的景观、意象与人的关系做了详尽讨论，第一次在中国文学里将大自然上升为主题性内容和主体形象。也是他，最早推出了"西部文学群体"，集中阐述以艾青、王蒙，以及张贤亮、昌耀、周涛、张承志、马原、红柯、王家达等为代表的西部作家著作；最早触及西部文学特质、文化内涵和审美气质。无疑，《中国西部文学论》是肖云儒六十年文化创作与学术研究中里程碑式的著作。在这部四十多年前撰写的著作中，肖云儒已然意识到：改革开放大门打开以后，中国迫切需要融入世界。因此，中国西部文学也必然存在两种类型：一种是以张贤亮、张承志、周涛、王家达等为代表的承接本土文化的西部文学；另一种是以马原、昌耀等先锋主义作家为核心的反映西部宗教世界和初民生活的具有现代主义色彩的西部文学。在我看来，无论是他概括出的哪一种中国西部文学及其阐释，都对20世纪80年代中国本土文学进入现代文化提供了新思考、新表述。它不是时代现象的芜杂肤浅的记录，而是具有思想深度、富有激情的理论阐述，是感应时代的原创性的学术成果。中国西部文学概念的提出与论述为偏于一隅、广袤而贫瘠的中国西部提供了进入现代中国的可能性，就像肖云儒在《中国西部文学论》序言里所讲的一样："中国的西部和东部存在着空间差和时间差。这种时空差既是自然的，又是人文的，以致西部的文学事业和这里的经济发展一样，似乎受到经济的制约，常常不能走在前面。进入新时期以后，潜藏在西部文学深处的自为意识开始苏醒、搏动。"①中国现代化从东南沿海产生，然后延展到长江流域，直至1949年新中国成立前，广大的中国内陆腹

---

① 肖云儒：《中国西部文学论》，陕西师范大学出版总社，2020年，第1页。

地几乎都是现代化未触及之地。新中国成立初的三十年与改革开放时期中国的一系列实践性探索，开启了民族国家现代化乃至中国式现代化所必需的传统文化资源转化，肖云儒的《中国西部文学论》将中国当代作家几近于原始的西部生态与生命样态书写，进行了深层次、成体系的阐释，揭示了西北内陆现代化从外部环境到内在文化心理结构的嬗变过程。也正因为如此，四十年过去了，《中国西部文学论》仍然焕发着旺盛的学术生命力，并以其对特定时代的适时感应与学理性阐释而载入中国当代文学研究史册。

更有价值的是，在《中国西部文学论》中，肖云儒提炼出中国西部五圈四线的文化结构：陕甘新的西域丝路文化圈、青藏高原的藏传佛教文化圈、河套河西地区的伊斯兰文化圈、川滇黔贵的多民族文化圈等五圈，以及将这些文化圈层与中原接壤的长江腹地与黄河腹地的农耕文化圈编织成网格的西域丝路、草原丝路、唐蕃古道、秦蜀古道四条交通线。这是对中国西部文化的重要的学理性的深刻认识，高屋建瓴地概述了中国西部文化空间，展示出中国西部斑斓多彩的文化构成，以及中国西部处于游牧和农耕文明，黄河和长江文明，东部和西部政治、经济、文化板块中间地带的地位，归纳出西部多层向心交汇的文化结构，以及它在经济交汇、民族迁徙、政治军事斗争、民族宗教融汇中成为中西部文化、传统和现代文化坐标系的事实。做出这样的理论论断，是需要恢宏视野与宏大格局，以及深厚的理论积淀的。就此而论，《中国西部文学论》是改革开放时期肖云儒奉献给文化中国的重要理论成果。《中国西部文学论》涉猎文学艺术、社会学、文化学、民族学、心理学、美学等多个领域，是多学科交叉的大视野下的研究成果，引发了20世纪80年代中期及之后关涉中国西部文化、经济开发、政治生活、自然环境、社会心理、民族心性、景观民俗、宗教信仰的多维度研究。丰赡的内容和多维的结构使得肖云儒感慨："一进入西部，文学是远远装不下了！"于是从《中国西部文学论》开始，他从文学研究视域进入了文化研究层面。可以说，这部诞生于20世纪80年代的文学论著不仅开启了中国西部文学研究视域,而且使当代中国一大批优秀的学人聚集在这面旗帜下,形成了一个充满活力、不断产生优秀成果的研究群体。四十年后的今天,再来审视《中国西部文学论》,我们可以发现,它彰显了更大的价值,焕发出了更新的意义。

其一,其所论述的人与自然关系与当今社会的生态文明理念密切相连。1949年,生态伦理之父奥尔多·利奥波德的著作《沙乡年鉴》首次出版,以生命为中心的自然观在西方社会传播;1962年,美国作家蕾切尔·卡森的《寂静的春天》掀起环保主义热潮,尊重自然,万物含生的慧见使人们意识到生态环境保护的价值。而在20世纪80年代的《中国西部文学论》里,肖云儒提出自然是西部的主体意识之一,西部提供给现代社会现代人心灵的栖息地。他以多种手法揭示自然在人类生活中深刻、微妙的非物质作用,表现人在自然中的主动性、乐观性、开拓性。

其二,人民与土地关系的阐述意义至今犹存。《中国西部文学论》提出"人民母题",认为人民作为鲜活的生命主体,是荒漠中的绿色,愚昧中的灵性,无数普遍的充满活力的生命体的集合,构成"集体无意识"的原型,这一观点与今天所倡导的"以人民为中心"的理念是贯通的。因为在广袤的中国西部,肖云儒完全融入西部人民生活中,那是张贤亮笔下的马缨花、海喜喜,张承志文中黄土高原的回族大众,路遥文本里黄土地上的人。肖云儒提炼出了"人民母题"的两个主要形象系列:土地与母亲,展现出人民对迁徙到西部的知识分子的哺育,以及知识分子对人民的追寻的双重向度的阐释。这都是对马克思主义文艺理论的辩证认识。其三,在世界文学思潮中审视中国西部文学,至今仍具有先导性意义。中国西部是一个多种文明交错的空间,清代中晚期,西北史地学崛起,20世纪"四大发现"之一的敦煌文书的发现,极大地促进了西域文明的研究。几千年前的古文献吸引了学界注意力,由于资料多藏于域外,文献涉及语种繁多,宗教成分繁杂,历史地域偏于西陲,也迫使中国学界接受国际学术界挑战,由此开辟出了一个新天地。肖云儒在《中国西部文学论》里将中国西部文学视为中国文学与世界文学大潮相迎合的重要表征,将其与美国西部文学和苏联中亚文学、西伯利亚文学比较研究,由此发现美国的惠特曼对中国西部诗歌的影响,西伯利亚和中亚的自然生态与我国阿勒泰、塔城、伊犁一带的相似性,艾特玛托夫和马尔科夫对张贤亮等人的影响。如此可见,诞生于20世纪80年代的中国西部文学呈现出一种接纳世界目光和心胸开放的宏阔格局,而在1985年至20世纪90年代初,他在《红旗》《文艺报》《上海文学》相继发表《艺术家主体、生活客体和审美反映》《文艺创作反映当代生活中的封建主义潜流问题》《被拷问的中国人文精神》等长篇论文(多篇被《新华文摘》转载),标志着他由文学批评向文化研究的转型。这便是肖云儒,"在新时期文学发展的每一个重要时刻,大都能听到他的声音。他是新时期以来给文坛留下过深刻印象的批评家之一"[①]。

二、人文地理视野下"知行合一"的丰赡人生

20世纪80年代,肖云儒将目光投向原始又具有现代性的中国西部,2013年习近平总书记提出共建"一带一路"倡议后,他又将自己向西而行的人生延伸、拓展到更辽阔的丝路文明的寻访道路上。"一带一路"所倡导的政策沟通、设施联通、贸易畅通、资金融通、民心相通和利益共同体、责任共同体、命运共同体,将中国与丝路沿线各国联系在一起。肖云儒向西而行的人生旅程也将自己带进一个更加宏阔、辽远的世界文明时空之中。2014年、2016年和2017年,他以古稀高龄连续三次参加"丝绸之路万里行"活动,乘汽车行进五万多公里,到达"一带一路"沿线百余座城市,著文一百五十余篇、百万余字,先后出版了有关丝路的著作五部(《丝路云履》《丝路云谭》《丝路云笺》《八万里丝路云和月》《西部

---

① 雷达:《序"雪山书系"》,见李秀芳主编《画·说云公》,陕西师范大学出版总社,2019年,第1页。

向西》),并以英文、俄文在美、俄两国出版发行。三次丝路之行,他完成了从长安到罗马的汉代张骞曾走过的旅程,从长安到加尔各答的玄奘取经之路途,从长安至中东欧十六国的中东欧之旅,深切感受到丝路在国外很热,丝路人对中国人很热情,丝路经济已出现热潮;亲眼看到"一带一路"倡议在政府、商界与民间落地生根,共建共享日渐走向成熟。

中国传统文人讲究"知行合一"。在现代人文地理视域激发下,肖云儒开创出别开生面的全新人生。他深切认识到:有的时候,"知"不如"行"丰富,同时,由于有感同身受的体验,在某种程度上,"行"有可能比"知"更深刻。事实上,学术行走有着联系社会实践、田野考察、地理学的综合功能。对文化创作与学术研究而言,地理区域、社会空间里的族群关系、组群关系,以及人的特性、心理等都会受到地理条件的制约和影响,故此,肖云儒的丝路作品显现出极强的地理元素。他在谈到中国西部文化结构时曾经指出,西部具有多层向心交汇的文化结构,认为处在中、西部接合部的秦陇文化是中国文化里的混交林带,因此他采用的是一种自然地理视域下的文化生态阐述方式。他曾讲:"北纬34.5°,朝西安之东看是中国的古城线。西安、洛阳、新郑、安阳、开封,大致都在这一纬度上。朝西安之西看,又正好是丝绸之路联结着的世界古都线。两河流域的古巴比伦、古希腊、古罗马、古埃及、古波斯文明,大致(当然只是大致)也在这一纬度上。世界四大古都西安、开罗、罗马、雅典,还有伊斯坦布尔,也都大致在这一纬度上。这条纬线是中国和世界历史与文明的命脉。"[1]他翻越帕米尔高原之后,在《光明日报》以整版篇幅发表《二上帕米尔》长文,认为帕米尔是这个星球的地理极点和精神坐标,是欧亚大陆的中心。无疑,他以多部著作表述了自己对世界历史地理的钩沉和丝路现实生活的描摹。

田野考察是人类学研究的重要方法。它要求学者走出书斋进行实证

---

[1] 肖云儒:《八万里丝路云和月》,陕西师范大学出版总社,2020年,第16页。

调研，以观察、分析具体社会生活为起点获取知识和体验。肖云儒曾经跑完陕西一百多个县区，基本踏遍中国西部十二省区，活跃跳脱的个性、记者的职业习惯，以及在田野上的丰硕收获，都使他倾心于走出书斋、融入丝路，由此开创出一条融通国际经济文化交流的学术之路、文旅之路，用丰赡的文字描绘出一道亚欧大通道上不同民族、地域文化汇集而成的悬于天空的霓虹。他曾在国内外做过几百场丝路纪行的讲座，总题目就命名为《地球之虹》。

在丝路行走中，他一方面记述风光、风俗、风情，另一方面积极推动中华文明的域外传播。肖云儒在罗马大学讲《长安与罗马的16个共鸣点》，在米兰设计学院讲《中国书法的文化意义》，在波兰和匈牙利讲《中国社会发展两河递进的互惠结构》，在哈萨克斯坦东干族陕甘村讲《民族迁徙与文化坚守》，在乌兹别克斯坦讲《中国西部和中亚地区向心交汇和离心交汇的文化结构》，在伊朗讲《波斯之心与波斯之力》，在印度讲《从佛教的生成和传播谈文化流动的"飞去来"轨迹》，在伦敦、布拉格、布加勒斯特的华侨华人社区讲《蛋黄与蛋清：中华文化的本土生成圈和域外融汇圈》和《黄帝时代的共祖认同文化和融汇创新精神》……

肖云儒还以中国书法传达中国文化、中国情趣、中国意境，将中国书法作品与艺术精髓传播到亚欧各国。众所周知，"中国人发明了纸张尤其是宣纸，发明了笔墨，然后用毛笔蘸着水和墨，将世世代代的文化结晶写在纸上，传诸后人，播扬天下。不是别人，正是中国人，为人类创造了独此一家的水墨美学体系，水墨文化体系。这种文化一代又一代浸渍我们，陶醉我们，塑造我们，变成我们血管里流淌的血液，胸腔里搏动的心音"[①]。任何一种文明都是大地上的宁馨儿，自然与人文地理是人类活动的大舞台，学术讲座和书法演示同样也能传达中国的文化意趣和民族的审美心理。也因此，肖云儒以精彩纷呈的学术讲座和银钩铁画的中国书法受

[①] 肖云儒：《中国书法的文化意义》，载《中国艺术报》2016年10月14日。

到诸多国家和人民的欢迎。他与意大利汉学家梅毕娜合著的《中意丝路学者对谈录：地球之虹》，获得了中宣部"向世界介绍中国杰出贡献奖"。"知行合一"在肖云儒身上体现出完美的结合，理论与实践在他身上获得很好的兼容。

在田野考察中肖云儒还深刻体味到一种沉郁的生命流徙感。他以南方人身份研究中国西部文化艺术，从江西南昌到陕西，又从陕西穿越河西走廊进入新疆，走进中亚、欧洲，在八十余年的人生历程中经历多次空间转移，生命的迁徙滋生出他内心深处的流徙感。这是一种苍凉悲怆之美，一种充满忧郁感的审美精神。他从小失去父亲，在外祖父家成长，多少有一点疏离心态，而大半生远离故土移栽到异地生长，又加剧了这种心灵感触。及至投身西部和丝路行走与写作中，一路向西的人生又使他萌生出学术与地域的流徙感和归属感。我们清晰地看到：在地理空间转移过程中，肖云儒的学术生涯由小地域走向大区域，由大区域走向亚欧文明辽阔天地，他的文化创作与学术研究也由文学而文化，又由文化而进入文明领域。人的一生能拥有这样的经历已很难得，而如果在每一段人生路上、每一个领域都绽放出生命之花，就更可贵了。他的每一段经历都包含于后一段人生的演进之中，在一个地域形成一种情景与思绪，发现一层又一层深厚的文化，激发出一重又一重情境，从而创建出一个又一个新领域，在行走与书写中孕育出博大而深厚的精神气象，成就了他在现代人文地理视野下践行"知行合一"的丰富人生。

三、中华文明新解中哲思与诗性辩证统一的思维

至此，我们需要探讨肖云儒的思维模式。在我看来，他的思维范式是在对中华文明新的解读中形成的哲思与诗性辩证统一的思维范式。从源流看，世界各民族文化大致可分为中国文化、西欧文化和印度文化三大系统，分别在人生态度、情感方式、思维模式、致思途径、价值尺度上存在

差异。就思维模式论，中华民族是将部分与全体交融互摄的范式，既与西欧人意识到一和多、个体和类的对立，进而追求统一与和谐不同，又与严格种族区分下的印度人在世俗生活中强调的多样和个体文化有差异。中华民族思维模式是由部分辐射整体，以具象寓涵抽象的思维，是哲思与诗性审美相融的范式。肖云儒深受中国传统文化影响，虽没有进入中国传统儒释道文化研究中去，却愿意，也善于借助中国传统文化坐标，从纷繁复杂的各类社会与文化、文学现象中提炼出自己的看法和理念。他多次以《中国文化的一、二（两）、三》为题作演讲。所谓"一"，是道家所讲的宇宙混沌状态；"二（两）"，是对立的两个方面互生互激；"三"，是在"二"的对立运动中激生出的新的文化元素或因子。

  肖云儒在自己的一些文论里提出了"两河""两区""两圈"之类的概念范畴。他认为，世界古文明大体是由大河文明起源、发展而来的，像尼罗河、幼发拉底河、底格里斯河、恒河、黄河、长江都孕育过世界伟大的文明。每一种文明都是某一个特定人类群体在一个特定时间和空间范围内所创造的物质财富和精神财富的总和。幼发拉底河与底格里斯河孕育的两河文明曾经是人类文明的摇篮，诞生于两河流域的古巴比伦文明璀璨夺目。肖云儒认为，中国也有自己的两河文化，这就是北方黄河文化与南方长江文化。两河空间相距远，不似幼发拉底河与底格里斯河之间相距甚近，因此中国的两河文化具有气候、物候和人文的差异，而差异可以产生时空与文化的互补，错位与落差正好产生流动、传递与融合的动力，从而形成生生不息的中华文明。唐之前，中华文明主要在黄河流域，周、秦、汉、唐奠定了中华文明的核心因子。有宋以降，长江流域逐步从经济上取代北方的地位，在文化上也渐渐成为主干，又反哺北方。近代以来，中国现代文明起于沿海地区，经由长江流域的辐射，逐渐涵盖内陆腹地。2019年，习近平总书记在黄河流域生态保护和高质量发展座谈会上发表重要讲话，指出要重视黄河流域的生态保护与高质量发展，这意味着当代中国再次进入由南方长江流域文化优先发展，黄河、长江两河文化共奏中华文明复兴乐章的新时代。

"两区"，是指农耕文明区与游牧文明区的互动。肖云儒认为，我国长城之内的农耕区，千百年来形成了守土为业的静态生存文明；而长城以外广阔的荒漠、草原地带则是游牧文明区，是移畜就草的动态生存的文明。中华文明就是在农耕与游牧两种文明形态的相互博弈中发展起来的。奔驰在骏马背上的中华和劳作在老牛背后的中华，肩并肩走过了中国的历史长河。农耕文明占据了国之中原，游牧文明处于国之边地。历史上我们长期重视农耕文化，而忽视游牧文化，实际上，草原游牧文明在历史进程中一直定期和不定期地给中原帝国输血输钙，一次次激活、赋能中华文明。因此，辩证地看待农耕与游牧两个区域文明的对抗与融合，才能全面认识中华文明。

"两路"，指的是陆上丝绸之路与海上丝绸之路并行。在人类漫长的文明史中，以陆地为核心的地缘秩序思想长期占支配地位，各个文明中心从其孕育到发展再到扩散，均有向内陆延伸的惯性。历史上的中国实际是将大陆秩序和海洋秩序有效地整合在一起的一个独特文明体。中国的西域边疆、中原腹地、江南沿海是三位一体的，所以陆地丝路与海上丝路使我国形成了陆海双向发力发展的趋势。在肖云儒看来，路是沟通"两河""两区""两圈"的渠道，当今世界的网"路"、公路、空路、海路对地球形成了一种网状覆盖，通过组合形成了新的发展动力，从而建构起世界文明中少见的动态文化综合体。因此，没有"两路"将游牧与农耕两个区域结合，将长江与黄河两大文明沟通的话，中华文明很难形成今天这样统一的局面。

"两圈"，是指中华本土文明与海外华裔文明圈两个圈层。目前世界上有近一亿海外华人，他们是中华文明与当地域外文明融合的先行人群，是中华文化融入世界的特殊形态。肖云儒认为，海外华人汲取了世界性思维，具有与域外交融的开放力，因此中华文明也是在海外中华文明创新圈与本土文化生成圈互相激发、补充下发展而来的。

就以上分析来看，肖云儒在学术思维中突出"二（两）"，强调两极震荡、对立统一，常常在研究对象对立的两面或两极中思考、掘进。如他在《中国西部文学论》里提出的中国西部精神，就是一组互动互激的"二"：开拓与保守、传统与变革、文明与愚昧、合作与孤独、忧虑与乐观、忧患与超脱、朴拙与机智、内忍与暴烈、人与自然、现实与理想等。他又强调两极两维的碰撞、对峙、错位，也主张互补、"铆合"、转化，因此是辩证统一的思维模式。这是从内在动力结构上看待中国文化、文艺与文明，是对中国历史文化的另一种独特观察。

在"二"的基础上，肖云儒又运用了"三"的思维，即在"二（两）"的基础上生发出原有平台和结构所不具备的新质——新阶范畴、第三范畴，从而实现创新。如秦之统一六国，重国家统一；汉之独尊儒术，重文化统一；唐则超越秦、汉之"一""二"，在"三"的平台上展现出绝代风华，从而实现了民族和文化的大包容、大融合。中国西部就是在农耕、游牧，中华、域外这些"一""二"融合基础上形成的新文化质地"三"。

无疑，创新是一切学术生命力的源泉，学术研究要有新思想、新观念、新方法、新见解，肖云儒总是在寻找一种形象的、诗性的表达形式。这与他对音乐、文学、书法这些具象艺术的热爱是分不开的。他曾讲，自己的文字生涯最早不是从评论开始，而是从散文开始。最早的散文，是写音乐的，写的是《贝多芬第九交响乐》。他论述自己的观点，常常提炼出具有一定隐喻内涵的具象来，如在《八万里丝路云和月》里，他提炼出"黑袍与玫瑰""鸽群与弹孔""骏马与琴""蔡侯纸与羊皮纸"等经典的文学意象。在《中国西部文学论》里，他提出"人民母题"的两个主要形象系列——土地和母亲；提出西部美悲剧品质的两个寓象——西风与落日；等等。这种既注重哲学思辨，又凸显形象表达的研究模式，形成了他形象概括鲜活、理论阐述深邃的雅俗共赏的研究、批评风格。古人说"言而无文，行之不远"，许多一流批评家在表述自己的思想时，常常是"大雅大俗",理象、形象、寓象兼具,因为一切文化成果最终都需要传播共鸣,植入对象心中,才能绵延、传承。肖云儒就是这样一位批评家。

就此而论,肖云儒在他六十年文化创作与学术研究生涯中,经由文学而入文化,又由文化而入文明三个层面,在古代与现代、历史与未来、变与不变中,一步步境界更加阔大,一层层意境渐深、渐厚。但我始终认为,他的根基还是在文学上。他将文学之根深深地植于时代生活和文化心理之中,故而他的理论文章常常散发出生命的鲜活感和生活的泥土味。肖云儒的文化写作让我想起贯通中华文明与世界文明的莽昆仑,迁徙于当代中国不同地域的胡杨树,一组吸引人的多色调音乐套曲。然而,文学又绝非他文化创作与学术研究的终点,文学是他学术人生的一个营地,而文化是一座座桥梁,沟通中国西部与东部,连接中华与世界,最终,他走向了文明研究的大天地。这种大天地是陆海文明的双驱动,是游牧与农耕文明的双发展,是一条人类万年的农业文明走向五百年的现代工业文明,再走向勃然兴起的现代生态文明的无尽大道。

原载《创作评谭》2022年第5期

后　记

　　《乡村、城市与文化》收录了我从2004年至2022年在国内重要报纸与杂志上发表的二十多篇文章，大部分是对当代陕西文学及其重要作家、评论家的研究，还有小部分是对省外作家与中国西部文学的研究。其中有贾平凹研究八篇，柳青研究四篇，陈忠实研究二篇，等等。这些文章的切入点主要是乡村、城市与文化，因此本书被命名为《乡村、城市与文化》。

　　当代陕西文学创作有两大传统：一是书写传统文化的传统；另一个是书写乡村和农民的传统。前者由陕西悠久的历史文化注定，因此当代陕西文学也内含着丰富而深厚的文化因子。后者则是由延安时期陕西籍作家主要是柳青开创的书写农民与乡村的传统。当代陕西作家是在陕西地域上崛起的地域性非常突出的作家群体，他们的创作中表现出强烈的地域文化特性，彰显出多姿多彩的陕西自然地理和人文景观。以柳青、陈忠实、贾平凹等为代表的陕西作家以秦地传统文化滋养自己性情，并以自己的文学创作，对陕西传统文化进行创造性转化与创新性发展，这才有了柳青与史传、贾平凹与秦汉、陈忠实与关学文化的深层渊源关系。

　　当代陕西作家又接受了延安文艺为人民服务的优良传统，从柳青开始形成陕西文学书写农民的传统。在《柳青的文学遗产》一文中，我提出了柳青"把自己的艺术视野放置在人民大众所普遍关心和迫切期望解决的社会问题上"，而且还是当代中国乡村社会问题上的观点。在"十七年"时期，陕西作家探讨了中国农民走集体化道路的问题。新时期，路遥作品里呈现中国农民走家庭联产承包责任制道路的故事,贾平凹文本反映农民对社会变革的复杂心理,陈忠实作品里对几千年来乡村制度变革进行深刻反思,还有高亚平、吕向明等作家,表现出了陕西乡村生活的丰富性和农耕文明在陕西大地上的诗意。

陕西作家大多不擅长描写城市,但是贾平凹的作品表现出了对城市文明病的强烈批判,对西安城市文化淋漓尽致的展现。曾经以书写乡村题材而成名的吴克敬,在其《分骨》中描摹城市身影,显现出对西安城市文学的开掘精神。

在陕西文学创作中还有一条非常清晰的书写丝绸之路的线索,肖云儒以学者、批评家、文化使者的多重身份,在21世纪走出国门,寻找在古丝绸之路上诞生的现代文明,本书收入了评论他作品的三篇文章。《丝绸之路上的中国西部文学研究》是逸出陕西作家创作,但又包含陕西作家在丝路上书写的内容的一篇研究文章,从西部更辽阔的视野看待中国西部文学,显现出陕西文学一路向西,与中国西部文学之间的不可分割的关系。

陕西一直是散文创作的重镇,为此本书收录了两篇评论陕西散文家的文章。一篇是对陕西老散文家陈长吟近四十年来散文创作的整体论述,另一篇是对陕西新锐散文家张瑜娟作品的阐述。从20世纪第一个十年以来,陕西崛起了一些写法新颖,兼跨美术、音乐等其他艺术创作领域的作家,张瑜娟便是其中之一。

近年来,鲁迅热又重新在学界兴起,陕西是鲁迅研究重镇之一,因此书中也收录了评论袁盛勇的《当代鲁迅现象研究》的文章。

总体而言,本书是我多年在当代陕西文学研究中有代表性的研究成果汇集,展现了本人对当代陕西文学的一些思考和认识,提出了一些较为重要的观点,像柳青的史诗性写作,贾平凹的"魅性"审美,陈忠实的"中国原"书写。同时,我也是较早开始文学中的西安城市研究的学人之一,这主要得益于我在读博士后的时期从历史地理学那里学习、借鉴到的视角和知识。

如今这本凝聚我多年心血的著作被陕西省作家协会和陕西师范大学出版总社纳入"当代陕西文学评论文丛"之中，深感荣幸。因为这套丛书是当代陕西文学几代批评人成果的集中展示，我的成果被收入其中，是对本人既往努力和奋斗结果的认可，也是对我之前学术的一次有意义的总结。为此，深谢陕西省作家协会精心策划了这套丛书，深谢陕西师范大学出版总社为出版这套丛书付出的努力，才使本书有面世的机会。

仿佛又是，昨夜西风凋碧树，独上高楼，望见长安月！

刘　宁

2024年9月29日